# Du même auteur

**Ethan Archer**

La fille de nulle part

La Femme aux deux visages

**Michael Biörn**

La meute de l'ombre

Michael Biörn

La trinité damnée (2023)

Ennemis intimes (2023)

**Autres**

Dans les bois

MARC DANIEL

# LA FEMME AUX DEUX VISAGES

MARC DANIEL

# LA FEMME AUX DEUX VISAGES

Illustration de couverture : Ivan Zanchetta

---


ISBN : 9798364896506

À Olivia

# Prologue

Nichée dans les quartiers chics de la ville, la résidence avait été bâtie au milieu d'un parc arboré et ceint d'un mur de trois mètres de haut. L'ouverture du portail en fer forgé était activée par des télécommandes situées dans les véhicules des propriétaires. L'intrus ne disposait pas d'une telle télécommande, mais escalader le portail ne lui prit que quelques secondes. De là, il rejoignit la maison sans encombre et désactiva l'alarme en moins d'une minute. Le modèle était à la fois récent et sophistiqué, mais son associé lui en avait révélé les moindres secrets. Il ignora la double porte d'entrée en bois massif et se dirigea directement vers une fenêtre sur le côté de la demeure, qu'il découpa à l'aide d'un diamant équipé d'une ventouse. Un instant plus tard, il se trouvait à l'intérieur.

Malgré l'obscurité des lieux, l'homme s'orienta sans hésitation à travers le dédale de pièces et de couloirs qui composait le rez-de-chaussée de la vaste maison. Sa progression demeurait lente, cependant ; il ne pouvait se permettre de réveiller les occupants légitimes qui dormaient à poings fermés au premier étage.

Il pénétra dans un bureau et en retourna les tiroirs en silence sans rien dénicher de valeur. Il se consola en empochant une montre abandonnée sur une console et se dirigea ensuite vers la cuisine américaine qui s'ouvrait sur un salon spacieux, où il s'empara d'un portefeuille. Il trouva un sac à main accroché à un porte-manteau non loin de la porte d'entrée et en vida le contenu sur le sol. Quelques cartes de crédit et une centaine de dollars en liquide allèrent rejoindre la montre au fond de sa poche.

En se rapprochant de l'escalier, il remarqua une lueur blafarde provenant du premier étage. Les marches en béton poli n'émirent pas le moindre son sous ses pas, et il se retrouva bientôt sur le palier. La lumière émanait d'une veilleuse dans la nursery dont la porte était grande ouverte. Il l'ignora et se dirigea vers la chambre des parents qui dormaient paisiblement dans un lit plus large que bon nombre de voitures.

Il retira ses chaussures, son pantalon, et enfin son caleçon. Il activa ensuite l'interrupteur et une lumière vive emplit la chambre. Le mari se réveilla le premier, au bout de quelques secondes, et se releva sur un coude avec un air confus, avant de finalement remarquer l'individu à moitié nu au pied du lit. Il eut un cri étouffé et se rua sur le tiroir de sa table de chevet qu'il ouvrit à la volée à la recherche de son arme.

— J'frais pas ça à ta place, dit l'intrus, qui le tenait en joue avec un pistolet automatique équipé d'un silencieux. T'inquiète pas, j'suis seulement là pour madame, ajouta-t-il, comme si cette précision avait quoi que ce soit de rassurant.

La femme se réveilla à son tour et poussa un hurlement à la vue de l'arme.

— Dis à ta pétasse de fermer sa gueule tout de suite, ou c'est le môme qui trinque.

L'homme n'eut pas à relayer le message. Le visage déformé par la terreur, son épouse s'empressa de s'enfoncer un poing dans la bouche pour prévenir tout cri involontaire. Mais déjà, des pleurs apeurés s'élevaient de la nursery. L'intrus ne leur prêta cependant pas la moindre attention.

— Debout ! intima-t-il au mari en appuyant son ordre d'un mouvement de pistolet.

Après un moment d'hésitation, celui-ci obtempéra.

— Avance !

L'homme fit quelques pas pour contourner le lit et se

retrouva bientôt à un mètre de distance de son tortionnaire.

— Ne bouge plus. C'est parfait, dit l'homme avant de lui tirer deux balles dans le ventre.

L'homme s'effondra. Au même instant, son épouse poussa un hurlement étouffé par la main qu'elle avait toujours dans la bouche.

— J't'ai dit d'la fermer, gueula l'intrus en se ruant vers elle. T'inquiète pas, y'est encore en vie. J'lui ai seulement perforé l'intestin, il mettra bien vingt minutes à crever…

Il arracha d'un coup sec le drap et la couverture que la femme tenait rabattus sur elle et admira le corps nu et frissonnant de terreur de la malheureuse.

Le viol ne dura pas plus d'une minute.

Ses pulsions assouvies, l'intrus ramassa les vêtements qu'il avait abandonnés à l'entrée de la pièce et se rhabilla sans hâte. Les pleurs avaient fini par cesser dans la nursery, et dans leur état actuel, le père et la mère ne présentaient plus le moindre danger. L'homme gisait au sol dans une mare de sang. Il avait dû pousser son dernier soupir à peu près au moment où sa femme recevait une balle dans la tête.

Une fois rhabillé, il ramassa son pistolet et se dirigea d'un pas tranquille vers la nursery dont il alluma la lumière depuis le seuil. Il resta planté là quelques secondes, hésitant, avant de finalement vider son magasin sur le berceau. L'odeur de poudre emplit la pièce alors que le silence retombait sur la demeure.

L'intrus contemplait son œuvre macabre depuis le pas de la porte lorsque sa vision périphérique perçut un mouvement dans le couloir.

# Première partie

## JUIN

# Chapitre 1

Le nouveau contemplait l'abbé et ses trois compagnons d'infortune d'un air tantôt soupçonneux, tantôt interrogateur. L'abbé trouvait son visage vaguement familier. Peut-être l'avait-il aperçu auparavant, dans la rue ou dans un refuge. En tout cas, ils ne s'étaient jamais adressé la parole.

Le nouvel arrivant devait approcher de la quarantaine, mais on lui aurait facilement donné quinze ans de plus. La rue ne se montrait pas tendre envers ceux qui y vivaient, et l'alcool n'arrangeait rien au problème. Si l'abbé ne se trompait pas sur son âge, cela faisait de lui le plus vieux de leur petit groupe.

Pete, le plus jeune, était à peine majeur. Ses parents l'avaient mis à la porte au lendemain de son dix-huitième anniversaire. Il disait ne pas leur en vouloir. Son addiction à l'héroïne avait transformé leur vie en un véritable cauchemar, et ils se devaient de protéger le reste de leur progéniture contre leur dégénéré de fils aîné.

L'abbé s'était réveillé une heure plus tôt, désorienté, et avec un mal de crâne à se claquer la tête contre les murs. Il sortait toujours le premier de leur sommeil artificiel et en avait conclu qu'il possédait une tolérance supérieure au gaz soporifique que leurs mystérieux geôliers leur administraient régulièrement. Il avait été légèrement surpris, mais pas particulièrement choqué de découvrir un nouveau visage parmi ses compagnons endormis.

L'inconnu avait émergé le dernier et avait posé les questions habituelles auxquelles personne n'avait pu répondre. Tous ignoraient comment ils s'étaient retrouvés enfermés dans cette pièce sans fenêtre d'une cinquantaine de mètres carrés. Ils savaient juste que la porte métallique barrant la sortie ne s'ouvrait jamais et refusait de céder sous leurs assauts répétés. De la même façon, les murs en béton étaient bien trop lisses pour leur permettre d'atteindre la lucarne du plafond, située dix mètres au-dessus de leurs têtes. Un genre de vasistas perpétuellement obstrué par un volet de fer.

Des toilettes équipées d'un sanibroyeur occupaient un coin de la pièce. Dans un autre, une caisse de vivres contenant des barres énergétiques et quelques oranges partageait l'espace avec une dizaine de packs d'eau.

Les repas des captifs étaient aussi peu variés qu'équilibrés, mais l'apport calorique les maintenait en vie et la vitamine C des agrumes les préservait du scorbut.

Le nouveau se dirigea vers les toilettes et y vida sa vessie sans se soucier de viser juste. L'abbé ignorait combien de temps l'homme était resté inconscient, mais à en croire le tremblement de ses mains, il n'avait pas bu d'alcool depuis un bout de temps.

L'inconnu s'orienta ensuite vers les victuailles pour se remplir les poches de barres aux céréales tout en défiant les autres du regard. Ses compagnons de cellule le laissèrent faire sans réagir. Ils ne craignaient pas de tomber à court de nourriture. Chaque fois que leurs provisions commençaient à s'épuiser, le sifflement du gaz soporifique se faisait entendre. Ils se réveillaient quelques heures plus tard avec des migraines carabinées et une caisse au contenu renouvelé.

Une fois rassasié, le nouveau se détendit légèrement.

— Z'êtes ici d'puis combien d'temps ? demanda-t-il.

— On a aucun moyen de le savoir. Cette foutue loupiote ne s'éteint jamais, répondit l'abbé en pointant du doigt l'ampoule pendant au plafond.

Il en aurait fallu au moins quatre ou cinq comme celle-là pour éclairer une pièce de cette taille. Au lieu de cela, la clarté maladive de l'ampoule solitaire conférait à la pièce une perpétuelle atmosphère de veillée funéraire. Une image appropriée, puisque l'abbé doutait de plus en plus de ressortir un jour vivant de ce cauchemar.

— Vous d'vez bien avoir une idée.

— J'ai le sentiment d'être ici depuis des années, mais cela ne fait peut-être que quelques semaines… Sans cycle jour-nuit, il est impossible de le savoir, répondit l'abbé. Et Pete était déjà là depuis un moment quand je suis arrivé.

— L'abbé a déboulé l'deuxième, confirma le cadet du groupe en acquiesçant de la tête. Lucas troisième, et Bob le dernier. Enfin, jusqu'à c'que t'arrives…

— Pourquoi qui t'appelle l'abbé ? T'es curé ? demanda le nouveau.

La question fut accueillie par quelques rires discrets qui s'éteignirent rapidement.

— Absolument pas, répondit l'abbé.

— C't'à cause de l'abbé Pierre, expliqua Pete. L'prêtre qui s'occupait des sans-abri. On était tous SDF avant qu'on nous emprisonne, sauf l'abbé. Lui, y s'occupait des gens comme nous. Les enculés qui nous ont enfermés dans c'trou ont dû l'prendre pour l'un des nôtres.

C'était en tout cas la théorie la plus probable. L'abbé s'était longtemps demandé pourquoi il avait atterri ici et avait fini par conclure qu'avec ses vêtements, et les heures qu'il passait dans la rue à assister les SDF, ses kidnappeurs l'avaient pris pour un sans-abri. Il regrettait maintenant d'avoir toujours porté ses frusques les plus vétustes pour se rendre auprès des malheureux qui vivaient sur le trottoir. À l'époque, il l'avait fait pour que les SDF se méfient moins de lui et se confient plus facilement.

— Z'avez d'jà vu les gardiens d'cette taule miteuse ? voulut savoir le nouveau.

— Nan… N'a même jamais vu c'te fichue porte s'ouvrir, répondit Pete.

Le cadet expliqua au nouveau que leurs geôliers les anesthésiaient toujours avant de pénétrer dans leur cellule. Que ce soit pour renflouer le stock de provisions ou, comme aujourd'hui, pour amener un prisonnier, leurs gardes ne prenaient jamais de risques.

— Ça veut dire qui z'ont peur de nous ! lança le nouveau, une lueur d'espoir dans les yeux.

Mais l'abbé doutait qu'il s'agisse là de la véritable raison. Il soupçonnait plutôt leur tortionnaire d'utiliser le gaz soporifique comme une arme psychologique. Tout comme l'ampoule perpétuellement allumée, il avait pour but de maintenir les prisonniers dans une ignorance absolue.

La conversation finit par se tarir, et les cinq hommes s'abîmèrent dans leurs réflexions internes. Les heures s'égrainèrent dans un silence familier aux quatre locataires les plus anciens, mais des plus oppressants pour le nouveau venu, encore habitué à la clameur permanente de la rue.

Trois d'entre eux s'étaient endormis lorsque l'inimaginable se produisit. Pour la première fois depuis que l'abbé avait atterri dans ce trou à rats, la porte de leur cellule venait de s'ouvrir.

# Chapitre 2

Ethan Archer gravit les marches de l'immeuble sans hâte et pénétra dans l'agence peu après 9 h. Il alla directement à la cafetière et la mit en route avant de s'installer à son poste, où il alluma son ordinateur. Il entreprit de consulter ses mails, mais éprouva une grande difficulté à se concentrer. Ses yeux volaient sans cesse vers le bureau vide qui formait un angle à quatre-vingt-dix degrés avec le sien. Celui de Jennifer. Cela faisait plus de deux mois que la jolie rousse n'avait pas posé un pied à l'agence, et elle lui manquait davantage qu'il n'osait se l'avouer.

L'odeur de café enveloppa bientôt la pièce, et il décida de s'en servir une tasse. Une gorgée du breuvage lui indiqua qu'il était buvable, mais bien moins bon que celui que Jennifer avait eu l'habitude de préparer. Elle n'avait certes pas été une secrétaire exceptionnelle, mais son café était exquis en comparaison de celui qu'Ethan s'imposait depuis des semaines. Il avait pourtant essayé différentes marques et continuait de varier le dosage dans l'espoir de reproduire le goût auquel elle l'avait accoutumé, mais ses tentatives se révélaient toujours vaines.

Il savait qu'un jour ou l'autre il lui faudrait embaucher une secrétaire – une vraie, cette fois –, mais pour le moment, il ne pouvait se résoudre à regarder quelqu'un d'autre s'asseoir dans le siège qu'elle avait occupé durant trois ans. Une partie de lui espérait encore la voir revenir un jour, mais il ne se faisait pas trop d'illusions à ce sujet.

Il s'était rendu chez elle immédiatement après l'accident pour lui présenter ses condoléances et prendre de ses nouvelles, mais elle ne l'avait même pas fait entrer. Elle l'avait congédié sur le pas de la porte en des termes qui ne laissaient aucun doute quant aux sentiments qu'elle lui portait. Et il ne pouvait pas le lui reprocher ; il comprenait parfaitement sa réaction. En toute honnêteté, il devait reconnaître que la sienne eut été pire si les rôles avaient été inversés.

Il cliqua sur un dossier et ouvrit le premier fichier vidéo de la liste. Il s'agissait de l'interrogatoire d'un employé de l'une des plus grosses boîtes de la Silicon Valley. Un cas d'espionnage industriel pour lequel Ethan avait été embauché récemment, et qui paierait ses factures pour au moins six mois. Une bénédiction étant donné que le FBI l'avait officiellement remercié et se passerait de ses services jusqu'à nouvel ordre. Le Bureau ne travaillait pas avec des consultants dont les actions – réelles ou perçues – risquaient d'entacher sa réputation.

Le procureur n'avait toujours pas déféré Ethan en justice, et il était peu probable qu'il le fasse maintenant, deux mois après les faits, mais cela ne faisait pas pour autant de lui un innocent aux yeux du Bureau.

Ethan remerciait le ciel que l'affaire ne se soit pas ébruitée. À l'exception des forces de l'ordre, sa clientèle lui restait fidèle.

La vidéo se termina sans qu'il y prête la moindre attention et il la relança une seconde fois. Ses pensées dérivèrent cependant à nouveau. Cette fois vers « Ken » et sa dernière victime.

La pauvre était certainement morte depuis longtemps, et il y avait peu de chance pour que son corps soit un jour retrouvé. Aucune des femmes disparues au cours des neuf derniers mois n'avait refait surface… Mais Ethan ne comprenait pas pourquoi « Ken » n'avait pas refait parler de lui depuis. Le *modus operandi* du tueur en série semblait complètement aléatoire, et cela ne correspondait pas aux normes de ce genre d'individus.

Bien qu'ayant été retiré de l'affaire, Ethan y songeait

continuellement. Le visage de la dernière victime du tueur à jamais gravé dans sa mémoire. Et pour cause… Ethan n'avait-il pas passé la soirée en sa compagnie la veille de son kidnapping ?

# Chapitre 3

L'abbé n'en croyait pas ses yeux. À l'autre bout de la cellule, la satanée porte s'était bel et bien ouverte. Mais avant qu'il n'ait eu une chance d'intégrer l'information, la lumière s'éteignit, immergeant les prisonniers dans une nuit d'encre. Il entendit quelque chose glisser sur le sol, immédiatement suivi du claquement d'une porte qui se referme.
Ils demeurèrent plongés dans les ténèbres durant un temps qui lui sembla infini, mais ne représentait certainement que quelques minutes. Tétanisés par la peur, les captifs n'osaient proférer le moindre mot.

Lorsque l'unique ampoule se ralluma enfin, ils fermèrent instinctivement les yeux pour se protéger de sa clarté devenue aveuglante. L'abbé les rouvrit le premier et se dirigea vers le carton que leurs geôliers avaient abandonné à une vingtaine de centimètres devant la porte à nouveau close. Il se questionna un instant sur ce qu'il y découvrit, mais finit par se rendre à l'évidence. La boîte contenait bien cinq couteaux identiques. Des couteaux de survie, similaires à celui que Sylvester Stallone utilisait dans *Rambo.*

Ses compagnons l'avaient rejoint à présent, et ils en saisirent chacun un. Ils s'observèrent ensuite en silence, d'un air suspicieux, toute trace de camaraderie effacée de leurs visages.

Pourquoi leur avait-on procuré ces armes ? Leurs geôliers souhaitaient-ils qu'ils s'entretuent ? L'abbé commençait à le soupçonner quand une voix désincarnée jaillit d'un haut-parleur, monté au mur à trois mètres du sol, pour corriger son erreur.

*Bienvenue à la cinquième chasse de la saison. Vous avez chacun une arme en votre possession. Prenez-en soin, car vous n'en recevrez pas d'autres à moins de parvenir à désarmer un chasseur, ce qui n'est encore jamais arrivé.*

La voix se tut un instant, comme pour laisser le temps aux malheureux d'assimiler ce qu'ils venaient d'entendre.

*Les règles de la chasse sont simples. Il n'y a que deux façons pour le gibier de survivre. Tuer tous les chasseurs ou réussir à s'échapper. Vous vous trouvez en ce moment dans une usine désaffectée, à seulement quelques kilomètres de San Francisco. Si vous parvenez à sortir de ce bâtiment, vous pourrez regagner la ville en quelques heures. Et maintenant… QUE LA CHASSE COMMENCE !*

La lumière au plafond s'éteignit une seconde plus tard tandis que la porte de leur cellule s'ouvrait pour la deuxième fois.

Les ténèbres enveloppèrent à nouveau la pièce, mais par le battant grand ouvert, l'abbé distingua une vague lueur rougeâtre. Pétrifiés par ce qu'ils venaient d'entendre, ses compagnons semblaient s'être transformés en statues de cire.

— Il faut qu'on reste groupés, chuchota l'abbé. C'est notre seule chance contre ces malades. Et il faut qu'on sorte de cette pièce, ou ils nous tireront comme des lapins.

Il ne reçut aucune réponse, mais quand il se dirigea vers la porte à pas feutrés, les autres le suivirent.

La cellule débouchait sur un long corridor équipé d'un éclairage de secours, dont les ampoules rouges placées tous les dix mètres illuminaient la voie. Ils ne découvrirent aucune trace de la personne qui avait déverrouillé leur prison ; le couloir semblait désert. Ils s'y engagèrent le plus silencieusement possible, comme si leurs ennemis ne savaient pas exactement où ils se trouvaient.

Le corridor menait à une large salle de plusieurs centaines de mètres carrés où des vestiges d'une ligne d'assemblage industrielle accumulaient la poussière.

Le groupe s'avança lentement dans l'espace ouvert, leurs doigts anxieux crispés sur des couteaux dont ils ignoraient le maniement.

L'abbé perçut un mouvement du coin de l'œil et pivota immédiatement pour affronter le danger, mais le chasseur s'était déjà fondu dans l'un des nombreux coins d'ombre que les loupiotes rougeâtres de l'éclairage de secours ne parvenaient pas à percer.

Il entendit la détonation à l'instant où la tête du malheureux sur sa droite explosait, telle une pastèque trop mûre tombée d'un camion. Trop choqué pour crier, il crut tout d'abord qu'il avait lui aussi été touché, avant de comprendre que le projectile planté dans sa pommette était une dent qui avait appartenu à l'homme gisant désormais à ses pieds.

Il sortit finalement de sa stupeur et prit ses jambes à son coup sans se soucier de chercher à retrouver ses camarades d'infortune, qui s'étaient égaillés en hurlant aux quatre coins de la salle.

Il tomba sur un nouveau couloir qu'il longea à grandes enjambées, ses pas résonnant dans le silence de mort qui avait à nouveau englouti le complexe industriel. Il s'engouffra dans un corridor sur sa droite, puis franchit une porte sur sa gauche, et déboucha dans une salle beaucoup plus exiguë et moins bien éclairée que la précédente. D'une centaine de mètres carrés, la pièce était dépourvue de tout mobilier. Une coursive suspendue, accessible par un escalier métallique, en faisait le tour.

Il envisageait de se cacher sur la coursive quand une seconde détonation retentit dans l'usine. Un autre bougre venait de partir pour un monde meilleur.

Il gravit les marches sur la pointe des pieds et contourna précautionneusement la coursive. Quand il eut rejoint son point le moins éclairé, il s'y allongea, à même le sol glacé.

Il ignorait depuis combien de temps il était tapi là lorsqu'il entendit un bruit de cavalcade. Les pas martelant le sol s'approchaient rapidement, et il vit bientôt débouler le nouveau. Le quadragénaire, visiblement hors d'haleine, n'avait plus son couteau et se tenait plié en deux au milieu de la pièce, les yeux rivés vers la porte qu'il venait de franchir.

Paralysé par la peur, l'abbé ne chercha pas à lui signaler sa présence. Lui aussi avait le regard tourné vers la seule issue de la salle, où une ombre apparut. Un homme d'un âge indéfini mit en joue son gibier qui ne tenta même pas de fuir. L'abbé n'identifia pas immédiatement l'arme que le chasseur tenait, bras tendu, en direction de sa proie. Il ne s'agissait définitivement pas d'un revolver. Ce n'est que lorsque le carreau traversa le cœur de son compagnon qu'il reconnut l'objet pour ce qu'il était : une mini-arbalète.

La malheureuse victime s'effondra sans un bruit, le chasseur scruta longuement la pièce et se dirigea vers l'escalier. Arrivé en haut, il jeta un regard circulaire sur la coursive avant de tourner les talons et de descendre les marches sans hâte. Il observa ensuite la salle vide, puis ressortit.

L'abbé attendit que le son de ses pas feutrés sur le béton disparaisse complètement pour laisser échapper une longue expiration. Si l'homme avait contourné la coursive… Il frissonna à cette pensée.

Il ne pouvait cependant rester terré là pour toujours. Ces malades finiraient par le trouver. Au moins trois de ses compagnons étaient déjà morts. Il était peut-être même d'ores et déjà le seul survivant. Cette arbalète ne faisait vraiment pas beaucoup de bruit…

Non, son unique chance de s'échapper de ce cauchemar était de fuir cette usine maudite. Mais comment ? Il n'avait aperçu ni porte ni fenêtre accessible depuis le sol. Il lui fallait continuer à chercher, et surtout ne pas se faire repérer de ses poursuivants.

Il se releva et se dirigea vers l'escalier sur la pointe des pieds.

Il parvint à descendre les marches avec un minimum de crissements et avait presque atteint la porte de la salle lorsqu'il perçut un souffle chaud sur sa nuque.

— Vu ! chuchota une voix féminine à son oreille.

La lame était tellement affilée qu'il ne sentit qu'une légère pression lorsqu'elle lui trancha l'artère fémorale.

# Deuxième partie

## MARS
## (3 mois plus tôt)

# Chapitre 4

Les yeux de Jennifer MacKay étaient rivés sur la tasse de café fumant posée devant elle, mais ses pensées erraient loin du restaurant où elle attendait ses amies. Depuis quatre mois déjà, quoi qu'elle fasse, où qu'elle fût, ses réflexions flottaient toujours dans la même direction, la ramenaient sans cesse au même sujet. Et lorsque par miracle elle parvenait à songer à autre chose une heure durant, le soulagement éphémère faisait systématiquement place à la culpabilité.

— Souhaitez-vous commander ? demanda la serveuse que Jennifer n'avait pas vu approcher.

— Pas encore. Elles seront là d'une minute à l'autre.

La serveuse savait pertinemment de qui Jennifer parlait ; elle servait le brunch des trois amies pratiquement toutes les semaines.

La jeune femme s'excusa et alla resservir en café un couple installé à une autre table.

Ouvert tous les jours de 6 h à 14 h, le restaurant proposait petits déjeuners et brunchs dans un cadre chic, que ses deux amies appréciaient particulièrement. Jennifer se serait sentie tout aussi à l'aise assise sur un tronc d'arbre à manger des œufs brouillés préparés sur un feu de camp, mais elle doutait qu'Olympia et Melody aient bivouaqué ne serait-ce qu'une seule fois dans leur vie. Les deux mannequins préféraient de beaucoup les galas et autres soirées huppées aux sorties en plein air.

Olympia passa la porte du restaurant une minute plus tard, vêtue d'une tunique émeraude cintrée à la taille. Elle se dirigea vers la table de Jennifer et posa son sac à main sur la chaise vide où cette dernière avait déjà abandonné le sien. La jeune femme s'assit ensuite à ses côtés et l'embrassa sur les lèvres.

Le teint méditerranéen de la Vénézuélienne et ses cheveux raides d'un noir profond contrastaient fortement avec la pâleur de la rousse Jennifer, et le couple attirait les regards partout où il allait.

— Je suis la première ? demanda-t-elle, l'air surprise.

— Non. Tu es la deuxième…

L'accent écossais de la rousse était presque aussi prononcé que celui, hispanique, de la brune.

— Tu vois bien ce que je veux dire… Mel n'est pas encore là ?

— Non, répondit Jennifer en vérifiant l'heure sur son téléphone.

Près de vingt minutes de retard. Cela commençait à faire beaucoup, même pour Melody. Cette dernière ne se levait jamais aux aurores, mais on approchait quand même les 10 h 30…

— Tu lui as envoyé un texto ? l'interrogea Olympia qui pianotait déjà sur son téléphone.

— Pas encore.

— C'est fait ! répondit la Vénézuélienne en attirant l'attention de la serveuse d'un geste de la main.

Elle demanda un grand café noir et ouvrit l'un des menus posés sur la table.

— On l'attend un peu ou on commande ? s'enquit-elle.

— Laissons-lui encore cinq minutes. Elle finira bien par arriver. Elle nous aurait prévenues si elle avait eu un empêchement.

Jennifer avait rencontré les deux mannequins dans une galerie d'art huit mois plus tôt, et elles étaient vite devenues amies. Melody, qui ne perdait jamais de temps, avait rapidement entrepris de la séduire, mais malgré le charme incontestable de la sulfureuse blonde, Jennifer ne s'était pas laissé tenter. En partie parce qu'elle venait de rompre avec Tabatha et ressentait le besoin d'être seule, mais aussi parce qu'elle avait remarqué la manière dont Olympia l'observait à la dérobée.

Bien que moins directe et moins charismatique que Melody, la Vénézuélienne avait davantage plu à Jennifer. Et après deux mois d'une drague discrète, elles avaient franchi le pas un après-midi pluvieux d'octobre.

— Allez, on commande, lança Olympia. Je crève de faim. Je n'ai rien mangé hier soir.

La déclaration ne surprit pas Jennifer. Sans toutefois être anorexique, sa compagne semblait sauter davantage de repas qu'elle n'en consommait.

Elles passèrent commande, et Olympia raconta sa soirée de la veille à Jennifer qui l'écouta d'une oreille distraite. Les deux amantes ne vivaient pas ensemble et passaient même la majorité de la semaine chacune de leur côté. Olympia avait un calendrier social très chargé, alors que Jennifer préférait généralement le calme de son appartement. Une tendance qui s'était accentuée au cours des quatre derniers mois.

La serveuse leur apporta leurs plats à l'instant où Melody faisait son apparition.

— Vous ne m'avez pas attendue pour commander, dit la blonde d'un air légèrement contrarié.

À trente-six ans, Melody Carter conservait un corps de rêve, mais ne posait plus pour les magazines depuis déjà plusieurs années. Rares étaient les modèles qui demeuraient actives la trentaine passée. Melody ne s'était cependant pas trop éloignée du milieu puisqu'elle dirigeait une petite agence de mannequinat dans le centre-ville.

— Désolée, Mel, mais je ne pouvais pas t'attendre toute la journée, répondit Jennifer. Si je ne retourne pas au boulot, Ethan finira par me virer.

— Permets-moi d'en douter, rétorqua Melody, appuyant sa

déclaration d'un regard entendu qu'Olympia ne remarqua heureusement pas.

La retardataire commanda un café et une assiette de fruits, et les trois amies mangèrent en discutant de choses et d'autres.

Olympia avait un rendez-vous chez le coiffeur et prit congé vingt minutes plus tard.

— Tu ne lui as rien dit ? demanda Jennifer aussitôt sa compagne partie.

— Je ne sais même pas de quoi tu parles…

Mais le clin d'œil complice qui accompagna la réponse de son amie mit Jennifer sur la défensive.

— Je te jure qu'il ne s'est rien passé, déclara-t-elle. J'étais un peu déprimée et il m'a prise dans ses bras pour me réconforter. Juste au moment où tu franchissais la porte…

La scène en question s'était déroulée deux jours plus tôt dans le bureau que Jennifer et Ethan partageaient. Elle s'était sentie étonnamment bien dans les bras d'Ethan, mais la sensation n'avait duré qu'un instant avant que Melody ne débarque à l'improviste pour les surprendre dans cette position quelque peu ambiguë.

— Je n'en doute pas, répondit Melody, mais son regard suggérait le contraire. Je sais bien que les mecs ne te font aucun effet.

Cela n'était pas tout à fait exact, et l'ancienne modèle le savait pertinemment. À l'inverse de Melody qui ne semblait pas avoir la moindre préférence entre les deux sexes, Jennifer favorisait en général les femmes. Cette préférence ne l'avait cependant pas empêchée d'avoir plusieurs amants masculins au fil des années, et il demeurait probable qu'elle en aurait d'autres dans le futur.

— Mais si tu as besoin d'une épaule sur laquelle pleurer, ma porte sera toujours ouverte pour toi, continua Melody, en lui caressant la joue du revers de la main.

Jennifer n'en doutait absolument pas.

# Chapitre 5

Adossé à un mur du bureau de l'agent spécial Theodore Hansen, Ethan contemplait le chèque que son ami venait de lui remettre.

— Si je n'ai pas trop faim, je devrais pouvoir me payer un bon resto avec ça, ironisa-t-il.

— De rien ! Tu l'as bien mérité. On n'aurait jamais pu choper ce salopard sans toi, répondit l'agent du FBI, ignorant le sarcasme de son ami.

Le salopard en question était un violeur en série ayant pour habitude de s'introduire chez les jeunes femmes célibataires en pleine nuit pour les violenter sous la menace d'un couteau. Il avait quatorze agressions officielles à son palmarès. Mais comme la majorité des victimes de ce genre d'attaques ne portait pas plainte, il en avait sans doute abusé au moins le double avant de se faire prendre.

— C'est toujours un honneur d'aider le bureau, même si ça rapporte à peine plus que faire le cuistot au MacDo.

Ethan n'exagérait que peu. Pour un consultant travaillant régulièrement avec les plus gros cabinets d'avocats de la ville et autres multinationales, les tarifs de rémunération pratiqués par le FBI faisaient vraiment pâle figure. Et c'était sans compter le fait que le bureau le payait systématiquement en retard. Cela faisait plus de trois mois que le violeur invétéré se trouvait derrière les barreaux…

— Oui, mais c'est tellement plus gratifiant.

Theo n'avait pas tort. Démasquer un espion industriel rapportait bien davantage, mais la satisfaction de la tâche accomplie n'était en rien comparable avec l'extase qui accompagnait l'arrestation d'un tueur en série.

Mais, quelle que soit la nature du criminel à démasquer, ses clients embauchaient tous Ethan pour la même raison : ses capacités cérébrales hors du commun.

Bien qu'il eût un doctorat en psychologie comportementale de l'université de Stanford – l'une des meilleures facultés de psychologie du pays –, ses méthodes pour identifier les criminels divergeaient sensiblement de celles des profileurs du FBI. Ces derniers se contentaient d'établir un profil psychologique, alors que pour Ethan, ledit profil ne constituait qu'un élément de son approche. À celui-ci s'ajoutait une bonne dose de déduction et d'inférence, deux domaines dans lesquels son esprit ultra-logique excellait particulièrement.

— Étant donné que j'ai brûlé davantage de calories en venant ici à pied que ce chèque ne va me permettre d'en consommer, pourquoi ne me parles-tu pas des affaires que tu as en cours ? C'est bien pour cela que tu m'as fait me déplacer, non ?

Les yeux légèrement bridés de Théo se posèrent un instant sur Ethan. L'agent spécial avait une mère vietnamienne et un père d'origine africaine et leurs gènes semblaient s'être entremêlés en proportions égales chez leur fils, provoquant un résultat qui plaisait beaucoup à la gent féminine.

— Qu'est-ce qui te fait dire ça ? demanda-t-il.

— Tu aurais très bien pu me donner ce chèque la prochaine fois que nous serions allés boire un verre au lieu de me donner rendez-vous ici. Après trois mois de retard, on était plus à quelques jours près.

— Soit… répondit Théo en attrapant une chemise rouge sur son bureau.

Il ouvrit le dossier et en sortit quatre photos qu'il étala devant lui. Ethan traversa la pièce et se pencha sur les clichés du haut de son mètre quatre-vingt-trois.

— Elles ont été prises à l'élection de Miss USA ? demanda-t-il d'un ton léger.

Corps sculptés, pommettes saillantes, nez droits, les quatre femmes semblaient avoir entre vingt-cinq et trente ans et arboraient une beauté inaccessible au commun des mortels.

— Non, mais elles auraient pu l'être. Elles sont toutes mannequins. Toutes professionnelles.

— Elles *sont* mannequins ? Dois-je comprendre qu'elles sont toujours en vie ?

— Là est la question… Elles ont toutes disparu au cours des six derniers mois, mais nous n'avons pour l'instant retrouvé aucun corps.

— Alors pourquoi es-tu sur l'affaire ? Je pensais que tu ne t'intéressais qu'aux tueurs en série.

— Parce que ce serait une drôle de coïncidence si quatre mannequins décidaient de disparaître de leur propre volonté à quelques mois d'intervalle. Elles étaient toutes à l'apogée de leur carrière, pourquoi auraient-elles choisi de tout laisser tomber ?

— Cela ne veut pas dire qu'elles sont mortes. Elles auraient très bien pu se faire kidnapper par des trafiquants et expédier Dieu sait où pour servir d'esclaves sexuelles.

— C'est une possibilité, mais peu convaincante. Les trafiquants se montrent généralement plus prudents que ça. Ils choisissent certes leurs victimes pour leur physique, mais ne s'attaquent pas à des modèles que n'importe qui pourrait reconnaître. De plus, ils recrutent leurs proies aux quatre coins du pays pour ne pas attirer l'attention. Pas toutes dans le même coin en l'espace de quelques mois.

— Les quatre victimes supposées habitaient la région ?

— Oui. Deux vivaient ici à San Francisco, une à Sacramento et la quatrième était de San Jose, bien qu'elle ait disparu de Las Vegas où elle se trouvait pour une séance photo.

— Je suis d'accord, il y a peu de chances pour que ces disparitions ne soient pas liées. Mais sans corps, il sera difficile d'établir un profil du kidnappeur. On pourrait avoir affaire à un détraqué qui a décidé de s'offrir une collection de mannequins. Elles pourraient toutes être enfermées dans sa cave, en vie…

— C'est également l'avis de nos profileurs. Mais ils ne nous ont pas beaucoup aidés jusqu'à présent. C'est pourquoi j'ai pensé à toi.

— C'est gentil… Qu'as-tu d'autre à me dire sur cette affaire ?

— Tout est dans le dossier, répondit Théo en tendant la chemise à Ethan.

Ce dernier l'ouvrit et en sortit les curriculum vitae et emplois du temps des quatre filles au moment de leur disparition. Il y avait aussi les dépositions de leurs amis et proches, mais rien de bien substantiel.

— C'est tout ce que vous avez ?

Théo hocha la tête.

— C'est peu…

— Je croyais que tu aimais les défis, lui lança Théo, un sourire aux lèvres.

— À petites doses. Comme tu le sais, j'ai un autre *défi* sur les bras, et il n'avance pas d'un pouce, répondit Ethan, soudain sérieux.

— À propos, comment va Jennifer ?

— Aussi bien que possible, compte tenu des circonstances. Elle est forte et fait de son mieux pour ne rien laisser paraître de ses émotions. Du moins face à moi… Mais sous cette façade, il est évident qu'elle souffre, et je sais de quoi je parle.

Ethan avait perdu sa femme trois ans plus tôt, et la disparition l'avait à l'époque plongé dans un gouffre de douleur que seuls ses accès de rage et de violence à l'encontre des pires représentants de la société parvenaient à apaiser.

— Il n'y a toujours aucune piste ? demanda Theo.

— Pas la moindre, et Jennifer commence à désespérer. Moi

aussi, d'ailleurs, mais je ne le lui dis pas…

— Et je doute que ce soit une priorité pour la police de San Francisco…

Ethan en doutait également. D'autant plus que Jennifer n'était jamais allée voir les flics… Mais ça, Theo l'ignorait, et cela valait mieux pour tout le monde.

# Chapitre 6

Les stroboscopes et les lasers projetaient leurs faisceaux erratiques sur la piste de danse pendant que les basses de la musique techno résonnaient jusque dans les os des danseurs, qui sautaient en tous sens sous les effets souvent combinés de l'alcool et de l'acide.

Artémis aimait l'atmosphère de cette boîte qu'elle visitait pour la première fois. Elle ne se rendait que rarement à Los Angeles, et toujours pour affaires, mais ne regrettait jamais d'avoir fait le déplacement. La ville offrait une sélection tout simplement incomparable de loisirs.

Assise dans un fauteuil plus stylé que confortable, elle souriait au couple installé en face d'elle de l'autre côté de la table basse en bois laqué. John et Kelly buvaient leur champagne à petites gorgées, avec délectation. Leurs yeux écarquillés et les sourires qui ne les quittaient pas suggéraient qu'ils ne fréquentaient pas d'ordinaire la section VIP du club, où le champagne coulait à flots.

Entre la table privée et l'alcool, l'addition dépassait déjà les onze cents dollars. Une broutille pour Artémis, mais une somme colossale pour ses deux compagnons qui n'auraient heureusement pas à régler la note.

Artémis les avait rencontrés sur la piste de danse, où elle s'était d'abord trémoussée contre la femme sous l'œil excité du mari, avant de les inviter à sa table. Quand elle avait indiqué les fauteuils inoccupés dans la section VIP de l'autre côté de la piste, ils avaient immédiatement accepté l'offre.

— Où se trouve cette île ? s'enquit John en se resservant une flûte de champagne.

— Aux Bahamas.

— Et tu crois que tes amis seraient d'accord pour qu'on y aille ? demanda Kelly.

— Ils ne s'y rendent qu'une ou deux fois par an. Le reste du temps, l'île est complètement déserte. Une honte, vraiment, étant donné la taille de la villa et de la piscine.

— Et quand comptes-tu y aller ? voulut savoir John.

— D'ici une semaine ou deux. Donnez-moi vos numéros, et je vous préviens dès que la date est fixée.

Emballés par la perspective de vacances aux Bahamas aux frais de la princesse, Kelly et John s'empressèrent de lui envoyer chacun un texto afin qu'elle entre leurs coordonnées dans son propre téléphone.

— Je crois que j'ai entendu assez de techno pour aujourd'hui. Ça vous dit d'aller dans un endroit plus calme ?

— Où veux-tu aller ? demanda Kelly, clairement peu enthousiaste à l'idée d'abandonner le salon douillet et ses bouteilles de champagne.

— Je pensais que l'on pourrait rentrer chez moi et apprendre à se connaître un peu mieux, répondit Artémis en caressant la cuisse de Kelly du bout des doigts dans un geste suggestif.

John et son épouse se consultèrent du regard. Les yeux de l'homme étaient implorants, mais ceux de la femme semblaient plus hésitants.

Artémis vérifia dans son rétroviseur que les phares du couple la suivaient toujours avant d'entamer son dernier virage et de remonter l'allée menant à la villa de quatre cents mètres carrés. Située dans l'un des quartiers les plus calmes d'Hollywood, la maison n'avait aucun voisinage proche. Une intimité appréciée des stars du grand écran qui y avaient séjourné par le passé.

John gara sa Honda Civic derrière la BMW d'Artémis, et le trio se retrouva bientôt dans le salon de la spacieuse demeure, où Artémis entreprit de préparer trois cocktails de sa spécialité.

— Tu vis seule dans un château pareil ? s'enquit Kelly.

— La maison n'est pas à moi. Elle appartient à un ami qui me la prête quand je suis en ville.

— Tu n'habites pas L.A. ?

— Non, je suis de San Francisco, répondit-elle en s'installant au centre d'un sofa suffisamment long pour accueillir une demi-douzaine de personnes. Elle indiqua ensuite les places immédiatement à sa droite et à sa gauche et ses invités s'assirent à ses côtés.

Les yeux de l'épouse avaient de plus en plus de mal à rester ouverts et Artémis décida de passer à la vitesse supérieure. Elle ne voulait pas que la belle Kelly succombe aux effets de l'alcool avant qu'elle n'ait eu le temps de s'amuser un peu avec elle.

Elle tourna le visage de la jeune femme vers elle d'un geste doux mais assuré, et l'embrassa sur les lèvres. Tendrement d'abord, puis avec davantage de fougue. Elle sentait les yeux du mari sur elle et, tout en continuant d'embrasser Kelly, elle explora l'entre-jambes de l'homme de sa main gauche. Elle ne fut pas surprise de trouver sa queue déjà gorgée de désir. Ce bon John était visiblement plein de vigueur, mais elle espérait que son endurance serait à la hauteur. Elle détestait les mecs qui jouissaient alors qu'elle n'en avait pas encore fini avec eux.

Elle se leva et entraîna ses deux invités dans une suite aux dimensions pharaoniques, où elle déshabilla Kelly pendant que John lui ôtait ses propres vêtements. Elle étendit la femme sur le bord du lit alors que le mari lui explorait les seins de ses doigts hésitants.

— Au fait, c'est de quelle origine, Artémis, comme nom ? demanda Kelly que l'alcool n'avait pas tout à fait désinhibée.

— C'est grec, répondit-elle en s'allongeant sur la jeune femme.

John et Kelly dormaient paisiblement. Le couple avait de beaucoup dépassé ses espérances en matière de plaisir. Le mari savait se servir de ce qu'il avait entre les jambes, et le corps de sa femme avait maintenu Artémis fascinée durant toute leur séance. Le somnifère qu'elle avait glissé dans leurs cocktails avait été expertement dosé pour qu'ils ne succombent pas au sommeil avant qu'elle n'ait eu le temps de s'amuser avec eux.

Elle aurait très bien pu droguer leur champagne avant même qu'ils ne quittent le club, mais cela n'aurait pas été drôle. Artémis aimait les défis, et il était infiniment plus satisfaisant d'arriver à ses fins en usant de son charme. Et puis, elle n'aurait jamais pu prendre son pied en les droguant au préalable, et cela aurait été vraiment dommage.

# Chapitre 7

Le bar était déjà bondé quand Jennifer et Ethan y pénétrèrent peu après 19 h. Ils s'adressèrent à une serveuse qui leur indiqua le fond de la salle, où plusieurs tables avaient été réservées pour leur groupe. Elles étaient pour l'instant désertées, et ils s'assirent dos au mur derrière l'une d'elles en attendant l'arrivée de leurs amis.

C'était la première fois en quatre mois que Jennifer sortait de chez elle pour autre chose que faire des courses, manger un morceau ou se rendre au boulot, et c'était pour elle une véritable corvée. Elle aurait de loin préféré rester à la maison pour poursuivre ses recherches sur le Web et réfléchir à des pistes qu'elle et Ethan n'auraient pas encore explorées. Mais il s'agissait d'une soirée surprise pour l'anniversaire de Tabatha, et elle se devait d'être présente. Et ce, même si l'instigatrice de la surprise n'était autre que Janet, la nouvelle copine de son ex.

Jennifer et Tabatha avaient rompu d'un commun accord un an auparavant pour des raisons qui lui avaient semblé valables à l'époque, mais que Jennifer remettait en question depuis quelque temps. Elle appréciait beaucoup Olympia qui se montrait souvent drôle et de bonne compagnie, mais Jennifer savait que leur histoire avait une date de péremption. Elle espérait juste ne pas l'atteindre trop rapidement. L'idée de se retrouver seule en ce moment ne la réjouissait vraiment pas. Bien qu'elle ne passât pas plus de deux ou trois nuits par semaine avec Olympia, la présence de la Vénézuélienne constituait désormais le réconfort principal de son existence. Un réconfort dont Jennifer avait besoin aujourd'hui plus que jamais.

Tabatha aurait fait une meilleure confidente pour apaiser ses angoisses, mais on ne changeait pas le passé. Elle vivait avec Janet, et Jennifer ne pouvait s'immiscer au sein du nouveau couple simplement parce qu'elle cherchait une épaule sur laquelle pleurer. Les deux ex demeuraient cependant en bons termes et continuaient de fréquenter le même groupe d'amis. Il arrivait même qu'elles déjeunent encore en tête-à-tête.

Melody fit bientôt son apparition, accompagnée d'une femme que Jennifer ne connaissait pas et de Ricardo, un Italien qu'elle voyait depuis presque trois semaines, un record pour l'ancienne mannequin.

Elle leur jeta un regard complice qui semblait dire « votre secret est en sécurité avec moi », et qui irrita légèrement Jennifer. Ethan et elle étaient venus directement du bureau et il n'y avait rien de suspicieux à ce qu'ils s'installent l'un à côté de l'autre en arrivant les premiers.

— Je vous présente Rachel, dit Melody en s'asseyant à leur table. Rachel, voici Jennifer et Ethan. Rachel envisage de signer avec mon agence.

Jennifer salua les nouveaux venus et ne put s'empêcher de remarquer que les yeux d'Ethan s'attardaient un instant sur le décolleté provocant de la dénommée Rachel. Les cheveux de la jeune femme étaient d'un roux pratiquement identique au sien, et bien qu'elle possédât davantage de courbes que les autres filles travaillant pour Melody, ses rondeurs étaient stratégiquement placées pour plaire aux mâles. Jennifer, pour sa part, préférait les femmes avec un peu moins de hanches, mais Ethan ne semblait pas du même avis… Il ne dévisageait pas la nouvelle venue ouvertement, mais ses yeux revenaient régulièrement sur elle et cela irritait Jennifer, pour une raison que cette dernière aurait pourtant été incapable d'expliquer.

Ethan avait perdu son épouse trois ans plus tôt, et Jennifer ne l'avait jamais vu en compagnie d'une autre femme depuis la tragédie. Il avait parfaitement le droit de reluquer qui il voulait. Il était même grand temps que quelqu'un partage à nouveau son lit… Alors, pourquoi son intérêt pour cette fille l'ennuyait-il à ce point ?

Et qu'est-ce que foutait Olympia ? Tabatha allait arriver d'un instant à l'autre et la Vénézuélienne n'était pas encore là.

Janet et Tabatha firent leur apparition quelques minutes plus tard, et des cadeaux changèrent de mains alors que la serveuse prenait les commandes. Jennifer fut surprise d'entendre Ethan demander un scotch, lui qui ne buvait pratiquement jamais. Mais peut-être ne voulait-il pas passer pour quelqu'un de trop sage vis-à-vis de Rachel, qui venait de commander un tequila sunrise.

— Où est Olympia ? s'enquit Tabatha en s'asseyant en face de Jennifer.

— Elle devrait être ici. Je ne sais pas ce qu'elle fait. Je lui ai envoyé un texto, mais elle ne répond pas.

— Ne te fais pas de souci, elle finira bien par se montrer. Tu la connais… la ponctualité n'est pas vraiment son point fort.

Tabatha avait bien entendu raison, mais ça n'excusait en rien la retardataire. D'autant plus qu'elle ne travaillait pas aujourd'hui et que Jennifer lui avait rappelé l'anniversaire ce matin même alors qu'elle quittait son appartement.

Jennifer jeta une œillade à Rachel qui se trouvait désormais en grande conversation avec Ethan près du bar. Lequel des deux avait abordé l'autre ?

— Comment ça va, toi ? demanda Tabatha en se rapprochant de Jennifer. Tu tiens le coup ?

Jennifer acquiesça lentement et força un sourire dépourvu de joie qui ne trompa pas Tabatha une seconde.

— Si tu veux parler, tu peux m'appeler à n'importe quelle heure du jour ou de la nuit. D'accord ?

— J'aimerais voir la tête de Janet si je t'appelais en pleine nuit…

— Elle survivrait. Elle en sait suffisamment sur ta situation pour ne pas s'offenser d'un coup de téléphone.

Janet, comme la plupart de leurs amis, ignorait les détails les plus délicats de la tragédie qui s'était abattue sur Jennifer quatre mois plus tôt. Seuls Tabatha, Gwendoline et Ethan connaissaient toute la vérité. Le simple fait qu'Olympia n'appartienne pas au cercle restreint de ses confidents en disait long sur ce que Jennifer ressentait réellement à son égard.

Les deux ex conversèrent une vingtaine de minutes, puis Tabatha rejoignit Janet qui discutait politique avec Melody et son Italien.

Deux heures plus tard, Olympia ne s'était toujours pas montrée, et Jennifer commençait à s'inquiéter pour sa compagne. Enfin, pas trop tout de même… Ce n'était pas la première fois que la belle Vénézuélienne lui posait un lapin.

— Je vais y aller, Tab. Je me sens un peu fatiguée, dit Jennifer en enfilant son manteau.

Ethan remarqua le mouvement et lâcha enfin sa mannequin pour les rejoindre.

— Tu veux que je te raccompagne ? demanda-t-il.

— Je crois que tu as mieux à faire, répondit Jennifer en indiquant des yeux Rachel, qui se rapprochait déjà d'eux.

— Vraiment, ça ne me dérange pas du tout.

— Raccompagne-moi et je te botterai le train d'ici à mon appartement. Arrête de me traiter comme si j'étais atteinte d'un cancer en phase terminale et retourne t'amuser.

Ethan s'apprêtait à rétorquer, mais la belle Rachel les avait rejoints et il se ravisa.

— On se voit demain au bureau, ajouta Jennifer.

Ce ne fut qu'après avoir prononcé ces mots qu'elle se rendit compte que la remarque avait été davantage destinée aux oreilles de Rachel qu'à celles d'Ethan.

— On va faire un bout de chemin avec toi. Nous aussi, il faut qu'on se rentre, dit Tabatha, qui faisait signe à Janet de se dépêcher.

— Ne te sens surtout pas obligée… répondit Jennifer

Tabatha leva une main pour l'arrêter.

— Si tu n'as pas d'autres plans, j'aimerais que l'on déjeune ensemble demain. J'ai besoin de te parler d'un truc, dit-elle au moment où Melody et Ricardo rejoignaient le groupe.

— OK, va pour le déjeuner. Midi chez Alfonso ? demanda Jennifer.

Tabatha acquiesça, et les trois femmes firent leurs adieux au reste du groupe avant de prendre congé. Alors qu'elle franchissait la porte, Jennifer vérifia son téléphone une dernière fois. Toujours aucune nouvelle d'Olympia.

# Chapitre 8

Le réveil sur la table de chevet indiquait 9 h 17 lorsqu'Ethan émergea finalement de son sommeil. Il cligna des yeux plusieurs fois pour s'assurer qu'il ne se trompait pas, mais les chiffres verts sur fond noir demeurèrent les mêmes. Il avait l'habitude de se lever à 6 h tous les jours pour courir une heure avant de se rendre au bureau. Comment avait-il pu dormir trois heures de plus que d'ordinaire ? Il n'avait jamais entendu son réveil sonner.

Il se redressa aussitôt sur son lit, étourdi. Il avait dû bouger trop vite. Cela lui arrivait de temps en temps. Quelque chose en rapport avec l'oreille interne, d'après son médecin. Mais même assis, la tête continuait de lui tourner, à tel point qu'il fut bientôt pris de nausées. Il se précipita, titubant jusqu'à la salle de bain, et s'agenouilla devant la cuvette des toilettes. Il resta prostré là plusieurs minutes, mais rien ne vint. Ses haut-le-cœur finirent par s'atténuer et il alla au lavabo pour se passer de l'eau sur le visage. La fraîcheur du liquide lui fit du bien.

Que lui était-il donc arrivé ? Il ne se souvenait même pas avoir regagné son appartement après la soirée en l'honneur de Tabatha. Il n'avait pourtant pas bu tant que ça. Trois scotches… enfin, quatre en comptant celui que Ricardo lui avait payé. En tout cas, ce n'était pas suffisamment pour expliquer sa perte de mémoire. Et pourquoi était-il complètement nu ? Comme la majorité des hommes dans ce pays, Ethan dormait généralement en tee-shirt et en caleçon.

C'est alors qu'il remarqua l'odeur pour la première fois. Une odeur de sexe. Quand il baissa les yeux, les résidus blanchâtres qu'il découvrit collés à sa propre anatomie confirmèrent ses soupçons. Il avait bel et bien couché avec une femme la nuit dernière.

C'était bien sa chance… La première partie de jambes en l'air qu'il se permettait en trois ans, et il n'en gardait aucun souvenir !

Avait-elle passé la nuit ici ? Dans sa précipitation pour rejoindre la salle de bain, aurait-il pu ne pas remarquer quelqu'un entre ses draps ? Il se rendit dans la chambre pour en avoir le cœur net et fut soulagé de constater que le lit était bien vide. Quoiqu'à la réflexion, il se serait peut-être avéré préférable que sa conquête d'un soir n'eut pas encore quitté les lieux. Cela aurait au moins répondu à la question la plus importante : de qui s'agissait-il ?

Il avait passé la majorité de la soirée à discuter avec Rachel, la rousse incendiaire qui était venue en compagnie de Melody et de Ricardo. S'il avait réellement fini la nuit avec elle, il souhaitait de tout son cœur que la mémoire lui revînt. Ne serait-ce que pour se la jouer auprès de Theo.

Il doutait cependant qu'il s'agisse de Rachel. Non qu'elle n'eût été à son goût. Bien au contraire… Mais la mannequin lui avait envoyé des signaux ambigus toute la soirée. Chaque fois qu'il commençait à croire qu'elle s'intéressait à lui, elle faisait quelque chose pour refroidir ses ardeurs. Et de son côté, Ethan n'était pas non plus tombé raide dingue de la fille. En jargon machiste, il s'agissait évidemment d'une bombe, mais cela décrivait la plupart des copines de Jennifer, et il avait fini par se désensibiliser. Et puis, Rachel avait passé la soirée à parler d'elle. Un trait de caractère qu'elle partageait avec Melody, qui avait également tendance à tout ramener à sa personne.

Il soupçonnait que ce qui l'avait attiré le plus chez la jeune femme était sa longue chevelure rousse. Il ne fallait pas s'appeler Freud pour comprendre ce que cela voulait dire, d'autant plus qu'Ethan détenait lui-même un doctorat en psychologie.

Sa relation avec Jennifer avait beaucoup évolué au cours des années. Et l'aventure pour le moins inattendue qu'ils avaient partagée dans le Montana deux ans plus tôt les avait rapprochés d'une manière profonde. Theo n'était même pas au courant de ce qui était réellement arrivé au tueur en série répondant au nom de Casanova, mais Jennifer, elle, connaissait toute la vérité sur cette affaire. Et Ethan savait pertinemment qu'elle emporterait leur secret dans la tombe.

Il s'était néanmoins fait une raison. Jennifer ne partagerait jamais sa vie autrement qu'en sa qualité de collègue et amie. Il n'avait jamais rien ouvertement tenté avec elle, mais elle lui avait fait clairement comprendre, et à plusieurs reprises, qu'il n'était pas son type. Et pourtant, quand il l'avait tenue dans ses bras pour la réconforter quelques jours plus tôt, sa réaction l'avait surpris. L'arrivée inopinée de Melody avait interrompu leur étreinte, mais Ethan avait eu le sentiment que Jennifer était sur le point de l'embrasser.

Il se faisait certainement des idées. Et quand bien même ce ne serait pas le cas, cela ne voulait rien dire. Jennifer n'était pas elle-même ces derniers temps, et il devait prendre garde à ne pas abuser de sa vulnérabilité.

Il s'apprêtait à aller prendre sa douche lorsque ses yeux tombèrent sur un objet qu'il reconnut immédiatement. Il se pencha et ramassa le string afin de l'examiner. Le sous-vêtement de dentelle noire était déchiré sur le côté.

Durant longtemps, Ethan avait eu une vie sexuelle beaucoup plus débridée que la moyenne, mais il ne se souvenait pas d'avoir un jour déchiré les dessous d'une partenaire. Combien de verres s'était-il donc envoyés ?

Stupéfait, il se mit en quête d'indices lui permettant de retracer les événements de la nuit précédente, mais ne tomba sur aucun autre vêtement abandonné à la hâte sur la moquette. En revanche, ce qu'il découvrit dans le lit lui fit l'effet d'une gifle. Sous la couverture, le drap blanc était taché de sang. Une trouvaille pour le moins surprenante, puisqu'il doutait fortement que Rachel fût vierge.

# Chapitre 9

À peu près un tiers des tables étaient déjà occupées lorsque Jennifer entra dans le restaurant une minute après midi. Alfonso servait une cuisine italienne authentique, mais ne se situait ni proche du quartier des affaires ni sur l'un des sentiers battus par les touristes. Par conséquent, l'établissement était rarement plein pour le service du déjeuner.

Jennifer trouva Tabatha dans l'un des box qui longeaient le mur, dans un arrangement rappelant celui d'un wagon de train, où quatre passagers pouvaient s'asseoir autour d'une console. Contrairement aux tables entourées de chaises et placées au centre de la salle, les box étaient quant à eux équipés de banquettes.

Elle s'installa face à Tabatha et posa son sac à main à ses côtés sur le siège en skaï rouge.

— Salut. Tu es là depuis longtemps ?

— Je viens d'arriver, répondit son ex, alors que la serveuse déposait deux menus sur la table. Tu as eu des nouvelles d'Olympia ?

— Non, mais elle avait un casting ce matin. Si je n'en reçois pas d'ici ce soir, je passerai à son appart.

— Je suis certaine qu'elle va bien. Son téléphone n'avait sans doute plus de batterie et elle aura simplement oublié mon anniversaire.

Jennifer ne croyait pas en cette théorie, mais elle ne s'inquiétait pas non plus outre mesure du silence radio de sa compagne. Ce n'était pas la première fois qu'elle restait sans nouvelles d'Olympia. La mannequin avait de nombreux amis et une vie sociale très chargée.

— De quoi voulais-tu me parler ? demanda Jennifer après qu'elles eurent passé commande.

Le visage de Tabatha se rembrunit, et elle prit quelques secondes avant de répondre.

— Ça n'a sûrement aucun rapport… Mais je pense que tu préférerais savoir quand même, commença Tabatha, visiblement mal à l'aise.

— Savoir quoi, Tab ? s'enquit Jennifer, intriguée par le comportement de son amie.

— L'un de mes collègues au journal travaille sur une histoire depuis quelque temps déjà, mais il ne m'a mise dans la confidence qu'hier matin. Les journalistes d'investigation ont tendance à se montrer très protecteurs de leurs scoops potentiels…

— OK…

Jennifer se demandait toujours où son ex voulait en venir, mais commençait à avoir un mauvais pressentiment.

— Enfin bref, son enquête porte sur des disparitions inexpliquées de SDF. Il ne m'a pas encore confié grand-chose, mais il semblerait qu'un grand nombre de sans-abri se soit volatilisé des rues de San Francisco au cours des dernières années. Mais comme les flics ne s'intéressent pas aux SDF, ces statistiques ne figurent nulle part.

Jennifer commençait à deviner ce que Tabatha avait en tête.

— De quand datent les premières disparitions ?

— Au moins neuf ans, mais mon collègue pense que ça pourrait même remonter plus loin.

— Et tu crois que cela a un rapport avec Silas, c'est bien ça ?

— Je n'en sais rien, Jennifer, mais je me disais que c'était peut-être une piste à suivre. Une à laquelle toi et Ethan n'aviez pas encore songé.

*Et pour cause…* se dit Jennifer, qui ne voyait vraiment pas comment son ex avait pu concevoir un lien entre les deux affaires.

— C'est définitivement un angle que nous n'avons pas envisagé… Mais j'imagine que les disparitions de sans-abri ne sont pas rares. Entre la mortalité dans la rue, ceux qui réussissent à s'en sortir et ceux qui décident d'aller arpenter le bitume d'une autre ville, il doit être très difficile de savoir qui a réellement disparu.

— Exactement ! Et Andy pense que c'est pourquoi leurs kidnappeurs ont choisis de s'en prendre à eux. Parce que les seuls qui remarquent ces disparitions sont les autres SDF, et que personne ne les écoute.

— Andy ?

— Andrew White, mon collègue qui enquête sur l'affaire.

Jennifer avait une mémoire photographique et n'oubliait jamais un nom. Elle se souvenait avoir écouté plusieurs interviews d'Andrew White sur NPR, sa station de radio fétiche et unique source d'information américaine fiable.

— Il dit aussi que les disparitions se sont accélérées depuis environ un an. Avant ça, les enlèvements semblaient se produire à intervalles plus ou moins réguliers, mais relativement espacés, avec souvent plusieurs mois entre deux disparitions. Mais selon Andrew, il n'est maintenant pas rare que deux ou trois SDF s'évanouissent en une nuit sans laisser de traces.

Jennifer devait admettre que cela paraissait louche. On pouvait facilement expliquer qu'un sans-abri disparaisse de temps en temps, mais trois en une nuit, cela commençait à faire beaucoup.

— Andy a-t-il une idée de ce qui arrive à ces pauvres gens ?

— Seulement des théories pour le moment, et il ne m'a pas donné de détails. Mais dans la rue, les SDF s'inquiètent. Certains parlent de trois hommes à la mine patibulaire qui rôdent la nuit autour de leurs campements de fortune.

— Pourraient-ils décrire ces hommes ?

— Andy a établi une dizaine de portraits-robots, mais il

doute de leur utilité. Dix portraits pour trois salopards, ça fait sept de trop… Il est déjà difficile de trouver des témoins fiables parmi la population générale, mais chez les SDF, les abus de drogue en tout genre, l'alcoolisme et les maladies mentales sont la norme, et ça n'aide vraiment pas.

— Mais pourquoi as-tu pensé à mon frère, qu'est-ce qu'il vient faire là-dedans ?

— Parce qu'il s'intéresse beaucoup aux SDF. Je l'ai souvent vu leur parler. Il leur donnait des conseils pour rester au chaud pendant l'hiver, ou sur les plantes comestibles qui poussent dans les parcs de la ville.

Jennifer avait bien vu Silas discuter avec des sans-abri une fois ou deux, mais elle n'avait pas réalisé qu'il s'agissait d'une habitude chez lui. En raison de son apparence peu commune, Silas se retrouvait souvent marginalisé par l'ensemble de la société, ce qui expliquait peut-être son affinité avec les sans-abri. Personne ne souhaitait s'associer à eux non plus.

— Toujours est-il que j'ai parlé de Silas à Andy et il pense qu'il pourrait y avoir un lien, continua Tabatha.

Jennifer jeta un regard anxieux à son amie.

— Ne t'inquiète pas. Il ne sait rien sur ton frère. J'ai juste dit qu'il s'agissait d'un ami. Je ne suis pas complètement idiote.

Jennifer se détendit un peu. Peut-être Tabatha avait-elle mis le doigt sur quelque chose. Ça valait définitivement la peine de s'intéresser à la question. Ce n'était pas comme si elle avait une multitude d'autres pistes à suivre, de toute façon.

Leur repas terminé, les deux amies réclamèrent l'addition pendant qu'un client assis sur la banquette faisant dos à celle de Tabatha se levait. D'allure athlétique, l'homme avoisinait le mètre quatre-vingt-dix. Perdue dans ses pensées, Jennifer l'observa pousser la porte des toilettes. Il s'apprêtait à y pénétrer lorsqu'il se retourna et jeta un œil dans leur direction. Il détourna aussitôt le regard quand ses prunelles rencontrèrent celles de Jennifer. Cette dernière n'y prêta pas la moindre attention.

L'homme ressortit des toilettes quelques minutes plus tard et alla directement au bar pour payer l'addition avant de quitter le restaurant. Cependant, à aucun moment, il ne regarda en direction de leur table. Comme s'il prenait garde à les éviter. Cette fois, Jennifer trouva son manège étrange.

# Chapitre 10

Les yeux virent le corps de la femme commencer à remuer doucement, mais il lui fallut encore cinq bonnes minutes pour émerger complètement de son sommeil artificiel. Elle parvint à s'asseoir péniblement au bout d'un instant et sembla remarquer l'océan pour la première fois. Elle demeura immobile un moment à regarder les vagues s'échouer sur le sable à une vingtaine de mètres de là. Les yeux ne pouvaient distinguer son visage, mais l'expression qu'il reflétait était facile à imaginer : un mélange de confusion et d'incrédulité, sans aucun doute. La femme se retourna ensuite vers la forêt qui recouvrait toute l'île, si ce n'était la trentaine de mètres de plage qui en délimitaient la périphérie, et repéra enfin le corps de l'homme gisant à une dizaine de mètres d'elle. Tout comme le sien, il était entièrement nu, à l'exception de l'étrange collier qui lui encerclait la gorge.

Elle se releva péniblement et le rejoignit en titubant avant de s'affaler à ses côtés.

— John ! John ! Réveille-toi, dit-elle en le secouant vivement.

Mais elle n'obtint aucune réaction de la part de son compagnon, encore sous l'effet de l'anesthésique qu'on leur avait administré. Elle continua de le secouer en prononçant son prénom, puis se mit finalement à hurler. Son cri s'étrangla cependant dans sa gorge, et son corps devint rigide. Le collier qu'elle portait autour du cou venait de lui envoyer une décharge de plusieurs milliers de volts.

Elle apprendrait bientôt que la même décharge la rappellerait à l'ordre chaque fois qu'elle tenterait de crier ou de s'approcher à moins de cinq mètres de la frontière entre le sable et la mer. Un périmètre délimité par une ligne enterrée sur toute la circonférence de l'île. Semblable aux palissades invisibles confinant les chiens aux jardins de leurs maîtres.

Quiconque aurait tâché de quitter l'île à la nage se serait de toute façon noyé, le courant était bien trop violent, et les prisonniers n'avaient aucune idée de la direction à prendre pour rejoindre le continent.

Avec du temps et un bon couteau, il aurait été possible aux captifs de se débarrasser de ces colliers diaboliques, mais ceux qui avaient la malchance d'atterrir sur cette île n'y restaient jamais suffisamment longtemps pour y parvenir.

La femme récupéra bientôt de la décharge électrique qui l'avait envoyée au sol et se remit à secouer l'homme de plus belle, sans toutefois élever la voix au-dessus de la limite autorisée. Les yeux doutaient qu'il s'agisse là d'un geste délibéré. Il était peu probable qu'elle ait déjà fait le lien entre son cri et la décharge, mais elle le ferait sous peu, tout comme son compagnon d'infortune qui commençait à remuer à ses côtés.

L'homme finit par se réveiller complètement, et la femme le prit dans ses bras dans une étreinte désespérée. Ils parlèrent un long moment, mais les yeux ne pouvaient entendre l'échange. Il ne fallait cependant pas être devin pour soupçonner la teneur de leur conversation. *Comment sommes-nous arrivés ici ? Où sont nos vêtements ? Où sommes-nous ? Quel jour sommes-nous ?*

L'homme porta les mains à la gorge de la femme et entreprit de lui enlever le collier qui lui serrait le cou, mais renonça bientôt. Ils venaient de découvrir que l'objet en question était également programmé pour réprimer toute tentative de l'éloigner du porteur.

Ils se relevèrent tous les deux au bout d'un moment, frottèrent de leurs mains le sable qui collait à leur peau, et se mirent en marche vers la caisse en bois située à la lisière de la forêt. Ils l'ouvrirent aisément. Le couvercle avait déjà été décloué au pied de biche, mais leurs kidnappeurs n'avaient pas eu l'amabilité d'abandonner l'outil derrière eux en partant.

Ils sortirent de la caisse plusieurs boîtes de barres énergétiques. Ils s'empressèrent d'en avaler plusieurs d'affilée. Les yeux comprenaient parfaitement leur attitude. Ces deux-là devaient mourir de faim, à cette heure.

Ils s'emparèrent ensuite chacun d'une bouteille d'eau de 50 centilitres, qu'ils vidèrent quasiment d'une traite. L'homme en saisit une seconde et commença à la boire, pendant que la femme s'enfonçait dans les bois.

— Kelly ! appela l'homme. Où vas-tu ?

— Explorer. Je veux chercher à savoir où cette salope nous a débarqués.

— Tu crois qu'Artémis est responsable ?

— Qui d'autre, John ? Réfléchis un peu… On s'endort dans son lit et on se réveille ici… Et puis ne nous a-t-elle pas parlé d'une île paradisiaque ? Eh bien, voilà, nous y sommes… dit la femme d'une voix craquante de colère. Il ne nous reste plus qu'à trouver la villa de rêve et sa piscine, ajouta-t-elle avec sarcasme en s'enfonçant sous les frondaisons.

Elle passa sans la voir devant une caméra dissimulée en haut d'un arbre et braquée sur la plage, puis entra aussitôt dans le champ de vision d'une seconde qui couvrait cette partie du bois. L'île avait des yeux partout.

# Chapitre 11

Le gérant de la supérette se tenait face aux caisses à l'entrée du magasin qui, à 23 h 05, était techniquement fermé depuis cinq minutes. Au fur et à mesure que les derniers clients franchissaient les caisses, il activait manuellement la double porte vitrée pour les laisser ressortir. Il ne restait plus que trois personnes dans le magasin, et il avait hâte d'aller se coucher, lorsqu'il entendit frapper sur la vitre derrière lui. Il se retourna pour découvrir le visage souriant d'une blonde aux formes ravageuses, allègrement mises en valeur par une robe de soirée au décolleté vertigineux. La femme lui jeta un regard implorant, mains jointes devant elle en signe de prière. Il lui rendit son sourire et hocha la tête d'un air entendu avant de déverrouiller la porte pour la laisser entrer. Ce n'est qu'alors qu'il remarqua l'homme qui l'accompagnait.

L'individu en question mesurait environ cinq centimètres de plus que sa compagne. Avec son teint hâlé et son sourire sorti tout droit d'une pub pour une marque de dentifrice, il évoquait une sorte d'Apollon des temps modernes. Alors que la calvitie et la surcharge pondérale du gérant l'apparentaient plutôt à un Bouddha au sourire jovial.

— Merci infiniment, monsieur, nous n'en avons que pour une minute, dit la femme en franchissant la porte.

— Pas de problème, assura le gérant, ponctuant sa réponse d'un clin d'œil complice qu'il regretta aussitôt.

Une femme comme elle ne souhaitait certainement pas recevoir de clins d'œil de la part d'un type comme lui… Elle fréquentait son magasin depuis des années, mais il ne lui avait jamais adressé la parole auparavant. Il avait imaginé à plusieurs reprises qu'il l'invitait à dîner et qu'elle acceptait, mais il n'aurait jamais trouvé le courage de passer à l'acte. Elle avait fait trois fois la couverture de *Vogue* et sortait avec des gars d'une autre trempe que la sienne. Il la soupçonnait d'ailleurs de ne pas se limiter exclusivement aux hommes. Il l'avait vue fréquemment accompagnée de femmes qui semblaient être plus que de simples amies. Toutes plus bandantes les unes que les autres... Le monde n'était vraiment pas juste pour les pauvres bougres dans son genre.

La femme fatale et son compagnon du jour réapparurent bientôt armés d'une boîte de fraises et d'une bouteille de Taittinger, la marque de champagne la plus chère du magasin. Le gérant ne se faisait cependant pas trop de souci pour le porte-monnaie de sa cliente, elle pouvait se le permettre. Il ne savait pas ce qu'une mannequin comme elle gagnait par mois, mais la Jaguar qu'elle conduisait suggérait que son salaire excédait de beaucoup celui d'un gérant de supérette.

Le couple régla ses menues emplettes et s'orienta vers la sortie, où la femme gratifia leur bienfaiteur d'un sourire à faire fondre un iceberg.

— Encore merci, lui dit-elle alors que son mec se cantonnait à un mutisme digne du mime Marceau.

Elle ne les choisissait vraisemblablement pas pour leur conversation.

Le gérant regarda le couple se diriger vers la Jaguar garée au beau milieu du parking désert, à l'exception d'une fourgonnette blanche qui roulait au ralenti vers la sortie.

Parvenue à la hauteur du couple, la fourgonnette s'arrêta et le gérant vit le chauffeur en émerger. Il se trouvait trop loin pour entendre les mots que l'homme échangea avec le couple, mais il perçut clairement la déflagration de l'arme lorsque le chauffeur tira quasiment à bout portant sur l'amant. Le malheureux s'effondra aussitôt sur l'asphalte du parking. Avant que sa compagne n'ait eu le temps de comprendre ce qui venait de se produire, l'homme à la fourgonnette tendit son autre bras vers elle, et une décharge électrique illumina la nuit.

La femme s'écroula à son tour, mais son assaillant la rattrapa avant qu'elle n'atteigne le sol. Il la souleva comme si elle n'avait été qu'un fétu de paille et se dirigea vers la porte coulissante de la camionnette qu'il ouvrit. Il la jeta encore inconsciente à l'intérieur, claqua la porte, puis démarra en trombe sous les yeux médusés du gérant.

Il fallut une dizaine de secondes à ce dernier pour sortir de sa torpeur et prévenir la police que Melody Carter venait de se faire enlever.

# Chapitre 12

Ethan déposa un mug de café fumant en face de Theo et en tendit un autre à Jennifer, tous deux assis dans son salon. Theo lui avait proposé de faire les dépositions chez lui, et Ethan avait immédiatement accepté la suggestion. Le kidnapping de Melody avait sérieusement secoué Jennifer, et il avait jugé le cadre de son appartement plus propice à détendre son associée. Il ne s'agissait de toute façon pas d'une déposition formelle, puisqu'aucun d'eux n'avait assisté à l'enlèvement de Melody, mais simplement d'une discussion cherchant à établir le profil de leur amie, dans le but d'identifier des similarités avec celui des autres victimes.

Theo n'ayant plus de questions pour Ethan, il reporta son attention vers Jennifer.

— Depuis combien de temps connais-tu Melody Carter ?

— Environ huit mois. Nous nous sommes rencontrées à un vernissage dans une galerie.

— Comment s'appelait cette galerie ?

— Je ne sais pas, mais c'était dans le quartier du Dogpatch. Je peux retrouver l'adresse.

Theo acquiesça.

— Elle y était allée seule ?

— Non, Olympia était avec elle. Je les ai rencontrées en même temps.

— Olympia ?

— Olympia Torres. Ma copine…

Theo jeta un regard discret à Ethan qui confirma d'un signe

de tête qu'il s'agissait bien de sa *petite* copine.

— Et Olympia et Melody sont proches ?

— Assez, oui. Elles se connaissent depuis sept ou huit ans. Elles participaient aux mêmes défilés de mode et l'agence de Melody représentera aussi la sœur d'Olympia dès que sa situation aura été régularisée.

Ethan vit le visage de Jennifer se rembrunir.

— Rassure-toi, Jennifer. Theo se fout complètement des problèmes d'immigration d'Andrea. Le FBI ne s'intéresse pas à ces choses-là.

— Il a raison, confirma Theo. J'en déduis qu'Andrea n'est pas dans ce pays légalement ?

— Non. Mais Olympia lui a trouvé un bon avocat. Un type spécialisé dans ces procédures, et il pense pouvoir régulariser sa situation d'ici six mois.

— Et Melody serait alors devenue l'agent d'Andrea, si j'ai bien saisi.

— Oui. Du moins jusqu'à ce qu'elle se fasse un nom dans la profession. Au dire d'Olympia, Andrea a beaucoup de potentiel, mais l'agence de Melody travaille principalement sur San Francisco. Il est donc fort probable qu'elle rejoigne une agence plus grande par la suite.

Theo comprenait le monde de la mode encore moins bien qu'Ethan, mais il hocha la tête d'un air qui indiquait qu'il trouvait cela tout à fait logique.

— Quel âge a Andrea et où vit-elle ?

— Dix-sept ans, je pense. Elle habite avec sa sœur, mais elle ne pourra pas t'aider à propos de Melody. À ma connaissance, elles ne se sont rencontrées qu'une seule fois, afin que Melody évalue son potentiel. Andrea ne sort presque jamais de la maison. Olympia a une trouille bleue qu'elle se fasse pincer par l'immigration dès qu'elle met le nez dehors. J'ai déjà essayé de lui expliquer que les risques que cela arrive étaient franchement faibles, mais sa peur n'est pas rationnelle. D'un autre côté, étant donné la situation au Venezuela, je la comprends…

— As-tu parlé à Olympia depuis le kidnapping ? demanda Theo.

— Seulement par textos.

Theo eut l'air de trouver cela étrange, et Jennifer ressentit le besoin de se justifier.

— Olympia m'évite depuis quelques jours.

— Elle t'a dit pourquoi elle n'était pas venue à l'anniversaire de Tabatha ? s'enquit Ethan.

— Je ne lui ai pas parlé depuis, mais d'après son message, elle avait égaré son téléphone et n'avait pas l'adresse. Elle a finalement retrouvé son portable coincé entre deux coussins de son divan, mais quand elle est arrivée au bar, nous étions déjà partis…

Le ton de Jennifer suggérait qu'elle ne croyait pas vraiment à cette explication. Ethan ignorait à quel jeu Olympia jouait, mais son comportement commençait à lui taper sur les nerfs. Jennifer n'avait jamais eu autant besoin d'elle. D'abord Silas, et maintenant Melody… Son associée possédait un mental d'acier, Ethan le savait mieux que quiconque, mais tout le monde avait un point de rupture, et il se demandait si Jennifer ne s'approchait pas dangereusement du sien.

Elle ne savait même pas ce qu'Olympia lui reprochait, et Ethan ne pouvait vraiment pas l'aider dans ce domaine. Il ne comprenait déjà pas grand-chose aux relations hétéros…

L'entretien se prolongea une heure durant, puis Jennifer prit congé des deux hommes. Il était 19 h passées, et elle se sentait fatiguée.

— Notre cinglé est en train de prendre de l'assurance, dit Theo une fois Jennifer partie. C'est la première fois qu'il kidnappe une femme accompagnée. Et devant un témoin, en plus.

— C'est aussi la première fois qu'il descend le copain, renchérit Ethan. Et il y a peu de chances que deux malades ciblent des mannequins dans la même ville au même moment. Il ne peut même pas s'agir de l'œuvre d'un copycat puisque vous n'avez pas prévenu les médias et que le public n'est pas au courant pour les autres filles.

— Et ce n'est pas tout. Une autre mannequin semble avoir été enlevée il y a deux jours. Sa disparition n'est pas confirmée, mais si elle l'est, cela voudra dire que notre salopard s'en est pris à deux femmes en moins de quarante-huit heures.

— Je n'ai jamais entendu parler d'un tueur en série aussi prolifique.

— Non… Je pense que c'est un nouveau record.

Ils discutèrent de l'affaire quelques minutes de plus, mais ils n'avaient pas encore suffisamment d'éléments pour établir un profil fiable du tueur. D'autant plus que les corps de ses victimes ne refaisaient jamais surface.

— Tiens, j'ai une histoire dingue à te raconter, dit Ethan quand ils eurent clos le sujet

Theo lui jeta un regard circonspect.

— Dois-je m'attendre au pire ?

Les deux amis s'étaient rencontrés à l'université et avaient chacun servi de témoin au mariage de l'autre, mais Theo n'approuvait pas toujours les méthodes de son meilleur ami. Theo opérait dans le cadre strict de la loi, alors qu'Ethan ne se souciait que de l'aspect moral des choses. Et la morale d'Ethan Archer n'était pas celle de tout le monde.

— Pas cette fois. Du moins, je ne crois pas, répondit Ethan.

Il conta à son ami la soirée d'anniversaire de Tabatha, et la manière dont il s'était réveillé le lendemain sans savoir avec qui il avait passé la nuit.

— Et tu es sûr que tu t'es tapé une fille ?

— Je ne pense pas qu'il y ait suffisamment d'alcool sur la planète pour me faire oublier un mec, ironisa Ethan.

Il énuméra ensuite les indices qui l'avaient mené à cette conclusion irréfutable.

— Tu t'es envoyé une vierge et tu ne t'en souviens même

pas ? Et elle n'a pas essayé de te recontacter ?

— Non.

— La malheureuse doit être plantée devant son téléphone à attendre que tu la rappelles.

— Très drôle. Je suis retourné au bar le lendemain pour parler aux serveurs et au barman. Ils m'ont dit que j'avais descendu au moins une dizaine de scotches et m'ont confirmé que j'avais quitté le bar en compagnie d'une fille qui m'aidait à marcher. Elle a dû conduire ma bagnole parce que je n'étais visiblement pas en état de prendre le volant.

— Ils te l'ont décrite ? C'était bien cette Rachel ?

— Rachel est rousse. Mais cette fille était brune, et je n'ai toujours pas la moindre idée de qui il s'agit.

# Chapitre 13

Le soleil penchait déjà vers l'horizon. Dans moins d'une heure, il se noierait dans l'océan qui s'étendait à perte de vue, et le couple devrait à nouveau se contenter de la clarté blafarde de la lune et des étoiles pour s'orienter sur l'île qui les hébergeait depuis la veille. Les yeux, eux, ne se souciaient pas de la tombée de la nuit. Ils voyaient dans le noir aussi bien qu'en plein jour.

La femme avait repéré la faible lueur rubescente d'une caméra en mode infrarouge la nuit précédente, et le couple en avait localisé une douzaine d'autres depuis. Ils avaient bien tenté de les neutraliser, mais elles se trouvaient pour la plupart perchées en haut des arbres, et ils ne visaient pas suffisamment juste pour les atteindre avec leurs cailloux.

De toute façon, elles étaient si nombreuses qu'ils n'auraient eu aucune chance de les dénicher toutes avant l'arrivée de leurs hôtes.

Le couple avait désormais découvert que seulement une partie de l'île leur était accessible, et qu'ils étaient par conséquent confinés à un espace d'environ deux kilomètres carrés, bordé par cinq kilomètres de sable. Le reste de l'îlot s'étendait de l'autre côté d'une ligne invisible que leurs colliers électroniques leur interdisaient de franchir.

Le son d'un hélicoptère s'éleva au loin. Les yeux savaient ce que cela annonçait. D'ici peu, leurs invités seraient là. Sur la plage, l'homme et la femme observaient le ciel, certainement dans l'espoir d'attirer l'attention du pilote. Mais même s'ils avaient pu apercevoir l'hélico, le pilote n'aurait pas levé le petit doigt pour les aider.

*Bienvenue à la quatrième chasse de la saison.*

L'homme et la femme sursautèrent à l'annonce et s'interrogèrent du regard avant de scruter les environs. Ils ne trouvèrent évidemment personne. La voix désincarnée avait jailli de haut-parleurs dissimulés dans la végétation dense de l'île.

*Les règles de la chasse sont simples, reprit la voix. Il n'y a que deux façons pour le gibier de survivre. Tuer tous les chasseurs ou parvenir à s'échapper. D'ici une heure, les chasseurs arriveront par bateau. Si vous parvenez à les tuer, vous serez libres de prendre leur embarcation pour regagner l'île habitée la plus proche en vous servant de son GPS. Et maintenant… QUE LA CHASSE COMMENCE !*

L'homme et la femme se regardèrent un long moment en silence avant de prendre leurs jambes à leur cou en direction de la forêt.

Artémis sortit du hors-bord équipée d'un arc et d'un carquois. Tout comme Zeus, Poséidon et Hadès qui l'attendaient déjà sur la plage, elle était vêtue de noir et dotée de lunettes infrarouges lui permettant de voir une fois la nuit tombée. Kelly et John ne disposaient pas de telles lunettes, mais la chasse n'était pas censée être juste. L'annonce coutumière expliquant les règles du jeu aux proies n'était destinée qu'à leur faire croire qu'il existait une chance de survivre à la confrontation, quand elles n'en avaient évidemment aucune. Même si le couple parvenait à venir miraculeusement à bout de tous les chasseurs, les colliers qu'ils portaient les neutraliseraient longtemps avant qu'ils ne puissent mettre un pied sur le navire des chasseurs. Mais l'espoir de pouvoir survivre à ce cauchemar constituait un élément psychologique important de la chasse. Sans cet espoir, les proies se montraient beaucoup moins combatives, et les chasseurs venaient ici pour le sport autant que pour le plaisir de tuer.

Comme à l'accoutumée, Artémis et ses compagnons se séparèrent afin de couvrir un maximum de terrain. La chasse de cette nuit était programmée pour durer huit heures. Si les proies demeuraient en vie une fois ce laps de temps écoulé, les hommes d'Artémis communiqueraient leurs positions par radio aux chasseurs, qui s'empresseraient de converger vers leurs futurs trophées. Avec le réseau de caméras et de micros dissimulés partout sur l'île, le gibier n'avait aucune chance de rester caché bien longtemps.

Perdue en bordure des Bahamas, l'île appartenait à Zeus, qui l'avait convertie en un fantastique terrain de chasse à grand renfort de capitaux. C'était de loin le lieu favori du groupe. Son climat clément permettait d'y abandonner leurs victimes sans le moindre vêtement, puisque la température ne descendait jamais en dessous de vingt-trois degrés, même au beau milieu de la nuit. Artémis se moquait personnellement que les proies soient nues comme des vers. Contrairement à ses trois compagnons masculins, elle ne mélangeait jamais la chasse et le sexe.

Elle ne craignait pas d'embûches de la part de John et Kelly, qui ne disposaient d'aucune arme, mais elle progressait tout de même à pas feutrés parmi les cocotiers et diverses essences d'acajou. Elle ne comptait pas les abattre elle-même, mais ce n'était pas une raison pour télégraphier sa position au couple. À la différence de ses compagnons de chasse qui oscillaient entre la psychopathie et la sociopathie, Artémis était capable d'émotions. Elle ne l'aurait jamais admis à quiconque, mais c'étaient en fait ses sentiments qui régissaient la majorité de ses décisions. Le choix de ne pas exécuter John et Kelly n'était cependant dicté par nulle sensibilité. Simplement par l'appât du gain. Les proies qu'elle tuait elle-même ne lui étaient pas payées. Et Artémis ne comptait pas se priver d'autant d'argent juste pour affirmer sa supériorité de chasseuse sur ces mâles blindés de fric.

Une détonation retentit. Aussitôt suivie d'un hurlement de

désespoir provenant de Kelly. Hadès venait d'abattre ce bon John. Lui seul portait une arme à feu aujourd'hui. Bien qu'inévitable, la mort d'une telle proie demeurait regrettable. John savait vraiment se servir de sa queue.

Les cris de Kelly déchirèrent bientôt la nuit, mais cette fois sa voix était empreinte de terreur. Aucune arme n'était jamais fournie aux gibiers lorsque des femmes faisaient partie des victimes. Et ce pour une raison toute simple : les chasseurs ne voulaient pas avoir à neutraliser leurs proies avant de les violer…

Artémis se mit à courir en direction des hurlements. Connaissant Hadès, il allait encore jouir en trois minutes, et elle tenait absolument à plonger les yeux dans ceux de Kelly une dernière fois avant qu'elle ne rejoigne son époux dans l'autre monde.

# Chapitre 14

Assis sur son divan, pieds posés sur la table basse, Ethan était plongé dans les dossiers que Theo lui avait fait parvenir dans la journée. Ceux des mannequins enlevées au cours des six derniers mois.

Le kidnappeur avait désormais six victimes supposées à son actif, mais Ethan n'avait reçu que cinq dossiers. Celui de Melody ne faisait pas partie du lot.

Le FBI n'avait pas encore tranché sur la question de sa propre relation avec l'ancienne mannequin, mais il ne se faisait pas trop de souci à ce sujet. Il ne côtoyait Melody que par l'intermédiaire de Jennifer et ne l'avait jamais rencontrée sans au moins deux ou trois autres personnes présentes. Melody était tout au plus une connaissance, pas une amie, et il doutait que le FBI voie les choses différemment.

Jennifer, en revanche, serait considérée comme trop proche de la victime pour pouvoir avoir accès au dossier, ce qui risquait de compliquer les choses. Après leur enquête pour les Woodrough deux ans plus tôt, Ethan avait promu sa secrétaire au rang d'associée. Jennifer n'était pas seulement la pire secrétaire qu'il eut jamais employée, elle était aussi beaucoup trop brillante pour se contenter de répondre au téléphone et de taper ses rapports.

Elle l'avait depuis assisté dans de nombreuses enquêtes – dont deux en tant que consultant pour le FBI – et Ethan avait appris à compter sur les cellules grises de la jolie rousse. La difficulté dans le cas présent consisterait à convaincre Theo que

Jennifer ne travaillait pas avec lui sur l'affaire. Parce qu'Ethan ne se faisait aucune illusion, il serait plus facile d'enseigner à un tétraplégique à jouer du piano que d'empêcher Jennifer de s'intéresser à cette enquête…

D'autant plus que leurs investigations sur la disparition de Silas n'allaient nulle part. Le malheureux semblait s'être volatilisé. Évidemment, quelqu'un comme Silas aurait pu disparaître de son propre chef, et personne ne l'aurait jamais retrouvé… Et Ethan demeurait convaincu qu'il avait dû y songer plus d'une fois… Mais il n'aurait jamais fait une chose pareille sans prévenir Jennifer. C'était tout simplement inconcevable.

Après des semaines passées à essayer de comprendre ce qui lui était arrivé, Jennifer et Ethan n'en savaient toujours pas plus sur la question. Une issue prévisible étant donné qu'ils n'avaient pas le moindre indice à se mettre sous la dent.

Ethan se replongea dans le dossier d'Eva Hovorka, la mannequin enlevé à peine vingt-quatre heures avant Melody. Eva n'avait pas retrouvé son petit ami pour le déjeuner, et comme elle ne répondait pas non plus au téléphone, ce dernier s'était rendu chez elle. Il y avait trouvé la porte d'entrée entrouverte et la douche coulant encore, mais aucune trace de la jeune femme. Il avait aussitôt prévenu la police qui avait rapidement établi que la serrure avait été forcée. Étant donné la profession de la victime, la police de San Francisco avait alerté le FBI.

Ethan cherchait toujours à comprendre ce qui avait poussé le kidnappeur à changer son *modus operandi*. Les cinq premières victimes avaient disparu avec quatre à huit semaines d'écart entre chaque enlèvement, mais il ne s'était écoulé que vingt-quatre heures entre le cinquième et le sixième kidnapping. De plus, l'agression de Melody s'était déroulée en présence de deux témoins. L'infortuné Ricardo était mort sur place, mais le gérant de la supérette avait fait une déposition détaillée de ce qu'il avait vu. Les caméras situées sur le parking du magasin avaient d'ailleurs corroboré son histoire et établi que la fourgonnette du tueur était équipée de fausses plaques d'immatriculation.

Tout ce que l'on savait pour le moment sur l'assassin tenait en une ligne. Il s'agissait d'un mâle de race blanche, costaud, et d'une taille comprise entre un mètre quatre-vingt-quinze et deux mètres dix.

La sonnette de la porte d'entrée tira Ethan de ses pensées. Il regarda sa montre et fut surpris de constater qu'il était presque 18 h. Qui donc venait le déranger à cette heure ?

Il ouvrit le battant pour découvrir deux hommes à la mine sérieuse de l'autre côté. Il identifia la profession de ses visiteurs avant même qu'ils aient le temps de sortir leurs cartes officielles.

— Ethan Archer ? demanda le plus petit des deux.

— En personne.

— Je suis l'inspecteur Donovan, et voici l'inspecteur Sprat. Nous avons quelques questions à vous poser et nous apprécierions beaucoup si vous pouviez nous accompagner au commissariat.

— À propos de Melody Carter ? s'enquit Ethan, surpris que la police de San Francisco s'intéresse encore à l'affaire.

— Nous préférerions ne pas discuter de cela en pleine rue, mais nous répondrons à toutes vos questions au poste, monsieur Archer.

Ethan n'aimait pas cette réponse. Il avait assisté à suffisamment d'interrogatoires pour savoir qu'on n'emmenait un témoin au poste que pour le déstabiliser, ou parce qu'on le soupçonnait de quelque chose. Que lui voulaient ces deux flics ?

— Je suis un peu fatigué, et je n'ai pas vraiment envie de passer la soirée au commissariat. Surtout sans comprendre de quoi il s'agit.

Les deux policiers se consultèrent du regard un instant.

— Pouvons-nous discuter à l'intérieur, dans ce cas ? demanda Sprat, dont la moustache poivre et sel engloutissait la lèvre supérieure.

La curiosité d'Ethan triompha sur sa prudence, et il s'effaça pour les laisser entrer.

Il se rassit sur son divan en refermant les dossiers de Theo, pendant que les deux inspecteurs prenaient place dans des fauteuils disposés à quatre-vingt-dix degrés du sofa. Un de chaque côté du *suspect*. Car c'est bien de cela qu'il s'agissait. Ces deux types le soupçonnaient de quelque chose. Et Ethan avait un mauvais pressentiment sur leurs raisons.

— Je vous écoute, messieurs, dit-il en se calant confortablement au fond de son siège.

Donovan déposa un magnétophone miniature électronique sur la table et le mit en marche sans demander l'avis d'Ethan.

— Où étiez-vous le soir du 21 mars ? C'est-à-dire il y a deux jours.

La question eut l'effet d'une bombe dans son cerveau. Non parce qu'il ne s'y était pas attendu, bien au contraire, mais à cause de ce qu'elle impliquait. Que s'était-il passé la nuit du 21 mars ? Si ces deux-là espéraient qu'il les éclaire sur ce point, ils risquaient d'être déçus. Ethan n'en savait fichtre rien. Il avait bu – beaucoup trop visiblement – et s'était réveillé le lendemain dans son lit sans la moindre idée de la façon dont il y était arrivé.

— Dans un bar avec des amis. *Le Clancy*.

Sprat gribouilla quelques notes dans son calepin pendant que son coéquipier poursuivait l'interrogatoire.

— À quelle heure avez-vous quitté le bar ?

— Vers minuit, rétorqua Ethan sans hésitation.

Le barman et la serveuse qu'il avait questionnés la veille étaient tous les deux d'accord sur ce point.

— Étiez-vous seul ?

— Non. J'étais accompagné d'une femme.

— Pourriez-vous nous donner son nom ?

Ethan hésita un instant avant de répondre.

— Non.

Donovan lui jeta un regard curieux.

— Vous ne voulez pas nous le dire, ou vous ne connaissez

pas son nom ?

— Je ne peux pas vous donner son nom. C'est tout, répliqua Ethan qui commençait à sentir un poids sur son estomac.

Où désiraient-ils en venir ? Que s'était-il passé ?

— D'accord… rétorqua Donovan, l'air dubitatif. Et où êtes-vous allé en sortant du bar ?

Ethan ne pouvait pas non plus répondre à cette question. Du moins, pas sans risquer de s'incriminer pour parjure. Il n'avait pas la moindre idée d'où il s'était rendu avec cette femme. Ils avaient visiblement fini la nuit chez lui, mais il ignorait si le chemin avait été direct. Sa mystérieuse vierge et lui s'étaient peut-être arrêtés dans d'autres bars sur la route.

— Ma mémoire n'est pas très claire sur les détails. J'avais pas mal bu…

Les deux inspecteurs se regardèrent en silence un bon moment, et Donovan hocha finalement la tête en signe d'acquiescement.

— Écoutez, monsieur Archer, nous savons qui vous êtes. Vous nous avez aidés plusieurs fois à appréhender des salopards peu reluisants, et nous connaissons également votre réputation à propos des pervers et violeurs en tout genre.

Ethan éprouvait une haine tout aussi particulière que personnelle à l'encontre des hommes qui abusaient des femmes. Une haine qui l'avait à plusieurs reprises amené à réprimander de manière un peu *musclée* les salopards en question. Tous ne s'étaient pas remis de leur rencontre avec Ethan Archer, mais la police n'avait jamais pu prouver son implication dans les cas les plus… funestes. Cela ne signifiait pourtant pas qu'ils le croyaient innocent.

— C'est pourquoi nous allons jouer cartes sur table avec vous, continua le flic. La jeune femme en question vous accuse de l'avoir violée, et maintenant nous voudrions entendre votre version des faits.

— J'apprécie beaucoup votre franchise, inspecteurs, mais

pour être certain que nous parlons bien de la même personne, pourriez-vous me donner le nom de mon accusatrice ?

Une fois encore, les deux inspecteurs s'interrogèrent longuement du regard avant de répondre.

Lorsque le nom de la supposée victime sortit finalement de la bouche de Sprat, Ethan faillit tomber de son siège.

# Chapitre 15

Assise derrière son ordinateur, Jennifer visualisait pour la énième fois la vidéo de l'enlèvement de Melody. Elle n'était pas censée l'avoir puisque Theo avait expressément demandé à Ethan de l'écarter de l'enquête, mais Jennifer n'avait que faire de la permission du FBI. Elle aurait pu obtenir une copie de l'enregistrement en harcelant Ethan jusqu'à ce qu'il cède, mais ce dernier n'était pas venu au bureau depuis deux jours. Elle l'avait eu au téléphone la veille, mais il lui avait rapidement fait comprendre qu'il ne pouvait pas parler, probablement parce que Theo ne se trouvait pas loin. Jennifer s'était alors rendue à la source et avait usé de ses charmes auprès du gérant de la supérette, qui avait accédé à sa requête en cinq minutes chrono.

Le parking était équipé de six caméras, mais seulement trois d'entre elles avaient capturé la progression de Melody et de Ricardo. Depuis leur sortie du magasin, jusqu'à l'instant fatidique où le tueur déposait le corps inerte de Melody à l'arrière de sa camionnette. Le véhicule en question était présent sur les enregistrements de quatre caméras, mais après une bonne vingtaine de visionnages de toutes les bandes, Jennifer n'avait toujours rien trouvé qui puisse lui permettre de remonter la piste du kidnappeur. Le Ford transit blanc du tueur ne possédait d'autres signes distinctifs que ses fausses plaques d'immatriculation, que l'on pouvait changer en moins de trois minutes à l'aide d'un simple tournevis.

La camionnette apparaissait pour la première fois sur les

vidéos peu de temps après que Melody et Ricardo étaient ressortis du magasin. Ceci suggérait que le véhicule se trouvait jusqu'alors garé à l'abri des caméras dans l'un des angles morts du parking. Certainement pas un hasard… Mais si l'assassin de Ricardo avait attendu qu'ils ressortent pour les aborder, cela suggérait qu'il les avait vus y entrer. Combien de temps les avait-il suivis avant de passer à l'acte ? Car une chose était sûre, le kidnapping avait été prémédité. Le meurtrier n'avait pas enlevé une sixième mannequin parce qu'il était tombé sur elle par hasard alors qu'il sillonnait le bitume au volant d'un véhicule maquillé.

La qualité de l'image ne permettait cependant pas d'identifier le tueur. Seulement de voir qu'il s'agissait d'une force de la nature. Bien que dépassant le mètre quatre-vingt-cinq, le malheureux Ricardo avait l'air d'un gringalet face à son assassin. Il était clair que l'Italien s'était tout simplement trouvé au mauvais endroit au mauvais moment, et que Melody constituait la véritable cible du malade, mais cela ne rassurait en rien Jennifer. Comment l'avait-il repérée ? Comment choisissait-il ses victimes ? Melody avait pris sa retraite en tant que mannequin et ne s'occupait plus que de sa petite agence. Cela faisait bien cinq ans qu'elle ne figurait plus dans aucun magasine, ne participait plus à aucun défilé, alors comment l'avait-il identifiée ?

La réponse lui apparut soudain évidente. L'agence… Où dénichait-on des modèles ? Dans les agences de mannequinat telles que celle de Melody. Le salopard y trouvait ses proies… Il ne savait certainement même pas que Melody ne posait plus. Il avait vu une superbe blonde sortir du bâtiment et cela lui avait suffi… Combien de temps avait-il traqué sa victime avant de passer à l'acte ? Quelques heures ? Quelques jours ? Des semaines ? Probablement des semaines… Le fait qu'il ne se soit pas encore fait pincer suggérait une démarche méthodique et calculée.

Si le tueur surveillait Melody depuis un bout de temps, Jennifer l'avait-elle déjà aperçu ? Les deux femmes se retrouvaient au moins une fois par semaine, pour leur brunch, et souvent davantage. L'idée du brunch en amena une autre, qui lui glaça le sang. Le kidnappeur avait-il également croisé le chemin d'Olympia ? Elle trouva cette éventualité particulièrement dérangeante. Olympia était elle aussi mannequin, et par conséquent beaucoup plus à risque que Jennifer elle-même.

Elle décida de lui téléphoner pour la mettre en garde, mais l'appel atterrit une fois de plus sur la boîte vocale de sa compagne. Encore qu'ex-compagne eût peut-être été un terme plus approprié en ce qui concernait la Vénézuélienne, qui ne lui avait pas adressé la parole autrement que par textos depuis plus de cinq jours. Jennifer ignorait ce qu'elle avait bien pu faire pour la foutre en rogne, mais dans l'immédiat, il ne s'agissait pas de sa préoccupation principale. Même si Olympia avait décidé de rompre avec elle et cherchait encore le courage de le lui avouer, Jennifer se devait de la mettre en garde. Elle composa donc un long texto exposant ses craintes et implorant la jolie Vénézuélienne de rester sur ses gardes.

Elle avait à peine pressé la touche envoi qu'un message de Tabatha apparut sur l'écran de son portable.

*J'ai du nouveau à propos des disparitions de sans-abri.*
*Tu seras chez toi après 20 h ?*

Jennifer tenta d'appeler directement la journaliste, mais celle-ci ne décrocha pas. Elle répondit cependant par texto un instant plus tard.

*Peux pas parler maintenant. Je passe chez toi ce soir.*

Jennifer contempla son portable un long moment, pensive. Qu'avait découvert Tabatha ? Quoi que ce fût, ce devait être sérieux. Avait-elle trouvé une piste à suivre ? Jennifer osait à peine y croire…

Avant qu'elle n'ait eu le temps de se poser davantage de questions, son téléphone sonna. Voyant le nom d'Olympia affiché sur l'écran, elle laissa sonner trois fois, puis décrocha. Elle ne voulait pas paraître désespérée.

— Allô ?

— Jen, il faut qu'on discute.
— OK… répondit-elle, blasée.
— Le plus vite possible. C'est important.
Jennifer avait envie de lui répliquer que cela faisait cinq jours qu'elle essayait de lui parler, mais quelque chose dans le ton de la Vénézuélienne la retint. Un tremblement dans la voix auquel elle n'était pas habituée. Quelque chose comme du désespoir.

# Chapitre 16

Ethan décapsula une bière et la tendit à Theo, avant de se rasseoir dans son fauteuil. Il dévissa le bouchon de la bouteille d'eau qu'il venait de sortir du réfrigérateur et en but une longue gorgée pour rincer l'arrière-goût de pizza qui lui traînait encore dans la bouche.

La femme de l'agent spécial ayant emmené leurs enfants en visite chez ses parents dans le Connecticut, Theo se retrouvait célibataire pour la semaine.

Le match de basket se poursuivait en sourdine à la télévision, mais aucun des deux n'y prêtait plus la moindre attention. Theo observait son ami en silence, arborant une expression à mi-chemin entre le doute et le déni.

— Elle t'accuse de viol ? Toi ? lança-t-il au bout d'un moment. Mais pourquoi ? Qu'a-t-elle à y gagner ? Je ne vois vraiment pas où elle veut en venir.

— Elle n'a rien à y gagner. Et c'est bien ça le problème !

— Qu'est-ce que ça signifie ?

— Ça signifie que puisqu'elle n'a absolument aucune raison de mentir, peut-être bien qu'elle ne ment pas…

— Arrête de dire n'importe quoi ! le sermonna Theo.

— Ce n'est pas n'importe quoi… Elle était bien vierge. J'ai vu son sang sur mes draps ! Aucune femme ne sacrifierait sa virginité pour accuser un mec de viol sans avoir quoi que ce soit à y gagner.

— Qu'as-tu fait des draps ? Tu dois t'en débarrasser ! Et du protège-matelas aussi…

Ethan n'en croyait pas ses oreilles. Son ami était le flic le plus droit qu'il connaisse. Un agent spécial dans la division du FBI chargée de traquer les tueurs et violeurs en série. Et à présent, il l'implorait de se défaire de potentielles pièces à conviction.

— Je les ai lavés à l'eau de javel le jour même. Avant de savoir que le rapport était non consenti.

— Il l'était peut-être, l'interrompit Theo. Elle aura changé d'avis après coup, et maintenant, elle t'accuse de viol pour justifier sa propre erreur.

— Depuis quand ne défends-tu plus les victimes, Theo ? aboya Ethan.

Mais son ami n'était pas à l'origine de sa colère. C'était bien contre lui-même que sa rage était tournée. Ethan n'avait pas remis les pieds à l'agence depuis la visite des inspecteurs. Comment pourrait-il faire face à Jennifer alors qu'il ne pouvait même plus se regarder dans une glace sans vouloir enfoncer son poing dans le miroir ?

— Au contraire ! C'est exactement ce que je suis en train de faire. C'est bien toi la victime dans cette histoire.

— Comment peux-tu en être aussi sûr ? Tu n'étais pas là, et je n'me souviens de rien !

— Parce que je te connais depuis bientôt vingt ans et que tu es absolument incapable de faire une chose pareille. Je t'imagine plus facilement en train de décharger un fusil d'assaut sur une foule innocente venue voir un concert qu'en train de violer une femme.

Ethan appréciait l'analogie, et en temps ordinaire, il aurait même été d'accord. La simple idée qu'un homme puisse abuser d'une femme lui avait de tout temps fait bouillir le sang, mais cette propension avait atteint un paroxysme après l'assassinat de son épouse. Aujourd'hui, ce genre de pensées le plongeaient dans une rage meurtrière dont plus d'un détraqué avait fait les frais. Après la mort d'Amanda, il avait des mois durant traîné dans toutes sortes d'endroits propices aux prédateurs sexuels dans le seul but de les traquer et de leur faire passer le goût de leur perversion.

Il n'avait aucun souvenir de ce qui s'était déroulé après avoir quitté le bar. Mais il savait qu'il avait bel et bien couché avec quelqu'un cette nuit-là. Une vierge…

— Qu'as-tu dit à ces deux inspecteurs, exactement ?

— Pas grand-chose. Une fois qu'ils ont prononcé le mot viol, je les ai foutus à la porte illico presto sans plus répondre à aucune de leurs questions.

Theo réfléchit un instant à ce que venait de dire son ami, avant de conclure :

— Ils ont dû se demander ce qui te prenait, mais ce n'est pas forcément la réaction d'un mec coupable. Au contraire. Un violeur aurait joué les types outrés. Il aurait tout nié en bloc au lieu de se refermer comme une huître.

Il était passé 20 h lorsqu'on sonna à la porte et qu'Ethan alla ouvrir. Il revint un instant après dans le salon accompagné de deux hommes. Le plus petit tenait un papier d'aspect officiel à la main.

— Theo, je te présente les inspecteurs Sprat et Donovan. Ils sont là pour prélever un échantillon de mon ADN.

# Chapitre 17

À 21 h, Tabatha n'était toujours pas arrivée et Jennifer commençait à s'impatienter. Sa rencontre avec Olympia l'avait déjà laissée d'une humeur exécrable, et le retard de la journaliste ne faisait rien pour arranger les choses. Encore que Tabatha n'était pas techniquement en retard. Elle avait dit qu'elle passerait *après* 20 h…

Jennifer priait pour que son amie ait de bonnes nouvelles à propos de Silas. Rien d'autre ne pourrait atténuer le goût de fiel qui lui restait dans la bouche depuis la déclaration qu'Olympia lui avait faite.

Elle aurait donné cher pour pouvoir en parler avec Melody, là, tout de suite. Cette dernière connaissait Olympia depuis longtemps et aurait certainement été de bon conseil. Mais Melody avait en ce moment de bien plus grosses préoccupations que les affaires de cœur de Jennifer…

L'enquête du FBI ne faisait que commencer, mais les caméras de surveillance de la supérette où la mannequin avait été enlevée n'avaient pour l'instant révélé aucune information utile. Du moins à sa connaissance… Elle espérait que le barjot qui l'avait kidnappée la maintiendrait en vie suffisamment longtemps pour qu'elle soit secourue, mais cette perspective semblait optimiste étant donné l'absence totale de pistes dans l'enquête. Les statistiques allaient aussi à l'encontre d'un dénouement heureux à cette histoire. La plupart des tueurs en série ne jouaient pas avec leurs victimes plus de quelques jours, voire quelques heures, avant de les assassiner. Or Melody avait déjà disparu depuis quatre jours.

Jennifer avait pourtant besoin de discuter d'Olympia avec quelqu'un. Elle ne comprenait absolument pas ce qui était passé dans la tête de la Vénézuélienne, mais elle doutait de pouvoir lui pardonner un jour. Elle s'était fortement trompée à propos de son ex. Car Olympia était désormais une ex ! Jennifer n'avait plus aucun désir de continuer à fréquenter la mannequin. Plus après ce que cette malade lui avait annoncé cet après-midi. Jennifer ne pouvait toujours pas y croire. Pour qui la prenait-elle ?

Elle prit une profonde inspiration et la maintint quelques secondes avant d'expirer doucement par la bouche. Il fallait qu'elle se calme. Avec qui d'autre pouvait-elle en discuter ? En l'absence de Silas et de Melody, le cercle de ses amis proches se limitait à Ethan et à Tabatha. Elle songea à Ethan un long moment, mais conclut que c'était une mauvaise idée. Il ne lui restait plus que Tabatha, mais parler d'une ex avec une ex s'avérait toujours délicat.

Elle vérifia l'heure sur son téléphone : 21 h 26. Qu'est-ce que foutait Tab ? La journaliste devait bien savoir que son texto la mettrait sur des charbons ardents. Alors pourquoi la faisait-elle poiroter comme ça ? Tab n'était pourtant pas sadique.

N'y tenant plus, elle composa le numéro de son amie, mais l'appel atterrit directement sur sa boîte vocale sans même que le téléphone ne sonne à l'autre bout de la ligne. Étrange… Tabatha n'éteignait jamais son portable.

Jennifer s'était jusqu'à présent forcée à ne pas réfléchir à ce que son ex avait bien pu découvrir à propos des disparitions de sans-abri. Elle ne voulait pas se faire de fausse joie. Le texto ne mentionnait même pas Silas, après tout… Mais de quoi d'autre aurait-il pu s'agir ? Tabatha lui avait parlé d'un lien potentiel entre Silas et les récentes disparitions de SDF. Elle avait certainement dû confirmer ce lien d'une manière ou d'une autre. Elle ou Andy, le journaliste qui avait démarré l'enquête.

Cela faisait déjà quatre mois que son frère s'était évaporé

dans les airs sans laisser aucune trace, mais son absence continuait de hanter Jennifer. Elle avait perdu son père deux ans plus tôt et ne pouvait supporter l'idée de ne plus jamais revoir Silas. De ne jamais découvrir ce qui lui était arrivé. Qui l'avait enlevé et pourquoi… Parce qu'une chose demeurait certaine, il n'avait pas disparu de sa propre initiative. Silas ne lui aurait jamais fait cela. Jennifer était toute la famille qui lui restait, et il ne serait jamais parti sans la prévenir. Sous aucun prétexte.

La sonnerie de la porte d'entrée interrompit le fil de ses pensées. Tabatha ! Enfin… Elle se dépêcha d'aller ouvrir et se retrouva face à deux policiers en uniforme et à la mine déconfite.

— Jennifer MacKay ? demanda l'un d'eux.

Elle hocha la tête de manière presque imperceptible. Elle sentait déjà ses jambes trembler, prêtes à se dérober sous elle une fois ses pires craintes confirmées. Ils avaient découvert le corps de Silas. Elle en était certaine.

— Il y a eu un accident il y a environ deux heures. Tabatha Stevenson a été renversée par une voiture en sortant de son bureau. Nous sommes au regret de vous informer qu'elle est décédée dans l'ambulance qui l'emmenait à l'hôpital.

# Chapitre 18

Debout à la fenêtre de son agence, Ethan regardait les voitures passer deux étages plus bas. Il les regardait, mais ne les voyait pas vraiment. Ses pensées voguaient bien loin de ce bureau et des problèmes de circulation dans les rues de San Francisco.

Il était censé travailler sur l'affaire du malade qui prenait pour cibles les mannequins de la ville, et dont Melody était la dernière victime, mais son esprit ne pouvait rester concentré plus de quelques minutes à la fois. Sans cesse, cette histoire de viol revenait le hanter. Comment aurait-il pu abuser de cette femme ? Cela n'avait aucun sens. Elle était certes très séduisante, mais il n'avait jamais envisagé une seconde qu'il puisse arriver quoi que ce soit entre eux. Il n'avait jamais entretenu le moindre fantasme à son égard.

Il détecta du mouvement sur le trottoir dans sa vision périphérique et tourna la tête pour observer les nouveaux venus. Les deux hommes se dirigeaient vers la porte de son building. Il les reconnut à l'instant où ils gravissaient les quelques marches en béton menant au hall d'entrée du bâtiment.

Les inspecteurs Donovan et Sprat trouvèrent Ethan assis derrière son bureau lorsqu'ils pénétrèrent dans l'agence.

— Que me vaut l'honneur de votre visite, inspecteurs ? demanda-t-il d'un ton sans joie.

— Nous souhaiterions vous poser quelques questions au commissariat, monsieur Archer, répondit Donovan.

— J'ai bien peur de n'avoir rien à ajouter. Je vous ai tout dit lors de notre dernière rencontre, inspecteurs.

— Ce n'est pas grave. Nous avons de nouvelles questions.

— Suis-je en état d'arrestation ?

— Pas encore. Mais nous sommes prêts à vous arrêter si c'est ce qu'il faut pour vous amener au poste.

— Ce ne sera pas nécessaire. Je vous suis dans une minute, dit-il en composant un numéro sur son portable.

— Qui appelez-vous ? demanda Sprat.

Ethan lui fit signe de patienter d'un geste de la main.

— Ethan Archer à l'appareil. Pourrais-je parler à Jimmy Wilde ? s'enquit-il quand la communication fut établie.

La secrétaire lui répondit que Jimmy était en rendez-vous et indisponible dans l'immédiat.

— Demandez-lui de me retrouver au commissariat central le plus vite possible. Je suis sur le point d'être arrêté.

— Votre avocat ? spécula Donovan.

— Oui.

Ethan s'était tenu de nombreuses fois de l'autre côté du miroir sans tain pour assister à l'interrogatoire d'un suspect, mais c'était sa première visite à l'intérieur de la pièce exiguë aux murs blancs. Avec ses chaises métalliques inconfortables et sa table ancrée au sol par de larges boulons, l'endroit ressemblait en tout point aux salles d'interrogatoire que l'on pouvait voir dans les séries télé.

Un anneau en acier était rivé à la table juste en face de lui pour y attacher les menottes des suspects les plus dangereux, mais il n'en portait heureusement pas. Il n'était pour l'instant même pas en garde à vue.

Donovan et Sprat prirent place en face de lui, et Sprat enfonça la touche enregistrement du magnétophone digital posé à un bout de la table. Accrochée au plafond dans un coin de la pièce, une caméra filmait la scène en silence.

Donovan récita l'heure et la date avant de décliner les noms de chacun présent pour l'enregistrement.

— Monsieur Archer, où étiez-vous la nuit du 21 mars ?

— Je préférerais attendre que mon avocat arrive avant de répondre, dit Ethan.

Donovan insista un moment en posant une série de questions destinées à susciter une réaction de la part du suspect, mais Ethan ne se laissa pas provoquer et maintint son mutisme.

Donovan soupira en levant les yeux au ciel, mais arrêta l'enregistrement. Les deux flics quittèrent bientôt la petite salle, et Ethan se retrouva seul face au miroir. Il ne doutait pas que les deux inspecteurs l'observaient depuis la pièce adjacente, certainement accompagnés du substitut du procureur assigné à l'affaire et d'un ou deux autres policiers. Eh bien, qu'ils l'observent…

Ethan savait pertinemment pourquoi ils l'avaient amené ici, mais il hésitait encore sur la façon d'aborder le problème. Il devait faire un choix, mais aucune des options n'était acceptable à ses yeux. S'il disait la vérité, il serait à coup sûr placé en état d'arrestation et déféré au parquet. S'il mentait, en revanche, le procureur déciderait certainement de ne pas donner suite. En l'absence de preuves tangibles, démontrer qu'il s'agissait effectivement d'un viol s'avérerait difficile. La supposée victime pouvait toujours le poursuivre à titre personnel au tribunal civil, mais même si elle gagnait son procès, les pénalités pour Ethan ne seraient que purement financières.

Les deux inspecteurs revinrent une vingtaine de minutes plus tard, accompagnés d'un homme trapu qui dépassait à peine le mètre soixante. Il était vêtu d'un costume bleu marine élégant et portait un attaché-case qu'il posa sur la table. Il prit ensuite place sur la chaise aux côtés d'Ethan à qui il serra la main.

— Ces messieurs me disent que tu ne leur as pas dit un mot ? dit Jimmy Wilde en sortant un bloc-notes de l'attaché-case.

Ethan acquiesça d'un signe de tête qui sembla rassurer son avocat.

Donovan remit en route l'enregistrement et reprit

l'interrogatoire.

— Où étiez-vous la nuit du 21 mars ?

Ethan répondit qu'il était dans un bar et qu'il était ensuite rentré chez lui en compagnie de la supposée victime.

Donovan sortit alors deux photos de la chemise cartonnée posée en face de lui et les étala devant Ethan.

— Vous confirmez qu'il s'agit bien de la femme en question ? demanda-t-il.

Ethan ne put retenir sa surprise en découvrant les photos de la femme au visage tuméfié et aux yeux bouffis par les larmes.

— C'est bien elle, mais elle n'avait pas cette tête-là la dernière fois que je l'ai vue, affirma Ethan.

Son avocat se pencha alors vers lui.

— Contente-toi de répondre aux questions. Ne leur donne aucun détail supplémentaire, lui dit-il à l'oreille.

— Et comment était-elle la dernière fois que vous l'avez vue ? demanda Sprat.

— Elle n'avait aucun bleu…

Mais il ne pouvait garantir qu'il s'agissait là de la vérité. Il n'avait toujours aucune idée de ce qui s'était passé cette nuit-là. Aucun souvenir d'avoir ramené cette femme chez lui. Et cela commençait à le rendre fou.

— Vous n'avez donc pas touché cette femme ? demanda Sprat.

— Définissez « *touché* », interrompit l'avocat en levant une main devant son client pour lui indiquer de ne pas répondre.

— Vous ne l'avez pas *frappée* ? clarifia Sprat, visiblement contrarié par l'intervention du juriste.

— Non.

— Et l'avez-vous *touchée* d'une autre manière ? s'enquit Donovan.

Ethan ne pouvait plus reculer. Toute hésitation serait immédiatement interprétée comme un aveu de la part des inspecteurs. Il lui fallait faire un choix : mentir en espérant sauver sa peau, ou admettre qu'il n'avait aucun souvenir de ce qui s'était passé cette nuit-là et finir en taule. Parce que c'était bien ce qui l'attendait, cela ne faisait aucun doute. Aucun jury ne l'acquitterait après avoir vu les photos de la victime.

Il réfléchissait encore à la question quand Donovan ouvrit le dossier posé devant lui et en sortit un rapport qu'il fit glisser sur la table afin qu'Ethan puisse le lire.

— Ce sont les résultats de l'analyse ADN, monsieur Archer. Ils confirment que le sperme prélevé sur la jeune femme à l'hôpital vous appartient.

# Chapitre 19

Les locaux du *San Francisco Chronicle* occupaient un building de trois étages à l'intersection de Mission et 5th Street. Jennifer leva les yeux pour regarder l'heure à l'horloge placardée sur une tour, qui surplombait la partie de l'immeuble faisant l'angle. Presque 15 h.

Tabatha n'avait apparemment pas mis à jour le nom de la personne à contacter en cas d'urgence dans son téléphone, et c'est pourquoi la police était venue frapper à la porte de Jennifer. Celle-ci avait par conséquent passé un bon moment la veille à informer la famille et les amis de Tabatha du tragique accident qui avait coûté la vie à la jeune femme. Le salopard qui l'avait renversée n'avait même pas freiné, et malgré les deux témoins ayant relevé la plaque d'immatriculation du véhicule fuyant l'emplacement du drame, aucune arrestation n'avait eu lieu. La voiture avait été volée sur le parking de l'aéroport et son propriétaire se trouvait encore en voyage d'affaires à New York.

En traversant l'intersection où Tabatha avait rendu son dernier souffle, Jennifer s'était forcée à ne pas baisser les yeux, de peur d'y décerner des traces de sang lui appartenant.

En l'espace d'une semaine, elle avait perdu Tabatha, Melody et Olympia. Et de ces trois pertes, Tabatha était de loin la plus lourde. Elle s'était toujours sentie beaucoup plus proche de la journaliste que des deux autres femmes, et ce bien que ce fût le lit d'Olympia qu'elle eut partagé le plus récemment.

Mais dans son malheur, Tabatha s'en était mieux sortie que Melody. La police n'avait pas la moindre piste à propos de cette dernière, et Jennifer se demandait régulièrement si elle était encore en vie. Sans vraiment savoir si ce serait une meilleure chose ou non pour la mannequin… Elle soupçonnait en effet que la mort était certainement préférable à la captivité aux mains du malade qui l'avait enlevée.

Quant à Olympia… Jennifer tentait de ne pas songer à elle. Sa dernière ex en date n'avait pas essayé de la rappeler depuis leur rupture pour le moins animée, et Jennifer ne s'en portait que mieux.

Elle pénétra dans le hall de l'immeuble et se dirigea vers un homme en uniforme. Celui-ci se trouvait assis derrière un comptoir, adjacent aux tourniquets automatiques bloquant l'accès aux ascenseurs et au reste du rez-de-chaussée.

— Je souhaiterais voir Andrew White, annonça-t-elle à l'agent de sécurité.

L'homme la dévisagea un instant en silence avant de demander :

— Vous aviez rendez-vous ?

— Non, mais j'étais amie avec Tabatha Stevenson et je pense qu'il aimerait entendre ce que j'ai à dire.

Jennifer n'avait en fait pas grand-chose à apprendre au journaliste. Si elle se trouvait ici, c'était davantage pour lui poser des questions, mais elle ne comptait pas ennuyer l'agent de sécurité avec ce genre de détails.

Cette fois, l'homme empoigna le téléphone et composa un numéro à quatre chiffres. Une femme apparut cinq minutes plus tard et invita Jennifer à la suivre. Elle l'accompagna jusqu'au deuxième étage où elle lui désigna un bureau aux murs en verre qui faisait l'angle de l'immeuble.

Jennifer pénétra à l'intérieur ; un homme d'une cinquantaine d'années l'attendait.

— Asseyez-vous, je vous en prie, dit-il en lui indiquant une chaise. Il prit ensuite place vis-à-vis d'elle de l'autre côté d'un bureau massif, où trônaient trois écrans d'ordinateur suspendus à des bras articulés.

— Je suis Mitch O'connor, le rédacteur en chef, dit-il en écartant les moniteurs d'un geste de la main.

— Jennifer MacKay, répondit-elle en se demandant ce qu'elle faisait dans le bureau du rédacteur en chef.

— On me dit que vous étiez amie avec Tabatha ?

De plus en plus surprise par la tournure des événements, Jennifer acquiesça d'un geste lent de la tête.

— Mes sincères condoléances, madame. Tabatha était une femme exceptionnelle et une excellente journaliste. Elle va énormément nous manquer.

— Merci, répondit-elle simplement.

— Et vous êtes ici pour vous entretenir avec Andy, n'est-ce pas ?

Supposant qu'Andy n'était autre qu'Andrew White, Jennifer opina à nouveau.

— Oui, c'est ça.

— Et vous connaissiez bien Andy ? demanda-t-il d'un air embarrassé.

— Non. Je voulais juste lui parler de Tabatha, répliqua Jennifer qui avait remarqué l'emploi de l'imparfait par son interlocuteur.

Ce dernier sembla se détendre un peu, mais ne perdit pas pour autant sa mine défaite.

— Je suis au regret de vous annoncer qu'Andy est décédé la nuit dernière.

— Que s'est-il passé ? demanda Jennifer, qui calculait les chances que deux reporters travaillant sur la même histoire, dans le même journal, meurent violemment à un jour d'intervalle.

— Un cambriolage qui a mal tourné. La police pense qu'Andy a surpris les malfrats en flagrant délit en rentrant chez lui. Ils supposent que lesdits cambrioleurs auraient déjà eu deux condamnations à leur palmarès et ne pouvaient s'en offrir une troisième qui les aurait envoyés en prison pour le restant de leurs jours. Ils n'auront pris aucun risque et auront préféré éliminer le témoin gênant.

Jennifer ne croyait cependant pas en cette théorie.

— Saviez-vous que Tabatha et Andy collaboraient sur une enquête ?

Le rédacteur en chef lui jeta un regard indiquant clairement qu'il ignorait tout de la chose, et Jennifer le mit au courant de ce qu'elle savait.

— Andy m'avait confié ce sur quoi il travaillait, mais sans me fournir le moindre détail. Et j'ignorais qu'il en avait parlé à Tabatha, dit le rédacteur après que Jennifer eut conclu son récit.

Jennifer envisagea un instant de préciser à l'homme la possible connexion entre cette affaire et la disparition de Silas, mais elle se ravisa. L'absence de son frère n'avait jamais été déclarée à la police, et elle ne souhaitait pas que le rédacteur en chef de l'un des plus grands journaux de Californie aille se demander pourquoi.

— Avez-vous accès à l'ordinateur d'Andy ? s'enquit-elle.

— Malheureusement non. Son portable fait partie des objets dérobés par les cambrioleurs.

— Et il n'avait pas de sauvegarde de ses fichiers ?

— Andy appartenait à la vieille école, et était de surcroît paranoïaque. Il était convaincu que tous documents stockés en ligne étaient épiés par Google, Apple, Amazon, le gouvernement et une foule d'autres entités malveillantes. Les copies de tous ses fichiers se trouvaient sur un disque dur externe, qu'il gardait toujours sous clef, chez lui.

— Je suppose que ce disque dur manque également à l'appel ?

— Vous supposez bien. Et avant que vous ne me le demandiez, nous n'avons pas non plus l'ordinateur portable de Tabatha. Soit il est dans son appartement – ce qui est peu probable puisqu'elle sortait du bureau quand elle a été renversée –, soit il a été dérobé par l'un des témoins de l'accident…

— Mais vous devez avoir accès à ses sauvegardes. Tabatha gardait une copie de ses dossiers en ligne.

— Absolument. Et maintenant que nous avons eu cette discussion, je compte bien aller voir ce qui s'y trouve. Ces fichiers sont cependant la propriété du journal, et je ne peux malheureusement pas vous en donner l'accès. Mais si j'y découvre quelque chose d'intéressant, je vous le ferai savoir.

Jennifer doutait fortement que ce bon Mitch la tienne informée de quoi que ce soit, mais elle n'insista pas. Elle était sortie deux ans avec Tabatha et partageait beaucoup de ses secrets. Des secrets dont le rédacteur en chef n'avait pas idée.

# Chapitre 20

Assise entièrement nue sur un matelas posé à même le sol, Melody observait l'homme qui l'avait kidnappée s'affairer derrière une caméra montée sur un trépied dans un coin de la pièce. Dans le prolongement du mur, un second matelas avait été placé à quelques mètres du sien. Celui-ci était occupé par une jolie brune aux traits déformés par la peur. Elle ne portait pas davantage de vêtements que Melody et, tout comme elle, avait les mains menottées dans le dos.

Malgré leurs tenues d'Ève, les deux mannequins ne risquaient pas de s'enrhumer. Le chauffage d'appoint accroché au mur conférait à la pièce une température avoisinant les vingt-cinq degrés.

Des bâillons sado-maso équipés d'une boule en latex rouge les empêchaient d'émettre le moindre son. Mais ce n'était pas parce que le géant qui s'approchait maintenant d'elles avec sa caméra avait peur qu'elles appellent à l'aide. La pièce était de toute façon insonorisée… Non, les bâillons servaient une autre fonction, bien plus perverse. Melody avait vu le sexe du colosse gonfler dans son froc quand il avait fourré la balle en latex dans la bouche de la malheureuse Eva.

Les deux modèles avaient fréquenté les mêmes cercles à une époque, s'étaient retrouvées dans les mêmes castings, et Melody avait reconnu l'autre femme au premier coup d'œil.

Le sous-sol s'étendait sur une vingtaine de mètres carrés et avait été aménagé pour accommoder les besoins les plus basiques des captives. Les chaînes accrochées à leurs chevilles et fixées à une colonne de soutènement par un cadenas d'une taille impressionnante étaient juste assez longues pour leur permettre d'atteindre les toilettes et la douche rudimentaire. L'homme tenait à la propreté de ses jouets…

Une LED rouge s'alluma sur la caméra, et Melody vit l'objectif zoomer sur elle. Un gros plan de la victime sans défense… Elle ne se sentait pourtant pas sans défense. En tout cas, pas autant que sa compagne de cellule dont le matelas neuf empestait déjà l'urine.

L'objectif s'attarda un instant sur son visage avant de descendre sur sa poitrine, son pubis et enfin ses jambes. Ce fut ensuite au tour d'Eva de servir de modèle, mais cette fois le pervers ne se contenta pas de la filmer. Tout en tenant la caméra de la main gauche, l'homme lui caressa un sein de sa main droite. La jeune femme qui s'était mise debout se raidit et tenta de lui échapper, mais il saisit la chaîne qui lui entravait les chevilles et la fit tomber sur le matelas d'une simple traction ; le géant devait faire au moins deux fois son poids. Elle continua de se débattre, mais la gifle monumentale qu'elle reçut calma ses ardeurs.

L'homme se releva alors et alla reposer sa caméra sur le trépied avant de rapprocher ce dernier des matelas pour capturer la scène de plus près. Il était temps de passer aux choses sérieuses.

Les yeux de Melody trouvèrent ceux de sa codétenue à l'instant où leur bourreau s'allongeait sur elle. Elle y lut autant de haine que de terreur.

# Chapitre 21

Artémis avait personnellement décoré le salon au cadre feutré et intime, choisissant chaque meuble, chaque bibelot, chaque tableau, et chaque fille… Tout en savourant un verre de cognac, elle observait ses trois compagnons dans leurs costumes coupés sur mesure dont le prix excédait le budget annuel moyen d'une famille de quatre personnes. Assis confortablement dans de larges fauteuils en cuir bordeaux, Zeus, Poséidon et Hadès parlaient affaires en sirotant les liqueurs les plus chères du marché.

Pour maintenir l'anonymat de sa clientèle, Artémis faisait choisir à chacun un masque et un nom d'emprunt la première fois qu'ils franchissaient les portes de son établissement. Et comme elle appelait les filles qui travaillaient pour elles ses déesses, les clients optaient généralement pour un pseudonyme issu des mythologies scandinave, grecque, romaine, ou, plus rarement, égyptienne. Son bordel de luxe était par conséquent couru par une pléthore de Thor, Odin, Jupiter, Apollon, et même quelques Aphrodite et Athéna…

Mais ces mesures ne visaient qu'à protéger l'identité de ses clients de leurs semblables. Artémis connaissait pertinemment l'identité de chaque personne fréquentant les lieux. La plupart d'entre eux réglaient d'ailleurs leurs factures par carte de crédit. Les plus prudents choisissaient de payer en liquide, mais elle ne mettait jamais bien longtemps à découvrir leur véritable identité.

En outre, nul ne pouvait entrer sans avoir été préalablement recommandé par un habitué.

Autre précaution indispensable, Artémis possédait un dossier détaillé sur chacun de ses clients. Elle n'en avait jamais fait chanter aucun, mais elle n'hésiterait pas une seconde à le faire si cela s'avérait nécessaire. C'est pourquoi chaque salon de l'hôtel privé était équipé de caméras et de microphones, aussi haut de gamme qu'invisibles aux yeux de quiconque ne sachant précisément où ils étaient dissimulés.

Tout en pelotant les seins de la fille assise sur ses genoux, Poséidon fit une blague grivoise à laquelle Artémis répondit par un rire forcé qui sonna pourtant authentique. Jouer la comédie faisait partie intégrante du rôle de tenancière.

Les déesses qui déambulaient entièrement nues dans la pièce auraient pu être mannequins si leurs mamelles et leurs hanches avaient été plus menues, mais ses clients préféraient baiser une grosse paire de nichons qu'une gonzesse plate comme une limande. Et en bonne businesswoman, Artémis proposait toujours ce que le client désirait réellement, même quand il ne le savait pas lui-même…

Ses déesses étaient toutes de qualité exceptionnelle et prêtes à faire à peu près n'importe quoi à partir du moment où la somme leur convenait.

De son côté, Artémis assurait discrétion, confort et sécurité à ses habitués, qui ne déboursaient jamais moins de cinq mille dollars pour une soirée avec l'une de ses filles. Une note qui pouvait facilement se voir doublée ou triplée si les goûts du jules sortaient de la norme ou que la compagnie d'une seule fille ne lui suffisait pas.

Entre six et dix clients fréquentaient chaque jour son établissement qui comportait une demi-douzaine de salons privés et une quinzaine de chambres, qui rivalisaient toutes favorablement avec les palaces les plus luxueux.

L'achat et la décoration de l'hôtel particulier lui avaient coûté une petite fortune, mais elle ne regrettait pas l'investissement. En tant que gérante de l'établissement, deux tiers de ce que les habitués déboursaient finissaient dans sa poche. Une somme coquette, mais pratiquement dérisoire en comparaison de ce que les trois hommes présents dans le salon lui rapportaient.

Les trois individus appartenaient au gratin de la ville, et Zeus figurait même parmi les cinq cents plus grosses fortunes du pays. La valeur de ses actifs étaient difficiles à estimer précisément, mais se trouvait quelque part entre un et deux milliards. Ses deux acolytes bénéficiaient quant à eux de patrimoines plus modestes, mais qui s'élevaient tout de même à plusieurs centaines de millions de dollars chacun.

Le trio fréquentait son établissement de manière régulière depuis environ quatre ans, et pendant longtemps elles les avaient traités en clients ordinaires, mais leur relation avait évolué dix-huit mois plus tôt.

Les trois hommes se réhydrataient dans l'un des salons après une partie de jambes en l'air quand les micros dissimulés dans la pièce avaient capturé une conversation des plus intéressantes.

C'était en écoutant les enregistrements des discussions de la veille, comme elle le faisait souvent, qu'Artémis avait découvert leur passion pour la chasse à l'homme. Elle ne s'était jamais imaginé que ces trois lascars puissent s'adonner à de telles pratiques, mais une fois revenue de sa surprise, les roues s'étaient immédiatement mises à tourner dans son cerveau.

L'information avait trop de potentiel pour ne pas être utilisée, mais le chantage ne semblait pas la meilleure manière d'en tirer profit. D'autant plus que faire chanter des hommes comme eux présentait des risques certains. Des risques qu'Artémis n'était pas prête à prendre. Les sobriquets dont s'étaient affublés les trois hommes n'étaient pas si mal choisis, après tout. Zeus, Poséidon et Hadès incarnaient les trois divinités les plus puissantes du panthéon grec, et la petite Artémis n'était pas de taille à lutter contre son père et ses deux oncles.

Elle avait passé les deux semaines suivantes à développer son business plan avant d'approcher les trois hommes avec une offre des plus alléchantes.

Le trio s'était jusqu'alors contenté de chasser sur l'île privée de Zeus. Seulement deux ou trois fois par an, et toujours des sans-abri ramassés dans la rue par des hommes travaillant pour Hadès.

Artémis leur avait résumé sa proposition en quelques phrases. S'ils lui confiaient l'organisation des festivités, elle leur garantissait dix chasses par an, des proies de meilleure qualité et des terrains de chasse plus variés. Le tout en absorbant les risques, puisque ce serait désormais elle qui s'occuperait de trouver et d'acheminer les futurs trophées sur les terrains de chasse.

Au bout du compte, l'argument le plus convaincant avait été la perspective de traquer des proies de meilleure qualité. Des proies beaucoup plus rentables pour Artémis…

Pour des raisons de logistique, les SDF figuraient encore parmi les victimes – on se les procurait facilement et leur disparition passait généralement inaperçue –, mais ils ne valaient pas plus de trente mille dollars par tête. Alors qu'un couple comme John et Kelly lui rapportait quatre cent mille dollars. Cent cinquante pour le mâle et deux cent cinquante pour la femelle. Les jolies femmes coûtaient toujours plus, car les chasseurs ne se contentaient pas de les tuer. Kelly avait en effet subi les assauts répétés des trois hommes deux heures durant avant que Zeus ne lui tranche finalement la gorge.

Mais pour s'enrichir rapidement, il existait des proies bien plus juteuses que ces deux-là, et Artémis savait où les trouver.

# Chapitre 22

L'horloge accrochée derrière le comptoir affichait 21 h, mais il n'y avait pas plus de cinq clients dans le bar. C'était ce calme qui avait attiré Ethan et Theo à l'intérieur. Ils n'étaient pas venus pour boire, mais pour parler.

Assis à une table dans un coin de la vaste pièce, Theo sirotait une pression. Ethan avait une bouteille de Schweppes à peine entamée en face de lui. Il risquait de s'écouler pas mal de temps avant qu'il ne touche à nouveau un verre d'alcool.

— Tu es certain qu'aucune autre mannequin n'a disparu depuis l'enlèvement de Melody ? demanda Ethan.

— Aussi certain qu'on puisse l'être. En tout cas, aucun kidnapping correspondant au profil n'a été déclaré ni en Californie ni dans aucun État frontalier. Mais Melody n'a disparu que depuis six jours. Ce n'est pas parce qu'il a enlevé deux filles en vingt-quatre heures qu'il compte continuer sur sa lancée.

— Peut-être pas. Mais tu sais mieux que moi qu'avec ce genre de types, l'intervalle de temps écoulé entre deux disparitions a généralement tendance à raccourcir, pas à s'allonger.

— Je vois mal comment il pourrait se passer moins de vingt-quatre heures entre deux enlèvements. Je soupçonne plutôt qu'une fille à la fois ne lui suffisait plus et qu'il a décidé d'en séquestrer deux dans l'espoir de raviver l'excitation ressentie avec ses premières victimes.

La théorie semblait plausible, mais il y avait tout de même quelque chose qui chiffonnait Ethan dans cette histoire.

— Mais ce n'est pas pour parler de cette affaire que je voulais te voir, continua Theo.

Ethan, lui jeta un regard à la fois interrogateur et anxieux.

— Cette histoire dans laquelle tu es impliquée est parvenue aux oreilles du Bureau. La rumeur commence à courir dans les couloirs et ne tardera pas à atteindre mes supérieurs…

Theo faisait évidemment référence à l'accusation de viol. Ethan avait finalement choisi de mentir aux inspecteurs lors de son interrogatoire de la veille et avait affirmé que la femme était consentante. Ce mensonge lui donnait encore la nausée, mais s'il avait avoué n'avoir aucun souvenir de cette nuit-là, le procureur aurait sans aucun doute ordonné son arrestation. La fille s'était rendue à l'hôpital couverte de bleus et avec son sperme en elle… Le fait qu'il fût toujours en liberté tenait du miracle.

— Et quand mon patron le saura, continua Theo, il y a de grandes chances pour que tes services en tant que consultant au FBI cessent brusquement. Du moins jusqu'à ce que ton innocence soit établie…

Ethan n'avait pas songé à cela. Si le public venait à apprendre qu'il était accusé de viol, ce n'était pas seulement le FBI qui se passerait de ses services, il risquait de perdre toute sa clientèle.

— Je comprends. Et je ne peux vraiment pas blâmer ton patron. J'ai moi-même du mal à me regarder dans une glace ces derniers jours.

— Ne dis pas de conneries pareilles ! Tu n'as pas violé cette fille. Que tu ne te souviennes pas de ce qui s'est passé ce soir-là n'y change rien. Tu t'imagines un instant en train de frapper une femme et de la forcer à coucher avec toi ? C'est parfaitement inconcevable !

En théorie, il était d'accord avec Theo, mais alors pourquoi ressentait-il constamment un poids sur l'estomac depuis qu'il avait appris de quoi on l'accusait ?

— J'ai quand même une bonne nouvelle. D'après mes sources au commissariat central, le procureur se tâte encore à ton propos, continua son ami. La victime est crédible, et un autre que toi serait déjà en taule à attendre son procès, à l'heure qu'il est. C'est ta réputation qui te maintient en liberté. Aucune décision finale n'a été prise, mais le proc a l'air de pencher pour ne pas te mettre en examen. Et je doute que ce soit parce qu'il ne pense pas pouvoir obtenir ta condamnation. À l'exception du fait que la victime se soit trouvée chez toi de son plein gré au beau milieu de la nuit, tout le reste t'accable. Non, il hésite parce qu'une partie de lui te croit innocent.

C'était effectivement une bonne nouvelle, mais elle n'apaisait en rien sa conscience, bien au contraire. Il souhaitait presque se faire arrêter et juger afin d'être reconnu innocent. Si un jury refusait de croire en sa culpabilité, peut-être finirait-il enfin par croire en sa propre innocence.

L'horloge du tableau de bord indiquait 23 h 11 lorsqu'Ethan gara sa voiture à une dizaine de mètres de l'entrée de son immeuble. Il se sentait fatigué, mais doutait fortement pouvoir trouver le sommeil. Il n'avait pas passé une nuit correcte depuis des jours. Une situation qui ne risquait pas de s'améliorer dans un futur proche.

Il s'avançait vers sa porte d'entrée quand deux hommes à l'allure peu engageante descendirent d'une automobile stationnée directement en face de chez lui.

— Ethan Archer ? demanda le plus petit, qui avait déjà un bon cinq centimètres sur le mètre quatre-vingt-trois d'Ethan.

Une broutille en comparaison de son compagnon qui devait faire deux mètres et était bâti comme un tank.

— Non, désolé, répondit Ethan, en enfonçant la main dans la poche droite de sa veste à la recherche de son poing américain.

Mais l'astuce ne parut pas convaincre les deux hommes. Alors que le plus grand faisait un pas vers lui, le second entreprit de se positionner pour le prendre à revers.

Ethan n'avait pas la moindre idée de ce que ces types lui voulaient, mais ce n'était certainement pas du bien. Et vu la taille des deux loustics, il n'avait qu'une seule chance de s'en sortir… Frapper le premier.

Il fit un grand pas en avant pour se mettre à portée de son adversaire, puis s'accroupit soudain afin de décocher un coup de pied monumental au plus massif des deux. Ce dernier, déstabilisé par ce déplacement à l'encontre de ce qu'il avait anticipé, hésita une seconde de trop et reçut l'attaque sur le côté du genou. L'articulation céda sous l'impact et le tank s'effondra en hurlant de douleur.

Son compagnon se ruait déjà sur Ethan qui se releva en se détendant comme un ressort et le cueillit d'un uppercut sous le menton. Ethan entendit la mâchoire craquer au contact de son poing américain, et l'homme partit en arrière. La porte de l'immeuble s'ouvrit au même instant et Ethan tourna la tête pour évaluer le nouveau risque, mais il ne s'agissait que de la locataire du troisième qui se mit aussitôt à crier en découvrant la scène.

Il s'apprêtait à lui demander d'appeler la police lorsque l'homme à la mâchoire fracturée lui décocha un crochet. Croyant son adversaire hors de combat pour au moins quelques secondes, Ethan avait baissé sa garde, et il reçut le coup de poing dans la tempe. Une seconde plus tard, il s'effondra au sol, inconscient.

# Troisième partie

## JUIN
## (2 mois plus tard)

# Chapitre 23

Melody observait Eva allongée en chien de fusil sur son matelas. Les yeux de la jeune femme ne la quittaient pas. Même lorsque le géant l'approcha pour lui appliquer son bâillon de latex et l'entraver à l'aide d'une corde rugueuse, son regard ne se détourna jamais de Melody.

L'homme souleva Eva sans le moindre effort et passa la section de corde liant les poignets de la jeune femme dans un crochet relié à une chaîne, elle-même reliée à une poulie. Une minute plus tard, la malheureuse se retrouva suspendue par les bras à une vingtaine de centimètres du sol. Une position que Melody ne lui enviait pas. Elle avait elle-même occupé cette place à plusieurs reprises et connaissait intimement la douleur lancinante qui tiraillait les épaules, coudes et poignets de la victime.

Le géant alluma alors sa caméra et en promena l'objectif sur le corps tuméfié de la mannequin. Melody savait qu'après deux mois et demi de captivité, Eva avait abandonné l'idée de sortir un jour de ce trou. Elle ne s'était pas douchée depuis plus d'une semaine et son odeur commençait à se diffuser dans toute la pièce. Il y avait cependant de grandes chances pour que son geôlier la lave de force dans un futur proche. Il n'aimait pas baiser une prisonnière qui puait la pisse et la transpiration. Mais ce ne serait pas pour aujourd'hui. Aujourd'hui, c'était au tour de Melody de passer à la casserole.

L'homme se désintéressa bientôt d'Eva et braqua l'objectif

de sa caméra sur Melody qui frissonna en le regardant s'avancer. Il fit un gros plan sur son visage. Certainement pour capturer ses yeux rougis au pourtour violacé. Son apparence n'était pas meilleure que celle d'Eva, mais cette dernière recevait tout de même davantage d'attention de la part du géant qui la violait beaucoup plus souvent que sa codétenue.

L'homme fixa sa caméra sur un trépied qu'il déposa à trois mètres du matelas où Melody se tenait assise. Elle vit aux mouvements de l'objectif qu'il ajustait le zoom afin de cadrer parfaitement la scène. Un vrai cinéaste…

Il fit ensuite tomber ses vêtements un à un et s'approcha du lit. Le masque de cuir qui lui recouvrait l'intégralité du visage laissait clairement voir ses yeux. Des yeux que Melody connaissait désormais intimement.

Elle eut un mouvement de recul, mais il attrapa la chaîne qui lui entravait la cheville et la tira à elle d'un geste sec qui la fit basculer en arrière sur le matelas. La chute lui coupa la respiration. Alors qu'elle tentait de reprendre son souffle, les mains du géant se posèrent sur ses cuisses et il les écarta brusquement.

# Chapitre 24

Martin Johnson rêvait, les yeux rivés à la fenêtre de son agence. Une pièce d'une quinzaine de mètres carrés qu'il louait dans un immeuble de bureaux où se côtoyaient avocats au rabais, comptables et autres professions libérales n'ayant pas les moyens de se payer des locaux plus grands dans un quartier prisé de San Francisco.

Assise derrière un autre bureau, composé celui-ci d'une large planche posée sur des tréteaux, Jody, sa grand-mère et unique associée, tapait à l'ordinateur sous la dictée d'un client qui ne se trouvait même pas en Californie.

Petits Meurtres Entre Amis ne gênerait pas suffisamment de revenus pour leur permettre de subvenir à leurs besoins, et Jody travaillait pratiquement à temps complet en tant que secrétaire pour des clients qui l'embauchaient via une plateforme virtuelle connectant l'offre et la demande.

À soixante-trois ans, Jody avait le corps musclé d'une quadragénaire obsédée par le sport. Sa coupe à la garçonne et son maquillage discret détournaient l'attention des minuscules rides qui auraient pu trahir le secret de son âge.

De son côté, Martin tentait de trouver l'inspiration nécessaire à l'écriture de son premier roman en attendant qu'un client potentiel franchisse le pas de la porte.

En réalité, la plupart de ses clients le contactaient par mails et ne mettaient jamais les pieds dans ce bureau qui coûtait tout de même quatre cent quatre-vingt-quinze dollars par mois. Martin avait cependant à cœur de maintenir une adresse physique pour les acheteurs sérieux. Ceux prêts à payer une fortune pour ses services, et qui tiendraient à le rencontrer en personne pour lui exposer leur projet.

Ce genre de clients ne s'était malheureusement pas encore manifesté, mais il était trop tôt pour s'avouer vaincu. L'entreprise avait à peine trois ans, après tout.

La plupart des clients choisissaient l'option la plus économique. Un scénario sommaire ne nécessitant aucun acteur, et un menu dépourvu de fantaisie. Leur startup organisait en moyenne trois formules basiques par mois, qui leur rapportaient moins de cinq cents dollars chacune.

Le plus gros job qu'ils aient signé jusqu'à présent avait été facturé un peu moins de six mille dollars. Une fois les frais déduits et les loyers de leur appartement et de l'agence payés, il leur était resté tout juste assez d'argent pour s'offrir un resto où l'on ne commandait pas au comptoir.

Jody insistait pour que Martin se concentre sur son roman entre deux clients, mais il ne pouvait pas vivre éternellement aux crochets de sa grand-mère. Il n'avait jamais connu son père et avait emménagé avec Jody après la mort de sa mère, à l'âge de neuf ans. Il avait désormais vingt-quatre ans, et il était grand temps qu'il subvienne à ses propres besoins.

La porte en verre de l'agence s'ouvrit brusquement, et une femme à l'allure sophistiquée fit son entrée.

— Vous pouvez aller m'attendre dans la voiture, Mike, lança-t-elle à l'homme vêtu d'un costume sombre qui se tenait derrière elle.

Mike jeta un œil méfiant aux occupants du bureau avant de tourner les talons et de quitter la pièce.

— Mike est mon chauffeur, mais il a tendance à se prendre pour mon garde du corps, expliqua la nouvelle venue d'un ton jovial.

Le visage de la femme lui était vaguement familier. Elle semblait avoir sensiblement le même âge que sa grand-mère, ce qui signifiait qu'elle en avait certainement beaucoup moins.

— Martin Johnson, dit-il en tendant la main à l'arrivante. Que puis-je faire pour vous ?

— Virginia Blackwood, répondit la femme en lui serrant la main. Vous organisez bien des soirées policières ? demanda-t-elle en se tournant vers la porte en verre de l'agence où *Petits Meurtres Entre Amis* figurait en lettres noires.

— Absolument. Asseyez-vous, je vous en prie, dit-il en indiquant une chaise en face de son bureau et en s'efforçant de ne rien laisser paraître de sa surprise.

— Eh bien, voilà, je vais fêter mes cinquante ans dans trois semaines et je voudrais planifier quelque chose de mémorable pour célébrer l'occasion. Ma fille a participé à une soirée mystère il y a quelque temps et elle a *a-do-ré*. Elle n'arrête pas de m'en parler… expliqua Virginia d'une voix enjouée.

— Était-ce une soirée organisée par nos soins ?

— Ça, je ne sais pas… Je suis ici parce que j'ai vu votre publicité sur Facebook. D'après votre site, vous écrivez des scenarios sur mesure quel que soit le nombre d'invités, et vous vous occupez aussi du menu et du service. C'est bien ça ?

— C'est exact, répondit Martin que la conversation commençait à inquiéter légèrement.

La femme ne semblait pas intéressée par l'option basique, et écrire des personnages sur mesure prenait du temps. Tout comme embaucher des acteurs.

— Je ne désire rien d'extravagant. Pas plus d'une douzaine d'invités. Mais je voudrais que le jeu s'étale sur un week-end. Est-ce faisable ?

— Tout à fait, répondit Martin en jetant un regard furtif en direction de sa grand-mère qui souriait jusqu'aux oreilles.

— Nous avons une île privée aux Bahamas qui serait parfaite pour organiser les festivités. Amènerez-vous un chef ou devons-nous faire venir notre cuisinier personnel ?

Jusqu'à présent, sa grand-mère s'était toujours chargée des

repas pendant que lui ou l'un des acteurs assuraient le service pour les convives, mais il avait le sentiment que Virginia Blackwood avait quelque chose de plus grandiose à l'esprit.

— Si vous avez déjà votre propre chef, nous pourrions travailler avec lui pour organiser les menus. Cela réduirait le coût substantiellement, répondit-il, oubliant un instant à qui il parlait.

Virginia considéra sa réponse avant de hocher vivement la tête.

— Très bonne idée. Gerald se chargera de la cuisine. J'aimerais que le budget ne dépasse pas les deux cent mille dollars, si possible. Il y a tant de gens qui meurent de faim dans le monde, je ne veux pas que mon anniversaire se transforme en quelque chose d'une extravagance indécente.

Martin faillit s'étrangler quand elle annonça la somme, mais s'efforça d'acquiescer d'un air entendu.

Ils passèrent deux heures à discuter en détail de ce que Virginia attendait et de ce qu'elle trouvait de mauvais goût. Elle posa de nombreuses questions quant à l'organisation et insista une demi-douzaine de fois sur l'importance du fait que tout se déroule sans le moindre accrochage. Une chose difficile à promettre étant donné que quatre-vingt-dix pour cent de ce genre de jeux était basé sur l'improvisation des participants.

Quand il eut répondu à toutes les interrogations de sa cliente et accepté une avance de trente mille dollars pour embaucher les acteurs et s'atteler au scénario, il la reconduisit jusqu'à sa limousine. Le chauffeur en sortit en les voyant approcher et ouvrit la portière à la milliardaire qui ne le regarda même pas.

De retour dans le bureau, Martin rejoignit Jody qui observait le véhicule s'éloigner depuis la fenêtre.

— Elle ne t'a pas reconnu ? demanda-t-elle.

— J'en doute fortement. Je n'ai moi-même pas réussi à la remettre avant d'entendre son nom. J'ai encore du mal à y croire.

— Moi aussi. Parfois, le hasard fait bien les choses…

Martin acquiesça de la tête, l'air contemplatif.

— Tu ne m'avais pas dit que tu faisais de la pub sur Facebook. Combien ça coûte ? demanda-t-il, inquiet.

— Rien du tout. Nous n'avons jamais fait la moindre publicité.

# Chapitre 25

Artémis alla jusqu'au bar situé dans un coin de son bureau et se servit deux doigts de porto. Elle avait besoin d'un petit remontant. La journée s'était avérée longue, et elle avait encore à faire avant d'aller se coucher. Puiser dans ses stocks de cocaïne l'aurait sans doute stimulée davantage, mais elle ne touchait pas à cette merde qu'elle réservait exclusivement à la clientèle de son bordel de luxe. Ses déesses pouvaient également en profiter, mais certainement pas à ses frais. Soit le client raquait, soit elles crachaient elles-mêmes au bassinet. La maison ne faisait jamais de cadeaux.

Elle se rassit derrière son bureau, son verre à la main, ouvrit une nouvelle page sur son navigateur et se retrouva face au site web d'une banque suisse. Elle y entra son numéro de compte et son mot de passe et atterrit bientôt sur une page énumérant les transactions récentes. Elle fut heureuse, mais pas surprise, de constater que deux versements de trente mille dollars et un troisième de soixante mille avaient été déposés au cours des dernières vingt-quatre heures. Ses trois associés payaient toujours leurs dettes promptement.

Le plus gros montant provenait de Zeus qui avait abattu deux des sans-abri au cours de leur récente chasse dans l'usine désaffectée. N'ayant tué qu'un SDF chacun, Hadès et Poséidon avaient reçu des notes moins salées.

Chaque chasse faisait l'objet d'une petite compétition amicale entre les participants, et avec dix points chacun, Zeus et Artémis avaient une fois de plus partagé la première place.

Le nombre de points attribués dépendait de l'arme utilisée pour la mise à mort. Les armes nécessitant la plus grande habileté et le plus de proximité avec la victime rapportaient le plus de points. Celui qui abattait sa proie à l'aide d'un fusil à pompe recevait un point ; l'usage d'un revolver ou pistolet ramenait deux points ; l'arbalète et l'arc octroyaient cinq points chacun, et le couteau en valait dix.

Les deux proies de Zeus avaient chacune été tuées par un carreau d'arbalète et lui avaient donc rapporté cinq points chacune. Mais Artémis, qui avait saigné son gibier à l'aide d'un couteau, n'avait eu besoin que d'un seul trophée pour égaler son score.

Naturellement, tuer une proie à mains nues payait le plus avec trente points à la clef, mais les chasseurs ne s'y risquaient que lorsqu'ils traquaient des femmes. Même Artémis, qui avait pourtant plus de couilles que ses trois compagnons réunis, ne s'y était jamais essayée avec un homme.

Contrairement à ce que les autres chasseurs pouvaient s'imaginer, ce n'était cependant pas la crainte de ne pas avoir le dessus qui la retenait d'abattre ses victimes masculines à mains nues, mais les profits mirobolants que ces traques lui rapportaient.

Artémis comprenait très bien les hommes et n'avait pas d'égale dans l'art de les manipuler. Battre un homme à son propre jeu pouvait passer une fois ou deux, mais le faire systématiquement était mauvais pour le business. C'est pourquoi elle se permettait d'humilier Poséidon et Hadès de manière assez régulière, mais qu'elle évitait de marquer plus de points que Zeus. Le leader du groupe devait toujours se croire meilleur chasseur qu'elle si elle voulait qu'il continue de lui remplir les poches de ses millions superflus.

Elle aurait en réalité adoré broyer la trachée de sa dernière victime plutôt que de lui sectionner l'artère fémorale afin qu'il se vide de son sang en quelques secondes, mais cela aurait immédiatement émasculé ses trois compagnons. Un risque qu'elle ne désirait pas prendre. Et puis, la satisfaction d'enfoncer sa lame dans la chair de sa proie n'était tout de même pas négligeable. Tant qu'elle se tenait suffisamment proche du pauvre type pour pouvoir sentir la peur exsuder de tous les pores de sa peau au moment fatidique, elle y trouvait son compte. Tuer au corps à corps lui procurait de telles sensations qu'elle devait souvent se faire violence pour se contenter d'un seul trophée. Elle ne touchait, après tout, pas un centime pour les proies qu'elle abattait elle-même…

Soudain, des cris de femme s'élevèrent quelque part dans l'hôtel particulier. Chaque chambre de son établissement était insonorisée pour garantir l'intimité de ses occupants et les hurlements provenaient donc de l'un des salons ou d'un couloir. Elle savait pertinemment ce que cela signifiait et répondit immédiatement au téléphone posé sur son bureau lorsqu'il sonna une minute plus tard.

— Pseudonyme ? demanda-t-elle en décrochant.

— Mike Tyson.

Elle entra aussitôt le nom dans l'ordinateur.

— Des dégâts ?

— Rien de matériel, mais Clara a la lèvre fendue et aura sûrement un coquard demain matin.

Artémis trouva ce qu'elle cherchait dans sa base de données. Le pseudonyme appartenait au directeur d'une startup de la Silicon Valley qui ne devait pas valoir plus de deux ou trois millions dans l'état actuel des choses. Une broutille par rapport à la moyenne de sa clientèle. Elle constata aussi que l'homme n'en était qu'à sa troisième visite en deux ans, et qu'il ne dépensait jamais plus que le strict minimum. Et il s'imaginait pouvoir abîmer Clara avec un dossier pareil ?

— On vous l'amène ? demanda la voix au téléphone.

— Inutile. Reconduisez notre boxeur jusqu'à la sortie. Et faites-lui bien comprendre qu'on ne veut plus le revoir.

— Ce sera fait, madame.

— Anton ?

— Oui, madame ?

— Passe me voir dans mon bureau d'ici une heure. J'aurai un travail pour toi.

— Avec plaisir, madame.

Elle raccrocha en souriant. Anton était son homme de main le plus dévoué, et aussi le mieux bâti... Lui et ses hommes bossaient à temps plein pour Artémis qui les rémunérait grassement. En plus d'assurer la sécurité de son établissement, ils lui rendaient un tas de petits services, tous plus illégaux les uns que les autres.

Sans eux, elle n'aurait pu entrer en affaires avec Zeus et ses deux acolytes. C'était en effet Anton et son équipe qui se chargeaient de fournir les proies pour leurs chasses à l'homme. Et ils faisaient également le ménage une fois la chasse terminée. Vivre dans une ville portuaire comme San Francisco leur facilitait grandement la tâche. Les corps jetés dans l'océan Pacifique refaisaient rarement surface.

Mais le service qu'Anton s'apprêtait à lui rendre était d'une tout autre nature. Après une telle journée, elle avait mérité le droit de s'amuser un peu. Et Anton faisait toujours un excellent compagnon de jeu.

Elle frissonna et alla s'asseoir dans le fauteuil en cuir situé devant la cheminée à gaz dans laquelle des bûches en céramique donnaient l'illusion de flamber. La suite qu'elle s'était aménagée au dernier étage de sa maison de passe rivalisait de confort avec la maison qu'elle avait en ville. Et ce pour la simple raison qu'elle y passait davantage de nuits que dans son propre lit. Surtout ces derniers temps.

En plus de gérer la maison de passe et d'organiser des chasses intéressantes pour ses trois meilleurs clients, Artémis travaillait à deux autres projets très chronophages. Le premier restait du domaine du business, mais le second était beaucoup plus personnel et porterait bientôt ses fruits. Elle n'avait aucun doute à ce sujet.

# Chapitre 26

Ethan s'apprêtait à aller déjeuner lorsque l'on frappa vigoureusement à la porte de l'agence. Il s'était à peine levé de son siège que la factrice faisait irruption dans le bureau, détentrice d'une lettre recommandée qu'elle lui remit en échange de sa signature. Il ne recevait pratiquement jamais de courrier recommandé. Les documents de nature confidentielle lui étaient généralement remis par porteurs. Il songea un instant à une convocation à comparaître. Le procureur n'ayant pas donné suite, sa supposée victime avait-elle décidé de le poursuivre au tribunal civil ? Il rejeta l'idée presque aussi vite qu'elle lui était venue. Une convocation à comparaître n'était pas envoyée par la poste, mais délivrée par une personne assermentée.

Le courrier lui avait été adressé par une entreprise répondant au nom original de « Petits Meurtres Entre Amis, SARL ». Il déchira l'enveloppe sur le côté et en tira une invitation cartonnée.

*Cher Ethan Archer,*

*Vous êtes cordialement invité à un week-end mystère en l'honneur de mon cinquantième anniversaire.*

*Les festivités se dérouleront sur notre île privée, aux Bahamas, du 24 au 26 juin.*

*Nous avons hâte de vous accueillir pour un week-end mémorable dont vous vous souviendrez longtemps.*

*Virginia Blackwood*

Ethan ne connaissait aucune Virginia Blackwood, et il n'avait pas la moindre idée de ce qu'elle lui voulait.

L'enveloppe contenait également une réservation à son nom pour un vol aller-retour San Francisco – Nassau, ainsi qu'une note l'informant qu'un chauffeur le prendrait en charge dès sa descente de l'avion.

Le dernier document était une lettre tapée sur le papier en tête de l'entreprise Petits Meurtres Entre Amis, indiquant qu'il recevrait le dossier complet de son personnage très prochainement. Ethan n'avait pas la moindre idée de ce que cela voulait dire.

Décidant que le déjeuner pouvait attendre, il alla se rasseoir derrière son ordinateur et lança une recherche sur Virginia Blackwood, qui cracha plusieurs centaines de pages web en réponse. Ethan ajouta le mot Bahamas, mais n'obtint cette fois aucun résultat. Si Virginia Blackwood possédait bien une île privée aux Bahamas, Google n'en avait pas entendu parler.

Il prit son courage à deux mains et entreprit de parcourir les centaines de résultats de sa recherche précédente. Après une petite heure de lecture, il était à peu près convaincu que la Virginia Blackwood en question était l'épouse du milliardaire Percival Blackwood. Ce dernier dirigeait le sixième groupe hospitalier du pays. Un conglomérat gigantesque dont les branches s'étendaient sur quasiment tous les États, mais dont le siège social se trouvait à San Francisco.

Pourquoi une milliardaire souhaiterait-elle célébrer son anniversaire en l'humble compagnie d'un type comme lui ? Avait-elle un boulot à lui proposer ? Cherchait-elle à l'embaucher discrètement ? Si c'était le cas, son approche se révélait des plus cryptiques.

Ne dénichant aucun numéro de téléphone ou adresse mail pour la richissime Virginia, il se rabattit sur le site web de Petits Meurtres Entre Amis, dont les coordonnées figuraient sur le papier à en-tête de l'entreprise.

Comme son nom l'indiquait, la SARL se spécialisait dans la planification de soirées à domicile dont le but était de résoudre un meurtre entre amis. Le principe était similaire aux kits de jeux de rôle permettant d'organiser un dîner mystère chez soi, à la différence près que l'entreprise fournissait un scénario écrit sur mesure pour les participants et s'occupait de toute la préparation. De nombreuses photos, où figuraient des convives en costumes divers en train de rire aux éclats, illustraient le site de la société.

Ethan observa chacune d'elles avec attention et conclut que la vaste majorité de ces soirées se déroulaient dans des résidences relativement modestes. Aucune ne semblait avoir eu lieu dans le cadre grandiose d'une île privée.

Il s'apprêtait à composer le numéro de téléphone de la SARL, mais se ravisa. Puisque l'entreprise avait pignon sur rue, pourquoi ne pas aller leur rendre visite en personne ?

Le gargouillement de son estomac lui rappela soudain qu'il n'avait toujours rien avalé de la journée. Il se leva et se dirigea vers la porte. Au passage, ses yeux s'attardèrent un instant sur la chaise vide de Jennifer, mais il se força à l'ignorer. Il devait se faire une raison ; elle ne remettrait plus jamais les pieds à l'agence. Leur association avait bel et bien pris fin, et il ne pouvait rien y faire.

Il ne savait pas encore s'il accepterait cette invitation pour le moins étrange, mais en supposant qu'il décide de se rendre sur cette l'île, l'absence de Jennifer se ferait ressentir. La semaine qu'il avait passée avec elle dans le chalet des Woodrough deux ans auparavant avait été l'une des plus éprouvantes de sa vie, mais il aurait été prêt à la revivre juste pour l'avoir à ses côtés.

Il dévala l'escalier menant dehors et venait de mettre le pied sur le trottoir quand son téléphone vibra dans sa poche. Il le saisit et constata que le message reçu provenait d'un numéro masqué.

*Pour découvrir ce qui est arrivé à Silas, va aux Bahamas.*

# Chapitre 27

Assise devant quatre moniteurs avec une tasse de thé à la main, Janus parcourait les mails arrivés pendant la nuit. Certains lui étaient destinés, d'autres non… Elle avait accès à de nombreuses messageries ; des messageries que leurs propriétaires croyaient sécurisées. Les idiots… Il n'existait plus aucun serveur efficacement protégé. Avec du temps, un pirate motivé pouvait venir à bout des défenses informatiques les plus sophistiquées. La notion de vie privée était tout simplement incompatible avec le monde digital actuel. Tout appareil connecté pouvait être piraté. L'*Internet of Things* permettait, entre autres choses, d'activer l'alarme cambriolage ou de régler le thermostat d'une maison depuis un smartphone, mais le téléphone en question n'avait pas forcément besoin d'appartenir au propriétaire. Les hackers d'aujourd'hui ne s'intéressaient plus seulement au contenu des ordinateurs, mais pouvaient contrôler à distance votre cafetière, votre réfrigérateur, et même votre voiture.

Janus était le nom d'un dieu romain toujours représenté avec deux visages, symbole de la dualité de sa personnalité. Un pseudonyme qui lui allait comme un gant, puisqu'elle aussi incarnait les deux faces distinctes d'une médaille. À la fois hackeuse exceptionnelle et tueuse d'un style particulier.

Elle n'avait pourtant pas choisi son pseudonyme pour cette raison. Elle l'avait adopté presque par hasard, longtemps avant d'en connaître le sens. Longtemps avant d'avoir pris les décisions qui l'avaient menée où elle se trouvait aujourd'hui.

Elle ouvrit la messagerie de l'homme qu'elle avait ramassé

dans un bar deux mois plus tôt. Il l'avait ramenée chez lui, où ils avaient commencé à baiser en tout bien tout honneur, jusqu'à ce que le mec se mette à entreprendre des trucs pas très catholiques. Le vicelard était tellement imbibé ce soir-là qu'il ne gardait certainement aucun souvenir de la trempe monumentale qu'elle lui avait envoyée. Mais il ne perdait rien pour attendre ; elle n'en avait pas fini avec lui. Bien qu'ayant déjà chèrement payé sa tentative, il n'était pas au bout de ses peines.

Il ne soupçonnait absolument pas qu'elle s'était introduite dans son ordinateur et qu'elle surveillait ses moindres faits et gestes et en apprenait un peu plus à son propos tous les jours. Elle n'avait pas encore décidé quoi faire de ces informations, mais elle comptait bien concocter un moyen particulièrement désagréable de les utiliser.

Elle s'intéressa ensuite à une autre messagerie piratée et constata avec satisfaction que le mail qu'elle lui avait envoyé la veille avait été lu. Une excellente nouvelle qui annonçait l'aboutissement prochain de longs mois de préparation.

Un bip retentit et elle tourna son regard vers un autre moniteur. Le mail qu'elle venait de recevoir était cette fois adressé à Janus. Elle l'ouvrit et en découvrit le contenu.

Il s'agissait d'un contrat de trois millions de dollars. Payable à cinquante pourcent à l'acceptation des termes, le solde étant dû une fois la cible éliminée.

Elle parcourut le document avec attention. Celui-ci précisait non seulement le lieu et la date de l'exécution, mais aussi l'arme à employer, ainsi que d'autres détails pour le moins inhabituels pour un boulot de ce genre. Ce qui expliquait pourquoi son commanditaire offrait le double du tarif en vigueur… Une photo de la cible se trouvait en pièce jointe, accompagnée du plan détaillé d'une villa aux proportions pharaoniques.

Le message, non signé, se terminait par un post-scriptum :

*P.S. : Nous pouvons arranger votre transport sur l'île si nécessaire.*

Le commanditaire ne connaissait pas le véritable visage de

Janus, mais il avait déjà employé les services de l'assassin à plusieurs reprises. La première fois remontait à près de vingt-cinq ans. Un triple meurtre auquel elle repensait souvent.

# Chapitre 28

Ethan frappa à nouveau à la lourde porte en bois, mais n'obtint pas davantage de réponse que les deux fois précédentes.

Aucun bruit ne provenait de l'intérieur de l'appartement, et aucune ombre n'était passée devant le judas, qu'il n'avait pourtant pas quitté des yeux. Si Jennifer était chez elle, elle ne se trouvait pas près de la porte. Peut-être l'avait-elle vu arriver par sa fenêtre, à moins qu'elle n'ait reconnu son pas dans l'escalier. Après l'avoir entendu trois ans durant gravir les marches menant à l'agence, elle devait être plus que familière avec son *staccato*.

Il tambourinait à nouveau au battant lorsque l'ascenseur s'ouvrit et qu'une femme d'une quarantaine d'années chargée de sacs à provisions en sortit.

— Je ne pense pas qu'elle soit là, annonça-t-elle en se dirigeant vers l'appartement situé à l'autre bout du couloir.

— Pardon ? Vous connaissez Jennifer ? demanda-t-il en se retournant vers la voisine.

— Comme ça, juste de vue, dit-elle en posant ses sacs devant sa porte.

— Et comment savez-vous qu'elle n'est pas chez elle ?

— Je ne l'ai pas aperçue depuis des semaines. À mon avis, elle est en voyage quelque part. Ou il lui est arrivé quelque chose. Le facteur ne met même plus de courrier dans sa boîte aux lettres. En tout cas, elle n'a pas déménagé, parce que personne d'autre n'entre dans l'appartement et son nom est toujours sur la sonnette.

— Quand l'avez-vous vue pour la dernière fois ?

— J'saurais pas vous dire précisément… Au moins cinq ou six semaines. Peut-être plus…

Ethan n'aimait pas du tout cela. Où était-elle passée ? Avait-elle succombé à cette épidémie de disparition elle aussi ? Elle n'était pas mannequin, mais elle aurait facilement pu l'être… Et puis, Silas non plus ne posait pas dans les revues de mode, mais ça ne l'avait pas empêché de s'évanouir sans laisser de traces.

Il remercia la voisine et dévala les escaliers quatre à quatre en se demandant vers qui se tourner. Tabatha était morte, Melody et Silas avaient disparu et la police n'était pas vraiment une option. La dernière chose dont Jennifer avait besoin était que les flics viennent fourrer leur nez dans son passé et celui de son frère.

Il s'installa derrière le volant de sa voiture et démarra en trombe. Il n'y avait qu'une seule personne qui puisse encore l'aider.

Il se gara vingt minutes plus tard devant l'appartement que Tabatha avait partagé avec Janet. *Espérons qu'elle n'ait pas déménagé*, se dit-il en frappant à la porte. Janet ouvrit presque aussitôt.

— Evan ? dit-elle d'un air surpris.

— Ethan, corrigea-t-il. Bonjour, Janet.

— Qu'est-ce que tu fais ici ?

— Je cherche Jennifer. Je reviens de son appartement, mais sa voisine dit qu'elle ne l'y a pas vue depuis des semaines. Aurais-tu une idée de l'endroit où elle pourrait être ?

Janet lui jeta un regard en coin.

— Non… Nous n'étions pas particulièrement proches… Et maintenant que Tabatha n'est plus là, on n'a aucune raison de se voir.

— Quand l'as-tu vue pour la dernière fois ?

— Aux funérailles de Tabatha. Tu n'y étais pas, d'ailleurs.

— Je suis vraiment désolé… Je n'ai pas pu me libérer.

Il ne pouvait pas lui avouer qu'il n'avait appris la mort de la jeune femme qu'après son enterrement. Jennifer ne lui adressait déjà plus la parole à cette époque, et personne n'avait songé à lui envoyer un faire-part.

Janet haussa les épaules de l'air de dire que son absence ne l'avait pas particulièrement affectée.

— Et quand tu l'as vue aux funérailles, elle ne t'a pas parlé de partir en voyage ?

— Non. Elle ne m'a pas parlé. C'est pas comme si on avait grand-chose à se dire…

Ethan poussa un soupir déconfit.

— OK… Merci… Et désolé de t'avoir dérangée, dit-il en tournant les talons.

— Attends une minute, le rappela-t-elle. Il y a un truc qui pourrait t'intéresser.

Elle l'invita à l'intérieur et le fit asseoir à la table de la cuisine. Janet alla ensuite s'adosser au réfrigérateur avant de continuer.

— Deux ou trois jours après l'accident, Jennifer est venue. Elle cherchait l'ordinateur de Tabatha.

— Pour quoi faire ?

— Je n'en sais rien. Mais elle ne l'a pas trouvé. Le portable n'était pas ici, et Jennifer était convaincue que quelqu'un l'avait dérobé sur le lieu de l'accident. Personnellement, j'ai du mal à imaginer qu'un type soit assez tordu pour tirer un ordinateur alors que son propriétaire est en train de crever sur le pavé à deux mètres de là, mais va savoir.

Ethan, qui avait côtoyé de près le pire de ce que la race humaine avait à offrir, n'éprouva quant à lui aucune difficulté face à cette théorie. Mais il doutait fortement que le vol de l'ordinateur constituât un crime opportuniste. Pas si Jennifer voulait mettre la main dessus. Si le portable en question contenait quelque chose d'important et qu'il avait disparu, il semblait probable que l'accident qui avait ôté la vie à Tabatha n'en était pas un. La journaliste avait-elle été en possession d'informations compromettantes ? Quelqu'un avait-il cherché à la faire taire une bonne fois pour toutes ?

Cela suggérait aussi que le chauffard qui avait renversé la jeune femme avait eu un complice dans la rue. Quelqu'un qui s'était trouvé tout proche d'elle au moment de l'accident, et qui avait profité du choc des passants pour dérober l'ordinateur au nez et à la barbe de tout le monde.

Ethan ne doutait pas que Jennifer ait abouti aux mêmes conclusions. Et certainement à bien d'autres puisqu'elle avait plus de deux mois d'avance sur lui... Pourquoi ne lui avait-elle rien dit ? Il aurait pu l'aider. Il avait suffisamment de contacts chez les flics pour convaincre ces derniers de s'intéresser à l'affaire d'un peu plus près. Mais elle avait choisi de ne pas le joindre. Elle ne s'était pas confiée à lui, et au fond de lui-même, il savait pertinemment pourquoi.

# Chapitre 29

Melody ne quittait pas des yeux son kidnappeur dont la caméra était braquée sur son corps nu. Le voyeur se rinçait l'œil, mail il ne perdait rien pour attendre. Elle se promit de le lui faire payer d'une manière ou d'une autre et avait déjà une petite idée de la façon de procéder.

Le géant n'avait jusqu'à présent expérimenté qu'une résistance minimale de la part des deux femmes. Elles essayaient bien de le repousser quand il lui prenait l'envie de les violer, mais toute opposition s'avérait futile. Il pesait plus lourd qu'elles deux réunies, et ses muscles semblaient sortis tout droit d'un magazine de bodybuilding.

Eva avait depuis longtemps abandonné la lutte et se laissait désormais abuser sans émettre le moindre son, ce qui n'empêchait pas la brute de la cogner pour le plaisir. Melody ne se trouvait cependant pas du tout dans le même état d'esprit. Son mental n'acceptait jamais la défaite, et c'était sa rage d'être la meilleure dans tout ce qu'elle entreprenait qui avait fait d'elle ce qu'elle était aujourd'hui. Une femme admirée, fortunée, qui savait ce qu'elle voulait, et dont les ennemis regrettaient d'avoir croisé le chemin.

Les matelas des deux femmes étaient alignés l'un derrière l'autre contre un mur du cachot. Séparés seulement par la colonne de soutènement à laquelle leurs chaînes étaient attachées. Leur kidnappeur positionnait généralement sa caméra à côté de la colonne, au pied du lit de sa victime du jour, mais il installa cette fois son trépied à la tête du lit d'Eva, histoire d'avoir un angle différent pour son porno. De derrière sa caméra, il fit un clin d'œil complice à Melody qui lui renvoya un regard chargé de représailles.

Eva, quant à elle, se tenait prostrée sur son matelas, attendant l'inévitable. Elle ne prononçait plus le moindre mot lorsque son violeur s'affairait sur elle, mais il continuait de la bâillonner systématiquement malgré tout.

Il retira ses chaussures, fit tomber pantalon et caleçon et s'approcha du lit du modèle, le sexe déjà tendu en anticipation de ce qu'il allait lui infliger. Puis il s'allongea sur elle et se mit à l'œuvre.

Melody scruta la pièce des yeux à la recherche d'une arme potentielle, mais n'en dénicha aucune. Tout objet contondant qu'elle aurait pu utiliser pour assommer le géant se trouvait hors de sa portée, de l'autre côté de la cellule. La chaîne qui lui entravait la cheville lui permettait de rejoindre les toilettes et la douche, mais elle n'était pas suffisamment longue pour qu'elle s'empare de l'une des briques ou d'un bastaing entreposés dans un des coins du sous-sol. Elle pouvait cependant atteindre le lit de la pauvre Eva…

Melody se leva le plus discrètement possible et saisit sa chaîne à deux mains. Celle-ci tinta légèrement, mais le violeur ne détourna pas son attention de sa victime du jour.

Elle l'approcha par-derrière, lentement, sur la pointe des pieds, avant de se jeter sur lui d'un bond rapide. Elle passa le mou de sa chaîne autour du cou du géant en un éclair, et se mit à tirer sur chaque extrémité. Celui-ci se débattit, mais Melody ne lâcha rien et se cramponna aux deux morceaux de chaîne comme si sa vie en dépendait.

Incapable de se débarrasser du poids plume qui lui avait sauté sur le dos et tentait maintenant de l'étouffer, l'homme se releva sous l'œil catatonique d'Eva. Melody n'était cependant aucunement disposée à lâcher prise. Il essaya de l'agripper sans succès durant plusieurs secondes. Il donna même l'impression de faiblir lorsqu'il se précipita d'un bond en arrière contre la colonne de soutènement, que le crâne de Melody percuta violemment. Elle eut juste le temps de penser que les choses ne s'étaient pas tout à fait déroulées comme prévu avant de perdre connaissance.

# Chapitre 30

Malgré l'heure matinale, Ethan courait sur la plage depuis déjà vingt minutes. Ses yeux étaient braqués vers l'ouest où, perchée sur son rocher encerclé par les flots, la prison-musée d'Alcatraz attendait les ferries chargés de touristes avec l'indifférence commune aux monuments historiques du monde entier. La vue du Rocher, comme le surnommaient les habitants de San Francisco, lui fit immédiatement penser à l'île où il était bientôt censé se rendre pour célébrer l'anniversaire d'une certaine Virginia Blackwood.

Il soupçonnait l'île des Blackwood d'être aussi isolée que le Rocher entouré de ses courants meurtriers. La dernière fois qu'Ethan s'était retrouvé dans une telle situation, les choses ne s'étaient pas particulièrement bien passées pour lui.

D'un autre côté, s'il n'acceptait pas l'invitation, il perdrait peut-être une occasion d'en apprendre davantage au sujet de la disparition de Silas. Mais *peut-être* seulement… parce qu'il y avait de bonnes chances pour que le texto qu'il avait reçu ne soit qu'une ruse pour l'attirer là-bas. Mais dans quel but ?

Un éventuel ennemi pouvait tout aussi bien s'en prendre à lui ici, à San Francisco. Pas besoin de l'amener sur une île au milieu de l'océan… Les deux costauds qui l'avaient attaqué devant chez lui deux mois plus tôt ne s'étaient pas gênés.

Il n'avait jamais revu les deux affreux, mais la confrontation lui avait tout de même valu une légère commotion cérébrale dont il avait mis quelques jours à se rétablir. La rencontre aurait pu s'avérer plus funeste si les cris de sa voisine n'avaient pas ameuté tout le quartier et forcé ses agresseurs à prendre la fuite.

Ethan se demandait néanmoins ce que ces types lui voulaient. Il ne s'agissait pas d'un acte de violence gratuite. Ils l'avaient attendu devant chez lui et connaissaient son nom…

Il s'était fait de nombreux ennemis au cours de sa carrière, et il trouvait surprenant que ce genre de choses ne lui arrive pas plus souvent, mais il aurait malgré tout souhaité découvrir l'identité de la personne qui lui avait envoyé ces deux zigotos. Et surtout savoir si elle était également derrière le mystérieux texto lui intimant de se rendre sur l'île des Blackwood.

Il avait beau se répéter qu'il ne prendrait aucune décision avant d'en apprendre davantage sur le week-end en question, il savait en son for intérieur qu'il irait de toute façon sur l'île. Il ne pouvait se permettre d'ignorer une piste menant potentiellement à Silas. La première en six mois. Jennifer méritait de découvrir ce qui était arrivé à son frère.

Mais si Ethan était parfaitement honnête avec lui-même, il devait admettre que connaître la vérité à propos de Silas constituait aussi le chemin le plus rapide vers un retour en grâce auprès de son associée.

Le fait qu'il ne sache absolument pas où cette dernière se trouvait en ce moment ne l'aidait cependant pas à se détendre. Il y songeait presque continuellement depuis sa discussion de la veille avec Janet et avait abouti à la conclusion que la disparition mystérieuse de Jennifer et la mort de Tabatha étaient vraisemblablement liées. Il ignorait encore si les types qui avaient tué la journaliste s'en étaient pris à Jennifer, ou si c'est elle qui les traquait, mais de ces deux options, il préférait de loin la seconde.

Ethan poussa la porte en verre de Petits Meurtres Entre Amis et se retrouva dans une pièce d'apparence étrangement familière. Les locaux couvraient une surface deux fois inférieure à sa propre agence, mais la disposition des deux bureaux et celle de la fenêtre étaient identiques.

Une femme entre deux âges, à l'allure athlétique et aux cheveux presque aussi courts que les siens, était assise derrière le bureau le plus proche de la porte. Dos à la fenêtre, un homme, qui ne pouvait pas avoir plus de vingt-cinq ans, en occupait un autre, placé à quatre-vingt-dix degrés du premier.

Ethan salua la femme d'un signe de tête pendant que l'homme se levait pour l'accueillir.

— Bonjour, monsieur. Comment puis-je vous être utile ? demanda-t-il du haut de son mètre soixante-quinze.

— Je suis Ethan Archer, et j'ai reçu ceci hier, dit-il en montrant l'invitation à l'homme.

— Ravi de faire votre connaissance, monsieur Archer. Je suis Martin Johnson, le gérant de la société.

Ethan serra la main que Martin lui tendait.

— Je suis désolé, mais je n'ai pas encore eu le temps de terminer le texte pour votre personnage, monsieur Archer. J'espère bien vous le faire parvenir d'ici le début de la semaine prochaine.

— Aucun souci. Je suis juste venu vous poser quelques questions. Je ne suis pas du tout familier avec le concept de ce genre de week-end.

— Je comprends tout à fait, répondit Martin en souriant jovialement. Voyez-vous, une soirée mystère est un type de jeu où chaque invité joue le rôle d'un personnage dont l'identité lui a été communiquée au préalable. Vous recevrez prochainement toutes les informations dont vous aurez besoin pour le rôle qui vous a été attribué. Ainsi qu'un certain nombre de données indiscrètes sur les autres personnages. Au cours de l'animation, l'un des convives sera assassiné, et les autres devront découvrir l'auteur et le mobile de ce meurtre.

— Je vois… répondit Ethan, qui ne percevait pas vraiment l'attrait de cette mascarade.

— Le concept de base est apparu sous la forme de jeux de société il y a plus d'une vingtaine d'années, mais Petits Meurtres Entre Amis va beaucoup plus loin. Nous écrivons chaque scénario de manière originale et nous ne produisons jamais deux fois la même intrigue. Nous insérons également des acteurs professionnels au sein des invités afin de les aider à rentrer dans leurs personnages et de les aiguiller dans la bonne direction. Juste au cas où les participants s'y perdraient parmi les indices qui leur sont fournis au cours de la soirée, ou en l'occurrence du week-end… Puisque Mme Blackwood nous a demandé d'étaler le jeu sur deux jours.

— Et c'est Mme Blackwood qui vous a communiqué la liste des invités ?

— Tout à fait. Enfin, à une exception prête.

— Une exception ? s'enquit Ethan en lui jetant un regard inquisiteur.

— C'est-à-dire que M. Blackwood m'a appelé quelques jours plus tard pour ajouter un nom à la liste que son épouse nous avait donnée.

— Et ce nom ne serait pas le mien, par hasard ?

— Effectivement, dit Martin en rougissant légèrement. M. Blackwood aura certainement voulu faire une surprise à son épouse en invitant un célèbre enquêteur pour endosser le rôle du détective.

— C'est M. Blackwood lui-même qui souhaite ma présence ? s'étonna Ethan.

— Tout à fait, répondit Martin d'une voix enjouée. Ses instructions à votre égard étaient très claires. Vous devez à la fois jouer le détective et le meurtrier. Une idée pour le moins originale… qui me force cependant à réécrire une bonne partie des rôles… Mais le client est roi…

Le sourire de Martin avait perdu un peu de sa sincérité.

— C'est aussi pourquoi je ne vous ai pas encore envoyé vos instructions… ajouta-t-il.

Ethan ne pouvait s'empêcher de se demander ce que Percival Blackwood lui voulait. Pourquoi le milliardaire souhaitait-il qu'il assiste aux festivités ? Et même qu'il se trouve au cœur de l'action, apparemment…

Il n'y avait qu'une façon de le savoir. Sa décision était prise. Ethan se rendrait sur l'île. Mais contrairement à ses *vacances* dans le Montana deux ans plus tôt, cette fois, il irait préparé.

# Chapitre 31

Artémis devait bien reconnaître que pour des quinquagénaires, ses trois associés possédaient encore une endurance remarquable sous les draps. Ils venaient de passer une heure et demie en compagnie de cinq de ses déesses et la rejoignaient seulement dans leur salon habituel. Il s'agissait de leur première partouse. Les trois préféraient généralement s'isoler avec la fille de leur choix dans l'une des nombreuses chambres individuelles, mais ce soir, Zeus avait suggéré quelque chose d'un peu différent. Artémis n'avait pas été surprise, elle avait préalablement discuté de cette requête avec lui avant l'arrivée de leurs deux acolytes.

Les trois hommes prirent place dans leurs fauteuils, et d'autres filles en tenues affriolantes entreprirent de faire le service.

— J'espère que la séance vous a plu ? demanda Artémis.

— C'était parfait, répondit Zeus. Exactement ce dont on avait besoin.

— Je ne sais pas pourquoi on a attendu aussi longtemps avant d'essayer, dit Hadès d'une voix enjouée.

Ce dernier s'était montré d'humeur bougonne toute la semaine, et Artémis avait enjoint à ses déesses de le cajoler tout particulièrement durant leur partie de jambes en l'air.

— C'était pas mal, confirma Poséidon, un peu moins emballé que ses deux compagnons.

Il n'avait pas bénéficié d'autant d'attention que les autres et s'en était sans doute rendu compte, mais cela ne revêtait que peu d'importance aux yeux d'Artémis.

— À propos de nouvelles expériences, j'ai quelque chose pour vous, dit Zeus en tirant deux enveloppes épaisses de la poche de sa veste.

— Qu'est-ce que c'est que ce truc ? demanda Hadès avec une expression renfrognée en sortant les documents de l'enveloppe.

— Exactement ce dont cela a l'air, répondit Zeus en souriant.

— Ne compte pas sur moi.

— Je pense que je vais passer mon tour également, dit Poséidon en remettant les documents dans l'enveloppe.

— Et moi, je crois que vous allez tous les deux venir, répliqua Zeus sans se départir de son sourire. Je vous garantis que cela va valoir le déplacement. La meilleure chasse de notre carrière…

— Ça ? Une chasse ? s'étonna Hadès.

— Pour quelle autre raison irions-nous sur l'île ?

— Je ne comprends pas bien, dit Hadès, en parcourant des yeux les documents. Nous serons combien ?

— Je dirais une vingtaine de personnes en tout et pour tout. Mais seulement trois chasseurs…

— Tu ne viens pas ? demanda Poséidon en se tournant vers Artémis.

— Malheureusement non. Croyez bien que je le regrette, mais les circonstances me forcent à me tenir à l'écart cette fois-ci.

— Je n'y comprends rien. On dirait un de ces jeux de rôles à la con.

— Le jeu n'est qu'un prétexte, expliqua Artémis. Un stratagème pour amener les proies sur l'île.

— Et quelles proies ! intervint Zeus. Artémis nous a préparé un véritable festin. Et je ne vous ai pas encore annoncé le meilleur : c'est moi qui régale !

La déclaration fit mouche.

— Cela commence à devenir intéressant… dit Hadès. Mais assez de mystère, qu'as-tu en tête exactement ?

Zeus expliqua en détail comment il envisageait le week-end, mais les deux autres hommes n'avaient toujours pas l'air convaincus. Artémis décida qu'il était temps de venir à son secours.

— Zeus, tu m'as demandé de ne pas révéler l'identité des proies afin de préserver la surprise, mais peut-être pourrions-nous dévoiler quelques indices ? Histoire de leur mettre l'eau à la bouche…

Zeus eut l'air de réfléchir un instant à la proposition avant de donner son consentement d'un geste de la main.

— Très bien. Eh bien, dans ce cas, je peux vous dire que vous aurez trois proies à traquer. Des femelles de la plus haute qualité.

— Nous avons déjà eu ce genre de tableau de chasse, remarqua Poséidon.

— Je vous garantis que non, répondit Artémis. Pas un comme ça… Jamais !

Les deux hommes la regardaient, l'air intrigué.

— Vous n'avez encore jamais chassé des gibiers valant cinq millions.

Les yeux des deux hommes s'écarquillèrent de concert avant qu'ils ne se tournent vers Zeus. Ils n'auraient désormais manqué les réjouissances pour rien au monde.

Les hommes sont si faciles à manipuler, songea Artémis. Les femmes aussi, d'ailleurs…

La mécanique était en route. Artémis devait maintenant continuer d'huiler les engrenages afin que son plan ne se grippe pas.

# Chapitre 32

Janus sirotait une tasse de chaï assise derrière son ordinateur dans la salle d'un Starbucks. Un article du *San Francisco Chronicle* était affiché sur l'écran du PC, mais la hackeuse n'en avait pas parcouru une ligne. Toute son attention se portait sur le kiosque à journaux situé de l'autre côté de la rue. L'échange étant prévu pour 10 h, elle s'était installée à une table face à la vitrine du coffee shop dès 9 h 20. Il était hors de question qu'elle rate une telle occasion.

Elle but une nouvelle gorgée de son chaï, qu'elle trouva aussi insipide que les précédentes. Pas suffisamment crémeux, et le mélange d'épices utilisé par la chaîne de cafés la plus populaire du pays manquait sérieusement d'imagination. Janus avait une amie d'origine indienne qui préparait son chaï sans la moindre goutte d'eau. Elle infusait le thé directement dans le lait, et les épices qu'elle y ajoutait constituaient un secret de famille passé de mère en fille depuis des générations. La hackeuse n'avait jamais rien bu de meilleur.

L'horloge affichée dans le coin de l'écran de son ordinateur indiquait désormais 9 h 55. Pas le moment de relâcher son attention.

En plus du vendeur de journaux, le stand ne comptait pour l'instant que deux clients. Une dame d'une quarantaine d'années qui ne semblait pas trouver ce qu'elle cherchait et une adolescente de seize ou dix-sept ans.

Janus n'avait reçu aucune photo de sa cible du jour. Elle avait une vague idée de son âge, mais ne possédait aucun détail quant à son apparence.

Elle avait été informée du lieu et de l'heure de l'échange en s'infiltrant dans l'ordinateur de sa future victime. Ce dernier se cachait derrière un pare-feu particulièrement sophistiqué et une boîte mail anonyme, mais ces précautions ne l'avaient pas protégé longtemps. Il correspondait via mails avec une personne que Janus avait également dans le collimateur, et qui recourait à des protocoles de sécurité informatique beaucoup plus laxistes. Janus n'avait eu qu'à intercepter un courrier électronique provenant de ce correspondant et à insérer un virus de sa composition dans l'un des documents en pièce jointe pour accéder au serveur de l'homme qu'elle attendait en ce moment.

Un type à l'allure peu engageante arriva au stand à 9 h 59 et s'empara immédiatement d'un journal qu'il s'empressa de payer au vendeur. Il resta ensuite planté là à scruter discrètement les passants, tout en faisant mine de parcourir les gros titres. L'adolescente reposa alors son magazine people et s'approcha de lui. Quelques mots furent échangés et le journal changea de main. Puis l'homme et la gamine partirent dans des directions opposées.

Janus fourra son ordinateur portable dans une sacoche dont la bandoulière était déjà passée autour de son cou, et sortit aussitôt du Starbucks en pestant intérieurement. Parce qu'une chose était certaine, l'adolescente n'était pas sa cible, mais bien un intermédiaire que cet enfoiré employait pour maintenir son anonymat.

Tout en suivant la gamine, Janus se retournait de temps en temps pour s'assurer de ne pas faire elle-même l'objet d'une filature. Une précaution sans doute superflue ; l'homme n'utilisait cette fille que par excès de prudence, et non parce qu'il soupçonnait une tueuse d'être à ses trousses.

L'adolescente entra finalement dans un bureau de poste, et Janus hésita un instant concernant la marche à suivre. Sa décision prise, elle pénétra dans la salle à l'instant où la jeune fille refermait un colis de petite taille. Puis elle se dirigea vers le comptoir où un préposé pesa le paquet et y colla les étiquettes nécessaires avant de le déposer dans un panier derrière lui. Janus observa la scène plantée devant un distributeur de timbres, bien trop loin du comptoir pour pouvoir lire l'adresse sur le colis.

La gamine s'éloigna ensuite du comptoir et jeta le journal dans la première poubelle qu'elle croisa avant de ressortir de l'agence.

Janus tergiversa quelques secondes, mais renonça finalement à approcher l'adolescente. La gamine avait dû recevoir deux ou trois billets en échange de ce service et ne savait certainement rien de son employeur d'un jour. Il y avait fort à parier que le paquet avait été envoyé en poste restante et que la jeune fille ne connaissait pas la véritable adresse du destinataire. Janus n'allait de toute façon pas torturer l'adolescente pour lui faire cracher le morceau…

Elle quitta le bureau de poste dix minutes plus tard. Elle n'était pas à court d'options. Elle avait une bonne idée d'où sa cible se trouverait d'ici quelques jours. La situation ne s'annonçait pas idéale, mais elle devrait s'en satisfaire. Dans l'immédiat, il lui fallait rentrer chez elle. Elle avait un meurtre à planifier et beaucoup de matériel à acheter.

# Chapitre 33

Melody ouvrit lentement les paupières et les referma rapidement. La luminosité était bien trop intense pour ses pupilles. Elle erra un moment à la frontière entre le sommeil et l'éveil avant de faire une nouvelle tentative. Ses yeux restèrent ouverts plus longtemps cette fois, mais elle finit par sombrer à nouveau dans une léthargie agitée qui ne dura qu'une poignée de minutes.

Elle reprit finalement connaissance et se releva sur un coude avant de s'asseoir, l'épaule gauche calée contre le mur. L'une des rares positions qu'elle puisse adopter maintenant que sa chaîne avait été raccourcie.

La tête lui tournait. L'effet du sédatif qu'on lui avait administré quelques heures plus tôt en intraveineuse. Elle détestait les aiguilles, et cette expérience ne risquait pas de la réconcilier avec ces saletés effilées.

Le matelas sur lequel elle reposait sentait encore le neuf, mais une autre odeur plus tenace émanait de celui d'Eva. La fragrance ammoniaquée de l'urine séchée. La malheureuse s'était pissée dessus tellement de fois que la literie en était imbibée. Mais son calvaire était enfin terminé. Son cadavre pendait, crucifié tête en bas, sur une croix rudimentaire accrochée à l'un des murs du sous-sol.

Les longs cheveux châtains de la défunte reposaient en tas sur le sol, directement sous son crâne tondu. Elle avait été belle à une époque, et son corps l'était encore, mais son visage n'attirerait plus jamais aucun photographe. Celui-ci se trouvait dans un plateau en inox, sur une table à deux mètres de là. Son bourreau en avait consciencieusement découpé le contour avant de le décoller de la chair de sa victime.

Melody entendit le bruit d'une clef tourner dans une serrure. Puis des pas descendirent un escalier qu'elle ne pouvait voir. Le son d'une autre serrure que l'on déverrouille, et la lourde porte en bois pivota sur ses gonds pour laisser entrer le géant. Son visage était une fois de plus dissimulé sous son masque de cuir noir.

— Je me disais bien avoir entendu du bruit, dit-il en s'approchant de la caméra montée sur un trépied et orientée vers Melody. Tu n'as dormi que trois heures, il n'est pas encore l'heure de se lever.

Il pressa un bouton sur la caméra et une LED rouge s'alluma.

Il s'avança ensuite vers elle et la prit par le menton en l'observant comme aurait pu le faire un docteur. Il secoua lentement la tête avant de lui assener une gifle violente, mais aucun son ne sortit de la bouche de Melody. Elle ne lui donnerait pas cette satisfaction.

Il tira une seringue hypodermique remplie d'un liquide transparent de sa poche arrière et en enfonça l'aiguille dans son bras. Elle se laissa faire. Elle préférait de loin dormir plutôt que de rester éveillée dans ce trou à rat.

— Je vais devoir t'abandonner un moment, maintenant. Il faut que je fasse quelques préparatifs pour me débarrasser du corps de ta copine avant qu'il n'empeste toute la pièce, dit-il en gloussant.

Mais Melody ne l'entendait déjà plus, elle était retournée au pays des rêves, loin de cette cellule miteuse.

Elle se réveilla au son de quelqu'un frappant à la porte. Dans son semi-coma médicamenté, elle distingua une lumière rouge à quelques mètres d'elle, qui se transforma bientôt en diode électroluminescente sur un caméscope. Elle s'était crue un instant dans son lit, mais non, elle se trouvait toujours dans cette foutue prison, et l'imbécile avait oublié d'éteindre sa caméra. Le son lui parvint à nouveau et elle perçut pour la première fois les vibrations qui l'accompagnaient. Quand la porte vola en éclats quelques secondes plus tard, elle hurla de surprise.

Les hommes du groupe d'intervention du FBI fondirent dans la pièce avant que Melody n'eût le temps de comprendre ce qui arrivait. Les canons de leurs Colts M4 Carbine scannaient le sous-sol en de grands arcs de cercle, mais le géant ne s'y trouvait pas.

L'un des agents se précipita auprès d'Eva et plaça deux doigts sur le coup de la malheureuse à la recherche d'un pouls. Comme si elle pouvait encore être en vie dans son état… Il se releva presque aussitôt en secouant la tête à l'attention de l'un de ses coéquipiers.

Un homme portant une croix rouge sur la poitrine de son treillis bleu marine se pencha sur Melody et lui éclaboussa les yeux d'une lumière vive issue d'une lampe pas plus large qu'un stylo.

— Vous m'entendez ? demanda-t-il.

Elle opina et il continua son examen.

— Comment vous sentez-vous ?

— Fatiguée, parvint-elle à articuler.

Deux autres hommes portant la même croix rouge sur leurs uniformes s'agenouillèrent à ses côtés pendant que des techniciens en combinaisons blanches commençaient déjà à photographier la pièce.

Les types qui l'auscultaient à l'aide de leurs gadgets électroniques ne lui posèrent aucune question à propos de ce qu'elle avait subi durant sa captivité. Cela viendrait plus tard.

Ils finirent par la placer sur une civière et l'y sanglèrent avant de la transporter à l'étage, où d'autres hommes de la scientifique emballaient une multitude d'objets en tout genre dans des sacs transparents. Ceux-ci atterriraient certainement dans un labo dans l'espoir que l'on y découvre des échantillons d'ADN appartenant à son kidnappeur.

Lorsque le brancard franchit la porte d'entrée, elle sentit l'air frais lui fouetter le visage pour la première fois depuis ce qui lui semblait être une éternité. Combien de temps avait-elle passé dans cette cellule ? Elle n'en avait aucune idée.

La rue était barricadée dans les deux sens et Melody aperçut des curieux amassés derrière les barrières de la police quelques dizaines de mètres plus loin. La lumière des gyrophares éclairait la nuit et les immeubles environnants pour donner à la scène une allure très hollywoodienne. À cette pensée, Melody ne put réprimer un sourire.

# Chapitre 34

Ethan sortit de chez lui et trouva Theo garé en double file juste devant son appartement. Il prit place sur le siège passager et son ami s'inséra dans le trafic, déjà dense malgré l'heure matinale.

— J'ai réussi à convaincre mon patron de te laisser venir à l'hôpital parce que tu la connais bien, mais ça ne veut pas dire que tu es à nouveau sur l'affaire. C'est juste une faveur que l'on te fait. Entendu ?

— Oui, oui… Comment l'avez-vous retrouvée ?

— L'un des voisins a vu un type sortir du garage de la maison où elle était retenue captive. Il conduisait une fourgonnette correspondant à la description que l'on a fait circuler dans les médias. Le voisin a relevé les plaques, et bingo ! Les mêmes fausses plaques que le salopard avait utilisées lors de l'enlèvement.

La presse avait finalement eu vent des disparitions de mannequins, et les autorités avaient décidé de faire un appel à témoins dans l'espoir d'obtenir une piste pour cette affaire qui n'avait toujours pas avancé d'un pouce.

— Le voisin a-t-il pu fournir une description du tueur ?

— Une armoire à glace, à la mine patibulaire. Ce fils de pute a failli écraser le chien du type en sortant du garage et l'a insulté avant de détaler sur les chapeaux de roues. Sans ça, le voisin n'aurait certainement même pas remarqué la camionnette. C'est un quartier plutôt chaud, fréquenté par des trafiquants en tout genre, et le voisinage a tendance à ne pas se mêler des affaires des autres.

— Vous avez réussi à identifier l'autre fille ?

— Il s'agit bien d'Eva Hovorka. Difficile d'être sûr étant donné que l'ordure lui a pelé le visage, mais Melody l'a confirmé. Apparemment, elles se connaissaient.

— Et Melody, dans quel état est-elle ?

— Elle a pas mal de bleus et autres égratignures, et ses parties intimes portent les stigmates de rapports violents, mais dans l'ensemble, elle va plutôt bien. Il semblerait que le salopard ait eu une préférence pour Eva. C'est elle qui a subi les pires sévices.

— Je suppose que la maison est sous surveillance au cas où il reviendrait ?

— Évidemment, mais il ne reviendra pas. Une alarme silencieuse était connectée à toutes les portes et fenêtres du logement. Il sait pertinemment que quelqu'un est entré chez lui en son absence, et s'il n'est pas trop con, il en conclura que c'est nous. Le salopard a sûrement reçu une alerte en temps réel sur son portable… Vive la technologie !

— La scientifique a trouvé quelque chose d'utile ?

— Aucune empreinte. Au dire de Melody, il portait toujours des gants à l'intérieur de la maison, et il est encore trop tôt pour savoir s'il a laissé son ADN quelque part. Il faudra des semaines avant de tester tout ce qui a été ramassé chez lui.

— Je suppose que la baraque n'est pas à son nom ?

— C'est une location. Le nom sur le bail est fictif, et il payait cash tous les mois d'après le propriétaire que l'on a tiré du lit à 23 h passées. Lui aussi va être questionné par l'un de nos dessinateurs pour tenter d'établir un portrait-robot.

— A-t-on une idée de ce qu'il a fait subir à ses victimes pendant leurs trois mois de captivité ? demanda Ethan, qui cherchait à dresser le profil psychologique du tueur que les journalistes surnommaient désormais « Ken ».

Une référence au petit ami de Barbie, une mannequin d'un genre différent.

— Une assez bonne idée, oui. Nous avons trouvé des heures de vidéo sur un caméscope dans le sous-sol où elles étaient enfermées. Il aimait documenter les saloperies qu'il leur faisait. Suffisamment de viols et de torgnoles pour faire gerber n'importe qui de normalement constitué.

— Et pour faire bander les types comme lui… S'il n'a pas sauvegardé une copie de ses saloperies, il doit être en train d'enrager en ce moment… Les autres victimes sont elles aussi sur les vidéos ?

— Non. Seulement Eva et Melody. Soit sa passion pour le cinéma porno macabre est récente, soit les autres victimes sont sur des cartes SD que nous n'avons pas en notre possession. De toute façon, il ne vivait pas là. On a retrouvé pratiquement aucun effet personnel dans la baraque.

Ils trouvèrent Melody assise sur son lit d'hôpital, une perfusion dans le bras et un plateau vide à ses côtés. Ethan et Theo exprimèrent toute leur sympathie à la victime et leurs condoléances pour Eva et Ricardo. Une larme roula sur la joue de la patiente à l'évocation de l'infortuné Italien.

Theo lui demanda si elle se sentait suffisamment bien pour répondre à quelques questions. Elle accepta, et il se mit au travail. Le temps pressait, un médecin ou une infirmière risquait de débouler à tout moment pour leur intimer de partir.

— Aviez-vous déjà rencontré votre kidnappeur auparavant ?

Melody secoua la tête négativement.

— Ce n'est pas le genre de type que j'aurais oublié…

— Vous parlait-il souvent ?

— De temps en temps. La plupart du temps pour nous traiter de traînées et nous dire que nous avions de la chance qu'il ne se soit pas encore lassé de nos misérables corps rachitiques. J'imagine qu'il a fini par se lasser de celui de la pauvre Eva…

— Vous a-t-il dit quoi que ce soit qui puisse nous aider à l'identifier ?

Melody se creusa la cervelle un long moment, mais ne put fournir aucun renseignement utile.

— Pourquoi s'en prend-il à des mannequins ? demanda-t-elle finalement.

— Nous ne savons pas encore, mais nos profileurs travaillent jour et nuit pour essayer de répondre à cette question.

— C'est pour ça que tu es ici, Ethan ?

— Non. Je suis juste là en tant qu'ami. Je ne bosse pas sur l'affaire.

— Pourtant, Jennifer m'avait dit que tu aidais le FBI avec cette enquête.

Theo jeta un regard noir à Ethan. Ce dernier ne s'était jamais imaginé que Jennifer irait le crier sur les toits. Mais il n'était pas particulièrement surpris qu'elle ait tenté de mettre ses amies mannequins en garde.

Quand un médecin fit son entrée vingt minutes plus tard pour mettre fin à la visite, Theo et Ethan prirent congé. Ils avaient encore de nombreuses questions pour la victime, mais elles devraient attendre. Ils s'estimaient déjà heureux d'avoir pu obtenir autant d'informations de sa part. La plupart des survivants de ce genre d'atrocités étaient tellement traumatisés par l'expérience qu'ils mettaient souvent des jours, voire des semaines, avant de s'ouvrir à qui que ce soit. Certaines victimes refusaient même d'en parler pour le reste de leur vie. Mais Melody était faite d'un autre bois. Ethan ne serait pas surpris qu'elle se rétablisse complètement en un temps record. En tout cas, il le lui souhaitait de tout cœur.

— Ethan, appela-t-elle alors qu'il s'apprêtait à sortir de la pièce. Pourrais-tu demander à Jennifer de venir me rendre visite ?

Ethan se retourna, un sourire figé sur les lèvres. Il ouvrit la bouche pour répondre, mais aucun mot n'en jaillit.

# Chapitre 35

Ethan plaça un costume sombre dans la housse de voyage rangée dans son dressing et alla chercher une paire de chaussures pour l'accompagner. Il réfléchit un instant devant sa collection de cravates avant d'en saisir deux et de les suspendre au cintre du pantalon. Il ferma la fermeture éclair de la housse et se retourna vers la petite valise posée sur son lit, déjà à moitié pleine. Il y ajouta quelques caleçons et des chaussettes.

Il ouvrit ensuite le premier tiroir de la table de nuit pour révéler un coffre-fort miniature. L'objet ne possédait aucun cadran ou clavier mais était équipé d'un écran tactile sur lequel Ethan appliqua sa main tout entière. Le couvercle s'ouvrit dans un claquement métallique, et il tira un pistolet automatique et trois magasins du coffre. Par précaution, il vérifia que l'arme n'était pas chargée avant de la fourrer dans sa valise. Chaque chargeur comportait onze balles, et bien qu'il ne fût pas tireur d'élite, un tel arsenal devrait lui permettre d'affronter bon nombre de situations désagréables. Un étui en plastique dur contenant un téléphone satellite alla rejoindre le revolver, et Ethan recouvrit le tout à l'aide de trois chemises et d'un pyjama. S'il se retrouvait coincé sur l'île des Blackwood avec un dingue décidé à descendre les invités un à un, il serait au moins capable d'appeler des renforts.

Il s'apprêtait à fermer la valise quand il se souvint de son poing américain. Il alla le chercher dans la poche de la veste qu'il portait la plupart du temps, mais ne l'y trouva pas. Il vérifia les poches de deux autres blazers et d'un blouson sans davantage de succès. Où l'avait-il rangé ? Il ne s'en était pas servi depuis le soir où les deux affreux lui étaient tombés dessus devant son appartement. Où l'avait-il vu pour la dernière fois ? Il n'en avait pas la moindre idée…

Il fouilla son appart de fond en comble, mais ne trouva pas son arme fétiche.

Déçu, il prit place dans un fauteuil avec le descriptif de son personnage, que Petits Meurtres Entre Amis lui avait fait parvenir une semaine plus tôt.

L'intrigue conçue par Martin Johnson se déroulait en Angleterre pendant la Deuxième Guerre mondiale. Ethan devait jouer le rôle d'Hercule Marple, un détective de renommée chargé d'identifier un espion allemand se cachant parmi des personnes de marque dans une pension de vacances du Wiltshire.

Le nom de son personnage annonçait déjà la couleur. Le clin d'œil à la reine du crime n'était pas plus subtil que le reste du scénario, parsemé d'humour grivois et parfois franchement tiré par les cheveux. En tant que meurtrier, Ethan avait accès à davantage d'informations que les autres convives, mais les petites fiches de Martin ne lui avaient rien révélé d'utile à propos du véritable motif de cette invitation.

Le téléphone sonna et il décrocha.

— Prêt pour le grand départ ? demanda Theo.

— On peut dire ça comme ça.

— À quelle heure est ton avion ?

— À 6 h 30, ce qui veut dire que je dois être à l'aéroport à 5 h du mat au plus tard…

— Encore une bonne raison pour ne pas y aller. As-tu réussi à parler à Blackwood ?

— Non, répondit Ethan, qui n'avait même pas essayé.

S'il devait se rendre sur cette fichue île pour obtenir des informations à propos de Silas, il irait. Il aurait toujours l'occasion de questionner le milliardaire sur ses motifs une fois là-bas.

— Du nouveau à propos de Ken ? demanda-t-il.

— Pour la vingtième fois, je ne peux pas discuter des détails de cette affaire avec toi.

— Tu n'as donc rien de neuf ?

— Que dalle…

— Et les vidéos ? Elles n'ont rien révélé d'utile ?

— Nous les examinons encore, mais pour l'instant, rien que nous puissions utiliser. Notre ami Ken est une belle ordure, mais on n'avait pas besoin de visionner ses films pour le savoir.

— Il porte son masque sur toutes les séquences ?

— Oui. On ne le voit jamais sans.

Ce détail perturbait Ethan, mais il n'aurait su dire pourquoi.

— J'ai reçu le rapport d'autopsie d'Eva. Elle arborait de nombreuses traces d'aiguilles, mais on n'a retrouvé aucune drogue dans son système. Pas même l'anesthésiant avec lequel il les faisait dormir.

Melody leur avait dit que Ken leur injectait régulièrement un anesthésiant quand il s'absentait pour de longs moments.

— Et la crucifixion d'Eva, c'était avant ou après qu'il lui arrache le visage ?

— Après. La malheureuse est déjà à vif quand il l'a attachée à la croix.

— Mais on ne le voit pas lui découper le visage ?

— Non. Il n'a pas filmé cette scène-là. Nos profileurs pensent qu'il a dû oublier d'allumer le caméscope.

Ethan était du même avis. Le salopard aurait définitivement voulu conserver un souvenir de ce moment.

— Tu es certain de ne pas me montrer ces vidéos ? Je pourrais aider…

— T'évincer de l'enquête n'était pas mon idée, Ethan, mais je ne peux pas aller à l'encontre de mon supérieur. Et puis, pour être parfaitement honnête, même si tu étais encore sur l'affaire, je ne suis pas convaincu que regarder cette merde soit une bonne chose en ce qui te concerne.

Theo faisait allusion à Amanda, l'épouse d'Ethan morte

depuis trois ans, et il avait certainement raison. Mais d'un autre côté, personne ne devrait avoir à visionner ce genre de saloperies, et Ethan avait davantage de chances d'y découvrir un indice utile que toutes les autres personnes s'étant penchées jusqu'à présent dessus.

— Je te remercie de ta sollicitude. Quand tu auras décidé que les vies de ses futures victimes sont plus importantes que de me ménager et de suivre les ordres de ton patron, envoie-moi l'enregistrement, dit-il d'un ton léger.

— As-tu dit à Jennifer que tu partais aux Bahamas ? demanda Theo, pour changer de sujet.

— J'ai essayé, mais je n'ai pas réussi à la joindre, et sa voisine prétend ne pas l'avoir vue depuis un certain temps.

— Ça n'a pas l'air de t'inquiéter outre mesure, dit Theo, surpris.

La disparition de Jennifer inquiétait en réalité Ethan beaucoup plus qu'il ne le laissait paraître, mais il ne pouvait pas l'avouer à son ami. Au fond de lui, Ethan refusait catégoriquement de croire que quelque chose avait pu arriver à sa jolie associée. Et il ne voulait pas que l'agent spécial s'intéresse de trop près à Jennifer. Theo était malin, et s'il se mettait à fouiller dans la vie de la jeune femme, il se rendrait rapidement compte que tout comme son frère Silas, Jennifer MacKay n'existait pas.

# Chapitre 36

Artémis prenait son petit déjeuner assise devant l'écran de quatre-vingt-cinq pouces accroché au mur de son salon. Il était passé midi, mais elle avait travaillé une bonne partie de la nuit et ne s'était couchée que peu avant l'aurore.

Elle se lassa rapidement des informations régionales et se saisit de la tablette posée à ses côtés sur le divan. Elle ouvrit une application et composa un code à six chiffres. Les journalistes disparurent aussitôt et la télévision géante afficha une mosaïque d'images dominées par le vert des plantes tropicales. Certaines étaient pourtant dépourvues de végétation et montraient des pans de côtes et d'océan.

Artémis cliqua sur l'une des images, et deux femmes sur une plage de sable fin remplirent bientôt l'écran. Très belles et nues comme au jour de leur naissance. Artémis avait l'habitude de les voir avec un peu plus de vêtements sur le dos, mais elle les reconnut sans difficulté. Bon nombre d'Américains auraient pu en faire de même, puisque les deux mannequins figuraient régulièrement dans le catalogue de lingerie de la marque Victoria's Secret.

Artémis tapa du bout du doigt sur la tablette et les voix des deux femmes jaillirent des haut-parleurs dispersés dans le salon. En plus de ses yeux, l'île possédait de nombreuses oreilles.

— … non plus, pas depuis un bout de temps, dit la première.

— J'espère qu'elle ne s'est pas perdue.

— Je doute que cette saloperie d'île soit suffisamment grande pour qu'on puisse se perdre.

Les deux femmes parlaient évidemment de leur compagne d'infortune, une troisième mannequin un peu moins connue. Artémis ne l'avait pas non plus repérée sur sa mosaïque, mais elle ne s'inquiétait pas. Malgré le nombre impressionnant de caméras quadrillant le périmètre de la partie de l'île accessible aux proies, elles ne couvraient qu'environ cinquante pour cent de la surface totale du terrain. L'absente n'avait de toute façon nulle part où aller. En imaginant qu'elle parvienne à atteindre la mer sans succomber aux décharges électriques dispensées par le collier, il lui faudrait vaincre le courant et rejoindre l'île la plus proche à la nage. Une vingtaine de kilomètres, en supposant qu'elle s'oriente instinctivement dans la bonne direction. La seule proie à avoir essayé s'était noyée dans les eaux traîtresses de l'Atlantique.

— J'en ai marre de bouffer ces merdes, râla la plus petite en déchirant l'emballage d'une barre de céréales.

— Moi aussi…

Elles devraient pourtant s'en contenter. L'île comptait bien quelques oiseaux et de petits mammifères, mais Artémis doutait que ces trois-là fussent capables de capturer de quoi varier leurs repas. Elles n'auraient de toute façon pas à survivre longtemps sur ces friandises. La chasse était prévue pour la fin du week-end. D'ici soixante-douze heures, leurs corps iraient rejoindre ceux des victimes des chasses précédentes au fond de l'océan, où ils pourriraient jusqu'à ce qu'un requin tombe dessus. Anton appréciait tout particulièrement cet aspect des traques sur l'île ; se débarrasser des dépouilles était un jeu d'enfant.

— J'te dis que c'est Ken qui nous a kidnappées, gémit la plus grande.

— Mais pourquoi il nous aurait amenées ici ?

*Une excellente question*, pensa Artémis. Ken était un psychopathe qui violait et torturait ses proies pour le plaisir et qui ne se serait jamais soucié de les amener sur cette île. Tout le monde le savait, les médias ne parlaient que de lui. Et les flics étaient en ce moment même persuadés que les trois top-modèles constituaient les dernières victimes de ce malade. Une couverture parfaite…

— Mais pourquoi nous ? pleurnicha la plus petite.

— Parce que nous sommes célèbres et que ce timbré prend son pied à torturer des mannequins.

Elle avait en partie raison, bien sûr, Artémis les avait choisies pour leur célébrité. C'était pour leur renommée internationale que Zeus la payait si grassement. Les chasseurs avaient déjà goûté à des proies tout aussi belles par le passé, mais beaucoup moins juteuses…

Ces deux-là avaient en revanche tort de croire que leur seul point commun fût de poser à moitié nues dans les magazines. Elles partageaient quelque chose d'autre, et c'était pour cette raison précise qu'elles se trouvaient ici en ce moment. Mais Artémis doutait fortement que les flics fassent un jour le rapprochement.

# Chapitre 37

Ethan aperçut son chauffeur alors qu'il se trouvait sur l'escalator conduisant aux carrousels à bagages. Comme les autres chauffeurs attendant l'arrivée de leurs clients, il portait un costume sombre et une pancarte ou figurait le nom de son passager. Ethan lui fit signe avant d'aller se placer devant le tapis roulant, où il récupéra sa valise un instant plus tard. Elle aurait été suffisamment petite pour passer en cabine, d'autant plus que les Blackwood avaient fait voyager Ethan en classe affaires, mais le pistolet et les munitions qu'elle contenait avaient nécessité son transport en soute.

Le chauffeur voulut porter sa valise, mais Ethan déclina l'offre et le suivit jusqu'à la limousine garée en face du terminal. Contre toute attente, la voiture ne prit pas la direction du port. Elle ne quitta même jamais l'aéroport et déposa Ethan devant un hangar cinq minutes plus tard.

Se conformant aux instructions du chauffeur, Ethan rejoignit le petit groupe qui se trouvait déjà à l'intérieur.

— M. Archer, heureux de vous revoir. Vous avez fait bon voyage ? demanda Martin Johnson en lui serrant la main.

Ethan répondit par l'affirmative, et Martin fit les présentations.

— Vous connaissez Jody, je pense. Elle aidera à la cuisine, dit Martin en indiquant la femme d'une cinquantaine d'années qu'Ethan avait aperçue dans les bureaux de Petits Meurtres Entre Amis.

Il tendit la main à la femme et fut surpris par la fermeté de sa poigne.

— Et voici Terrence et Veronica, qui contribueront au progrès de l'intrigue en jouant le rôle des domestiques de la maison.

Ethan les salua alors qu'un pilote rejoignait le groupe.

— Puisque tout le monde est là, je vous propose d'y aller, dit ce dernier en ouvrant la marche.

Ils le suivirent jusqu'à un hélicoptère commercial pouvant transporter une douzaine de passagers, dans lequel ils grimpèrent pendant que leurs bagages rejoignaient la soute. Ethan s'assura par le hublot que sa valise et sa housse à vêtements faisaient bien partie du lot. Il n'avait aucune envie de se retrouver sur l'île sans brosse à dents, ou pire, sans arme.

L'hélicoptère atteignit leur destination en un peu plus d'une heure. Vue du ciel, l'île semblait faire une dizaine de kilomètres carrés. Environ un quart de sa superficie était aménagé, et on y distinguait plusieurs bâtiments ainsi qu'un large ponton pouvant accueillir plusieurs bateaux. Le reste de l'île était recouvert d'une épaisse végétation et paraissait vierge.

L'hélicoptère atterrit sur un espace bétonné situé à une centaine de mètres des bâtisses, et le groupe récupéra ses bagages avant de suivre Martin jusqu'à l'édifice principal.

Le château ne ressemblait en rien à ce qu'Ethan s'était imaginé. Entièrement constitué de pierres claires, il aurait été davantage à sa place entouré de vignes dans le sud-ouest de la France que sur un îlot aux Bahamas. Il ne possédait ni pont-levis ni meurtrière, et ses murs étaient au contraire percés de grandes fenêtres. De nombreuses dépendances étaient reparties de part et d'autre du château.

Alors qu'ils gravissaient les quelques marches menant à la double porte principale, une femme sortit pour les accueillir. Ethan, qui avait trouvé de multiples photos de la richissime Virginia Blackwood durant ses recherches, l'identifia immédiatement.

— Bienvenue dans notre humble demeure, dit-elle en

souriant. Entrez. Mes invités seront là d'ici deux heures à peine et il y a encore beaucoup à faire. Gerald est aux fourneaux depuis ce matin.

— Je vais aller l'assister, intervint Jody. Pourriez-vous m'indiquer où se situe la cuisine ?

— Vous ne la trouveriez jamais seule. Demandez à Stephany de vous y conduire, dit Virginia, désignant une brune en train d'épousseter un lustre au bout d'un long couloir. Ce château est un véritable labyrinthe. Moi-même, je m'y perds parfois.

— Vous avez une propriété magnifique, la complimenta Ethan. L'architecture est particulièrement intéressante.

— Merci, monsieur…

— Archer, Ethan Archer.

Elle l'observa en réfléchissant une seconde, comme tâchant de replacer son nom.

— M. Archer est un détective de renommée qui a accepté de jouer le rôle de l'enquêteur ce week-end, intervint Martin. Une idée de votre mari.

— Une idée de Percival ? dit-elle surprise, avant d'en revenir à l'architecture des lieux. Le grand-père de mon époux a fait venir les pierres de France, pour qu'elles soient identiques à l'original.

— À l'original ? s'étonna Ethan.

— Cette bâtisse est la copie conforme d'un château situé en Dordogne, dans le sud de la France. Du moins le gros œuvre. La plomberie, l'électricité et la décoration sont légèrement plus modernes… Nous avons aussi fait installer la climatisation il y a quelques années.

Rien de cela ne surprit Ethan. La différence de température entre l'extérieur et l'intérieur aurait pu à la limite s'expliquer par l'épaisseur des murs de la résidence, mais pas l'humidité relative de l'air qui avait chuté de trente pour cent à l'instant où ils avaient franchi le seuil de « l'humble demeure ».

— Le château est-il habité toute l'année ? demanda-t-il.

— Non. Une gardienne passait les étés sur l'île à une époque, mais cela doit bien faire quinze ans que ce n'est plus le cas. Notre intendante et l'une de nos domestiques sont arrivées il y a deux jours pour ouvrir les fenêtres et dépoussiérer un peu. Nous ne sommes pas venus depuis plus d'un an… Mais assez bavardé, je vous suggère de monter vos bagages dans vos chambres et de vous mettre au travail sans perdre de temps.

Virginia s'était visiblement lassée de leur faire l'article de la propriété.

— Rendez-vous ici dans quinze minutes pour un briefing, annonça Martin à l'attention d'Ethan et des acteurs.

— Stephany ! appela Virginia, d'une voix qui fit sursauter Ethan. Stephany va vous montrer vos chambres. Enfin, espérons-le… Elle n'est avec nous que depuis quelques semaines et c'est sa première visite sur l'île.

Les pas de Stephany résonnèrent sur la pierre, et une brune aux traits bien trop familiers fit son apparition. Ethan fit de son mieux pour dissimuler sa surprise.

La femme salua poliment le groupe, mais ne parut pas l'avoir reconnu. Elle semblait parfaitement à l'aise, quoiqu'un peu rigide. Ce que les Blackwood attendaient certainement de la part d'une intendante.

Elle les mena le long de couloirs sinueux jusqu'à un large escalier en colimaçon taillé dans la même pierre que le reste du château. Ethan n'osait imaginer combien l'acheminement par bateaux d'une telle quantité de roche avait dû coûter à l'aïeul de ce bon vieux Percy.

Ils se rendirent directement au second étage où l'intendante les déposa un à un devant leurs chambres respectives.

— Votre chambre, monsieur, dit-elle à Ethan alors que les autres avaient déjà gagné leurs quartiers.

Elle poussa le battant et l'invita à l'intérieur d'un geste de la main avant de le suivre.

Une petite cheminée, qui n'avait certainement jamais servi

sous ce climat, faisait face à un grand lit à baldaquin bordé de tables de nuit Louis XV.

L'intendante s'avança vers le fond de la suite, où une ouverture dépourvue de porte donnait sur une pièce plongée dans l'obscurité.

— La salle de douche, monsieur, dit-elle en allumant la lumière et en le poussant sans ménagement à l'intérieur. Qu'est-ce que tu fous ici ? chuchota-t-elle, furibonde.

— Je suis moi aussi content de te voir, Jennifer, répondit-il à voix basse. Qu'as-tu fait à tes cheveux ?

# Chapitre 38

Janus se sentait relativement à l'étroit, mais on pouvait difficilement espérer mieux d'une pièce secrète dissimulée entre les murs du château. Il lui avait fallu pratiquement une semaine pour installer tout son matériel dans l'espace exigu et le connecter aux microcaméras, mais elle y était parvenue. L'intendante et la bonne qui étaient arrivées deux jours auparavant ne lui avaient pas facilité la tâche. Forcée d'effectuer les derniers branchements en jouant à cache-cache avec les deux domestiques, Janus n'avait complété ses préparatifs que quelques heures plus tôt.

Les caméras qu'elle avait disséminées dans les quelque soixante pièces du château mesuraient à peine trois millimètres de diamètre. Elles opéraient sur un réseau indépendant dont le serveur se trouvait dans la chambre secrète. Chaque caméra était alimentée à l'aide d'une pile bouton et transférait ses données au serveur via une connexion WiFi.

Dissimuler les caméras n'avait pas été la partie la plus difficile de l'opération, cependant. Janus avait passé trois journées complètes rien que pour installer l'électricité à l'intérieur de l'obscur réduit. Percer les murs de pierre et amener des fils électriques non apparents jusqu'à son centre de commande improvisé avait mis sa patience à rude épreuve.

Les quatre moniteurs portatifs lui permettant de suivre en direct – et en différé – tout ce qui se déroulait dans le château étaient posés sur une planche en pin dressée sur des tréteaux. Rien de luxueux, mais cela lui convenait parfaitement. L'installation rudimentaire n'était après tout pas très différente de la configuration du bureau sur lequel elle travaillait la plupart du temps. Le confort de la chaise en métal laissait certes à désirer, mais elle ne comptait pas l'utiliser beaucoup. Il était impératif qu'elle passe la majorité de son temps parmi les invités, afin de n'éveiller aucun soupçon. Même avec un bouc émissaire à qui faire porter le chapeau, la prudence demeurait primordiale.

Les caméras étaient équipées de détecteurs de mouvements et ne se déclenchaient que lorsqu'une pièce était occupée. Un bienfait qui lui éviterait de devoir visionner en accéléré des heures et des heures d'enregistrement de salles entièrement vides.

Le premier écran était dévoué aux pièces du rez-de-chaussée, le second au premier étage, et ainsi de suite. Les dépendances n'étaient pas sous surveillance, mais elle doutait d'avoir à regretter cette omission.

Dans la cuisine, le beau et ténébreux Gerald s'affairait seul devant ses fourneaux, et Janus sentit l'eau lui venir à la bouche. Elle n'avait encore rien avalé de la journée.

Elle s'intéressa ensuite au deuxième étage et aux acteurs en train de défaire leurs bagages dans leurs quartiers respectifs. Elle s'apprêtait à retourner admirer le chef évoluant dans sa cuisine, lorsque l'une des caméras attira son attention.

Que faisait donc l'intendante dans la chambre d'Ethan Archer ? Pire, dans sa salle de bain, et en sa compagnie, qui plus est… Elle joua de sa souris, et l'image d'Archer et de l'intendante remplit l'écran. Ils se tenaient à quelques centimètres l'un de l'autre. N'était-il pas un peu tôt pour les grivoiseries ? Ces deux-là ne se connaissaient que depuis cinq minutes.

Le micro ne capturait rien de leurs chuchotements, mais à leur langage corporel, Janus comprit qu'elle s'était méprise sur leurs intentions. Si l'intendante semblait en effet prête à sauter sur le détective, ce n'était certainement pas pour s'envoyer en l'air. Elle donnait plutôt l'impression de vouloir l'étrangler de ses mains.

La femme tourna soudain les talons et sortit de la chambre d'un pas décidé. Archer la regarda s'éloigner, avec une expression abasourdie, mais ne fit rien pour la retenir. Quoi qu'il ait fait pour la foutre en rogne, cela ne s'était pas passé à l'instant. Ces deux-là se connaissaient. Janus en aurait mis la main au feu.

Elle savait déjà tout ce qu'il y avait à savoir à propos du fameux Ethan Archer, mais elle n'avait parcouru que très succinctement le profil de l'intendante. Elle pianota sur son clavier et ouvrit le fichier intitulé Stephany Beck.

La femme ne travaillait pour les Blackwood que depuis quelques semaines. Elle avait été recommandée par Mary, l'intendante précédente, qui avait donné sa démission un mois après être tombée enceinte. L'histoire semblait cohérente, mais Janus n'aimait pas les coïncidences. Archer s'était-il arrangé pour placer un espion chez les Blackwood ? Non… L'idée ne tenait pas debout. Il n'avait reçu son invitation que quinze jours plus tôt, alors que Stephany était à leur service depuis pratiquement deux mois. Janus doutait fortement qu'Archer se fût intéressé aux Blackwood avant de se voir convié à leur petite sauterie.

Cette situation inquiétait l'assassin. Son plan avait été minutieusement préparé et ne laissait que peu de place pour les imprévus. Et le fait que cette intendante soit liée d'une manière ou d'une autre à Archer introduisait une variable que Janus n'avait jamais envisagée.

Zeus possédait certainement davantage d'informations à propos de cette Stephany Beck, mais elle ne voyait pas comment aborder le sujet sans éveiller les soupçons du milliardaire. Et protéger sa propre identité demeurait la priorité absolue de Janus.

# Chapitre 39

Martin retira ses affaires de sa valise et les mit rapidement sur des cintres dans la penderie de sa chambre. Il brancha ensuite son fer à repasser de voyage dans la prise la plus proche de la commode, qu'il transforma en table à repasser improvisée en y étalant une serviette éponge. Il vérifia sa montre en sortant son costume de domestique de sa housse de transport. Ce dernier était à peine froissé et sous la pression du fer à repasser, les faux plis disparurent en moins de deux minutes.

Il se sentait nerveux. Ce week-end représentait une occasion unique qu'il se devait de saisir. Il ne pouvait se permettre aucun faux pas. Tout devait se dérouler exactement comme prévu. Écrire un scénario d'une telle ampleur l'avait maintenu éveillé des nuits durant, et la fatigue se faisait de plus en plus ressentir. Il lui faudrait cependant puiser dans ses réserves encore quelques heures. Il pourrait dormir dimanche dans l'avion le ramenant à San Francisco.

Il dévalait l'escalier en colimaçon quatre à quatre lorsqu'il faillit percuter sa grand-mère sur le palier du premier étage.

— Qu'est-ce que tu fais là ? demanda-t-il. Tu n'es pas aux cuisines ?

— Gerald n'a pas besoin de moi dans l'immédiat. Je voulais aller me changer, mais je me suis perdue dans ces couloirs.

— Nos chambres sont au deuxième, pas au premier…

Il lui expliqua rapidement comment gagner sa chambre et rejoignit les acteurs et le détective qui l'attendaient déjà en bas de l'escalier en compagnie de l'intendante.

Celle-ci les mena à un petit salon contenant juste assez de sièges pour tous les accueillir.

— Vous pouvez utiliser cette pièce comme coulisse, si vous avez besoin d'entreposer des costumes ou des accessoires… dit-elle.

— Nous vous remercions, mademoiselle, répondit Martin en espérant que la jeune femme n'était pas mariée.

Elle semblait avoir une trentaine d'années, mais il ne voyait aucune bague à ses doigts.

L'intendante lui adressa un léger signe de la tête et recula de quelques pas pour s'adosser au mur le plus proche.

— Nous y voilà, commença Martin, debout au centre de la pièce. Les invités seront bientôt là et nous avons peu de temps avant que le jeu ne démarre. Je sais que vous connaissez tous vos textes et nous n'avons de toute façon pas le loisir de répéter une dernière fois. Mais j'aimerais que nous revoyions rapidement le rôle de chacun dans les grandes lignes. Jody, tu veux commencer ?

Jody venait de les rejoindre, vêtue d'un uniforme blanc de cuisinière, complété par une toque d'une quinzaine de centimètres de haut au sommet évasé. Sa grand-mère avait certainement dû courir pour se changer en un temps aussi court, mais elle ne semblait absolument pas essoufflée. Malgré son âge, Jody demeurait plus athlétique que lui.

— Ma place est aux cuisines où j'assisterai Gerald avec la préparation de tous les menus et du couvert. Je travaillerai en collaboration avec le majordome pour assurer que la table soit dressée et les repas servis aux heures indiquées par Mme Blackwood, dit Jody, sur le ton d'un élève récitant sa leçon en face du tableau noir.

Martin se tourna ensuite vers Terrence, un gentleman d'une soixantaine d'années qui jouerait les majordomes. Martin s'était tout d'abord réservé le rôle, mais l'air distingué, l'accent anglais impeccable et les cheveux gris de l'acteur l'avaient convaincu de lui céder la place. Seulement trois prétendants s'étaient présentés au casting, et le sexagénaire possédait de loin les meilleures références pour le rôle. Diplômé de l'Académie royale d'arts dramatiques, il avait passé la majorité de sa carrière sur les planches de petits théâtres britanniques et apportait de l'authenticité au personnage.

— En tant que majordome, je me dois de rester à l'écoute des besoins de M. et Mme Blackwood et de veiller au bon déroulement des repas. Après le décès de la première victime, j'assisterai M. Welch pour sa transition dans son nouveau rôle.

— Exactement, dit Martin, satisfait.

Afin de faire durer le plaisir tout un week-end, Martin avait décidé qu'il y aurait en fait deux victimes distinctes. La première serait assassinée dans la nuit de vendredi à samedi, et la seconde périrait le samedi soir. Mais pour ne pas évincer la première victime du jeu après sa mort, Martin lui avait écrit un nouveau personnage qu'il incarnerait dès son réveil le samedi matin.

Il se tourna ensuite vers Veronica, une actrice légèrement boulotte, dotée d'une tignasse blonde frisée parfaitement indomptable, avec qui il avait déjà travaillé à deux reprises.

— Je joue la bonne. Je m'occupe de servir à boire et à manger au gratin… Je souffle les lignes aux dames quand elles se perdent dans leur texte et je fais les yeux doux au détective.

— Ce qui nous amène à vous, monsieur Archer, dit Martin en pivotant vers Ethan qui avait pris place dans un fauteuil Louis XVI d'une surprenante couleur vert pomme.

— Je suis Hercule Marple, célèbre détective dépêché par Scotland Yard pour démasquer un espion allemand se cachant parmi les vacanciers de ce cette charmante pension. Au cours du week-end, je réalise que M. Welch est notre homme et qu'il s'apprête à assassiner le général Blackwood. Je décide alors de l'éliminer. Je ne me rends compte que le lendemain que je suis tombé dans un piège tendu par le majordome. C'est lui le véritable espion, et je le tue à son tour. Dimanche matin, j'explique tout cela aux invités s'ils n'ont pas atteint eux-mêmes cette conclusion.

— Absolument, dit Martin en hochant la tête d'un air satisfait. Quant à moi, je suis le valet. J'assisterai la bonne et je m'assurerai du bon déroulement du jeu. Je servirai également de souffleur pour ces messieurs si besoin est.

Il doutait que quiconque ait besoin de souffleur. Les invités n'avaient que très peu de lignes à prononcer telles quelles et pouvaient garder leur texte avec eux. Il était à la fois impossible et contre-productif d'écrire trop de texte pour occuper deux journées complètes. Comme dans toutes soirées ordinaires, la plupart des dialogues seraient improvisés. Le rôle de Martin consisterait principalement à s'assurer de l'avancement de l'intrigue et à veiller à ce que l'improvisation des joueurs ne les éloigne pas de trop de l'objectif.

— Eh bien, je crois que nous sommes prêts. À partir de maintenant, nous sommes nos personnages. Que le spectacle commence !

Il se tourna vers Jody alors que les acteurs s'extirpaient de leur siège et se dirigeaient vers la sortie, mais elle ne lui prêtait aucune attention. Elle observait l'intendante d'un air songeur. Sa grand-mère allait-elle encore essayer de lui coller une fille dans les bras ?

# Chapitre 40

Le son d'un hélicoptère approchant annonça l'arrivée des invités, et Ethan ne put s'empêcher de remarquer qu'il était pour l'instant davantage traité comme l'un des employés de Petits Meurtres Entre Amis que comme un hôte des Blackwood.

De son siège sur la terrasse où il discutait avec l'hôtesse de maison, Ethan entendit l'engin atterrir, mais ne le vit pas. La plateforme bétonnée faisant office d'héliport se trouvait de l'autre côté de l'imposante bâtisse. Certainement afin d'éviter aux personnes se détendant sur la terrasse de subir les bourrasques générées par les pales de l'appareil.

Virginia Blackwood s'excusa, avant de se diriger vers le centre de la terrasse où elle adopta une pose étudiée en attendant l'arrivée de ses amis.

Jennifer fit son apparition un instant plus tard, suivie d'une dizaine de personnes qui, à l'exception d'une femme d'une trentaine d'années, semblaient toutes proches de la retraite.

Ethan reconnut immédiatement Percival Blackwood dont il avait trouvé de nombreuses photos sur Internet, mais aucun des autres visages ne lui était familier. Martin, ou plutôt le valet, s'avança vers les nouveaux venus en leur présentant un plateau chargé de flûtes de champagne, pendant que la bonne leur proposait quelques amuse-bouches fraîchement préparés par Gerald.

Ethan alla rejoindre le groupe en se demandant de quoi il allait bien pouvoir leur parler, mais il se souvint à la dernière seconde qu'il n'avait rien à leur dire du tout. C'était à son personnage de faire la conversation.

— Hercule Marple, Scotland Yard, dit-il en tendant la main à Percival Blackwood. Je tenais à vous remercier pour cette invitation pour le moins inattendue. Cette propriété est absolument magnifique.

Le milliardaire le dévisagea un instant d'un air confus avant de lui serrer la main.

— Il n'y a pas de quoi. Soyez le bienvenu, monsieur Marple. Je suis Percival Blackwood, mais vous semblez déjà le savoir.

— Vous voulez dire « général Blackwood », mon cher, intervint son épouse qui venait d'apparaître à ses côtés. Mon mari est trop modeste, ajouta-t-elle en lui jetant un regard chargé de reproches.

Virginia prenait visiblement le jeu très au sérieux. En tout cas, beaucoup plus que son époux qui se contenta de lever les yeux au ciel.

Afin de ne pas trop compliquer les choses pour les joueurs qui se connaissaient déjà tous, Martin avait choisi de ne pas changer leurs noms de famille et de simplement y accoler un titre tel que docteur ou général.

— Où est Suzanne ? demanda Virginia.

— Comment veux-tu que je le sache, chérie ? répondit son mari en affichant un sourire figé.

— N'était-elle pas avec vous dans l'hélicoptère ?

— Pas à ma connaissance, non.

— Alors, elle l'a manqué, conclut-elle, visiblement déçue.

L'absence de la dénommée Suzanne ne semblait pas particulièrement affecter Blackwood, qui reprit sa conversation avec ses deux compagnons sans plus se soucier de sa femme. Cette dernière ne s'en offusqua pas, mais interrompit tout de même leur discussion pour introduire Ethan auprès des deux hommes.

— Hercule Marple, je vous présente le colonel Welch et le Dr Henseworth. M. Marple est ici pour veiller à notre sécurité, expliqua-t-elle en hochant la tête d'un air entendu.

Le docteur lui sourit aimablement en retour, mais le colonel se contenta de soupirer bruyamment.

Si les convives de Virginia jouaient tous leur rôle avec autant d'enthousiasme que le colonel Welch, le week-end risquait de se révéler intéressant. Ethan devait assassiner le colonel plus tard dans la soirée, mais il doutait fortement que la perspective de sortir du jeu attriste beaucoup le grossier individu.

— Ces deux-là sont des amis de mon époux, lui confia Virginia en s'éloignant du trio. Je m'entends bien avec la femme d'Henseworth, mais je ne comprends pas bien pourquoi Percy a invité Welch. Ce genre de week-end n'est pas du tout à son goût. Pas assez de gamines de vingt ans célibataires, si vous voyez ce que je veux dire, ajouta-t-elle en passant son bras sous celui d'Ethan.

L'honnêteté de la milliardaire, qu'il n'avait rencontrée pour la première fois qu'une heure plus tôt, le surprit quelque peu, mais ne lui déplut pas. Il commençait à apprécier Virginia Blackwood.

— Et maintenant, laissez-moi vous présenter à mes amis, dit l'hôtesse de maison d'un air complice en entraînant Ethan vers deux couples qui riaient aux éclats.

— Virginia chérie, joyeux anniversaire ! dit l'une des femmes, une flûte vide à la main.

— Je vous saurais gré de m'appeler « lady Blackwood », lady Pinkerton, répondit Virginia en adoptant un ton dédaigneux. Et mon anniversaire n'est que demain…

— Mille excuses, ma lady, répliqua l'autre en faisant la révérence. Cela ne se reproduira plus. Mais qui est votre jeune ami ?

— Mais c'est Hercule Marple en personne, ma chère ! Faites attention à lady Pinkerton, mon précieux Hercule. Elle est particulièrement dangereuse. Le révérend Pinkerton pourra vous le confirmer.

Le mari s'empressa d'acquiescer avec de grands mouvements de la tête qui amusèrent beaucoup son audience. L'autre couple était composé de lord Gillespie, ambassadeur aux États-Unis, et de son épouse lady Gillespie. Quelques plaisanteries supplémentaires furent échangées, puis Virginia entraîna Ethan vers le trio restant, qui se tenait à l'écart au bord de la terrasse.

Il s'agissait de lady Milligan et de son mari le duc de York. Ces derniers discutaient avec une très jolie femme de trente ans leur cadette qui n'était autre que Mme Henseworth, épouse du docteur du même nom. Les cheveux châtains de la jeune femme masquaient en partie des yeux tristes. Elle offrit un sourire sans joie à son hôtesse qui la serra dans ses bras un bref instant avant de reprendre le rôle que Martin lui avait attribué.

Ethan, qui ne connaissait rien de la jeune femme, soupçonnait son mariage de cruellement manquer d'amour, et encore davantage de passion. C'est en tout cas ce que la différence d'âge entre les deux époux suggérait.

Jennifer s'approcha alors de Virginia et lui annonça que les bagages des nouveaux arrivants les attendaient dans leurs chambres respectives. La milliardaire transmit l'information à ses invités, et ils suivirent bientôt Jennifer à l'intérieur du château.

Ethan resta sur la terrasse en compagnie de la maîtresse de maison qui lui avoua que Mme Henseworth était en fait la troisième du nom, et certainement pas la dernière. Virginia s'apprêtait à colporter davantage de ragots à son nouveau confident lorsqu'une jeune femme d'environ vingt-cinq ans les rejoignit.

— Lady Blackwood, je vous présente mes plus plates excuses pour mon retard, mais l'idée de voyager dans cette boîte de conserve à hélices, entourée de tout ce beau monde, était au-dessus de mes forces. J'ai loué une vedette.

— Cette jeune effrontée, mon cher Hercule, est miss Suzanne Blackwood, dit-elle d'une voix réprobatrice. Ma fille… ajouta-t-elle avec un clin d'œil.

Ethan aurait payé cher pour pouvoir mener quelques

recherches sur les nouveaux venus, mais sans connexion internet, cela risquait de s'avérer difficile. Et Virginia lui avait confirmé que le château n'en possédait aucune.

Il soupçonnait Jennifer d'avoir fait ses devoirs et de détenir une fiche mentale fournie sur chacun des convives. Elle n'écrivait pour ainsi dire jamais rien et préférait stocker toutes les informations utiles dans sa phénoménale mémoire. Un don qu'Ethan continuait de lui envier.

Jennifer ne lui communiquerait cependant aucun détail dans l'immédiat. Elle ne lui avait même pas révélé ce qu'elle fichait au service des Blackwood. Mais, quelle qu'en fût la raison, sa présence sur cette île renforçait la crédibilité du message qu'Ethan avait reçu. Il existait bien un lien entre les Blackwood et la disparition de Silas.

# Chapitre 41

En partie dissimulée derrière les rideaux d'une des fenêtres du premier étage, Melody surveillait sa rue avec appréhension. Elle se tenait à son poste depuis plus de dix minutes et n'avait rien remarqué d'anormal dans le ballet incessant des passants et des véhicules de toutes sortes, mais cela ne voulait rien dire. Elle savait qu'il était là, dehors, à l'attendre…

Quinze jours s'étaient écoulés depuis que le FBI l'avait sauvée du donjon où Eva avait trouvé la mort, mais Melody n'avait pas retrouvé sa liberté. Elle vivait prisonnière de sa propre demeure dont elle ne sortait que pour se rendre à son agence. Elle n'avait pas fait une seule sortie pour se divertir depuis sa libération. Aucun resto, aucune boîte, aucune soirée, rien… Elle ignorait combien de temps elle pourrait tenir comme cela, mais pour l'instant, elle n'avait pas le choix. Elle ne pouvait pas réinvestir sa vie d'avant comme si de rien n'était. Qu'elle le veuille ou non, dix longues semaines de captivité à la merci d'un malade comme Ken laissaient des traces profondes. Peut-être même indélébiles…

Elle jeta un dernier regard circulaire aux voitures stationnées dans la rue sans y découvrir aucun occupant et se décida à se mettre en route. Elle glissa sa bombe lacrymogène dans la poche de son tailleur, s'assura que son Beretta se trouvait bien dans son sac à main et se dirigea vers le garage où sa Jaguar l'attendait.

Elle ne vit aucune automobile démarrer au moment où elle sortit de son garage et s'inséra dans le trafic. Elle maintint un œil sur le rétroviseur durant tout le trajet, mais arriva à bon port sans avoir remarqué quoi que ce soit d'anormal. Si on l'avait suivie, l'homme était un expert en filature. Ce qui n'avait rien de surprenant, en l'occurrence… Il avait sans aucun doute des années d'entraînement.

Depuis sa libération, elle avait le sentiment d'être constamment épiée, mais la paranoïa pouvait expliquer beaucoup de choses. D'un autre côté, comme Heller l'avait si bien exprimé dans son roman *Catch 22*, ce n'est pas parce que l'on est parano que personne n'est à nos trousses…

Elle pénétra dans l'agence et son assistante sortit aussitôt de son bureau pour venir s'enquérir de sa santé. Un rituel quotidien depuis son retour, et qui commençait à lui taper sur les nerfs. Elle savait que la malheureuse ne lui voulait que du bien, mais cela ne changeait rien au problème. Melody ne la payait pas pour être aux petits soins à son égard, mais pour faire son boulot.

Le business avait beaucoup souffert de son absence prolongée, mais Melody avait bon espoir que les choses s'arrangent maintenant qu'elle se trouvait de nouveau à la barre.

— Des appels ? demanda-t-elle.

Son assistante s'éclipsa pour réapparaître un instant plus tard, munie d'une liste de noms et numéros à rappeler. Melody la parcourut rapidement et fut déçue de constater que Jennifer n'en faisait pas partie. Une réaction stupide puisque cette dernière ne lui téléphonait jamais à l'agence, mais toujours sur son portable.

Elle n'avait vu Jennifer qu'une seule fois depuis sa libération. Son amie avait sonné à sa porte une dizaine de jours plus tôt pour une visite impromptue que Melody avait beaucoup appréciée. Elle avait en revanche moins aimé ce que Jennifer lui avait dit. Ou plutôt pas dit…

La jolie rousse était toujours à la recherche de Silas, mais semblait être sur une piste nouvelle dont elle n'avait rien voulu dévoiler. Encore plus inquiétant, Jennifer l'avait appelée trois jours plus tôt pour lui annoncer qu'elle ne serait pas joignable durant environ une semaine.

Tout cela angoissait Melody au plus haut point. Elle tenait beaucoup à Jennifer et avait peur pour elle. Son amie jouait à un jeu dangereux. Si son enquête progressait réellement et qu'elle se rapprochait de trop près de ceux qui avaient enlevé Silas, elle risquait de subir le même sort que lui. Ça, Melody ne pouvait l'accepter.

Jennifer avait rompu avec Olympia et était désormais prête à vivre autre chose. Et Melody espérait secrètement devenir cette autre chose. Ses longues soirées solitaires seraient tout de suite beaucoup moins pénibles si elle les passait en compagnie de Jennifer.

Cette pensée la fit sourire… jusqu'à ce qu'elle jette un œil par la fenêtre et aperçoive le visage tant redouté sur le trottoir d'en face.

# Chapitre 42

Le dîner terminé, Ethan se leva de table et suivit les autres convives vers un salon suffisamment large pour accueillir tout le groupe. La partie progressait sans trop d'anicroches, et dans l'ensemble, les invités jouaient leur rôle avec un enthousiasme qui compensait leurs piètres talents d'acteur.

Ethan n'avait toujours pas la moindre idée de la raison pour laquelle Percival Blackwood l'avait convié à ce week-end, et il n'avait pas encore eu l'occasion de poser la question au milliardaire ; Welch et Henseworth ne le quittaient pratiquement jamais.

Les convives prirent place dans divers sofas et fauteuils, et Ethan s'installa dans une causeuse non loin de la cheminée de trois mètres de large, à l'intérieur de laquelle brûlaient de grosses bûches. Malgré l'heure tardive, la température extérieure avoisinait toujours les vingt-cinq degrés, mais la climatisation avait été poussée à fond dans le salon afin de pouvoir justifier l'utilisation du foyer. Un élément d'ambiance apparemment indispensable.

— J'aime votre costume, mon cher Hercule. Vous permettez que je vous appelle Hercule ? s'enquit Suzanne Blackwood en prenant place à ses côtés sur la causeuse.

Le thème du week-end étant les années quarante, chacun des invités portait des tenues d'époque. Un costume de laine brune et une chemise blanche, en ce qui concernait Ethan.

— Merci, miss Blackwood. Et permettez-moi de vous retourner le compliment. Votre robe vous sied à ravir.

Contrairement aux autres femmes qui revêtaient toutes de

longues toilettes évasées aux teintes sombres, Suzanne arborait une robe de satin rose crevette qui, bien que la couvrant entièrement, épousait intimement ses formes.

Elle sourit au compliment.

— Avez-vous déjà une petite idée à propos de l'identité de notre espion ? demanda-t-elle.

— Une petite… mais j'espère ne pas me tromper. Les conséquences d'une telle erreur pourraient s'avérer funestes… répondit-il d'un ton dramatique.

— Espérons-le, en effet.

Des digestifs furent proposés et Suzanne opta pour un verre de sherry. Ethan déclina l'offre et se rabattit sur de l'eau gazeuse. Il n'avait pas bu une goutte d'alcool depuis l'anniversaire de Tabatha, et n'avait aucunement l'intention de s'y remettre aujourd'hui. Il lui fallait impérativement garder les idées claires.

Leurs verres leur furent servis sur un plateau d'argent par Jennifer, mais cette dernière se prit les pieds dans le tapis et le sherry atterrit sur la chemise d'Ethan, y abandonnant une auréole rouge impossible à manquer.

— Je suis vraiment désolée, dit-elle d'une voix qui suggérait le contraire, en lui tendant plusieurs serviettes en papier.

Il les saisit et entreprit d'éponger la liqueur sirupeuse, pendant que Suzanne sermonnait exagérément Jennifer.

— Je suis sincèrement navrée, mon cher Hercule. Mais vous savez ce que c'est, il est si difficile de trouver du personnel décent de nos jours. Celle-ci est avec nous depuis à peine deux mois, mais je doute qu'elle fasse long feu…

Jennifer adopta une mine contrite et tendit un autre verre de sherry à Suzanne, qu'elle accepta avant de la congédier.

— J'espère qu'elle a compris que je plaisantais, dit Suzanne d'un air inquiet. Ce genre d'accident peut arriver à n'importe qui.

Ethan doutait fortement qu'il s'agisse d'un accident, mais il acquiesça. Il réglerait ses comptes avec Jennifer en privé.

— En tout cas, vous étiez très convaincante.

— Merci ! J'ai pris quelques cours de théâtre pendant que j'étudiais à Berkeley.

— C'est là que j'ai obtenu mon master… Qu'étudiez-vous ?

— CGI… Les images générées par ordinateur, si vous préférez.

— Les effets spéciaux ?

— C'est une des applications, en effet, dit-elle en jouant avec son verre. À propos, mon cher Hercule, vous a-t-on déjà dit que vous ressembliez beaucoup à un certain Ethan Archer ?

— Vous êtes la première aujourd'hui, miss Blackwood.

Elle lui décocha un autre de ses sourires et but une gorgée de sherry sans le quitter des yeux.

— Et puis-je vous demander ce que fait un enquêteur renommé sur notre modeste îlot ?

— Je suis là pour appréhender un espion nazi, bien évidemment, répondit-il en lui rendant son sourire, mais il ne faisait aucun doute que la jeune femme se posait les mêmes questions que lui.

Pendant qu'ils discutaient, Ethan gardait un œil sur les autres convives, mais ne nota rien de remarquable. La conversation de Suzanne, en revanche, soutenait son intérêt. La jeune femme n'était pas particulièrement jolie, mais elle possédait un charme indéniable, et il fut surpris de réaliser qu'il était déjà 23 h lorsque la plupart des invités se levèrent pour regagner leurs appartements.

Voyant Welch sortir de la pièce, Ethan s'excusa auprès de Suzanne et lui emboîta le pas. Il rattrapa l'homme alors qu'il pénétrait dans sa chambre.

— Commandant Welch, puis-je vous dire un mot ?

L'homme lui jeta un regard soupçonneux.

— À propos de quoi ?

— Pourrions-nous discuter à l'intérieur ? demanda Ethan en indiquant la chambre d'un geste de la main.

Welch soupira bruyamment, mais accéda à sa requête.

— Je dois vous informer que je viens de vous tuer dans votre lit et que votre personnage est désormais mort. Mais si vous le souhaitez, Martin vous a attribué un autre rôle à jouer pour demain, afin que vous ne soyez pas exclu du jeu, dit Ethan en tendant à Welch l'enveloppe contenant ses nouvelles instructions.

— Ce jeu idiot continuera sans moi, rétorqua Welch en ignorant l'enveloppe. Je compte faire la grasse matinée, dites aux domestiques de ne pas me réveiller.

Avant qu'Ethan n'ait eu une chance de répondre, l'homme le mit dehors et lui claqua la porte au nez.

*Charmant personnage*, pensa-t-il en redescendant l'escalier de pierre.

Il alla ensuite rejoindre les acteurs qui aidaient Jennifer et la véritable servante des Blackwood à tout préparer pour le lendemain. Seuls le majordome et Jody manquaient à l'appel.

Il se sentait fatigué, mais il fallait absolument qu'il découvre ce que son ancienne associée faisait là. Il ôta sa veste et la posa sur le dos d'un fauteuil avant d'aider Jennifer et Martin à ramasser les verres éparpillés un peu partout dans le salon.

— On dirait que votre chemise a souffert, monsieur Archer. En avez-vous prévu une nouvelle pour demain ? demanda Martin.

— Oui, ne vous inquiétez pas, je serai présentable. Je ne voulais pas me changer ce soir par peur d'un autre *accident*, dit-il en regardant Jennifer, mais celle-ci l'ignora.

Martin quitta bientôt la pièce les bras chargés d'un plateau et Ethan en profita pour se rapprocher d'elle.

— Il faut qu'on parle, lui dit-il à voix basse. Je t'ai dit ce que je faisais ici, mais je ne sais toujours pas pourquoi tu joues les bonnes pour les Blackwood.

— Je joue les intendantes, pas les bonnes, répondit-elle en le regardant droit dans les yeux. Et je n'ai absolument rien à te dire.

# Chapitre 43

Jennifer regardait les vagues s'échouer sur le sable à quelques dizaines de mètres de la terrasse où les Blackwood et leurs invités prenaient le petit déjeuner. En tant qu'intendante, elle se devait de superviser le repas et de s'assurer que les convives ne manquent de rien, mais elle ne prenait pas cette prérogative particulièrement au sérieux. Tous les plats se trouvaient déjà sur la table en quatre exemplaires. Ces feignasses n'avaient qu'à tendre le bras.

Elle avait précédemment visité une bonne partie de l'île, mais n'y avait encore découvert aucune trace de Silas. Ni l'ombre d'un indice. Il avait disparu depuis plus de six mois, et elle n'avait toujours pas la moindre idée de ce qui avait pu lui arriver.

Elle restait pourtant convaincue que les Blackwood se trouvaient liés d'une manière ou d'une autre à sa disparition. Ethan avait confirmé ses soupçons à ce propos, mais aussi ajouté beaucoup de questions au bas d'une liste déjà bien longue.

Qui avait envoyé ce mystérieux texto à son ancien patron ? Et pourquoi ce message lui avait-il été adressé ? Elle, la propre sœur de Silas, n'avait reçu aucune note, aucun mail ou autre lettre énigmatique lui suggérant de se rendre sur cette île. Elle s'y était invitée elle-même en rentrant au service des Blackwood huit semaines plus tôt.

Il ne lui avait pas été difficile de convaincre leur intendante de démissionner en s'inventant une grossesse, tout en recommandant chaudement Jennifer au passage. Les Blackwood ne payaient pas particulièrement bien, et Jennifer avait accès à davantage d'argent qu'elle ne pouvait en dépenser. D'autant plus que le cours du précieux métal s'était envolé ces dernières années. Son train de vie n'en laissait cependant rien paraître.

L'actrice jouant le rôle de la bonne arriva soudain en courant sur la terrasse, l'air bouleversé.

— Le colonel Welch… il… il est… mort, lâcha-t-elle entre deux sanglots.

La performance était convaincante, mais Jennifer savait que cela faisait partie du scénario.

— Mais c'est impossible ! Que s'est-il passé ? demanda Virginia, les mains posées sur sa poitrine en un signe de détresse aussi exagéré que la surprise dans sa voix. Devrions-nous monter à l'étage pour voir le corps ?

— Je ne crois pas que ce soit nécessaire, lady Blackwood, intervint Martin qui se tenait au garde à vous dans une livrée de valet. Je pense que la bonne peut nous décrire précisément la scène sans que nous ayons à nous déplacer.

D'autant plus qu'il n'y avait rien à voir… Jennifer doutait fortement que Welch ait accepté de jouer les morts pour le bon plaisir de leur hôte.

La bonne acquiesça avec véhémence avant de se lancer dans son monologue.

— J'ai frappé plusieurs fois à sa porte, mais comme il ne répondait pas, j'ai décidé d'entrer. Je l'ai trouvé dans son lit. J'ai d'abord cru qu'il dormait, mais en m'approchant de lui, j'ai vu tout ce sang… comme si quelqu'un lui avait enfoncé le crâne à coups de gourdin. Tellement de sang…

La bonne conclut son récit en se couvrant le visage avec les mains et se mit à sangloter bruyamment.

Ce fut au tour d'Ethan de se lever de table et de jouer le rôle du détective prenant l'enquête en main. La scène rappela à Jennifer leur séjour dans le chalet des Woodrough, deux ans plus tôt. Elle l'avait trouvé si brave à l'époque, mais ce sentiment avait désormais cédé la place au dédain. Ces dernières semaines, elle ne pouvait songer à lui sans que le sang bouille dans les veines.

Comment avait-il pu lui faire une chose pareille ? Après tout ce qu'ils avaient vécu ensemble, avec tous les secrets qu'ils partageaient… Il avait été l'un de ses plus proches confidents, quelqu'un en qui elle avait eu une foi absolue. Et c'était bien pour cela que sa trahison l'avait autant touchée.

Il avait essayé de la contacter à de nombreuses reprises depuis, mais elle avait toujours ignoré ses requêtes. Elle regrettait cependant aujourd'hui de ne pas avoir répondu à sa dernière tentative en date… Mais comment aurait-elle pu prévoir de le retrouver sur une île perdue à trois mille kilomètres de San Francisco ? Elle avait cru rêver en le voyant arriver au château en compagnie des acteurs.

Les convives menèrent l'enquête sur la terrasse, au rythme des indices que Martin leur livrait à intervalles réguliers, jusqu'à environ 10 h 15. Le groupe se scinda ensuite en deux.

Les femmes, pour la plupart, rentrèrent pour discuter de l'affaire autour d'une tasse de thé, pendant que les hommes se dirigeaient vers la plage pour une séance de ball-trap. Suzanne Blackwood et Lory Henseworth se joignirent à ces messieurs. Les deux jeunes femmes préféraient visiblement les pigeons d'argile aux ragots de leurs congénères d'une autre génération.

Les joueurs furent répartis en deux équipes, et les disques se mirent à voler. La première équipe, qui comptait les sieurs Blackwood et Henseworth, prit rapidement de l'avance. Les tirs des deux hommes faisaient invariablement mouche, et ce même lorsque le lanceur envoyait les pigeons deux par deux. Dans l'autre équipe, Ethan parvenait à atteindre environ soixante pour cent des disques, mais Suzanne pulvérisait presque autant de pigeons que son père.

— Stephany, dit le milliardaire en se retournant vers Jennifer qui assistait au jeu en tant que spectatrice. Veuillez aller chercher M. Welch dans sa chambre. Dites-lui que nous avons besoin de lui pour équilibrer les équipes.

— Très bien Monsieur, répondit Jennifer avant de tourner les talons et de se diriger vers le château.

Comme celle de tous les hôtes de marque, la chambre de Welch se trouvait au premier étage, où les suites étaient à la fois plus spacieuses et plus luxueuses que celles du second. En tant qu'invité des Blackwood, Ethan aurait techniquement aussi dû loger au premier, mais Jennifer, qui n'avait pas été préalablement informée de son arrivée, avait pris un plaisir mesquin à le placer dans l'une des chambres les plus vétustes. Il ne s'en était de toute façon certainement pas rendu compte, puisqu'elle rivalisait tout de même de luxe avec un hôtel quatre étoiles.

Elle se retrouva bientôt face à la lourde porte en bois barrant l'entrée des quartiers attribués au colonel Welch et frappa discrètement. Elle y mit un peu plus d'entrain la seconde fois, mais n'obtint pas davantage de réponses. Après le quatrième essai, elle décida de se passer du consentement du colonel et abaissa la clinche. Le battant pivota sur des gonds parfaitement graissés pour révéler un intérieur plongé dans une obscurité quasi absolue. À 11 h passées, Welch n'avait toujours pas ouvert les volets.

Elle tâtonna à la recherche de l'interrupteur, et la lumière éclaboussa bientôt la pièce pour dévoiler un tableau des plus morbide. La scène qu'elle avait sous les yeux correspondait en tout point à la description qu'en avait faite l'actrice jouant la bonne quelques heures plus tôt.

L'homme reposait dans son lit, mais il était méconnaissable. Son visage semblait être passé sous les chenilles d'un char ou d'un bulldozer. Jennifer doutait fortement qu'un gourdin ait pu faire de tels dégâts.

Toute personne normalement constituée aurait sans doute rendu son petit déjeuner face à ce spectacle ignoble, mais Jennifer en avait vu d'autres. Elle avait aussi ressenti une profonde antipathie pour le défunt, et ce presque depuis l'instant où il était descendu de l'hélicoptère. Maintenant, elle n'éprouvait qu'une certaine irritation à l'égard de l'homme qui avait eu le mauvais goût de venir se faire assassiner ici. Comment poursuivrait-elle sa propre enquête quand l'île grouillerait de flics ?

# Chapitre 44

Ethan scrutait l'assemblée silencieuse, réunie à la demande du milliardaire dans le salon où ils s'étaient retirés après le dîner de la veille. L'annonce de Jennifer avait mis fin à la séance de ball-trap, et le groupe de la plage avait rejoint les femmes à l'intérieur. Les acteurs et le personnel de maison étant aussi présents, la pièce manquait de sièges pour accueillir tout le monde. Nul ne semblait cependant pressé de s'asseoir.

— Comment une telle chose a-t-elle pu arriver ? demanda finalement Virginia Blackwood d'une voix blanche. Il est mort exactement comme dans le jeu…

— Ce n'est évidemment pas un hasard, rétorqua Percival. Son assassin était familier avec la mise en scène et s'en sera inspiré.

— Un assassin ? répéta Lory Henseworth, tremblante.

— Tu croyais que la mort était accidentelle, chérie ? la sermonna son mari.

La jeune femme se referma comme une huître.

— Le fait que le tueur soit au fait du scénario ne réduit pas vraiment les possibilités, intervint Suzanne. Tout le monde a entendu la description du faux meurtre ce matin quand *la bonne* nous l'a dépeint. Je suis désolée, mademoiselle, mais je ne connais pas votre nom, ajouta-t-elle à l'attention de Veronica, l'actrice qui avait annoncé le décès du colonel Welch quelques heures plus tôt.

Ethan n'était cependant pas d'accord avec le raisonnement de Suzanne.

— Pas si M. Welch a été tué pendant la nuit, fit-il observer.

— Et le salopard qui a fait ça à Norman a visiblement utilisé un gourdin, comme dans le scénario. Combien des vôtres étaient au courant des détails du meurtre ? demanda Blackwood en se tournant vers Martin.

— Tous les acteurs. Jody et moi-même inclus… et M. Archer, dit ce dernier, livide.

— Et moi, j'ai communiqué cette information à Gerald pendant que nous cuisinions ensemble hier soir, ajouta sa grand-mère.

Elle adressa un regard désolé au chef des Blackwood, mais il ne sembla pas lui en tenir rigueur.

— Je ne suis pas sûre qu'un gourdin aurait pu causer les dégâts que j'ai observés, déclara Jennifer, qui était la seule à avoir vu le corps.

— Allons jeter un œil là-haut pour nous faire une idée, lança Blackwood qui se dirigeait déjà vers la porte. Peut-être l'assassin aura-t-il laissé un indice derrière lui.

— Il serait certainement préférable d'appeler la police et de ne pas pénétrer dans la chambre avant son arrivée, intervint Ethan. Si le meurtrier a effectivement laissé de l'ADN ou d'autres indices compromettants dans la pièce, la police scientifique aura davantage de chances de les relever si nous ne contaminons pas davantage la scène du crime.

La remarque lui valut un regard irrité de la part du milliardaire.

— Il a raison, Percival, nous devons prévenir la police sans perdre de temps. Je vais aller chercher mon téléphone, intervint sa femme avant de sortir de la pièce.

Ethan n'était visiblement pas le seul à avoir fourré un téléphone satellite dans ses bagages.

— Qui est la dernière personne à avoir vu M. Welch vivant ? demanda Jody.

L'associée de Martin n'avait pris que très rarement la parole en public depuis leur arrivée et avait passé la majorité de son temps en cuisine. Du moins, Ethan le supposait, puisqu'il ignorait jusqu'à l'emplacement de ladite cuisine.

— Le tueur… mais il y a peu de chances pour qu'il l'avoue, répondit Henseworth en secouant la tête comme s'il s'agissait de la question la plus stupide qu'il ait jamais entendue.

Il se tourna ensuite vers Ethan et, pointant un index dans sa direction, lui dit :

— Mais je vous ai vu ressortir de la chambre de Welch hier soir, peu avant 23 h 15.

— C'est exact. J'étais allé lui donner ses instructions pour le jeu.

— Et vous êtes parfaitement certain qu'il était en bonne santé quand vous êtes ressorti de sa chambre ? demanda Blackwood d'un ton accusateur.

— Absolument certain, répondit Ethan. Quel aurait été mon motif pour vouloir me débarrasser de votre ami ? C'est vous qui m'avez convié à ce week-end, ajouta-t-il d'une voix calme.

Blackwood lui lança un regard interloqué.

— Qu'est-ce que vous racontez ? Je n'sais même pas qui vous êtes !

— Monsieur Blackwood, peut-être vous souvenez-vous de m'avoir appelé pour me demander de joindre M. Archer à la liste des invités que votre épouse nous avait préalablement communiquée ? intervint Martin, gêné.

— Absolument pas ! Je n'vous ai jamais appelé ! rétorqua Blackwood, alors que sa femme revenait porteuse d'un téléphone muni d'une antenne.

— Quelqu'un connaît-il le numéro de la police ?

Ils se regardèrent les uns et les autres d'un air hébété jusqu'à ce que Jennifer déclare :

— C'est le 911, comme aux États-Unis.

Virginia s'empressa de composer le numéro et fut bientôt connectée avec la police des Bahamas. Elle expliqua brièvement la situation et répondit à toutes les questions du standardiste avant de finalement raccrocher, dépitée.

— Tous les hélicoptères et vedettes disponibles sont en train de chercher deux gamins partis à la pêche sur leur bateau gonflable et qu'on n'a pas revus depuis 8 h ce matin. Ils enverront une patrouille dès que possible. En attendant, personne ne doit quitter l'île.

# Chapitre 45

Ethan observait discrètement ses compagnons d'infortune, un verre d'eau gazeuse à la main. À l'exception de Blackwood et d'Henseworth qui discutaient en tête-à-tête sur la plage, ainsi que de Gerald qui s'affairait aux cuisines à l'approche du dîner, tous se trouvaient réunis sur la terrasse. Malgré les cocktails offerts une heure plus tôt, l'ambiance n'était pas à la fête.

Les acteurs avaient abandonné leurs rôles et le service était désormais assuré par la domestique des Blackwood, avec l'assistance ponctuelle de Jennifer.

Ils avaient passé l'après-midi à attendre en vain l'arrivée de la police, et Ethan doutait de plus en plus que les autorités ne se montrent aujourd'hui. Le brouillard éthéré qui flottait au loin sur l'océan et qui semblait lentement se rapprocher de l'île ne le rendait pas optimiste.

Par précaution, il avait utilisé son propre téléphone satellite pour informer Theo de la situation. Le FBI n'avait aucune autorité aux Bahamas, mais collaborait étroitement avec les forces de l'ordre de l'archipel pour combattre le trafic de stupéfiants.

Il était convenu qu'Ethan rappellerait Theo à 8 h le lendemain matin pour une mise à jour. Si, pour une raison ou une autre, l'agent spécial ne recevait pas le coup de fil, il donnerait l'alerte et userait de l'influence du Bureau pour dépêcher un hélicoptère sur l'île, dont Ethan avait trouvé les coordonnées grâce au GPS de son téléphone satellite. Il regrettait maintenant de ne pas avoir déboursé quelques centaines de dollars supplémentaires pour un modèle de type smartphone qui lui aurait permis d'accéder à Internet, mais nul ne pouvait changer le passé.

Il y avait fort à parier que la mort de Welch demeure un cas isolé, et qu'ils n'aient pas affaire à un tueur en série. Cependant, Ethan savait aussi que ce genre de supposition pouvait se révéler dangereux. Mieux valait rester sur ses gardes, et c'était la raison pour laquelle il portait désormais son automatique sur lui, dans un étui de cheville. Un meurtrier se trouvait sur cette île, et il y avait d'importantes probabilités pour qu'il se cache parmi les convives.

Jennifer annonça que le dîner était servi et tous gagnèrent la salle à manger. Le repas se déroula dans un silence quasi religieux, et bien qu'il fut excellent, peu touchèrent à leur assiette. Seuls Percival Blackwood, Steven Henseworth, Jody et Ethan mangèrent de bon appétit. Ce dernier n'avait pas vraiment faim, mais il se força. Ignorant ce que le futur leur réservait, il estimait qu'il valait mieux conserver ses forces. Au cas où…

Il surprit Jennifer en train de le regarder depuis sa place située pratiquement à l'autre bout de la gigantesque table, mais elle détourna aussitôt les yeux. Elle n'avait presque pas touché à son assiette, mais il doutait qu'elle fût particulièrement affectée par la mort de Welch. Craignait-elle un empoisonnement ? L'idée ne lui était même pas venue à l'esprit. Probablement parce qu'il ne croyait vraiment pas à un tueur en série… Il ne connaissait pas Welch, mais le fric et la supériorité exsudaient de tous les pores de sa peau. De tels attributs n'attiraient pas que des amis.

La violence de l'assassinat suggérait quelque chose de personnel, mais il était tout aussi envisageable que le meurtrier ait simplement cherché à imiter le scénario écrit par Martin.

Une sonnerie étrange brisa le silence et Virginia sortit promptement le téléphone qu'elle avait placé dans la poche de sa robe. Tous portaient encore leurs costumes des années quarante.

L'appel dura environ une minute, et Virginia ne prononça

pas plus de trois mots.

— C'était la police, déclara-t-elle en raccrochant. Ils ont dû suspendre leurs recherches à cause du brouillard. La visibilité n'est plus suffisante pour les hélicoptères ce soir, mais ils en enverront un demain matin dès que la météo le permettra.

L'annonce ne surprit personne. Tous s'étaient déjà résignés à cette réalité.

— Je suggère que nous nous enfermions dans nos chambres respectives pour la nuit, dit finalement Ethan.

Quinze paires d'yeux se tournèrent vers lui instantanément.

— Vous faites des suggestions, maintenant ? rétorqua Blackwood. Alors que vous ne devriez même pas être ici…

Ethan aurait aimé effacer l'air suffisant du milliardaire à grands coups de baffes, mais il prit sur lui et parvint à maintenir une apparence posée.

— Ce n'est qu'un conseil, répondit-il. Mais étant donné qu'un meurtrier se cache très probablement parmi nous, cela me semble raisonnable.

— Je suis d'accord avec M. Archer, dit Virginia en se levant de table. Je suis désolée, ajouta-t-elle en se tournant vers ses amis, mais compte tenu des circonstances, je pense que c'est la meilleure chose à faire.

La maîtresse de maison quitta la pièce pour regagner ses appartements, et ses hôtes en firent bientôt de même.

Ethan les imita un moment plus tard alors que Jennifer et la domestique débarrassaient la table. Seul Percival Blackwood y demeura assis, un verre de vin à la main.

En arrivant dans sa chambre, Ethan en fit rapidement le tour, l'arme au poing. Satisfait que personne ne se dissimulât sous le lit ou dans l'armoire, il remit le pistolet dans son étui. Il tira ensuite le verrou antique qui, étant donné l'épaisseur de la porte, risquait de s'avérer plus efficace que toute serrure moderne. Il faudrait désormais un bélier à quiconque souhaiterait entrer dans sa chambre sans son accord.

Il se brossa les dents, plaça ses chaussures au pied du lit et s'allongea dessus tout habillé. Il y passa une demi-heure à contempler le plafond, les yeux grands ouverts, en se demandant qui avait bien pu lui envoyer cette fichue invitation. Mais aucune réponse ne lui vint. Il n'avait tout simplement pas assez d'éléments pour établir la moindre hypothèse.

Il espérait que Jennifer songerait à se barricader pour la nuit, mais il était conscient que dans l'état actuel de leur relation, le lui suggérer serait certainement la meilleure manière d'être sûr qu'elle fasse le contraire. Avait-elle déjà regagné sa chambre ? L'idée de la savoir pratiquement seule en bas ne le rassurait pas du tout, mais il ne pouvait se permettre de la coller de trop près sans risquer d'exposer sa couverture.

Il essaya de se tranquilliser en se disant que le meurtre de Welch constituait, selon toute probabilité, un événement isolé, et que rien d'autre ne se passerait avant l'arrivée des autorités. Il en était là de ses réflexions quand des coups de feu retentirent.

# Chapitre 46

Artémis sortit de la douche et enfila un peignoir. Elle se sécha les cheveux et appliqua une couche subtile de fond de teint, du mascara et un rouge proche de la couleur naturelle de ses lèvres. Elle se dirigea ensuite vers le bar, à la recherche de quelque chose à boire.

Elle aurait aimé se rendre dans son hôtel particulier pour garder un œil sur ses affaires, mais ce ne serait pas possible aujourd'hui. Avec ses trois meilleurs clients en voyage aux Bahamas, la soirée s'annonçait de toute façon calme. Les recettes du week-end risquaient de s'en ressentir, mais elle se consola en songeant aux cinq millions que Zeus avait d'ores et déjà transférés sur l'un de ses comptes en Suisse.

Elle se servit un gin-tonic, auquel elle ajouta trois glaçons, et alla s'asseoir devant l'écran de télévision géant. Elle se répéta qu'elle aurait aimé prendre part à cette chasse très particulière, mais se rendre sur l'île ce week-end n'était tout simplement pas raisonnable. Elle devrait se contenter de suivre les réjouissances à distance, par caméras interposées.

*À propos de caméras...* Elle alluma le téléviseur et entra le code à six chiffres sur la tablette pour révéler la mosaïque familière. Ses yeux en parcoururent chaque case sans y apercevoir une mannequin. Elle réitéra l'opération une seconde fois sans davantage de succès. Au bout de dix minutes, elle n'avait toujours pas trouvé une seule des trois femmes, et Artémis commença à s'inquiéter. Mais où étaient-elles donc passées ? À moins d'avoir monté un camp dans l'une des zones d'ombre du réseau de surveillance, l'une d'elles aurait déjà dû apparaître à l'écran. Et les chances pour que ces trois-là se soient mis en tête d'improviser un campement de fortune dans les bois étaient plutôt faibles.

Les proies passaient toujours la majorité de leur temps sur la plage, où les caméras pouvaient suivre le moindre de leurs déplacements sans se soucier des zones d'ombre. Artémis supposait que les futurs trophées se sentaient plus en sécurité sur le sable fin qu'au milieu de la végétation. Et puis elles s'imaginaient certainement maximiser leurs chances d'être secourues en restant sur la plage, là où un navire aurait pu les apercevoir. Ce sur quoi elles se trompaient lourdement.

L'île ne se trouvait sur aucune route commerciale, et les bateaux de plaisance ne s'égaraient jamais si loin des îles peuplées de l'archipel. Même en faisant un feu géant dont la fumée aurait été visible à des kilomètres à la ronde, les probabilités d'attirer l'attention d'un navire passant dans le coin dépassaient à peine le nul absolu. Et les proies que les hommes d'Artémis déposaient sur l'île n'étaient pas du genre à savoir allumer un feu sans un briquet et un jerrican d'essence…

L'une des mannequins apparut enfin dans l'une des cases, rapidement suivie des deux autres, et Artémis se relaxa. Elles ne s'étaient pas envolées… Elle observa leur parcours, sautant d'une case à l'autre de la mosaïque géante, jusqu'à ce qu'elles rejoignent finalement la section de plage où elles s'étaient réveillées deux jours plus tôt, et où la caisse de provisions se trouvait.

L'une des caméras les captura alors de face pour la première fois depuis qu'Artémis les avait localisées, et cette dernière fut surprise de voir des noix de coco dans les mains des trois femmes. Deux d'entre elles mangeaient la chair d'un fruit dont la coque avait été brisée, pendant que la troisième buvait l'eau que renfermait une noix encore intacte et qu'elle était parvenue à percer.

Elles semblaient moins incapables qu'elle ne se l'était imaginé. Comment avaient-elles réussi à récupérer ces noix ? Elles poussaient toute l'année sur l'île, mais grimper au cocotier pour les cueillir nécessitait un certain savoir-faire. Un savoir-faire qu'Artémis elle-même n'avait acquis qu'après de nombreuses tentatives et en ayant préalablement visionné une demi-douzaine de vidéos éducatives décrivant étape par étape comment procéder.

Les caméras haute-résolution retransmettaient une image parfaitement claire, mais la portée de leurs micros intégrés était limitée, et les trois femmes se trouvaient en ce moment trop loin pour qu'elle puisse saisir de quoi elles parlaient. Le fait qu'elles fussent en train de rire, en revanche, n'échappa pas à Artémis. Mais où se croyaient-elles ? Au Club Med ? Ces trois connes ne semblaient pas réaliser la précarité de leur situation.

Leurs rires muets lui vrillaient les nerfs. Elle aurait souhaité que la traque démarre maintenant, simplement pour faire taire leurs jacassements. Elle crevait d'envie d'utiliser les haut-parleurs pour leur annoncer l'arrivée des chasseurs et les voir se pisser dessus pendant deux jours en attendant leur fin, mais elle n'avait pas accès au microphone. Celui-ci se trouvait sur l'île.

Elle se conforta en pensant au sort que les trois pouffiasses subiraient bientôt. Elles risquaient de moins rire lorsque les chasseurs les ravageraient à grands coups de bite après les avoir clouées à un arbre, comme ils aimaient le faire.

Leur encas terminé, les trois mannequins abandonnèrent les restes de leurs noix de coco sur la plage et se dirigèrent vers l'eau d'une allure nonchalante. Elles se croyaient vraiment en vacances… Mais la décharge électrique qu'elles s'apprêtaient à recevoir les ramènerait vite à la réalité.

Artémis jubilait d'anticipation au fur et à mesure que les trois se rapprochaient de la frontière invisible où les câbles contrôlant leurs colliers se trouvaient enterrés.

Plus que quelques pas…

Mais quand elles franchirent la ligne de douleur – comme les chasseurs l'appelaient –, rien ne se passa. Les trois jeunes femmes atteignirent bientôt l'océan où elles s'immergèrent jusqu'à la taille.

Comment était-ce possible ? Le réseau électrique de l'île demeurait pourtant intact, ou la connexion satellite qui permettait à Artémis de suivre en temps réel ce qui s'y déroulait n'aurait pas fonctionné. Aurait-il pu arriver quelque chose aux câbles enterrés ?

Artémis réfléchissait encore à cette éventualité quand elle remarqua un détail qui lui avait jusqu'alors échappé. Aucune des trois ne portait son collier. Comment étaient-elles parvenues à s'en débarrasser ? Les colliers étaient faits de kevlar tressé et renforcés de fils en acier. Aucune proie n'avait jamais pu l'enlever. Même avec un couteau affûté, l'opération se serait avérée à la fois longue et laborieuse, en raison de la proximité de la veine cave et des carotides. Comment ces trois pimbêches s'y étaient-elles prises ?

Artémis réalisa alors quelque chose de beaucoup plus inquiétant encore. Si les mannequins n'étaient plus prisonnières du périmètre électrifié, cela signifiait qu'elles avaient libre accès à l'île tout entière…

Il fallait absolument qu'elle mette Zeus en garde.

# Chapitre 47

Les trois détonations ne lui avaient pas semblé proches, mais il ne pouvait en être certain. Les sons avaient tendance à voyager de manière étrange dans une bâtisse dont les cloisons intérieures étaient faites de pierre et mesuraient allègrement quarante centimètres d'épaisseur.

Il sauta dans ses chaussures et enfila la veste qu'il avait déposée sur une chaise avant de placer son pistolet dans l'une de ses poches.

Il sortit de sa chambre à l'instant où la lumière se faisait dans le couloir et ne fut pas particulièrement surpris de trouver Jennifer la main sur l'interrupteur. Comme lui, elle portait les vêtements qu'elle avait sur le dos une heure plus tôt.

Une autre porte s'ouvrit, et le visage inquiet de Veronica apparut dans l'embrasure. Un instant plus tard, Suzanne émergeait de sa propre chambre, habillée d'un peignoir en satin. Elle était la seule invitée de marque à dormir au second étage avec le personnel. Ethan doutait qu'il s'agisse là d'un hasard. Suzanne ne semblait pas avoir beaucoup d'affinités avec les amis de ses parents.

— C'étaient des coups de feu ? demanda-t-elle.

— Je le crains, répondit Ethan.

Un Martin débraillé les rejoignit bientôt. Le gérant de Petits Meurtres Entre Amis s'était visiblement rhabillé à la hâte.

— Vous savez d'où ça venait ? s'enquit-il.

Personne n'en avait la moindre idée.

— Vous devriez retourner dans votre chambre, dit Ethan à

l'attention de Veronica et Suzanne. Inutile que nous descendions tous. Nous viendrons vous informer une fois que nous aurons appris quelque chose.

Veronica ne se le fit pas dire deux fois. La tête de l'actrice disparut à l'intérieur, et ils entendirent le bruit caractéristique du verrou glissant dans sa gâche. Suzanne trouva quant à elle l'idée ridicule et se contenta de toiser Ethan d'un air légèrement vexé. Ce dernier ne souhaitant pas s'attirer les foudres de Jennifer pour un conseil qu'elle ignorerait de toute façon, il n'essaya même pas de lui suggérer d'en faire de même.

Les deux hommes et les deux femmes se dirigèrent donc vers le large escalier en colimaçon, où ils rencontrèrent un groupe composé de Virginia et des sieurs Gillespie et Pinkerton sur le palier du premier étage. Gillespie tenait un tisonnier à la main, qui allait à merveille avec la pelle à cendres dont était armé Pinkerton. Henseworth fit son apparition un instant plus tard, porteur d'une arme beaucoup plus sérieuse : un Smith & Wesson Model 29, rendu célèbre par Clint Eastwood dans les films de l'inspecteur Harry.

— Ça ne venait pas de votre étage ? demanda Virginia.

— Je ne pense pas, répondit Ethan. Pas du vôtre non plus ?

Virginia fit signe que non.

Les ténèbres enveloppaient le rez-de-chaussée quand ils atteignirent le palier. À la tête du groupe, Ethan avançait, la main serrée sur la crosse du pistolet qu'il avait tiré de sa poche. Suzanne trouva rapidement l'interrupteur et la lumière se fit.

Ils progressèrent ainsi de pièce en pièce, Ethan devant, l'arme au poing, et Suzanne juste derrière lui. Le reste de la troupe les suivait sans hâte. Ils avaient déjà traversé une demi-douzaine de salles diverses dont Ethan ignorait la fonction lorsqu'ils aperçurent de la clarté au détour d'un couloir.

Ils se murent à pas feutrés vers la lueur pour trouver Percival Blackwood dans une pièce qu'Ethan, pour une fois, identifia facilement. Une bibliothèque dont les rayons devaient aisément compter plusieurs milliers de volumes.

Blackwood tenait lui aussi un revolver à la main : un Colt Anaconda. Tout comme le revolver d'Henseworth, l'Anaconda tirait des 44 Magnum. Les deux amis appréciaient les gros calibres…

Blackwood tressauta légèrement en les voyant, mais n'eut pas le réflexe malheureux de presser la détente.

— Tu as trouvé d'où provenaient les détonations ? lui demanda sa fille.

Mais il secoua négativement la tête et plaça un doigt devant sa bouche afin de lui intimer le silence. Une fouille rapide de la bibliothèque ne révéla rien d'anormal, et la troupe partit explorer le reste de la maison.

Des effluves désagréables chatouillèrent soudain les narines d'Ethan et de ses compagnons. L'odeur de brûlé s'intensifia au fur et à mesure qu'ils se rapprochèrent de l'aile gauche du château. Ils pénétrèrent bientôt dans le salon où ils avaient dégusté leurs digestifs la veille. La cheminée mixte fonctionnait en mode gaz et finissait de consumer deux objets de petite taille dont les vestiges calcinés se tordaient sous l'assaut des flammes.

Ethan prit le tisonnier des mains de Gillespie et s'empressa de soustraire les deux objets au feu destructeur, pendant que Suzanne fermait le robinet de gaz alimentant le foyer.

— Qu'est-ce ? murmura Virginia à Ethan, qui était penché sur les masses difformes qui fumaient encore.

L'une d'elles avait cependant conservé en partie son aspect original. Plusieurs doigts avaient même été épargnés par les flammes.

— Je pense qu'il s'agissait d'une paire de gants en cuir, répondit-il à voix basse.

Ils parcoururent le reste du rez-de-chaussée en un peu moins de cinq minutes sans tomber sur d'autres surprises. Mais en passant devant les baies vitrées menant à la terrasse, Henseworth pointa du doigt une forme sombre à l'extérieur. Suzanne alla trouver l'interrupteur activant les projecteurs, mais personne ne fut choqué de découvrir le cadavre d'un homme allongé sur les dalles du patio lorsque la lumière éclaboussa la terrasse.

C'était le majordome, ou plus exactement Terrence, l'acteur qui avait joué le rôle.

Ethan ouvrit la porte vitrée la plus éloignée de la dépouille, afin de préserver d'éventuelles empreintes que le tueur aurait laissées sur les plus proches, et sortit prudemment sur la terrasse. Il scruta les alentours et, ne voyant rien de suspect, s'avança vers le corps sous les regards inquiets des autres qui l'observaient depuis l'intérieur.

L'une des balles avait arraché la moitié du visage de l'homme qui aurait été méconnaissable sans sa livrée. Les deux autres avaient laissé des cratères béants dans la poitrine du malheureux. Chacun des trois impacts se serait révélé fatal à lui seul.

Une bande blanche dépassait de l'une des poches de la livrée et Ethan sortit un kleenex de sa propre poche avant de saisir délicatement l'objet à deux doigts par la tranche. La carte à jouer représentait le buste d'une statue. Un homme barbu dont l'arrière de la tête était remplacé par un second visage, glabre celui-ci.

Ethan retourna à l'intérieur et tendit sa découverte au reste du groupe.

— Qu'est-ce donc ? demanda Virginia, d'une voix vibrante de curiosité.

Le fait que la fiction écrite par Martin ait soudainement pris un virage serré vers la réalité ne semblait pas inquiéter outre mesure la maîtresse de maison. Parce que le majordome était en effet la deuxième personne qu'Hercule Marple était censé éliminer au cours du jeu. Le véritable espion allemand…

— Je l'ignore. Peut-être la signature du tueur… Une sorte de carte de visite.

— Et ce tueur, où est-il ? s'enquit Suzanne d'une voix mal assurée.

Mais personne ne possédait de réponse à cette question.

— Stephany, avez-vous vu une carte comme celle-ci sur le corps de ce pauvre Norman ? demanda Virginia à Jennifer.

— Je n'ai rien remarqué, madame. Mais je suis restée sur le pas de la porte sans oser entrer.

— Je pense que nous devrions aller y jeter un coup d'œil, dit Virginia. Il faut en avoir le cœur net.

Ethan faillit objecter à nouveau qu'une telle intrusion risquait de contaminer la scène du crime, mais il se retint. Lui aussi souhaitait découvrir si le tueur leur avait laissé un indice sur le cadavre de Welch. Et Dieu seul savait quand la police finirait par arriver. Il était temps de prendre les choses en main.

Ethan pénétra dans la chambre où reposait le corps de Norman Welch en compagnie de Suzanne, Jennifer, et du couple Blackwood. Les autres n'avaient apparemment pas l'estomac pour ce genre de situation.

Ils ne découvrirent aucune carte ou autre indice sur le cadavre. En l'absence de gants, Ethan se montra récalcitrant à fouiller les poches du pyjama de la victime, mais Percival fut moins timide et les vida sans rien y trouver d'intéressant.

Ils restèrent là un moment à débattre des motivations du tueur, mais mis à part quelques hypothèses rocambolesques de la part de Virginia, la discussion ne généra rien de bien productif.

Il était maintenant minuit passé et les membres du groupe décidèrent de regagner leurs quartiers respectifs en attendant le lever du jour.

— Où est Jody ? demanda soudain Jennifer alors qu'elle remontait au deuxième étage en compagnie d'Ethan, Suzanne et Martin.

Ce dernier se figea, un pied suspendu en l'air à quelques centimètres de l'escalier durant environ une seconde, avant de gravir les marches quatre à quatre, les autres sur ses talons. Leurs pas résonnaient contre les murs en pierre du couloir, et ils atteignirent bientôt la porte de Jody qu'ils trouvèrent verrouillée de l'intérieur.

Martin se mit à marteler la porte à grands coups de poing, ce qui ne manqua pas d'attirer l'attention de Veronica et de la domestique attitrée des Blackwood. Les deux sortirent de leurs chambres en affichant le même air effrayé.

La porte de Jody s'ouvrit un instant plus tard et cette dernière apparut vêtue d'une robe de chambre.

— Que se passe-t-il ? demanda-t-elle en bâillant.

# Chapitre 48

Contrairement à ce qu'il avait annoncé aux autres, Percival Blackwood ne regagna pas ses appartements, mais se dirigea tout droit vers son bureau au rez-de-chaussée, suivi de près par Steven Henseworth. Une fois la porte de la pièce verrouillée à double tour, les deux hommes rompirent enfin le silence.

— Qu'est-ce que c'est que ce bordel, Percy ? D'abord Welch, et maintenant ce type ? Dans quel traquenard nous as-tu fourrés ?

L'arme d'Henseworth pendait innocemment au bout de son bras, mais il la tenait toujours à la main, à l'inverse de Blackwood qui avait posé la sienne sur son bureau.

— J'aimerais bien le savoir, grogna le milliardaire en tirant son ordinateur portable d'une sacoche en cuir.

Il l'alluma, alla dans sa messagerie et ouvrit le mail qu'il avait reçu trois semaines plus tôt.

— Lis ça, dit-il en tendant l'ordinateur à Henseworth.

Ce dernier sembla hésiter un instant, mais laissa finalement son revolver sur l'accoudoir d'un fauteuil en cuir avant de s'y installer avec le PC.

*Cher monsieur Blackwood,*

*Déposez cinquante millions de dollars sur le compte dont les coordonnées figurent en pièce jointe n°1 avant le 1^er^ mai, ou la pièce jointe n°2 sera envoyée à votre femme. Une avance de cinq millions devra impérativement être reçue avant le 8 avril pour éviter les mêmes conséquences.*

*En gage de ma bonne foi, je vous communiquerai la façon dont j'ai*

*obtenu l'analyse de votre ADN après le premier versement et l'identité de John Doe une fois le solde encaissé.*
*Très sincèrement,*
*Un ami*

Henseworth ouvrit ensuite la pièce jointe numéro deux pour découvrir un test de paternité établissant avec une certitude de quatre-vingt-dix-neuf virgule quatre-vingt-dix-neuf pourcent que Percival Blackwood était le père d'un dénommé John Doe.

— Comptes-tu payer ? demanda Henseworth.

— J'ai déjà payé l'acompte il y a quinze jours, et j'ai reçu cela en remerciement.

Il ouvrit un autre document ; celui-ci affichait le logo du groupe hospitalier dont il était le PDG.

— Qu'est-ce que c'est ?

— La manière dont ce salopard a obtenu mon empreinte ADN… C'est un test que j'ai fait dans l'une de mes cliniques. Je désirais savoir si j'étais porteur de certains marqueurs génétiques associés à des risques décuplés de maladies sérieuses.

Henseworth lui jeta un regard soupçonneux.

— Ça peut se révéler bien utile, dit Blackwood sur un ton légèrement défensif. Tu ferais bien de te faire tester.

— Tu veux dire comme les bonnes femmes qui se font retirer les seins alors qu'elles n'ont aucun signe de cancer, juste parce qu'elles sont porteuses des marqueurs de la maladie ? Très peu pour moi, merci, répondit-il en refermant l'ordinateur. Et tu comptes aussi payer le solde ? demanda-t-il, l'air dubitatif. Cinquante millions… Ce n'est pas rien.

— Ce ne sera pas nécessaire. Le maître chanteur n'est plus en état de mettre sa menace à exécution.

Un sourire cruel apparut sur les lèvres d'Henseworth.

— Que lui est-il arrivé ?

— Il repose en ce moment dans une chambre au premier étage. Le crâne défoncé, répondit Blackwood.

Son compagnon mit un instant avant de comprendre.

— Welch ? C'est lui qui te faisait chanter ? Comment l'as-tu découvert ?

— J'ai fait appel à un détective privé. Quelqu'un que je paie grassement pour sa discrétion. Cet imbécile de Welch m'a envoyé ses menaces d'une adresse mail anonyme, mais depuis son domicile… Mon enquêteur l'a identifié grâce à son adresse IP.

— Mais pourquoi aurait-il fait une chose pareille ? Il n'avait pas besoin d'argent !

— Apparemment, si… Selon ma source, il semblerait que notre ami souffrait de problèmes de trésorerie depuis plusieurs mois.

— Et tu as donc décidé de l'attirer ici… Afin de te débarrasser de lui sans avoir à te soucier de ses gardes du corps.

Hadès avait fait sa fortune dans le trafic d'armes et s'était fait de puissants ennemis au passage. Ses cerbères ne le quittaient pratiquement jamais, à l'exception des soirées qu'il passait dans l'hôtel particulier d'Artémis. Et même là, ses gardes du corps ne se trouvaient jamais loin puisqu'ils l'attendaient dans une voiture garée en face de l'immeuble.

— C'était ça, ou pendant une partie de chasse. Mais Artémis m'a convaincu que ce serait trop risqué. Cela aurait éveillé les soupçons de ses hommes, et tu sais à quel point ils lui sont loyaux…

— Artémis était au courant ? demanda Henseworth d'un air vexé que Blackwood ignora.

— Pourquoi crois-tu que ses déesses ont fourni autant d'efforts pour satisfaire Hadès durant notre petite partouse ? Elles avaient pour ordre de le mettre dans de bonnes dispositions afin qu'il accepte mon invitation.

— Alors, c'est toi qui l'as tué ?

— Pas de mes mains, non. J'ai fait appel à Janus.

— Le type qui avait réglé tes problèmes de personnel ?

— Et bien d'autres encore…

— En parlant de personnel, tu crois que le John Doe sur ce

test de paternité est son gamin ?

— Je n'en sais rien, et elle ne risque plus de nous le dire… Mais mon enquêteur est sur la piste. Si j'ai vraiment un fils, il le trouvera.

— Et que comptes-tu faire une fois qu'il l'aura trouvé ?

— À ton avis ? Ma femme et ma fille me coûtent déjà suffisamment cher. Je n'ai pas besoin qu'une sangsue supplémentaire vive à mes crochets.

— Et le majordome, pourquoi l'as-tu fait buter ?

— Je n'y suis pour rien. Je n'ai jamais vu ce type de ma vie. C'était juste un acteur raté. Janus est en train d'improviser, et je n'aime pas ça du tout.

— Peut-être n'est-ce pas Janus… Peut-être que l'un des acteurs a descendu le majordome pour une tout autre raison…

— J'en doute. Tu as vu la carte laissée dans la poche du larbin.

— Et alors ?

— Et alors, Steven, c'est une représentation de Janus, le dieu romain. Je l'ai tout de suite reconnu.

— Peut-être Janus cherche-t-il à brouiller les pistes, pour que les soupçons se portent sur un malade…

— Ce n'était pas du tout ce qui était prévu. Et pourquoi brouillerait-il les pistes en signant le crime de son propre pseudonyme ? Ça n'a aucun sens.

— Alors, demande-lui ce qu'il fabrique… Tu sais où il se cache en ce moment ?

— Bien sûr que non. Je ne sais même pas à quoi il ressemble. Je lui ai envoyé un plan du passage secret desservant la chambre de Welch, mais je doute que ce soit là qu'il séjourne.

— Un passage secret ? répéta Henseworth, étonné.

— On y pénètre par une petite pièce servant de remise au premier étage. Le passage lui-même est un genre de couloir qui permet d'accéder à trois des chambres du premier. Je me suis juste assuré que l'une d'elles soit octroyée à Welch.

— Si tu ne sais pas où trouver Janus, envoie-lui un mail.

Blackwood considéra l'idée un instant. Le tueur à gages ne recevrait le mail que s'il avait amené un smartphone satellite avec lui, mais il y avait fort à parier que ce soit le cas. L'assassin ne serait pas venu sur l'île par ses propres moyens sans maintenir une ligne de communication avec l'extérieur.

Blackwood saisit son propre téléphone et entreprit de se connecter à la messagerie sécurisée qu'il utilisait pour joindre le tueur. Il tapa une note rapide à Janus et l'envoya aussitôt.

— Et cette chasse mirobolante que tu nous as fait miroiter ? Les filles sont-elles tout de même sur l'île ? Où était-ce juste un leurre pour convaincre Welch de venir ? demanda Henseworth d'un ton méfiant.

— Les filles sont bien là. Et elles m'ont vraiment coûté une fortune. J'espère seulement que nous aurons l'occasion d'en profiter. Je n'aime pas du tout la tournure que les choses sont en train de prendre, répondit Blackwood en saisissant son téléphone pour composer le numéro d'Artémis.

Cette dernière décrocha à la première sonnerie.

— Zeus ? J'essaie de te joindre depuis des heures, dit-elle aussitôt.

— Je sais. J'ai eu ton message à propos des colliers. Les filles ne pourront de toute façon pas quitter l'île, mais nous resterons sur nos gardes maintenant qu'elles peuvent se balader où bon leur semble. Préviens-moi si elles sortent du champ des caméras de manière prolongée. Ce serait une indication qu'elles se dirigent vers les bâtiments.

— Entendu. Mes hommes se relaient déjà pour surveiller les moniteurs.

— Dépêche aussi tes hommes à Nassau, par précaution. Nous avons un petit souci, ici…

— Hadès ?

— Non. Hadès a été éliminé, comme prévu. Et Poséidon est en ce moment à côté de moi. Je lui ai tout dit. Le problème vient de l'assassin lui-même. Il a pris certaines initiatives pour le moins inattendues, et il est possible que nous ne puissions pas participer à la chasse. Si c'est le cas, je veux que tes hommes fassent disparaître les proies avant que les flics ne fourrent leur nez dans nos affaires.

— Ce serait dommage…

— Qu'est-ce que cela peut te faire ? Tu as déjà été payée.

Artémis garda le silence.

— Contacte-moi une fois que tes hommes seront en place, dit-il avant de raccrocher.

Il consulta ensuite sa messagerie sécurisée, mais Janus n'avait pas encore répondu.

— Même sans la mort de l'acteur, nous n'aurions jamais pu chasser ce week-end, lâcha Henseworth d'un ton irrité. Les flics seront ici demain au plus tard et nous serons tous suspects !

— C'est là que tu te trompes. Nous avons déjà un bouc émissaire pour le meurtre de Welch. C'est celui de l'acteur qui me tracasse.

# Chapitre 49

Jennifer regagna sa chambre et attendit une trentaine de minutes que ses compagnons d'étage retournent se coucher avant d'en ressortir. Elle doutait que beaucoup d'entre eux trouvent le sommeil cette nuit, mais elle avait pris soin de graisser les gonds du lourd battant de chêne dès son arrivée, et celui-ci pivota sans émettre le moindre son. N'importe qui aurait pu se déplacer en silence dans le corridor, et Jennifer se retrouva devant la chambre d'Ethan un instant plus tard sans que personne ne s'aperçoive de rien.

De la lumière filtrait par le jour au bas de la porte et elle y glissa la note qu'elle avait rédigée un moment plus tôt. Le papier produisit un bruissement feutré en frottant contre le sol, et le battant s'ouvrit presque aussitôt. Ethan la laissa entrer sans rien dire et referma derrière elle.

— Tu es une femme de peu de mots, lui dit-il en indiquant le billet sur lequel elle s'était contentée d'inscrire « JENNIFER ».

— Parle plus bas. Il y a encore de la lumière chez Jody, murmura-t-elle en l'entraînant vers la salle de bain. Crois bien qu'en toute autre circonstance, je ne serais pas ici, Ethan. T'adresser la parole nécessite un effort surhumain de ma part. Mais deux meurtres en douze heures, ça commence à faire beaucoup…

— Je suis bien d'accord. Et je te remercie d'avoir rompu ton vœu de silence à mon égard.

— Mais avant de parler de ces meurtres, je veux que tu me dises comment tu as pu me faire ça ? Je pensais que nous étions amis…

Ethan avait adopté un air penaud, mais elle n'était pas dupe. Le salaud l'avait bel et bien trahie.

— Je n'en sais franchement rien. Je te le jure. Je n'me...

— Tu te fous de ma gueule ? l'interrompit-elle. C'est ça, ta réponse ?

— J'ai apparemment bu beaucoup plus que je ne le voulais et je n'me rappelle absolument pas ce qu'il s'est passé après ton départ ce soir-là. Je n'ai pas le moindre souvenir de l'arrivée d'Olympia dans le bar, ni de l'avoir ramenée chez moi, et encore moins de l'avoir...

— De l'avoir sautée ? C'est pourtant bien ton sperme que le kit de viol a révélé, non ? Ne me dis pas que tu lui en avais offert un flacon !

— Mais même dans cet état, je ne pense pas que j'aurais été capable de la violer.

— Évidemment que tu ne l'as pas violée. Je n'sais pas à quoi elle joue, celle-là, et je m'en contrefiche. Le fait qu'elle ait été consentante ne change rien au problème, en ce qui me concerne. Tu t'es tapé ma copine au moment où j'étais la plus vulnérable. Au moment où j'avais le plus besoin d'elle.

Elle faillit ajouter « *et de toi* », mais se retint.

— Tu ne crois pas que je l'ai violée ? demanda-t-il, incrédule.

— Toi, violer quelqu'un ? Tu plaisantes ? répondit-elle en colère. Mais je n'te pardonnerai jamais de m'avoir trahie.

— Je comprends... et je te promets que si j'avais été moi-même ce soir-là, rien de tout cela ne serait arrivé. Je n'aurais jamais consciemment fait la moindre chose qui puisse te blesser.

Il semblait sincère, avec son air contrit et sa voix suppliante, mais elle n'en avait cure.

Jennifer ne saisissait pas comment la Vénézuélienne avait pu se laisser tenter par un mec, elle qui n'avait jamais eu d'attirance pour eux auparavant. Du moins, c'est ce qu'elle avait toujours affirmé, mais Jennifer doutait désormais de tout ce que son ex lui avait confié au cours de leur relation. Elle qui n'avait rien trouvé de mieux que d'accuser Ethan de viol pour justifier son infidélité.

Quand elle le lui avait annoncé, Jennifer avait d'abord songé à une plaisanterie de mauvais goût. De très mauvais goût… Mais non, Olympia était sérieuse ! Si elle avait accablé n'importe quel autre type qu'Ethan, Jennifer l'aurait crue sans hésitation. Elle se serait même assurée personnellement que le coupable paie son crime de la plus douloureuse des manières. Mais cette gourde avait accusé Ethan. Le seul homme viscéralement incapable de faire une chose pareille.

Olympia disait avoir égaré son téléphone dans la journée et s'être retrouvée dans l'impossibilité de joindre Jennifer pour lui demander l'adresse de l'établissement. Elle avait donc déambulé de bar en bar jusqu'à ce qu'elle tombe sur Ethan, qui se trouvait dans un état tel qu'elle s'était sentie obligée de le raccompagner chez lui.

— Le fait que tu aies trop bu ce soir-là n'excuse rien. C'est en fait l'excuse bidon utilisée par quatre-vingt-dix pour cent des connards qui trompent leurs conjointes.

— J'ai passé des heures à y réfléchir, et je pense que l'on m'avait drogué.

— Bah, bien sûr… Et qui t'aurait drogué, et surtout dans quel but ?

— Le bar était plein, et je n'étais pas sur mes gardes. N'importe qui aurait pu mettre une saloperie dans mon verre.

— À quelle fin, Ethan ? Pour te forcer à sauter une lesbienne ? Un plan diabolique pour que tu me piques ma copine à ton insu ?

La colère perçait désormais clairement dans la voix de Jennifer.

— Je ne sais pas, mais je pense qu'il serait intéressant de poser la question à Olympia.

Elle lui jeta un regard abasourdi.

— Je suis désolé, Jennifer, mais c'est la seule explication

logique. Si tu ne crois pas que je l'ai violée, c'est donc que le rapport était consentant. Pourquoi une lesbienne aurait-elle voulu coucher avec moi ? Il n'y a qu'elle pour connaître la réponse, et je doute que ce soit par curiosité. Elle est peut-être bisexuelle et a toujours menti sur la question, mais c'est difficile à imaginer… Ou alors, elle avait une excellente raison de le faire.

— Comme pouvoir t'accuser de viol avec preuves à l'appui ? Et qu'est-ce que cela lui a apporté, Ethan ? Si elle voulait rompre avec moi, il y avait des plans moins tordus !

— Ça n'a rien à voir avec toi. C'est après moi qu'elle en a, et j'aimerais bien comprendre pourquoi.

— Alors, va lui demander !

— Tu sais aussi bien que moi que je n'ai pas le droit de m'approcher d'elle.

— Tu n'as généralement aucun scrupule à ignorer la loi…

— Même si j'allais la trouver, elle ne me dirait rien. Mais à toi…

— Non, mais je rêve ! C'est la première fois que l'on se parle en plus de deux mois, et la première chose que tu me demandes, c'est de t'aider ?

— Tu es injuste. Cela fait des semaines que j'essaie de te joindre, de m'excuser pour quelque chose dont je ne garde aucun souvenir. Des semaines que tu m'ignores…

— Et pour d'excellentes raisons !

Ethan ferma les yeux et secoua lentement la tête.

— En attendant, tu ne m'as toujours pas dit pourquoi tu jouais les bonnes pour les Blackwood, dit-il après un moment.

— Les intendantes ! Pas les bonnes.

— Et c'est quoi la différence, exactement ?

— L'intendante se trouve à la tête de tous les domestiques… Ignare !

Ethan ne put réprimer un sourire qui désamorça la colère de Jennifer. Elle lui jeta quand même un regard furibond pour faire bonne mesure, mais le cœur n'y était plus.

Elle prit une profonde inspiration et expira lentement.

— D'accord, dit-elle solennellement. Étant donné la gravité de la situation, il vaut mieux mettre nos différends de côté et collaborer. Dans l'immédiat, nous supposerons donc que tu as effectivement été drogué. Je te préviens cependant que sans preuve pour étayer cette théorie, je compte reprendre les hostilités dès que nous serons hors de danger.

Ethan acquiesça et elle lut un profond soulagement dans ses yeux.

— Alors, parlons de ces meurtres, dit-il. Et peut-être pourrais-tu déjà me dire ce que tu fabriques ici, au service des Blackwood ?

Jennifer tourna les talons et retourna dans la chambre où elle s'assit en tailleur à même le sol. Ethan la suivit et en fit de même, avec cependant beaucoup moins de grâce qu'elle n'en avait démontrée.

— Après le décès de Tabatha, je suis allée rendre visite à son patron, commença-t-elle.

Elle expliqua à Ethan que Tabatha et l'un de ses collègues enquêtaient sur des disparitions suspectes de sans-abri quand ils avaient tous deux trouvé la mort dans des circonstances des plus louches.

— C'est donc parce que Tabatha soupçonnait un lien entre ces disparitions et celle de Silas que tu cherchais à mettre la main sur son ordinateur. Tu voulais découvrir ce qu'elle avait appris.

— Comment sais-tu que je cherchais son portable ?

— Je suis allé rendre visite à Janet.

— Oui, c'est pour ça. Je devais voir Tabatha le soir de sa mort. Elle avait quelque chose d'important à me dire. Mais elle n'en a jamais eu l'occasion.

— As-tu retrouvé cet ordinateur ?

— Non, mais Tabatha avait une sauvegarde de tous ses fichiers dans le cloud. Je ne connaissais pas son mot de passe, mais je connaissais celui de sa messagerie, ainsi que les réponses à toutes les questions de sécurité sur son compte de stockage en ligne. C'est ce qui m'a permis de changer le mot de passe de sa sauvegarde afin de pouvoir y accéder…

— Tu as donc accès à ses fichiers ?

Elle hocha la tête affirmativement.

— Je pense que les notes d'Andrew White, le collègue de Tabatha, auraient été plus complètes, mais son ordinateur a été volé et lui ne faisait jamais aucune sauvegarde… Andrew semblait avoir un mystérieux indicateur. C'est ce dernier qui l'a mis sur la piste des disparitions de sans-abri. Mais Andrew ne connaissait pas l'identité de sa source. Et celle-ci ne l'aurait contacté que deux fois, par l'intermédiaire d'une boîte mail anonyme.

— Je me demande si c'est le même indic qui m'a envoyé ce texto…

Ils considérèrent la question un instant.

— C'est une possibilité, lâcha finalement Jennifer sans grande conviction. Dans l'ensemble, les fichiers de Tabatha ne contenaient aucune révélation transcendante, mais le nom de Percival Blackwood était mentionné à plusieurs reprises.

— Tu t'es donc fait embaucher par les Blackwood pour essayer de comprendre ce que Tabatha avait contre Percival… Et qu'as-tu découvert ?

— Pour l'instant, pas grand-chose. Percival et Virginia vivent des existences presque séparées. Ils habitent sous le même toit et dorment dans le même lit – quand il est à la maison –, mais il passe ses journées à travailler et ne rentre que rarement pour le dîner. En moyenne, il n'est chez lui que trois à quatre nuits par semaine.

— Et les fichiers de Tabatha faisaient-ils référence à cette île ?

— Oui et non. L'un de ses dossiers était intitulé « *L'île* », mais il ne contenait aucun document. Je suis arrivée deux jours avant vous et j'ai fouillé une bonne partie de l'endroit, mais je n'ai rien trouvé d'intéressant. Et pourtant, quelqu'un t'a envoyé ce message te disant de te rendre ici si tu voulais apprendre la vérité sur Silas…

Ethan fit oui de la tête, mais semblait préoccupé.

— À quoi penses-tu ?

— Je me demande si le type qui m'a envoyé ce message est aussi celui qui s'est fait passer pour Blackwood auprès de Martin pour qu'il ajoute mon nom à la liste des convives.

— Ça paraîtrait logique… Comment aurait-il su à propos de l'invitation, autrement ? Il cherchait certainement à te mettre sur la piste de Blackwood.

— Pourquoi moi ? Et comment savait-il que je connaissais Tabatha ?

— Bonne question… Mais s'il voulait que tu te rendes sur cette île, c'est peut-être parce que Silas y est retenu captif.

Le doute qu'elle lut sur le visage d'Ethan lui fit l'effet d'une douche froide. Elle se raccrochait à cet espoir insensé de retrouver son frère en vie depuis des semaines, mais la réaction d'Ethan la ramena brutalement à la réalité.

— Peut-être, répondit-il, visiblement mal à l'aise.

— Mais tu n'y crois pas… Alors pourquoi t'aurait-il attiré ici ?

— Je n'en sais rien, dit-il, hésitant. Mais les événements de ces dernières heures suggèrent qu'il pourrait s'agir d'un piège… Comme tu l'as dit toi-même, deux meurtres en quelques heures, ça commence à faire beaucoup.

— Et tu crois que tu seras la prochaine victime ? En supposant qu'il y en ait une… Les flics seront là d'ici peu. Le tueur a déjà eu de la chance de pouvoir exécuter le majordome. Si ce n'était pour ces deux gamins perdus en mer, la police aurait débarqué longtemps avant le second meurtre.

— Et tu crois réellement que ces deux gamins ont disparu par hasard ?

— Tu penses que les gosses se sont perdus exprès ?

— En supposant qu'ils existent…

— Ton esprit est encore plus tordu que le mien, lâcha-t-elle.

— Permets-moi d'en douter.

Il ponctua sa phrase d'un regard entendu qui la renvoya plus de deux ans en arrière.

— Enfin bref ! As-tu la moindre idée de ce qui se passe dans ce château ? demanda-t-elle.

— Non… Si le meurtrier s'était arrêté à Welch, nous aurions pu songer à un règlement de compte. Mais maintenant qu'il s'en est pris à ce malheureux acteur, cette hypothèse semble tomber à l'eau. Il est encore trop tôt pour l'affirmer, mais je doute que Welch et le majordome se soient rencontrés avant ce week-end.

— Moi aussi, admit Jennifer. Et pourtant, ils sont tous les deux morts… Alors, quel est le verdict ? Avons-nous affaire à un malade ou le meurtrier cherche-t-il à brouiller les pistes ? À moins qu'il existe un lien qui nous échappe entre ces crimes…

Ethan haussa les épaules d'un air indécis.

— Il y a une quatrième possibilité.

— Laquelle ?

— Nous avons peut-être affaire à deux assassins, avec deux mobiles distincts. Le fait que l'on ait retrouvé une carte à jouer dans la poche de l'acteur et aucun indice dans la chambre de Welch semble supporter cette hypothèse.

Jennifer plongea alors la main dans sa propre poche et en tira un objet qu'elle tendit à Ethan. Il s'agissait d'une carte du même format que celle qu'il avait récupérée sur le majordome, mais le symbole était différent. Celle-ci représentait un genre de fourche à deux pointes.

— Où as-tu trouvé ça ? demanda Ethan.

— Elle était posée sur la poitrine de Welch quand j'ai découvert son cadavre ce matin.

— Mais tu as nous a dit que tu n'étais pas entrée dans sa chambre ?

— Il semblerait que j'ai menti…

# Chapitre 50

Janus épiait les résidents du château depuis la pièce secrète où elle avait installé son poste de surveillance. À l'exception des sieurs Blackwood et Henseworth qui s'étaient réunis dans le bureau du milliardaire, tous les autres étaient retournés se barricader dans leurs chambres. Elle comprenait parfaitement leur réaction et en aurait certainement fait de même à leur place.

Dans le bureau du rez-de-chaussée, Henseworth et Blackwood débattaient de ce qui avait bien pu motiver le meurtre du majordome, et Janus assista en direct à la rédaction du mail qu'elle reçut un instant plus tard. Elle ne prit pas la peine de le lire ; elle ne comptait de toute façon pas y répondre. Elle devrait en revanche l'effacer de manière irréversible de tous les serveurs par lesquels il avait voyagé. Si la police mettait un jour la main sur la correspondance de Blackwood, ce mail ne pouvait en faire partie. Non pour son contenu, mais pour le timing qui susciterait beaucoup trop de questions…

Blackwood avait payé Janus pour éliminer Welch et le contrat avait été rempli comme convenu. Elle ne se sentait aucunement contrainte de se justifier à propos du second meurtre. En ce qui la concernait, la disparition de l'acteur avait toujours fait partie du plan. Le *majordome* avait signé son propre arrêt de mort à l'instant où il avait posé les pieds sur l'île. Que cela plaise à Percival Blackwood ou non ne revêtait aucune importance.

L'arrivée inattendue de Stephany dans la chambre d'Archer intéressait en revanche beaucoup Janus. Elle n'avait pas encore eu l'occasion de conduire une recherche approfondie sur la nouvelle intendante, mais cela figurait désormais en haut de sa liste de priorités. D'où connaissait-elle Archer ?

Janus pesta intérieurement lorsque les deux tinrent à nouveau conciliabule dans la salle de bain. La discussion animée dura un long moment sans qu'elle puisse en saisir un traître mot. C'est donc avec soulagement qu'elle les vit finalement en sortir pour aller s'asseoir en tailleur dans la chambre.

La conversation qui suivit se révéla des plus instructives. Celle qui se faisait appeler Stephany était ainsi la sœur de Silas… Janus n'avait même jamais soupçonné que ce dernier puisse avoir une sœur. Elle n'avait rien trouvé en ligne le suggérant.

Elle ignorait encore beaucoup de choses au sujet de cette *Stephany*, mais elle connaissait Archer de réputation et espérait que la présence du détective ne viendrait pas contrecarrer ses plans. Il semblait décidé à mener l'enquête sur les deux meurtres, ce qui risquait de devenir problématique si les médias n'exagéraient pas ses talents.

Janus en était là de ses réflexions quand elle sentit une présence derrière elle. Elle se rua sur le pistolet automatique et pivotait déjà dans un mouvement fluide lorsque les mots résonnèrent contre les murs de pierre.

— Du calme, ce n'est que moi.

Elle reconnut instantanément la voix de l'homme qui se tenait dans l'ombre dans un coin de la pièce et se détendit aussitôt.

# Chapitre 51

Depuis son siège sur la terrasse, Ethan observait les policiers ratisser la plage, le bois environnant et les alentours du château à la recherche d'indices, quand son estomac se rappela brutalement à lui. Il n'avait rien avalé depuis le petit déjeuner, presque six heures plus tôt.

Ethan ignorait de combien d'agents la police des Bahamas disposait, mais il avait le sentiment que le contingent d'une quinzaine d'hommes et de femmes qui avait investi les lieux en représentait un pourcentage important. Deux vedettes les avaient déposés sur l'île peu après le lever du soleil, alors que le brouillard flottait encore en nappe épaisse sur l'océan.

Dès leur arrivée, les flics avaient rassemblé tout le monde sur la terrasse au sud du château et prélevé des échantillons de salive sur tous les suspects potentiels. Une précaution qui se révélerait utile si le tueur avait eu le bon goût de laisser son ADN sur l'une des victimes.

Spacieuse, la terrasse sud présentait aussi l'avantage d'être dépourvue de cadavre, puisque le majordome avait été assassiné sur celle située à l'ouest et s'y trouvait encore – bien que les gars de la scientifique semblassent en avoir fini avec lui.

Le temps commençait à se faire long pour les Blackwood et leurs invités qui n'étaient autorisés à quitter la terrasse que pour soulager une envie pressante. Et même dans ce cas, ils ne pouvaient se rendre aux toilettes qu'escortés par l'un des trois flics en uniforme qui leur servaient de baby-sitters.

De temps en temps, un détective en civil apparaissait et priait l'un des convives de le suivre pour répondre à quelques questions à l'abri des oreilles indiscrètes. Une technique utilisée par les forces de police du monde entier. Il valait toujours mieux interroger les témoins de manière individuelle qu'en groupe, où ils pouvaient se faire influencer par les réponses des autres. D'autant plus qu'il y avait de grandes chances pour que le tueur se trouve parmi lesdits témoins.

Les forces de l'ordre avaient pris leur temps pour arriver, mais ils étaient venus équipés. Presque la moitié d'entre eux appartenait à la police scientifique, et ces derniers avaient déjà soumis tous les résidents du château au test de résidus de poudre. Comme son nom l'indiquait, le test détectait des résidus sur les mains et vêtements de toute personne ayant récemment utilisé une arme à feu. La pertinence du test s'était cependant révélée pour le moins relative, puisque tous ceux qui avaient pris part au ball-trap de la veille avaient été testés positifs. L'exercice avait donc établi que Lory Henseworth, Suzanne, et virtuellement tous les hommes à l'exception de Martin et de Gerald, le cuisinier des Blackwood, avaient de la poudre sur les mains… Mais cela n'éliminait pas pour autant les autres. À en croire la paire de gants calcinée qu'Ethan avait repêchée dans la cheminée, le meurtrier s'était visiblement protégé les mains avant d'assassiner l'acteur.

— Vous permettez que je m'asseye, monsieur Archer ? demanda Virginia, qui prenait déjà place sur une chaise longue à ses côtés sans attendre sa réponse.

Les enquêteurs avaient manifestement fini de l'interroger.

— Je vous en prie.

— Vous ont-ils confisqué votre arme, à vous aussi ?

— Oui. J'imagine qu'ils vont soumettre toutes les armes à une analyse balistique au cas où l'une d'entre elles aurait tiré les balles qui ont tué l'acteur.

— Vous avez l'air d'en douter.

— Je soupçonne que l'assassin aura pris soin de ne pas

utiliser une arme enregistrée à son nom…

Virginia hocha lentement la tête en signe d'assentiment.

— Je pense que vous avez raison. Croyez-vous qu'ils parviendront à mettre la main sur l'arme du crime ?

— C'est probable. Si le tueur est toujours sur l'île, l'arme s'y trouve certainement encore. Ses options pour s'en débarrasser sont limitées.

— Il aurait pu la jeter à la mer ou l'enterrer dans les bois…

— C'est vrai, consentit Ethan, davantage pour ne pas contredire Virginia que par conviction.

Suzanne vint se joindre à eux en tirant l'une des chaises longues et en l'installant à quatre-vingt-dix degrés devant les leurs avant de s'y asseoir.

— Ils t'ont montré des cartes à jouer ? demanda-t-elle à sa mère.

— Oui. Un trident et un éclair. Mais le verso des cartes était identique à celle que M. Archer a récupérée sur le cadavre du malheureux majordome.

Ethan n'était pas féru de mythologie, mais il savait que le dieu romain Jupiter pouvait contrôler la foudre et que son frère Neptune était généralement représenté armé d'un trident. Les deux répondaient également aux noms de Zeus et de Poséidon, puisqu'à de rares exceptions près, les Romains et les Grecs de l'Antiquité possédaient les mêmes croyances et partageaient les mêmes dieux, dont seuls les noms différaient.

— D'où sortent ces cartes ? demanda-t-il.

Suzanne haussa les épaules, mais Virginia blêmit légèrement.

— La police dit les avoir trouvées dans les affaires de Percival. Ils voulaient savoir si je les avais déjà aperçues auparavant. Mais elles ne peuvent pas lui appartenir… Et même si c'était le cas, je suis certaine qu'il y a une explication tout à fait raisonnable. Percy n'a rien à voir avec la mort de ces hommes. Welch était l'un de ses amis les plus proches…

# Chapitre 52

Assise à une table dans un coin de la petite salle, Melody contemplait son assiette vide avec satisfaction. Assise en face d'elle, Olympia n'avait quant à elle pratiquement pas touché à la sienne.

Situé au cœur de Chinatown, l'établissement servait une cuisine cantonaise classique qui s'était une fois de plus révélée succulente. Melody ne regrettait pas son choix de restaurant pour sa première sortie depuis son kidnapping.

Elle avait pris sa décision la veille, après avoir aperçu le visage familier de l'homme en train de rôder près de son agence. Elle ne pouvait pas passer le reste de son existence cloîtrée chez elle. Elle avait sa vie à vivre et un business à diriger. Il était grand temps qu'elle reprenne le contrôle de son quotidien, et ce petit resto était une manière parfaite de retrouver ses habitudes.

La compagnie qu'elle avait choisie pour l'occasion laissait quelque peu à désirer, cependant… Olympia s'était montrée d'humeur maussade tout au long du repas.

— Je te ressers ? demanda Melody en se versant du thé au jasmin.

Son amie plaça la main au-dessus de sa tasse en faisant non de la tête.

— Tu es certaine de ne pas vouloir me dire ce qui ne va pas ?

— Je te répète que tout va bien.

— Ça crève les yeux… Je ne t'ai pas vue sourire une seule fois depuis mon retour ? Qu'est-ce qui t'arrive, Olympia ? Tu sais bien que tu peux tout me dire.

— Je suis fatiguée, c'est tout. On ne peut pas toujours être de bonne humeur, répondit la Vénézuélienne avec son accent chantant.

— Tu es certaine que ta sinistrose n'a rien à voir avec ce qui s'est passé entre Ethan et toi ? demanda Melody en baissant le ton.

— Il ne s'est rien *passé* entre nous. Il m'a violée ! C'est tout ! répliqua-t-elle d'une voix qui manquait cruellement de conviction.

Si Olympia peinait à convaincre son amie la plus proche, il n'était pas étonnant que le procureur n'ait pas donné suite à l'affaire. Melody savait pertinemment que le trauma et la douleur d'un viol s'exprimaient différemment chez chacun et que l'attitude d'Olympia n'avait rien d'unique, mais cela ne signifiait pas qu'un jury la trouverait crédible comme témoin.

— Et avec Jennifer, rien n'a changé ?

— Pourquoi voudrais-tu que les choses changent ? Elle est certaine que je mens à propos du viol, et je n'ai aucun moyen de la persuader du contraire.

— Je peux essayer de lui parler, proposa Melody.

Elle n'avait pas particulièrement envie que leur couple se reforme, mais une véritable amie ne pouvait qu'offrir son aide dans ce genre de circonstances.

— Pour lui dire quoi ? demanda Olympia d'une voix trahissant son irritation. Ne te fatigue pas. Ça n'en vaut pas la peine. Cela n'aurait jamais duré entre nous, de toute façon.

La réponse d'Olympia surprit Melody, mais ne lui déplut pas. Elle avait craqué pour Jennifer la première fois qu'elle l'avait vue, et maintenant que la voie était libre, elle comptait bien en profiter.

L'Uber qu'Olympia avait commandé attendait devant le restaurant quand les deux amies en sortirent quelques minutes plus tard.

— Tu veux que je demande au chauffeur de te déposer à ta

voiture ? s'enquit la Vénézuélienne.

— Merci, mais je vais marcher un peu. Cela fait une éternité que je n'ai pas flâné dans Chinatown.

— Tu es certaine que c'est une bonne idée ?

— Ne t'inquiète pas pour moi. Il ne m'aura pas deux fois. Je te le promets, répondit Melody d'une voix assurée.

Olympia acquiesça machinalement et monta dans son Uber, qui démarra aussitôt. Melody ne l'avait jamais vue aussi préoccupée.

Sans se presser, Melody se dirigea vers sa voiture, garée à deux pâtés de maisons de là. Même avec l'estomac plein, les odeurs de canard laqué et autres spécialités locales lui ravissaient les narines.

Elle avait fait une centaine de mètres, butinant d'une devanture à l'autre, lorsqu'elle aperçut le reflet du visage bien connu dans le miroir d'une vitrine de mode.

Il se tenait sur le trottoir, de l'autre côté de la rue. Aujourd'hui, il portait une casquette et de grandes lunettes carrées, mais c'était bien lui, elle en était certaine.

Elle hésita un instant à appeler la police, mais un instant seulement. Elle avait passé des heures à songer à ce moment, à s'y préparer mentalement. Cela faisait deux semaines qu'elle n'osait plus sortir de chez elle de peur de tomber sur lui. Quinze jours qui lui avaient paru presque aussi longs que ses mois de captivité. Il était temps pour elle de retrouver sa liberté, et elle n'avait besoin de l'aide de personne pour y parvenir.

Elle continua sa promenade sans accélérer le pas, comme si de rien n'était. Elle acheta même une glace à un marchand ambulant, qu'elle savoura tout en se dirigeant vers l'endroit qu'elle avait choisi pour son embuscade. Le dédale de rues qui constituait Chinatown ne manquait pas d'allées sombres, et Melody savait précisément où elle se rendait.

Son ennemi se trouvait une vingtaine de mètres derrière elle lorsqu'elle tourna dans une venelle étroite dépourvue d'éclairage et se dissimula derrière un amoncellement de palettes échouées là depuis au moins dix ans. Elle avait une vue dégagée sur la rue, mais il serait impossible à l'homme de la localiser dans l'obscurité.

Il apparut à l'entrée de la ruelle une demi-minute plus tard, scruta les ténèbres et sembla hésiter un instant avant de se décider à venir la débusquer. Il passa devant elle sans la voir et aurait continué sur sa lancée si elle ne l'avait pas interpellé.

— C'est moi que tu cherches, salopard ?

Avant qu'il ne puisse répondre, elle lui vida sa bombe lacrymogène au visage. L'homme brandit les mains pour bloquer le jet, et elle en profita pour lui briser le genou d'un grand coup de matraque télescopique. L'individu s'effondra en hurlant. Elle s'apprêtait à lui porter le coup de grâce, lorsqu'elle fut surprise par le faisceau d'une torche.

— FBI ! Lâchez votre arme ! cria une voix derrière elle.

Elle obtempéra et leva les mains en l'air. À cinq secondes près, elle aurait tenu sa vengeance. Quel dommage…

# Chapitre 53

Ethan discutait avec Martin debout à un coin de la terrasse en fin d'après-midi, lorsque l'un des policiers l'invita à le suivre à l'intérieur. Il jeta un coup d'œil en direction de Jennifer, dont la déposition s'était conclue depuis déjà un certain temps, mais cette dernière l'ignora. L'arrivée des secours avait sans doute mis fin à leur trêve de la veille. Il avait au moins appris qu'elle ne le prenait pas pour un violeur. Juste pour un traître ayant couché avec sa copine dans son dos…

Le détective le conduisit dans une pièce meublée d'un bureau et de plusieurs fauteuils à l'allure confortable, arrangés en cercle devant une cheminée qui n'avait vraisemblablement jamais servi.

— Asseyez-vous, monsieur Archer, je vous en prie, dit l'homme en indiquant un fauteuil situé devant le bureau, avant de prendre place sur celui qui se trouvait derrière.

Le détective devait avoir la quarantaine et, comme la vaste majorité de la population locale, avait le teint sombre des Afro-Bahamiens.

— Permettez-moi de me présenter. Je suis le superintendant Clarkson. Désolé de vous avoir fait attendre, mais pour être parfaitement honnête, je vous gardais pour la fin.

Ethan haussa un sourcil interrogateur, mais demeura silencieux.

— Voyez-vous, continua Clarkson, votre réputation vous précède, et je me disais que vous pourriez nous aider à tirer cette histoire au clair.

— Je peux essayer… répondit Ethan évasivement. Mais je

suis un peu surpris que ma réputation ait atteint les Bahamas.

— Seulement aujourd'hui, mais mieux vaut tard que jamais… Il semblerait que vous ayez des amis au FBI ? Mes supérieurs ont reçu un appel de Washington leur demandant de nous rendre sur l'île des Blackwood de toute urgence. Apparemment, nous ne prenions pas le double homicide suffisamment au sérieux…

*Theo*… pensa Ethan. Le superintendant avait prononcé ces derniers mots en souriant, mais la remarque n'était pas anodine.

— Heureusement, les deux gamins dont la disparition monopolisait la vaste majorité de nos ressources ont été retrouvés sains et saufs chez leur grand-mère, continua le flic. Et nous sommes venus dès que le brouillard s'est levé.

— Et nous vous en sommes tous reconnaissants, superintendant Clarkson. Enfin, presque tous…

— Presque ? demanda le policier en fronçant les sourcils.

— J'imagine que le meurtrier n'était pas pressé de vous voir arriver, plaisanta Ethan, dans l'espoir de détendre l'atmosphère.

— Vous pensez donc qu'il se trouve toujours sur l'île.

— C'est fort probable. Il a tué l'acteur hier soir, et le brouillard ne s'est levé que tôt ce matin. De plus, les deux hors-bord sont encore amarrés au ponton, et nous aurions entendu un hélicoptère atterrir ou décoller.

— Très juste, monsieur Archer, dit le flic en hochant la tête. Qui plus est, l'un de *nos* hélicoptères surveille l'île depuis l'aube, et son équipage n'a signalé aucun bateau tentant de la quitter.

Clarkson se cala confortablement au fond de son fauteuil avant de demander :

— Et vous, monsieur Archer, comment avez-vous atterri ici ?

— J'ai été invité par Martin Johnson, au nom de M. Blackwood. Ou du moins, c'est ce que je croyais.

Ethan expliqua au superintendant que Blackwood niait être à l'origine d'une telle invitation.

— Curieux, vous ne trouvez pas ? Comme si quelqu'un voulait que vous assistiez à ces meurtres... Ça ne me paraît pas très malin de la part du tueur. Autant convier Sherlock Holmes...

Clarkson fit une pause, interrogeant Ethan du regard, mais celui-ci ne savait pas ce que le flic attendait de lui.

— Alors, monsieur Archer ? dit-il finalement en tapant dans ses mains. Quel est votre avis professionnel sur la question ? Qui est notre meurtrier ?

— J'ai bien peur qu'il soit un peu tôt pour se prononcer sur le sujet. Je n'en ai pour l'instant pas la moindre idée.

— Et si je vous exposais ce que nous avons découvert depuis notre arrivée ? Cela vous aiderait-il ? demanda le flic, un large sourire aux lèvres.

Ethan acquiesça d'un air entendu et Clarkson saisit le calepin posé sur le bureau. Il l'ouvrit et commença à lire ses notes, tout en prenant soin de tenir le carnet de manière qu'Ethan ne puisse jeter un œil aux secrets qu'il renfermait.

— Tout d'abord, il y a ceci, dit-il en étalant les deux cartes à jouer décrites par Suzanne en face d'Ethan, chacune protégée dans un sachet pour pièce à conviction. Nous les avons trouvées dans les affaires de l'un de vos compagnons.

Ethan en profita pour sortir la sienne de sa poche et la tendit au policier. Ce dernier la déballa lentement du mouchoir dans lequel elle était préservée et la plaça à côté des deux autres.

— Elles proviennent du même jeu, ça ne fait aucun doute, dit le flic. Je suppose qu'il s'agit de la carte que vous avez ramassée sur le cadavre de l'acteur ?

— Oui. Je ne l'ai manipulée que par la tranche.

Clarkson acquiesça.

— Vous avez une idée de ce que cela signifie ?

— Pas la moindre.

Le flic secoua la tête d'un air déçu.

— Tant pis. Nous y reviendrons plus tard... dit-il avant de changer de sujet. Je n'ai pas grand-chose à vous apprendre à propos de M. Welch, si ce n'est qu'il n'a pas été tué à coups de gourdin, contrairement au scénario du jeu concocté par M. Johnson.

— Vous avez retrouvé l'arme du crime ? demanda Ethan, soudain intéressé.

— Les coups ne sont tout simplement pas cohérents avec l'usage d'un gourdin, dit Clarkson sans vraiment répondre à la question.

— Avez-vous une idée de l'objet utilisé ?

— Nous avons une idée, oui, dit le flic en prenant un air de conspirateur, mais il n'en dévoila pas davantage sur le sujet. Quant à l'acteur, il a été tué avec un très gros calibre. Du 44 Magnum, pour être précis. Nous avons retrouvé deux des balles encastrées dans les dalles de la terrasse, sous le corps du défunt. Nous cherchons toujours la troisième, mais nous avons peu d'espoir de la récupérer. Vu la puissance de l'arme, il est probable qu'elle soit allée se perdre dans la mer.

Ethan acquiesça silencieusement. Il ne voulait pas interrompre le flot d'informations.

— Vous n'avez pas l'air surpris.

— J'ai vu les cratères dans le corps de l'acteur. Je me doutais qu'il ne s'agissait pas d'une 22 Long Rifle.

— Et je suppose que vous avez également remarqué que les armes de MM. Blackwood et Henseworth étaient de calibre 44.

— Effectivement, concéda Ethan, mais je doute que l'une d'entre elles ait tiré les projectiles meurtriers. Ces messieurs me paraissent trop intelligents pour vous rendre la vie aussi facile.

— Percival Blackwood a quand même lourdement insisté sur le fait que son arme se trouvait ici au moment où les coups de feu ont été tirés, dit le flic en indiquant la rangée de tiroirs du bureau devant lequel il était assis. Ce ne serait qu'après avoir entendu les détonations qu'il aurait quitté la bibliothèque, où il lisait, pour aller récupérer son arme.

Si la mémoire d'Ethan ne lui jouait pas de tours, la

bibliothèque se situait dans l'autre aile du château. Même en courant, il aurait fallu une grosse minute pour se rendre d'une pièce à l'autre. En supposant bien sûr que Blackwood dise la vérité…

— Et l'arme que vous portiez à notre arrivée, de quel calibre est-elle ?

— Il s'agit d'un Beretta 9 millimètres, déclara Ethan, conscient que Clarkson posait une question dont il connaissait déjà la réponse.

Le superintendant ouvrit un tiroir et en sortit un sachet transparent contenant le revolver d'Ethan et un autre avec deux magasins supplémentaires chargés de leurs projectiles. Sans ouvrir le sachet, le superintendant éjecta une cartouche de l'un des magasins. Il tira ensuite un troisième sachet du tiroir et le posa à côté du second.

— Vous remarquez la ressemblance ? demanda-t-il.

Le troisième sachet renfermait une douille dépourvue de balle, mais sinon identique aux cartouches du Beretta d'Ethan.

— Où avez-vous trouvé cette douille ?

— L'un des techniciens l'a ramassée dans les buissons longeant l'aile nord du château. Mais le plus intéressant, c'est que personne ne semble avoir entendu le coup de feu qui a tiré cette balle. Seulement les trois détonations qui ont coûté la vie de l'acteur. Avez-vous entendu d'autres coups de feu, monsieur Archer ?

— Non, dit Ethan, que la tournure de la conversation commençait à inquiéter. Mais il est possible que cette douille soit ici depuis un certain temps.

— C'est peu vraisemblable. Le métal ne présente pas le moindre signe de corrosion. Avec un climat comme le nôtre, à la fois humide et chaud toute l'année, elle serait rouillée si elle était là depuis des mois.

Ethan n'y connaissait pas grand-chose en corrosion, mais il semblait fort probable que le flic ait eu raison.

— Le problème, continua Clarkson, c'est que personne n'a

entendu ce quatrième coup de feu, et que nous n'avons aucune victime avec une balle de 9 millimètres dans la peau…

Le flic l'observait maintenant de ses yeux perçants, soupçonneux.

— J'ai bien peur de ne pas avoir de réponse à cette énigme, dit Ethan, qui se sentait de plus en plus mal à l'aise, bien que pertinemment conscient que la douille ne pouvait provenir de son Beretta.

— Ce n'est pas grave. Nous finirons bien par trouver une explication à ce mystère.

Le flic plongea à nouveau la main dans le tiroir et Ethan sentit son estomac se nouer avant même de savoir ce qu'il allait en sortir. Les yeux du superintendant étaient plantés dans les siens et toute trace d'humour avait désormais déserté les traits du policier.

— Et ça, monsieur Archer, vous le reconnaissez ? Nous l'avons trouvé à l'intérieur d'une chaussette sale, dans votre valise, dit-il en déposant la pièce à conviction sur la table.

À la vue de l'objet, le sang d'Ethan se glaça. Il lui appartenait en effet, mais il était absolument certain de ne pas l'avoir apporté sur l'île. Devant lui, sur le bureau, se trouvait son poing américain.

# Chapitre 54

Jennifer observait Blackwood et Henseworth discuter à voix basse à l'écart des autres lorsque Clarkson réapparut seul sur la terrasse. Qu'avait-il fait d'Ethan ? Sa déposition avait duré près de deux heures. Plus du double de celles des autres. Le soleil s'était abîmé dans l'océan une demi-heure plus tôt, et les alentours de la bâtisse étaient désormais éclairés par de puissants projecteurs.

— Vous êtes maintenant libres de quitter l'île, et je vous le conseille même vivement. Le château est interdit d'accès, et ce jusqu'à ce que l'équipe de la police scientifique ait fini son travail.

— Et nos bagages ? s'enquit Virginia.

— Pour l'instant, ils resteront ici. Au cas où nous déciderions d'envoyer certains objets ou vêtements au labo pour analyse. Mes hommes vous accompagneront jusqu'à vos chambres afin que vous puissiez récupérer vos portefeuilles et passeports, mais rien d'autre.

La réponse suscita de nombreuses objections, qui n'eurent aucun effet sur le policier. Il ne s'agissait pas d'une négociation.

Clarkson appela plusieurs de ses agents et ces derniers convoyèrent les Blackwood et leurs visiteurs à l'intérieur par petits groupes. Dix minutes plus tard, tous se trouvaient à nouveau réunis sur la terrasse, munis des maigres effets personnels qu'ils avaient été autorisés à récupérer dans leurs chambres.

— Puisque vos moyens de locomotion sont déjà là, dit le superintendant en gesticulant vers l'hélicoptère et le bateau qui étaient arrivés dans l'après-midi à la demande des Blackwood, je

vous suggère de ne pas tarder.
Son audience ne se le fit pas dire deux fois. Pendant que Percival et les invités prenaient la direction de l'héliport, les acteurs et les domestiques s'orientèrent vers le bateau qui les attendait, amarré au ponton.
Inquiète du sort d'Ethan, Jennifer hésitait à suivre ces derniers lorsque Clarkson interpella Percival.
— Monsieur Blackwood, puis-je vous dire un mot en privé ?
Le milliardaire, qui avait jusque-là mené la charge vers l'hélicoptère, revint vers la terrasse, visiblement agacé.
— Je ne vous confisque pas votre passeport, lui dit le flic, mais je vous saurais gré de rester aux Bahamas dans les jours à venir. J'ai vos coordonnées, et je vous ferai savoir quand vous serez libre de quitter le pays.
— J'ai une compagnie à diriger, Clarkson. Je ne peux pas me permettre de me tourner les pouces en attendant votre bon plaisir.
— Je sais que vous êtes quelqu'un de très important, monsieur Blackwood, ironisa le superintendant, mais deux hommes ont été assassinés sur votre île privée au cours des dernières vingt-quatre heures. Nous avons de plus retrouvé deux cartes pour le moins suspectes dans vos bagages, et votre arme est du même calibre que celle ayant tué la deuxième victime. Alors, estimez-vous heureux que je ne vous place pas en garde à vue en attendant les résultats de la balistique.
Blackwood parvint à se contrôler au prix d'un effort visiblement surhumain et repartit sans un mot en direction de l'hélicoptère.
Avec ou sans passeport, Jennifer doutait fortement que le milliardaire restât aux Bahamas contre son gré, mais ses réflexions furent interrompues par la voix de Virginia.
— Je ne crois pas que cela mette Percy de bonne humeur… Enfin… ce ne sera pas la première fois.
Perdue dans ses pensées, Jennifer n'avait pas remarqué la présence de la femme et de la fille du milliardaire qui se tenaient à

quelques mètres de là. Elles non plus n'avaient rien manqué de l'échange *privé*.

— Stephany, je voulais vous demander une faveur, dit Virginia en s'approchant d'elle.

— Oui, madame, répondit Jennifer avec déférence.

— Je suis gênée d'exiger cela, mais pourriez-vous rester sur l'île jusqu'à ce que ces messieurs de la police en aient fini avec leurs analyses et quittent les lieux ? Je crains qu'ils ne tentent de vider le château de tous ses meubles si personne n'est présent pour garder un œil sur les *pièces à conviction* qu'ils entendent nous confisquer.

Jennifer n'aurait pu espérer mieux, elle avait encore une bonne partie de l'île à explorer, et cela lui procurait une parfaite excuse.

— Comme vous le voudrez, madame.

— Ne force pas cette malheureuse à rester ici toute seule, intervint Suzanne. Je me porte volontaire. Et puis les flics auront davantage peur de moi que de Stephany. Tu ne crois pas ?

— C'est hors de question, ma chérie. Il y a le vernissage de ce jeune artiste que j'aime tant demain soir, et je tiens absolument à ce que tu m'accompagnes.

— Mais Papa ne peut de toute façon pas quitter les Bahamas… remarqua Suzanne.

— C'est son problème ! Toi et moi rentrons à San Francisco demain matin, que cela lui plaise ou non.

Suzanne capitula devant la détermination de sa mère, et Virginia se tourna à nouveau vers Jennifer.

— Alors, c'est entendu, vous restez ici. Je vous enverrai Sarah pour vous aider à remettre de l'ordre dans le château et à tout refermer dès que ces messieurs de la police nous donneront le feu vert. Vous rentrerez ensemble à San Francisco ensuite.

— Excusez-moi, lança Clarkson en revenant vers la terrasse, mais je n'ai pu m'empêcher d'entendre votre discussion, et je vous répète que personne ne peut pénétrer dans ce château jusqu'à nouvel ordre. Ce qui inclut mademoiselle Stephany !

— Qui a dit le contraire ? demanda Virginia. Elle dormira et prendra ses repas dans l'ancienne maison des gardiens, ajouta-t-elle en pointant le doigt vers une bâtisse en pierre à une cinquantaine de mètres de là. À moins bien sûr que vous n'ayez une objection *légale* à nous fournir ?

Clarkson avait de nombreuses objections, mais aucune n'était appuyée par la loi, et ce fut à son tour de capituler.

Virginia et sa fille firent leurs adieux à Jennifer et se dirigèrent à leur tour vers le ponton, où elles montèrent à bord de la vedette de location de Suzanne.

Leur embarcation n'était plus qu'un point sur l'horizon lorsqu'Ethan sortit du château menottes aux poignets, accompagné de deux policiers qui l'emmenaient vers leur propre vedette.

Jennifer s'approcha d'eux à pas rapides.

— Pourquoi l'arrêtez-vous ? demanda-t-elle.

Mais c'est la voix de Clarkson qui lui répondit. Elle fit volte-face pour trouver le superintendant quelques pas derrière elle.

— Monsieur Archer a seulement été placé en garde à vue, mademoiselle. Le temps que nous vérifiions un certain nombre de détails.

Le temps que le labo confirme ou contredise vos théories, interpréta Jennifer.

— Et où l'emmenez-vous ?

— À Nassau, répondit le flic, clairement intrigué par la curiosité dont elle faisait preuve envers le suspect.

— Bonne chance, monsieur Archer, dit-elle en adoptant un air d'adolescente enamourée.

Elle n'avait aucun intérêt à attirer l'attention de la police.

Elle tourna ensuite les talons et s'éloigna en direction de l'« ancienne maison des gardiens », comme l'avait appelée Virginia. Un plain-pied d'une soixantaine de mètres carrés construit avec les mêmes pierres que celles ayant servies à l'édification du château. La porte de la demeure n'était pas fermée à clef, mais grinça bruyamment quand elle l'ouvrit.

Elle trouva l'interrupteur et une lumière blafarde envahit la pièce. Elle provenait d'un lustre d'une autre époque affublé de deux ampoules à incandescence. À quand remontaient les derniers visiteurs ? À en juger par la tenace odeur de renfermé et l'épaisse couche de poussière recouvrant tous les meubles, probablement des années… Si la chambre était dans le même état que la pièce de vie principale, elle risquait de devoir faire le ménage durant une bonne partie de la nuit de pouvoir s'allonger. L'état des lieux devrait cependant attendre, elle avait un appel urgent à passer.

Elle tira de sa poche le téléphone satellite qu'elle avait discrètement récupéré dans sa chambre et composa un numéro qu'Ethan lui avait donné deux ans plus tôt, mais dont elle ne s'était encore jamais servie. Elle se demandait vraiment comment les personnes ne bénéficiant pas d'une mémoire photographique se débrouillaient.

L'agent spécial Theo Hansen décrocha à la troisième sonnerie. Sans entrer dans les détails de sa propre présence aux Bahamas, elle lui expliqua qu'Ethan avait été placé en garde à vue par les autorités locales, et qu'il allait certainement avoir besoin des services d'un avocat. Theo lui assura qu'il se chargeait de prévenir l'ambassade, et elle le remercia avant de raccrocher. Ethan n'était désormais plus son problème. Il pouvait même s'estimer heureux qu'elle ait averti son ami de ses déboires.

Elle fit rapidement le tour du propriétaire. Ouvrant les fenêtres pour aérer au fur et à mesure de son avancée. La maison se composait de deux chambres, un salon, une salle de bain et une cuisine. D'un style rustique, ces deux dernières pièces bénéficiaient tout de même du confort des habitations du XX<sup>e</sup> siècle.

Les parois intérieures étaient un mélange de murs de soutènement en pierre et de cloisons de plâtre aux tons ocre, où de grands rectangles légèrement plus clairs indiquaient l'emplacement de tableaux maintenant disparus.

À l'exception des meubles, la maison semblait dépourvue de

tout objet qui aurait pu y apporter une touche personnelle. Elle évoquait plutôt un meublé en attente des prochains locataires.

Jennifer fut heureuse de s'apercevoir que, contrairement aux meubles du salon, ceux des deux chambres avaient été recouverts de draps pour les protéger de la poussière.

Elle s'appropria la chambre la plus spacieuse et entreprit de plier méthodiquement le drap recouvrant le lit deux places. Elle y parvint avec un minimum d'éternuements et s'apprêtait à en faire de même avec celui protégeant la garde-robe lorsque des claquements métalliques provenant de l'extérieur la firent sursauter. Elle mit quelques secondes à associer les sons au heurtoir en laiton qu'elle avait aperçu sur la porte d'entrée.

Elle trouva celle-ci entrouverte et la tête de Clarkson passant par l'embrasure lorsqu'elle revint dans le salon.

— Nous arrêtons pour aujourd'hui. Nous reprendrons demain à la première heure.

— Très bien, répondit simplement Jennifer.

— J'ai fait poser des scellées à toutes les entrées du château. J'imagine que vous savez ce que cela veut dire.

Elle le savait et se contenta de hocher la tête.

— Qu'est-ce que vous comptez manger ?

Il s'agissait d'une excellente question, à laquelle elle n'avait pas du tout songé.

— C'est bien ce que je pensais, dit-il en lui tendant un sac de toile rempli de conserves et de fruits récupérés dans la demeure principale.

Elle le remercia de sa sollicitude tout en se disant que quelques sous-vêtements propres auraient aussi été les bienvenus.

— Vous êtes certaine de vouloir rester seule sur cette île ? Nous avons éteint les projecteurs autour du château, alors j'espère que vous n'avez pas peur du noir.

Elle secoua doucement la tête de droite à gauche en lui souriant. Comment aurait-il pu deviner qu'elle se sentait au contraire en sécurité en l'absence de lumière ? Que les ténèbres la replongeaient toujours dans une période heureuse de son enfance. Une époque remplie de parties de cache-cache en compagnie de Silas et de leur sœur, partie beaucoup trop jeune.

— Ça va aller. Je vous remercie, superintendant Clarkson.

— Alors, à demain, dit-il avant de claquer la porte.

Armée de son sac de provisions, elle se dirigea vers la cuisine, où elle ouvrit tiroir après tiroir jusqu'à ce qu'elle tombe sur un ouvre-boîte. Elle trouva des allumettes à côté d'un paquet de bougies sur l'une des étagères, mais se ravisa au moment d'allumer la gazinière. En supposant que la rouille n'ait pas eu raison de la bombonne de gaz, elle doutait fortement que le flexible en caoutchouc reliant la bouteille à la gazinière ait résisté à l'usure du temps. Elle décida donc de manger ses raviolis froids plutôt que de risquer une explosion.

Elle avait transféré la moitié des pâtes dans une assiette lorsqu'elle entendit les moteurs des deux vedettes de la police vrombir à l'extérieur. Cette fois, elle se retrouvait vraiment seule sur ce lopin de terre perdu au milieu de l'océan. En tout cas, elle l'espérait… Durant leur discussion de la veille, Ethan avait privilégié l'idée que le tueur fût l'un d'entre eux, mais Jennifer n'en était pas convaincue. Et s'il s'était trompé, cela signifiait que l'assassin se trouvait certainement encore sur l'île, tapi dans l'ombre.

Elle écarta ces pensées peu rassurantes en se disant qu'elle avait désormais toute latitude pour finir de fouiller l'île sans éveiller les soupçons des Blackwood.

Elle acheva son dîner en dix minutes et se dirigea ensuite vers la salle de bain où elle avait aperçu deux brosses à dents neuves dans un étui qui en avait à l'origine contenu quatre.

Bien que monotone, la longue journée passée sur la terrasse l'avait épuisée et après avoir vérifié le verrou de la porte d'entrée, elle décida d'aller se coucher. Elle avait déjà minutieusement inspecté toutes les autres pièces pour s'assurer qu'aucun tueur ne se dissimulait dans la maison, et en fit de même avec sa chambre dont la porte ne pouvait être verrouillée. Elle trouva la grande armoire vide et se baissa ensuite pour jeter un œil sous le lit. Elle n'y dénicha aucun intrus, mais découvrit un carton d'une vingtaine de centimètres de haut. Le parquet sur lequel il reposait était entouré d'une couche de poussière qui n'avait pu s'accumuler qu'au cours de longues années, voire de décennies.

Intriguée, elle tira le carton vers elle jusqu'à ce qu'il soit entièrement sorti. Ce faisant, elle déplaça une quantité invraisemblable de poussière qui la fit éternuer une bonne dizaine de fois. Le carton était fermé à l'aide de scotch de déménagement, et elle se dirigea vers la cuisine à la recherche d'un couteau pour l'ouvrir.

Son contenu se composait principalement de livres de poche en tout genre, mais Jennifer repêcha aussi une boîte à chaussures pleine de lettres et quatre cahiers scolaires.

Elle s'assit sur le matelas et commença à feuilleter les cahiers. Trois d'entre eux portaient le nom « Richard Johnson » sur leur couverture et étaient typiques des cahiers d'écoliers du primaire, avec une alternance de leçons photocopiées, collées à la colle blanche, et d'exercices corrigés au stylo rouge par une main adulte.

Qui était Richard Johnson ? Le fils des gardiens qui avaient un jour habité cette dépendance ?

Le quatrième cahier n'affichait aucun nom, mais l'écriture enfantine qui en remplissait les pages était identique à celle des trois autres. Il s'agissait d'un genre de journal, dont les feuillets avaient recueilli pêle-mêle les pensées ponctuelles de son jeune propriétaire. Un certain nombre de dessins esquissés d'une main immature couvraient le papier. Beaucoup de trains à vapeur traversant des paysages variés, mais aussi des maisons, des chiens… Une sorte de labyrinthe débouchant sur une pièce plus large dans lequel le gamin avait inscrit le mot TRÉSOR au stylo rouge occupait une double page.

Jennifer s'apprêtait à refermer le cahier quand elle tomba sur une note qui la fit sourire. Il s'agissait d'une lettre d'amour, ou du moins d'une esquisse, pleine de ratures et de mots barrés, remplacés par d'autres tout aussi comiques venant d'un gosse. La lettre était adressée à *Mon Amour Suzy*, et Jennifer songea aussitôt à Suzanne Blackwood. La fille de Virginia et Percival. Cette déclaration lui était-elle destinée ?

Le cahier datait sans doute de la même période que les trois autres qui, à en croire leurs couvertures, couvraient l'année scolaire 2005-2006. Si l'auteur de la missive avait eu sept ou huit ans à l'époque, il devrait avoir dans les vingt-quatre ans aujourd'hui. Ce qui correspondait certainement à peu près à l'âge de Suzanne. La petite Suzy avait-elle eu connaissance des sentiments du jeune Richard à son égard ? Ou le gamin s'était-il révélé incapable de lui avouer sa flamme ?

Jennifer s'intéressa ensuite aux nombreuses lettres de la boîte à chaussures. La plupart étaient adressées à Shannon Johnson, mais plusieurs cartes d'anniversaire avaient été envoyées à l'attention de Richard Johnson. Elle trouva également quelques cartes postales destinées à Shannon et Ricky Johnson, et en conclut que Shannon était la mère de Ricky.

Jennifer consulta sa montre et constata qu'elle avait perdu une demi-heure immergée dans les trésors du carton oublié. Un exercice divertissant, mais qui ne l'aiderait en rien à élucider la disparition de Silas. Elle avait beaucoup à faire le lendemain, et il fallait absolument qu'elle se repose.

Elle plaça la boîte à chaussures et les cahiers sur la table de chevet et éteignit la lumière, mais pas avant d'avoir pris soin de glisser le couteau à la lame effilée, récupéré dans la cuisine, entre le matelas et le sommier.

Elle n'avait pas oublié la curieuse sensation qu'elle avait ressentie avant l'arrivée des invités, alors que Sarah et elle se trouvaient encore seules sur l'île. L'impression qu'une présence invisible les observait à leur insu. Sarah n'avait rien semblé remarquer, et Jennifer avait fini par se convaincre qu'elle s'imaginait des choses, mais elle en était désormais beaucoup moins certaine.

# Chapitre 55

Artémis alla se servir un verre avant de prendre place à l'extrémité d'un sofa en cuir noir sur lequel elle allongea ses jambes. Elle songeait à ses deux meilleurs hommes, en route pour les Bahamas à la demande de Zeus. Cela ne lui laissait que Chad pour assurer le service d'ordre de sa maison de passe et s'occuper de ses autres affaires.

À contrecœur, elle lui avait demandé quelques heures plus tôt de recruter un ou deux hommes supplémentaires pour aider. Elle n'aimait pas l'idée de devoir faire confiance à de nouveaux venus, mais Chad saurait trouver des gens discrets pour faire le boulot.

En temps normal, Artémis ne se serait pas souciée d'embaucher des suppléants. Dans l'infime éventualité où Chad se serait vu dépassé par les événements, Artémis lui aurait elle-même prêté main-forte. Après les proies qu'elle avait traquées récemment, le gros bourgeois en rut ne lui faisait pas peur... Mais les circonstances actuelles ne l'autorisaient pas à prendre le moindre risque.

Elle avait le sentiment que la situation lui échappait. Une sensation qu'elle n'appréciait pas du tout. Elle qui avait pour habitude de toujours tout planifier, tout contrôler. La chasse représentait la seule exception à cette règle. Le seul moment de sa vie où elle laissait une chance au hasard. Mais même là, les risques demeuraient calculés. Bien qu'armées de couteaux, ses proies n'avaient aucune chance contre ses réflexes de chasseuse aguerrie.

La situation aux Bahamas se révélait cependant des plus préoccupantes. Le second meurtre n'avait jamais fait partie du plan qu'elle avait concocté avec Zeus. Il ne pouvait heureusement pas la blâmer pour ce fiasco ; il avait lui-même embauché le tueur à gages. Un type avec lequel il avait déjà travaillé à plusieurs reprises.

Mais pourquoi l'assassin avait-il pris sur lui-même de descendre un malheureux acteur, qui n'avait rien à voir avec le contrat pour lequel on l'avait payé ?

Malgré l'improvisation pour le moins inquiétante du tueur, la volonté d'Artémis avait été exaucée. Archer, le bouc émissaire qu'elle avait procuré pour le meurtre d'Hadès, séjournait en ce moment dans une cellule du poste de police principal de Nassau. Et connaissant les pratiques de la justice locale, il avait peu de chance de retrouver la liberté avant quelques décennies.

Elle alluma le téléviseur géant et la mosaïque habituelle apparut bientôt à l'écran. Elle la scanna case par case jusqu'à ce qu'elle trouve l'une des mannequins, seule au milieu de la végétation luxuriante de l'île. La femme ne semblait cependant pas égarée, mais s'affairait sur un arbre dont elle disposait les larges feuilles en une sorte d'escalier en colimaçon, les maintenant à l'aide de fines lianes. Que fabriquait-elle ?

Artémis comprit enfin l'objectif de l'arrangement végétal lorsque la femme plaça des demi-noix de coco évidées au sol, directement en dessous des feuilles les plus basses. La sculpture organique avait pour but de récolter l'eau de pluie.

Artémis songea alors pour la première fois aux stocks de provisions que ses hommes avaient laissés sur l'île à l'attention des trois top-modèles. Ceux-ci n'avaient jamais été prévus pour durer, et les prisonnières tomberaient probablement à cours d'eau et de nourriture dans les vingt-quatre heures. Elles gagneraient peut-être un ou deux jours supplémentaires en se rationnant, mais pas davantage. Et vu la tournure des événements, elle doutait que Zeus et Poséidon aient une chance de s'intéresser à elles dans les jours à venir.

Heureusement, l'une des femmes semblait avoir été *girl-scout* dans sa jeunesse, ce qui devrait les aider à rester en vie jusqu'à l'arrivée des chasseurs. Ou, si la police se montrait trop curieuse, jusqu'à ce qu'Anton et Kyle viennent s'occuper d'elles…

Artémis espérait qu'ils n'en arriveraient pas là. Des proies d'une telle qualité, ce serait une honte… Elle se consola en songeant qu'elle avait de toute façon déjà été payée, mais elle aurait tout de même préféré que Zeus et Poséidon passent un moment en compagnie des trois pétasses. Si Anton et Kyle devaient intervenir, ils n'auraient pas le temps de s'occuper d'elles de la manière dont les chasseurs l'auraient fait. Ils ne les violeraient peut-être même pas…

Le portable d'Artémis sonna, et le nom « Zeus » apparut sur l'écran.

— Tes hommes sont à Nassau ? demanda le milliardaire, sans autre forme de salutation.

— Ils y atterriront dans environ deux heures. Tu y es encore, je suppose ? Les flics ne vont pas vous laisser quitter le pays ?

— Tu penses vraiment que j'ai besoin du feu vert de ces clowns ? Je ne suis resté ici que pour apaiser Poséidon. Il ne décolère pas que nous l'ayons tenu à l'écart de nos plans à propos d'Hadès.

— Il est encore aux Bahamas ?

— Évidemment ! Il a hâte de pouvoir aller chasser… Mais j'ai bien peur qu'il ne nous faille reporter les festivités. Tant que les flics rôdent dans les parages, nous ne pouvons pas nous permettre de prendre le moindre risque.

— Les proies devraient pouvoir tenir quelques jours supplémentaires. Il semblerait que ces demoiselles possèdent des talents cachés en matière de survie… Elles parviennent à se sustenter par leurs propres moyens et ont même réussi à trouver de l'eau fraîche.

— Et elles ont su se débarrasser de leurs colliers… Cette

chasse s’annonce des plus intéressantes, dit Zeus avec une note d’excitation.

— As-tu eu des nouvelles du tueur à gages ? A-t-il fourni une explication quant au second meurtre ?

— Impossible de le joindre. Cet abruti ne répond pas à mes messages, et cela commence à m’inquiéter sérieusement… J’ignore à quoi il joue, mais je n’aime pas du tout ça.

— Poséidon sait-il pour les deux cartes que les flics ont retrouvées dans tes affaires ? demanda Artémis.

— Évidemment, et il est furax. Ce qui me chiffonne le plus dans cette histoire, c’est que Janus n’avait aucun moyen de connaître nos pseudonymes.

L’insinuation de Blackwood ne plaisait guère à Artémis, mais elle fit mine de l’ignorer.

— Cela me tracasse également… Penses-tu qu’Hadès aurait pu parler à quelqu’un avant de mourir ?

— Douteux. Il restait encore quelques jours avant l’échéance de son ultimatum. Et puis, le chantage de ce salopard ne portait que sur mon soi-disant bâtard. Ses menaces n’ont jamais fait référence à nos activités de chasseurs, ou même à ton établissement…

S’agissait-il d’une autre accusation voilée ? Ses déesses étaient bien entendu au fait des pseudonymes des trois hommes, mais elles ne connaissaient pas leurs véritables identités et ne pouvaient être liées d’aucune manière avec ce qui s’était passé sur l’île.

— Cela n’a ni queue ni tête. Pourquoi ton tueur à gages aurait-il placé les cartes du trident et de l’éclair dans tes affaires ? À quelles fins ?

— Pour que les flics fassent le lien avec celle que l’on a trouvée dans la poche de l’acteur… Pour faire peser les soupçons sur moi, tout en nous envoyant un message.

— Quel message ?

— Qu’il est au courant pour la chasse !

— C'est tout simplement impossible… Et cela n'explique pas pourquoi il aurait laissé une représentation de Janus sur le cadavre de l'acteur. Cette carte l'implique *lui* directement… Et c'est toi qui l'as embauché. Pourquoi essaierait-il de te faire porter le chapeau ? Ce n'est pas bon pour le business de griller ses clients. Et si telle était son intention, pourquoi aurait-il caché le poing américain dans les affaires d'Archer comme nous le lui avions demandé ? C'est bien lui qui est en taule en ce moment, pas toi…

— Pour l'instant…

— Le temps est peut-être venu de faire un don généreux à tes amis de la police bahamienne ?

— J'y songeais justement…

# Chapitre 56

Jennifer se réveilla tôt le lendemain matin et explorait déjà l'île lorsqu'elle entendit au loin l'arrivée des policiers, venus reprendre leur fouille là où ils l'avaient interrompue la veille.

Après deux heures de marche entourée d'une végétation luxuriante, elle atteignit une plage qu'elle estima située à une position diamétralement opposée à celle du château. Pratiquement vierge, la plage n'abritait qu'un embarcadère. De taille plus réduite que celui aux abords de la bâtisse, celui-ci ne pouvait accueillir que deux bateaux à la fois.

Jennifer entreprit d'examiner les abords du quai à la recherche du moindre indice pouvant la mettre sur la piste de Silas. Elle y passa le reste de la matinée, mais ne découvrit rien suggérant que son frère eut un jour posé les pieds sur cette maudite île.

Elle repartit en longeant la plage dans le sens des aiguilles d'une montre et mit trois heures à rejoindre le château. Une technicienne munie d'un détecteur de métaux s'affairait aux abords de la bâtisse, et Jennifer se demanda ce qu'elle pouvait bien chercher. Clarkson se trouvait-il à l'intérieur ?

Elle alla remplir sa gourde, assoiffée par ses efforts matinaux et se remit en route vers 16 h. Longeant la plage toujours dans le même sens, elle n'eut cette fois besoin que deux heures et demie pour revenir au ponton du matin. Mais ses tentatives furent aussi vaines que plus tôt dans la journée. Elle avait maintenant parcouru le périmètre complet de l'île sans trouver quoi que ce soit d'utile.

Il lui restait environ deux heures avant le crépuscule, et elle décida de s'enfoncer à nouveau parmi les cocotiers, palmiers et autres palétuviers.

L'obscurité était tombée depuis longtemps lorsqu'elle regagna enfin la maison des gardiens, éreintée et démoralisée. Les vedettes de la police avaient vidé les lieux, et Jennifer se retrouva seule pour la seconde nuit consécutive. Les flics avaient cependant omis d'éteindre les projecteurs entourant le château avant de partir. Une omission qui l'avait bien aidée à identifier son chemin, malgré la pénombre régnant sous les frondaisons exotiques.

Affamée, elle se dirigea directement vers la cuisine, où elle croqua dans une pomme, tout en cherchant quelque chose de plus calorique parmi les boîtes de conserve. Elle n'avait rien avalé depuis les raviolis de la veille, et la faim commençait à lui tirailler sérieusement l'estomac.

Le repas terminé, elle s'apprêtait à sauter dans la douche quand la lumière de la salle de bain s'éteignit tout à coup. Elle se rhabilla à la hâte et sortit dans le couloir pour constater que les ténèbres avaient enveloppé la maison tout entière. Jennifer bénéficiait d'une vision nocturne supérieure à la moyenne, mais nul ne pouvait voir en l'absence totale de lumière. C'est en réalisant que les projecteurs éclairant les abords du château s'étaient aussi éteints qu'elle comprit l'origine du problème. L'énorme générateur diesel alimentant toute l'île était tombé à court de carburant.

Sarah lui avait montré comment le mettre en route à leur arrivée et lui avait assuré qu'il restait suffisamment de fuel pour le week-end. Et sur ce point, elle avait eu raison. Mais le week-end était désormais terminé, et la citerne était à sec…

Elle se souvenait avoir vu des jerricans de vingt litres dans la grange en pierre abritant le générateur. Elle n'avait plus qu'à espérer qu'ils contiennent du diesel.

Elle se dirigea à tâtons vers la cuisine où elle trouva rapidement les allumettes et le paquet de bougies perchés sur leur étagère.

Un instant plus tard, Jennifer marchait à pas hésitants en direction de la remise. La nuit d'encre régnant à l'extérieur était tout aussi impénétrable qu'à l'intérieur de la maison, et elle mit plus d'une minute à atteindre l'entrée de la grange à la lueur vacillante de sa bougie.

Elle trouva six des jerricans pleins. Pas suffisamment pour remplir la cuve de quatre mille litres, mais assez pour lui procurer quelques jours d'électricité, à condition que les projecteurs demeurent éteints… Or l'interrupteur les contrôlant se situait à l'intérieur du château, inaccessible derrière les scellés de la police. Sans compter que transférer le diesel des jerricans – pesant chacun près de vingt kilos – dans la cuve, à la flamme d'une bougie, ne semblait pas être une idée particulièrement judicieuse…

Elle se résigna à remettre la tâche au lendemain et regagna la maison du gardien de la même manière qu'elle l'avait quittée quelques minutes plus tôt. Elle n'était plus qu'à quelques mètres de la porte d'entrée quand elle entendit un bruissement provenant de la végétation environnante. *Certainement un animal*, se dit-elle, bien qu'elle n'eût rien aperçu de plus gros qu'un rat de toute la journée.

Une fois à l'intérieur, elle s'empressa de tirer le verrou et se dirigea vers la cuisine à la recherche de son couteau préféré. Elle passait devant l'âtre quand la flamme de sa bougie vacilla de manière erratique, comme aspirée par le foyer. Cela n'aurait rien eu d'anormal s'il s'était agi d'une véritable cheminée, mais Jennifer avait déjà constaté que celle-ci était purement décorative. Aucun conduit ne la connectait à la sortie de toit.

Elle revint en arrière. Et la flammèche dansa à nouveau.

Jennifer mit un moment à détecter la légère aspiration semblant venir du sol en pierre à l'intérieur de l'âtre. En approchant sa bougie, elle observa qu'aucun joint ne scellait les pierres les unes aux autres là où le sol rencontrait le mur au fond du foyer. C'était de là que provenait le courant d'air.

Elle retourna à la cuisine chercher le reste des bougies et les disposa à l'intérieur de l'âtre afin d'y voir plus clair. Elle s'attela ensuite à une inspection minutieuse de toutes les pierres. Quand dix minutes plus tard, elle en découvrit une sur le côté droit qui s'enfonçait sous la pression de sa main, elle sut immédiatement qu'elle avait deviné juste.

Elle eut à peine le temps de plonger hors du foyer alors que le sol se dérobait sous ses pieds. Les bougies qui s'étaient trouvées dans la cheminée furent toutes avalées par le gouffre béant, tandis que celle que Jennifer avait tenue à la main se brisait dans sa fuite désespérée. Elle parvint néanmoins à la rallumer et revint vers la cheminée pour inspecter sa découverte. Le sol du foyer s'était escamoté pour révéler un escalier en pierre d'où émanait une odeur de cave humide.

Elle glissa le couteau de cuisine dans la ceinture de son jean et se plia à nouveau en deux pour pénétrer dans l'âtre, où elle entreprit de descendre l'escalier en protégeant la flamme de la bougie de sa main libre.

Elle déboucha cinq mètres plus bas dans un étroit couloir. Elle le longea un moment avant d'arriver devant une seconde volée de marches, qu'elle gravit jusqu'à ce qu'elle se retrouve face à un mur. Elle ne mit pas longtemps à découvrir le levier situé dans une niche sur sa gauche. Elle le saisit et tenta de le faire pivoter sans que ce dernier bouge d'un pouce. Mais quand elle le tracta vers elle, il n'offrit que peu de résistance, et le mur tourna sur un axe invisible, révélant un jour d'une dizaine de centimètres. Jennifer y passa la main et tira le mur vers elle. La maçonnerie grinça sinistrement sur des gonds en cruel manque de lubrification, mais céda, et le passage fut bientôt suffisamment large pour qu'elle s'y faufile.

Elle déboucha alors dans une pièce où la lueur de sa bougie lui permit de distinguer une chaise et une table sur tréteaux où reposaient quatre écrans d'ordinateur. Elle découvrit une lampe frontale et un paquet de piles derrière l'un des écrans, et elle troqua sa bougie pour la lampe LED. Elle l'alluma et passa la bande élastique autour de son crâne.

Le faisceau de la lampe accrocha aussitôt un objet noir sous l'un des moniteurs. Un automatique de calibre 9 millimètres posé sur une paire de gants en cuir de petite taille. Elle résista à l'envie de s'emparer de l'arme. Peut-être celle-ci portait-elle les empreintes de son propriétaire… Il ne s'agissait de toute façon pas de l'arme ayant tué l'acteur, le calibre ne correspondait pas.

À côté du pistolet se trouvaient également deux douilles vides et un silencieux dont elle reconnut le modèle pour l'avoir déjà vu dans un magazine. C'était un silencieux hybride, adaptable à des armes de différents calibres.

En plus du passage qu'elle venait d'emprunter, deux autres couloirs partaient de l'antichambre. Elle se promit de les explorer plus tard et reporta son attention sur les quatre moniteurs dont les câbles étaient reliés à un ordinateur posé sous le bureau de fortune. Le couvercle de la machine avait été détaché et abandonné sur le sol.

Jennifer avait déjà une bonne idée de la fonction du matériel informatique, mais elle n'en aurait la certitude qu'en rétablissant le courant. Elle hésita un instant devant le 9 millimètres, mais résista encore à l'envie de s'en emparer avant de rebrousser chemin.

Il lui fallut près de trois quarts d'heure pour retourner à la grange et transférer le diesel des jerricans dans la cuve. Elle regagna ensuite la maison du gardien à la lueur des projecteurs, que le redémarrage du générateur avait ramenés à la vie.

Quelques minutes plus tard, elle se penchait à nouveau sur l'ordinateur. Cette fois pour le mettre en route. La machine émit un léger ronflement, et les moniteurs s'allumèrent de concert. Elle avait craint de se retrouver confrontée à un mot de passe, mais il n'en fut rien.

Chaque écran était partagé en quatre, et chaque cadran affichait une vue intérieure de l'une des pièces du château. Elle reconnut immédiatement la chambre dans laquelle elle avait elle-même séjourné et se sentit aussitôt mal à l'aise. Ignorant l'existence des caméras, elle s'était promenée nue à plusieurs reprises dans cette pièce.

Elle ne mit pas longtemps à comprendre comment le logiciel fonctionnait, et de nouvelles salles apparurent bientôt sur les écrans. Toutes les chambres et la majorité des pièces communes étaient placées sous surveillance. Le dispositif aurait permis au tueur de savoir à tout moment où chacun se trouvait. Elle reconnut également la chambre d'Ethan et pensa aux discussions qu'ils y avaient eues. Si le tueur avait espionné leur conversation, le petit secret de *Stephany* n'en était plus un…

Le logiciel permettait d'enregistrer ce que les caméras capturaient, mais la fonction semblait désactivée. Jennifer en comprit la raison en réalisant que l'un des disques durs de l'ordinateur manquait à l'appel. Elle le trouva en charpie au pied de l'un des murs en pierre. Le tueur avait pris soin de détruire les enregistrements avant de vider les lieux.

Le système de surveillance n'ayant plus grand-chose à lui apprendre, elle partit explorer le couloir sombre qui s'ouvrait sur sa droite, à la lueur de sa torche.

Elle tomba rapidement sur une niche d'apparence familière abritant un levier qu'elle tira vers elle. Un craquement retentit, mais elle put faire pivoter la porte secrète sur ses gonds sans le moindre bruit. Contrairement à la dernière, quelqu'un avait pris soin de graisser récemment les charnières de celle-ci.

La porte dissimulée s'ouvrait sur une chambre que Jennifer reconnut comme appartenant à Virginia et Percival Blackwood. Ainsi qu'elle le soupçonnait, elle se trouvait bien dans le château.

Elle ressortit de la chambre par où elle était entrée et passa la demi-heure suivante à explorer de fond en comble les deux couloirs partant de la salle aux moniteurs. Ceux-ci desservaient la quasi-totalité des chambres du premier étage. Elle fut cependant surprise que la chambre où Welch avait été assassiné ne fasse pas partie du lot. Elle s'y rendit en passant par celle des Blackwood et inspecta minutieusement le mur en pierre adjacent à la cheminée sans y remarquer de porte dissimulée.

Elle s'attaqua ensuite au mur opposé, tapissé de lambris. Quand une inspection visuelle ne révéla rien, elle se mit à cogner doucement sur les planches une à une jusqu'à ce qu'elle en découvre une à la sonorité légèrement différente.

Il lui fallut dix minutes supplémentaires pour localiser le mécanisme, camouflé dans une latte du plancher, qui actionnait l'ouverture d'une trappe dans le lambris. Elle s'y faufila et se retrouva bientôt dans un autre couloir caché au cœur de la maçonnerie. Celui-ci desservait trois chambres et un cagibi de rangement.

Jennifer soupçonnait fortement le tueur de s'être servi de ce passage pour pénétrer dans la chambre de Welch. C'était en tout cas plus plausible que d'imaginer la victime allant se coucher sans tirer le verrou de sa porte.

La nuit s'était avérée particulièrement riche en trouvailles, mais elle n'avait toujours pas découvert quoi que ce soit suggérant que Silas eut un jour mis les pieds sur l'île. Elle réinvestit le premier passage secret par la chambre des Blackwood et s'orienta vers l'antichambre aux moniteurs. Elle l'avait presque atteinte lorsqu'un bruit léger lui parvint de cette direction. Elle s'arrêta net et tendit l'oreille, mais le son ne se reproduisit pas. Avait-elle rêvé ? Elle resta immobile un long moment sans que rien ne se passe et reprit finalement sa progression. Elle se retrouva bientôt dans la salle de contrôle, éclairée par les seuls moniteurs.

Elle inspecta les écrans consciencieusement, sans réellement savoir ce qu'elle espérait y trouver, mais les caméras de surveillance ne lui renvoyaient rien d'autre que des images de pièces vides.

Ses yeux se détachèrent des moniteurs et tombèrent sur la paire de gants posée sur la table. Quelque chose à propos des gants la chiffonnait.

Elle réalisa ce qui la tracassait un instant plus tard : les gants avaient été déplacés… Mais c'est en constatant que le pistolet avait disparu que son sang se figea.

Elle perçut un mouvement sur sa droite et tourna la tête à l'instant où un objet lourd s'abattait sur son crâne.

# Chapitre 57

Les portes de la cellule s'ouvrirent, et Ethan vit entrer le flic qui lui avait servi le petit déjeuner quelques heures plus tôt.

— Vous avez un visiteur, annonça le policier en invitant Ethan à le suivre.

Ethan obtempéra et fut conduit dans la pièce exiguë dépourvue de fenêtre où Clarkson l'avait déjà interrogé la veille, mais Clarkson ne s'y trouvait pas. À sa place était assis un homme blanc d'une trentaine d'années qui se redressa en lui tendant la main.

— William Shatwick, détaché à l'ambassade américaine aux Bahamas, et voici maître Rolle, dit-il avec un accent texan en indiquant son compagnon, un natif proche de la retraite qui se leva à son tour.

— Enchanté, monsieur Archer, dit l'avocat, qui lui avait un accent local.

— Asseyez-vous, je vous en prie, déclara Shatwick, et Ethan prit place en face des deux hommes, de l'autre côté de la petite table métallique située au milieu de la pièce.

— L'ambassade a été informée de votre garde à vue par l'agent spécial Theo Hansen, continua Shatwick.

L'annonce rassura Ethan quant à l'avenir de sa relation avec Jennifer. Malgré l'animosité qu'elle entretenait à son égard, elle avait pris la peine de prévenir Theo.

— Combien de temps peuvent-ils me garder ?

— Une garde à vue aux Bahamas dure quarante-huit heures,

et la vôtre devrait en principe se terminer cet après-midi. Mais elle peut être reconduite jusqu'à deux fois d'affilée, répondit l'avocat. Il est donc possible que vous restiez encore quatre jours ici avant qu'ils ne vous mettent en examen.

— Et vous pensez qu'ils me mettront en examen ?

— Nous avons fait jouer notre influence auprès des forces de l'ordre locales, et nous avons une bonne idée de ce qui se passe, dit le détaché. Je ne sais pas ce que la police vous a dit jusqu'à présent, mais les charges contre vous sont sérieuses. Qui plus est, il semblerait qu'un certain nombre d'effets retrouvés en votre possession porte l'ADN d'au moins une des victimes.

— Ils ont retrouvé l'ADN de Welch sur mon poing américain ? demanda Ethan, que l'information ne surprenait pas.

Il s'était attendu à ce que ce soit le cas. L'enfoiré qui se cachait derrière ce coup monté n'aurait pas pris la peine de lui dérober son arme pour la dissimuler dans sa valise sans y planter l'ADN de la victime. La manœuvre n'avait pas dû s'avérer bien difficile. Il s'était certainement servi du poing américain pour défoncer le crâne de Welch, de toute façon.

— Vous admettez que l'arme vous appartient, demanda l'avocat d'une voix inquiète.

— Oui. Elle m'avait été volée dans mon appartement de San Francisco. Je ne l'avais pas vue depuis au moins une semaine lorsque Clarkson me l'a mise sous le nez il y a deux jours.

— Le poing américain avait été soigneusement nettoyé, mais les experts de la police scientifique y ont trouvé une minuscule trace de sang, reprit l'avocat. La bonne nouvelle est qu'aucune empreinte vous appartenant n'a été retrouvée sur l'arme.

— Ils n'ont donc que mon point américain comme pièce à conviction ?

— Malheureusement non, ils ont également découvert des traces de sang de la victime sur l'une de vos chemises. Chemise qui, selon plusieurs témoins, semblerait correspondre à celle que vous portiez le soir du meurtre.

— Celle avec la tache de sherry ? demanda Ethan, dépité.

Les deux hommes se consultèrent du regard, mais c'est Shatwick qui répondit.

— Nous n'avons pas cette information. Personne n'a fait mention d'une tache sur ce vêtement.

Il se pouvait qu'il s'agisse d'une omission volontaire de la part des forces de l'ordre, mais Ethan ne parvenait pas à y trouver une raison logique. La tache que Jennifer avait faite par *accident* sur sa chemise ne pouvait pas passer inaperçue. Il expliqua à l'avocat et au détaché de l'ambassade qu'il n'avait porté qu'une seule chemise ce soir-là, et que cette dernière affichait bien une tache de sherry.

L'avocat inscrivit l'information dans un calepin, avant d'y ajouter quelques notes qu'Ethan ne put déchiffrer.

— Si la chemise avec le sang de Welch n'est pas tachée, pourriez-vous demander au labo de conduire une analyse ADN sur l'ensemble du vêtement, son col en particulier ? s'enquit Ethan.

— Dans quel but ? répliqua Shatwick.

— Afin d'y chercher mon ADN. J'ai apporté deux chemises blanches quasiment identiques, mais je n'ai mis qu'une des deux. La seconde devrait donc être propre et dépourvue de mon ADN. Si je portais réellement cette chemise au moment de tuer Welch, je devrais y avoir laissé des cellules de peau morte.

Les deux hommes acquiescèrent de la tête à son explication et Rolle ajouta plusieurs lignes à ses notes.

— Le légiste a-t-il déjà établi l'heure du crime ?

— Entre 23 h 30 et 0 h 15.

— J'étais en bas à ce moment-là. Au moins trois témoins peuvent le confirmer. Je suis redescendu vers 23 h 15, et j'ai aidé les acteurs et l'intendante à tout préparer pour le lendemain.

— Les noms de ces témoins ? demanda l'avocat, fortement intéressé par cette révélation inattendue.

— Martin et Veronica – l'actrice qui jouait la bonne – étaient avec moi durant tout ce temps. Et l'intendante aussi. Il y avait également la véritable servante des Blackwood, Sarah. Ainsi que Jody et le malheureux majordome, mais ces derniers allaient et venaient entre les différentes pièces du bas et les étages.

L'avocat transcrivait furieusement sur son bloc-notes, l'air satisfait.

— Ce sont de précieuses informations, monsieur Archer. Si ces témoins corroborent vos dires, la police n'aura d'autre choix que de vous relâcher.

Ethan avait déjà atteint la même conclusion, mais cela ne l'aidait en rien à répondre aux questions les plus importantes... Qui essayait de le faire accuser de meurtre et pourquoi ?

# Chapitre 58

Jennifer était étendue à même la pierre lorsqu'elle reprit connaissance. Malgré l'obscurité totale, elle percevait des voix lointaines. Une migraine lancinante lui martelait le crâne, mais elle plaça cette nuisance au second rang de ses préoccupations. Où se trouvait-elle, et à qui appartenaient ces voix ? Ses membres n'étaient entravés par aucun lien, et elle put passer de la station allongée à une position assise sans difficulté. S'appuyant de ses mains sur la dalle froide, elle s'apprêtait à se relever lorsque ses doigts rencontrèrent un objet de forme familière. Elle tâtonna à la recherche de l'interrupteur de la lampe frontale et celle-ci s'alluma bientôt pour révéler ce que Jennifer soupçonnait déjà. Elle était toujours dans le passage secret du château. Son agresseur l'avait simplement abandonnée là après l'avoir assommée.

Elle se dirigea vers les quatre moniteurs dont les écrans bleus unis ne présageaient rien de bon, et constata que le serveur ne contenait plus aucun disque dur. Le 9 millimètres, le silencieux, les deux douilles et la paire de gants avaient également disparu. Elle jura intérieurement, mais ne pouvait rien y faire.

Elle quitta la salle de contrôle à la lueur de sa lampe et s'engouffra dans la galerie d'où les voix semblaient parvenir. Elle avançait à pas feutrés, prenant garde à ne pas faire le moindre bruit. Toujours ténues, les voix devenaient cependant plus distinctes. Il ne s'agissait pas d'une discussion soutenue, mais plutôt de bribes de phrases.

Elle mit un certain temps à trouver d'où les sons provenaient, mais découvrit finalement une pierre manquante proche du levier actionnant l'accès à la chambre des Blackwood. Dans la pénombre, il était facile de passer devant l'ouverture sans l'apercevoir, puisque le mur faisait plusieurs pierres d'épaisseur et qu'une seule semblait manquer à l'appel. Mais Jennifer comprit bientôt que l'omission était volontaire ; elle ouvrait en effet sur un conduit dissimulé à l'intérieur même de la cloison, et qui devait sans doute aboutir dans la cheminée de la chambre adjacente. Un genre de système d'écoute primitif permettant d'entendre ce qui se disait dans la pièce voisine depuis le passage secret. Rien de bien passionnant en l'occurrence, puisqu'il ne s'agissait que de monosyllabes et autres grognements des techniciens de la police scientifique.

Jennifer se demanda si toutes les salles desservies par le corridor étroit et humide étaient équipées du même système d'écoute et entreprit de vérifier sa théorie. Il ne lui fallut pas plus de dix minutes pour confirmer que c'était bien le cas.

La migraine qui lui martelait le cerveau mise à part, elle s'estimait plutôt satisfaite de son excursion nocturne et décida qu'il était temps de regagner ses pénates. Elle émergea dans le salon de la maison des gardiens quelques minutes plus tard et referma la trappe à l'intérieur de la cheminée. Elle se dirigea ensuite vers la salle de bain pour une douche bien méritée.

La pendule du salon affichait 9 h 58, ce qui signifiait qu'elle était restée inconsciente plus de onze heures… Son agresseur n'avait pas cherché à la tuer, mais il n'y était pas allé de main morte non plus. La bosse sur son crâne avait la taille d'un œuf de pigeon.

Elle passa un long moment sous le jet brûlant de la douche. Elle avait autant besoin d'apaiser son corps, courbatu par le contact prolongé avec la pierre, que de réfléchir.

Pourquoi le tueur, qui tentait de faire porter le chapeau à Ethan pour son double homicide, l'avait-il épargnée, elle ? Même s'il avait escamoté les disques durs et le 9 millimètres, elle pouvait toujours témoigner de ce qu'elle avait vu. Il lui aurait suffi de montrer le centre de surveillance secret de l'assassin aux flics pour que ceux-ci prennent son histoire au sérieux.

Quelque chose la retenait pourtant d'informer les enquêteurs de sa découverte. Elle n'avait pas la moindre idée de qui avait tenu à amener Ethan sur cette île, mais cette personne s'était servie de Silas pour l'appâter. Jennifer avait conscience qu'il ne s'agissait que d'une ruse, et que son frère n'avait probablement jamais posé les pieds sur ce caillou perdu au milieu de l'océan, mais ce détail ne revêtait que peu d'importance.

Celui qui avait envoyé le texto à Ethan avait trois informations en sa possession. Premièrement, il était au courant de la disparition de Silas. Deuxièmement, il savait qu'Ethan le connaissait. Et enfin, il avait été certain que la simple mention de Silas convaincrait le détective d'accepter l'invitation des Blackwood. Jennifer ignorait comment le mystérieux messager se tenait si bien informé, mais une chose était sûre, sa connexion avec Silas était bien réelle.

Elle ne se voilait pas la face ; ses chances de revoir son frère en vie après tout ce temps étaient dérisoires, mais elle était prête à n'importe quoi pour le retrouver. Et ce, quel que fût son état.

La découverte nocturne de Jennifer innocentait Ethan quasiment à elle seule. Ce dernier n'avait aucun lien avec les Blackwood ou cette île et ne pouvait par conséquent pas être responsable de l'installation de toutes ces caméras. Et encore moins de la bosse que Jennifer avait sur le crâne… Mais si le tueur voulait qu'Ethan croupisse dans une cellule, elle ne comptait pas contrecarrer ses plans. Du moins, pas dans l'immédiat.

Elle n'avait bien entendu pas l'intention de laisser condamner un innocent. Si les choses en arrivaient là, elle irait trouver les flics avant le procès. Mais pour le moment, elle n'était pas pressée de faire sortir Ethan. Il lui devait bien ça, après tout.

# Chapitre 59

Installé sur le lit de sa cellule, Ethan tentait de méditer. Aussi fin que dur, son matelas lui faisait passer des nuits épouvantables, mais constituait un tapis de méditation tout à fait acceptable. Encore que « méditation » n'était sans doute pas le mot le plus adéquat pour décrire les longues périodes qu'il passait assis en tailleur, les yeux fermés. Méditer sous-entendait une certaine paix intérieure et une absence de pensées, ce qui était loin d'être le cas en ce qui le concernait.

Sa garde à vue durait déjà depuis quatre jours, et après des dizaines d'heures passées à analyser la situation sous tous les angles, il n'avait toujours pas la moindre idée de qui lui en voulait. Qui l'avait convié sur cette île pour jouer le rôle du bouc émissaire ?

Il n'était pas plus proche de trouver une réponse à cette question lorsque les portes de sa cellule s'ouvrirent et que Clarkson l'invita à le suivre. Le superintendant ne le mena cependant pas vers la salle d'interrogatoire habituelle, mais le conduisit jusqu'à son bureau. Là, il fit asseoir Ethan sur une chaise qui n'avait visiblement jamais été rempaillée depuis sa fabrication, une centaine d'années plus tôt…

— Votre garde à vue est officiellement terminée, monsieur Archer, dit le flic en s'installant derrière un bureau couvert de dossiers.

Un ordinateur désuet et son moniteur en occupaient tout le côté droit.

— Vous comptez me mettre en examen ?

— Non. Vous êtes libre. Et vous pouvez quitter les Bahamas quand vous le souhaitez. Il semblerait que les pièces à conviction que nous avions contre vous aient été entièrement fabriquées. Plusieurs témoins confirment que vous étiez avec eux en bas à l'heure où Welch se faisait assassiner. Quant à votre poing américain, nous pensons qu'il s'agit bel et bien de l'arme du crime, mais que le véritable tueur s'en est servi pour vous faire porter le chapeau. Même chose pour le sang de la victime retrouvé sur votre chemise. Le meurtrier l'y aura déposé. Le col de la chemise en question ne possède aucune trace de votre ADN, ce qui est impossible si vous l'aviez revêtue après son dernier lavage.

— Excellente nouvelle ! Mais alors, que fais-je dans ce bureau ? Pourquoi ne pas m'avoir dit tout cela en me raccompagnant jusqu'à la sortie ?

Le flic adopta un air contrit qu'Ethan ne lui connaissait pas.

— Vous étiez notre principal suspect, monsieur Archer. Et pour de bonnes raisons… Quelqu'un s'est donné beaucoup de mal pour vous faire accuser. Quelqu'un qui n'est visiblement pas au courant des derniers progrès de la science médico-légale et en particulier du fait que l'on puisse, dans la plupart des cas, situer avec précision l'heure du décès dans une fourchette de quarante-cinq minutes.

Clarkson se tut un instant avant de demander :

— Vous voulez un café ?

— Non, merci. Ce que je veux, c'est que vous me disiez ce que je fais encore dans ce bureau au lieu de me balader sur le trottoir dehors.

— Voyez-vous, monsieur Archer, si vous aviez une idée de l'identité de la personne qui voulait vous faire accuser, cela nous rapprocherait sans aucun doute du véritable meurtrier. Et comme vous possédez certains talents de déduction pouvant être utiles à notre enquête…

— Vous me l'avez déjà faite, celle-là ! l'interrompit Ethan.

— Mais cette fois, je suis sincère, dit Clarkson, mais la

plaisanterie ne fit même pas sourire son interlocuteur.

Ethan venait de passer près de cent heures derrière les barreaux et ne se sentait pas d'humeur joyeuse. Il demeurait cependant bien décidé à découvrir l'identité du salopard qui avait voulu lui faire porter le chapeau pour le double homicide. Et pour cela, le superintendant pouvait encore lui être utile.

— Pourquoi vous aiderais-je ? s'enquit Ethan, l'air soupçonneux.

— Parce que nous avons un ennemi commun. En m'aidant à mettre le tueur derrière les barreaux, vous vous débarrassez du type qui a tenté de vous faire accuser.

Ethan fit mine de considérer la question un instant avant de demander :

— Et la douille de 9 millimètres que vous avez retrouvée dans les buissons longeant le mur du château, provient-elle de mon arme ?

— Non, elle ne vient d'aucune des armes confisquées sur l'île. Son origine demeure un mystère.

— Et les balles qui ont tué l'acteur ?

Clarkson le regarda un moment en silence, et Ethan pouvait presque voir les engrenages tourner à l'intérieur de son crâne.

— Nous avons l'arme du crime… répondit-il finalement.

— Le 44 Magnum appartenant à M. Blackwood ?

— Comment le savez-vous ?

— Ce n'était pas difficile à deviner. Vous n'avez récupéré que deux armes de ce calibre parmi les résidents du château, et les cartes représentant un trident et un éclair ont été trouvées dans les affaires de Blackwood…

— Des cartes dépourvues de la moindre empreinte digitale… Il semblerait que notre tueur ait également voulu impliquer M. Blackwood. Mais nous n'avons jamais cru en sa culpabilité. Personne n'aurait été assez idiot pour conserver l'arme du crime sur soi… C'est pourquoi il n'a pas été interpellé.

Si Blackwood avait évité la garde à vue, il le devait

certainement davantage à sa fortune qu'à la clairvoyance de la police, mais Ethan garda ses réflexions pour lui.

— Et la paire de gants carbonisée ? demanda Ethan.

— L'un d'eux était en suffisamment bon état pour en identifier la taille. Trop grands pour une femme, mais ils iraient à la plupart des hommes qui étaient présents sur les lieux au moment du crime. Ceci suggère que notre assassin est un homme, ce que nous soupçonnions déjà. J'imagine mal une femme tuant Welch à coups de poing, même munie de votre poing américain.

Ethan n'en était pas aussi sûr, mais il devait admettre que la brutalité du crime pointait davantage vers un meurtrier qu'une meurtrière.

— Et vous n'avez toujours pas le moindre mobile pour les deux meurtres ?

— Welch était un homme riche et puissant. Il possédait certainement une foule d'ennemis, ainsi que de nombreux héritiers pouvant bénéficier de sa mort, mais nous n'avons encore rien de probant.

— Et l'acteur ?

— Là, les choses se compliquent un peu. Nous n'avons pas la moindre idée de son identité. Ses papiers sont faux, tout comme les références qu'il a procurées à Martin Johnson durant son audition.

— Et ses empreintes digitales ? Elles ne vous ont rien appris ?

— Je ne dirais pas ça, répondit Clarkson en adoptant un air énigmatique.

Ethan se contenta de le fixer en silence et le flic finit par s'expliquer.

— Nous n'avons aucune idée de sa véritable identité, mais l'une de ses empreintes figurait dans la base de données du FBI, avec qui nous collaborons souvent. L'empreinte est liée à une affaire ancienne.

— Ancienne comment ?

— Une trentaine d'années. Le meurtre d'un riche industriel, assassiné dans une chambre d'hôtel new-yorkaise. Comme on pouvait s'y attendre, la chambre était remplie d'empreintes diverses et variées, la plupart appartenant aux clients y ayant récemment séjourné. Mais il y avait tout de même les empreintes de onze inconnus qui ne furent jamais identifiés, dont celle de notre acteur. Ça ne prouve évidemment rien, mais cela donne matière à réflexion.

Ethan était d'accord. Il devait définitivement s'intéresser à cette question. Les choses semblaient se compliquer de plus en plus. Pourquoi le tueur avait-il tenté de les faire accuser, lui et Blackwood, alors qu'un seul bouc émissaire aurait été infiniment plus crédible ? C'était presque comme s'il s'agissait de deux meurtriers différents, et il soupçonnait Clarkson d'avoir déjà pensé à cette éventualité. Mais Clarkson n'était pas en possession d'un élément critique de l'affaire. Il ignorait que Jennifer avait retrouvé une carte représentant une fourche à deux dents sur le corps de Welch. Cela ne signifiait pas automatiquement qu'ils avaient affaire à un seul tueur, mais s'ils étaient deux, ils travaillaient ensemble.

# Chapitre 60

Janus vérifia sa montre avant de pénétrer dans le hall de l'hôtel et constata qu'elle avait cinq minutes de retard. Cela n'avait que peu d'importance ; l'homme avec qui elle avait rendez-vous l'aurait attendue beaucoup plus longtemps que cela.

Elle portait un chapeau à large bord qui lui dissimulait une partie du visage, mais évita quand même les caméras de surveillance quadrillant le hall d'entrée du cinq étoiles. Elle dépassa la rangée d'ascenseurs et s'engouffra dans la cage d'escalier. Les six étages à gravir lui feraient le plus grand bien.

Elle se retrouva bientôt devant la chambre 609 et y frappa doucement. La porte s'ouvrit quelques secondes plus tard, et Steven Henseworth s'effaça pour la laisser passer.

— Personne ne t'a vu arriver ? demanda-t-il en la dévorant des yeux.

— Rassure-toi, ce cher Percival ne soupçonne rien, répondit-elle avec un sourire aguicheur qui apaisa Poséidon.

Il avait cependant raison de s'inquiéter, Blackwood n'avait-il pas déjà fait exécuter Hadès ? Ce dernier avait bien sûr tenté de le faire chanter, mais Percival pouvait parfaitement trouver une excuse pour justifier l'élimination d'un autre dieu. Les humeurs de Zeus se révélaient souvent volatiles…

Henseworth s'approcha d'elle et lui caressa la joue du dos de la main. Ses yeux trahissaient une excitation intense. Il l'attira à lui, et elle passa ses bras autour du cou de l'homme. Il essaya de l'embrasser, mais elle tourna la tête au dernier instant et le baiser atterrit sur sa joue.

— Aie ! s'exclama-t-il en reculant brusquement tout en se massant la nuque.

À présent, il la fusillait du regard.

— Du curare, expliqua-t-elle en montrant l'aiguille effilée qu'elle avait jusqu'alors dissimulée entre ses doigts.

Il s'effondra au sol, les yeux grands ouverts, incapable de prononcer le moindre mot, de bouger le moindre muscle.

— La paralysie est instantanée, mais la mort prendra un certain temps, continua-t-elle. Estime-toi heureux ; contrairement à ton ami Welch, toi au moins tu crèveras en sachant exactement pourquoi.

Elle alla chercher l'une des chaises autour de la table ronde et la posa au-dessus du corps immobile de Poséidon, le dossier côté tête. Elle prit ensuite place sur l'assise en s'y accoudant, le menton au creux de ses doigts enlacés, les yeux plantés dans ceux de sa victime.

Ainsi installée, elle commença son récit face à une audience captivée qui ne l'interrompit que pour pousser son dernier souffle.

# Chapitre 61

Jennifer pressa la sonnerie et sourit à la caméra de surveillance qui remplaçait le judas sur la porte d'entrée de Melody. Elle avait jusqu'alors trouvé le système de sécurité de la maison légèrement excessif, mais ce n'était plus le cas. Après ce qui était arrivé à son amie, la protection offerte par la porte blindée et les volets métalliques, bloquant l'accès aux fenêtres dès la nuit tombée, lui semblait même dérisoire.

Seulement trois jours s'étaient écoulés depuis qu'elle s'était réveillée dans le passage secret du château des Blackwood avec un œuf de pigeon à l'arrière du crâne, mais son emploi du temps avait été bien rempli.

La police bahamienne avait terminé son travail sur l'île et restitué l'usage du château à ses propriétaires. Jennifer en avait profité pour chercher d'autres passages secrets dans toutes les pièces de la bâtisse et de ses dépendances, mais n'avait rien découvert de plus. Si Silas s'était un jour trouvé sur l'île, il n'y avait laissé aucune trace. Jennifer avait aussi passé suffisamment de temps au service des Blackwood dans leur résidence principale à San Francisco pour savoir qu'y retourner ne lui apporterait rien de plus. Elle avait donc soumis sa démission à Virginia.

Elle sonna à nouveau à la porte d'entrée, toujours en vain.

Avant de quitter les Bahamas, Jennifer avait tout de même pris le temps de faire des copies de toutes les clefs du château et des communs, au cas où son enquête la mènerait une nouvelle fois sur l'île. Les Blackwood n'y résidaient que quelques jours par an, et elle avait peu de chance de tomber sur eux. Quant au tueur, elle doutait fortement qu'il s'y cache encore. Il avait certainement pris la poudre d'escampette après avoir récupéré les objets incriminants abandonnés dans l'antichambre secrète.

Sa douloureuse rencontre avec l'assassin avait cependant confirmé une chose : ce dernier faisait bien partie des personnes ayant officiellement logé dans le château au cours du week-end fatidique. Il ne s'agissait pas d'un meurtrier sans visage qui se serait terré dans le passage secret durant tout le séjour, n'en sortant que pour commettre ses crimes. Si Jennifer avait découvert l'arme et les gants dans son repère, cela indiquait qu'il n'avait pas pu s'en débarrasser plus tôt. Et ce, tout simplement parce que les résidents du château avaient tous quitté l'île sous escorte policière et n'avaient été autorisés à emporter que le strict minimum…

Et puis Jennifer n'avait déniché aucune forme de literie ni de vivres dans les couloirs humides du dédale de pierre.

Le meurtrier était certainement revenu sur l'île en pleine nuit, à bord d'un bateau qu'il avait pris soin d'amarrer là où Jennifer ne le verrait pas. Peut-être au ponton situé de l'autre côté de l'île. Elle ne l'y avait pas trouvé attaché le lendemain, mais cela signifiait juste que son agresseur avait déjà pris la poudre d'escampette.

La porte s'ouvrit enfin, et Melody s'effaça pour la laisser entrer. Jennifer avait appelé son amie à de nombreuses reprises depuis que le FBI l'avait libérée du cachot sordide où Ken la faisait croupir aux côtés d'un cadavre, mais ce n'était que la seconde fois qu'elle lui rendait visite. Ses engagements auprès des Blackwood l'avaient maintenue très occupée.

Jennifer ressentit soudain une culpabilité intense en voyant le sourire de son amie. Un sourire qui se voulait à la fois chaleureux et débonnaire, mais où perçaient la peur et une profonde tristesse.

Elles avaient passé des heures au téléphone, et Jennifer savait tout du cauchemar que l'ancienne mannequin avait subi aux mains de ce timbré. Du moins, ce que Melody avait eu le courage de partager avec elle. La modèle possédait cependant une force de caractère hors du commun, et si quelqu'un pouvait un jour se remettre d'un tel trauma, c'était bien elle.

En attendant, son amie devait vivre dans la crainte de se retrouver à nouveau face à ce malade que les flics n'avaient toujours pas arrêté, et qui avait depuis kidnappé trois autres femmes.

Jennifer suivit Melody jusqu'à la terrasse du premier étage qui dominait le jardin de toute sa hauteur. Elle trouvait le patio du rez-de-chaussée à la fois plus engageant et plus accessible, mais elle soupçonnait Melody de se sentir plus en sécurité sur cette terrasse-ci.

— Alors, vas-tu enfin me dire où tu étais passée ? demanda Melody après qu'elles se furent installées autour d'une table d'extérieur, où trônaient un pichet de limonade maison et deux verres.

— Je te l'ai déjà expliqué, je cherchais Silas.

— Cela fait plus de six mois que tu cherches Silas, ma pauvre chérie, mais tu ne disparais d'habitude pas comme ça, sans dire où tu vas.

— Eh bien, disons que je me suis trouvé une passion pour les vieilles pierres, répondit Jennifer sur un ton mystérieux.

Mais Melody était bien décidée à la faire parler, et Jennifer finit par lui révéler ce à quoi elle avait occupé ses trois derniers mois. Elle ne mentionna cependant pas l'existence du réseau de tunnels secrets au cœur du château des Blackwood, ou ce qu'elle y avait découvert. Elle ne voulait pas en informer la police pour l'instant, et bien qu'elle imaginât mal Melody sauter sur le téléphone pour prévenir les autorités bahamiennes, elle préférait rester prudente.

— Aux Bahamas… Cela explique au moins ton teint un peu moins laiteux que d'ordinaire… taquina Melody. Et pour tes cheveux ? Comptes-tu les garder noirs longtemps ou vas-tu revenir à ta couleur naturelle ?

Melody l'avait toujours connue rousse, mais Jennifer était en réalité blonde. Elle dépensait cependant une fortune en soins capillaires afin de préserver ce secret.

— Je compte redevenir rousse, ne t'inquiète pas.

Melody hocha la tête d'un air approbatif.

— Et tu n'as donc rien trouvé sur ton île mystérieuse ?

— Rien d'utile, non. Et pourtant, Tabatha semblait penser que l'île des Blackwood avait un lien avec ce qui est arrivé à Silas.

— Peut-être s'était-elle trompée.

— C'est possible… mais l'étrange texto qu'Ethan a reçu suggère aussi un lien entre Silas et cette île.

— J'avais oublié le fameux message… Et que va-t-il arriver à Ethan ? demanda Melody d'une voix inquiète.

— Je l'ignore. J'imagine qu'il finira par prouver son innocence. Je ne lui ai pas parlé depuis que les flics l'ont arrêté. Comme tu le sais, nous ne sommes pas vraiment en bons termes en ce moment.

— Je sais… Et Olympia ? Tu lui as parlé depuis ton retour ?

— Non. Je n'ai rien à lui dire. On ne peut pas s'attendre à beaucoup de contrôle ou de fidélité de la part d'un mec, mais ce qu'a fait Olympia est encore pire. Au lieu d'assumer son erreur et de simplement avouer qu'elle m'a trompée avec l'un de mes meilleurs amis, elle l'accuse de viol… Ethan ! Comme si je pouvais gober une connerie pareille.

Melody lui jeta un regard à la fois inquiet et embarrassé.

— J'aime beaucoup Ethan. Du moins, je *l'aimais* beaucoup… Mais je connais Olympia depuis des années. Elle est cent pour cent lesbienne. Elle ne se le serait jamais tapé volontairement, Jennifer. Et je pense qu'au fond de toi, tu sais que c'est la vérité.

— Tu connais peut-être Olympia, mais tu ne connais visiblement pas Ethan. Il est tout simplement incapable de violer qui que ce soit.

Melody ne répondit rien, et un silence gênant s'installa entre elles.

— Ethan affirme n'avoir aucun souvenir de ce qui s'est passé ce soir-là. Il ne se rappelle même pas être rentré chez lui.

— Avec la quantité d'alcool qu'il avait dans le sang, ça ne m'étonne pas vraiment.

— Et s'il avait été drogué dans le bar ? Du Rohypnol ou un truc dans le genre… Cela expliquerait pourquoi il ne se souvient pas être rentré chez lui en compagnie d'Olympia.

— Et dans quel but l'aurait-on drogué ? Le Rohypnol est la drogue du viol, mais ce n'est pas le violeur qui la prend, Jennifer. Ça n'a aucun sens.

Melody avait raison, cela ne collait pas… Alors pourquoi Jennifer trouvait-elle cette explication infiniment plus convaincante que l'autre alternative ?

— À propos d'Olympia, j'ai dîné avec elle en début de semaine, enchaîna Melody sur un ton plus léger.

— Je n'ai aucune envie de parler d'elle, l'interrompit Jennifer.

— Ça tombe bien parce qu'elle n'a rien à voir avec mon histoire… Après le repas, Olympia est rentrée chez elle en Uber, et j'ai regagné ma voiture seule, lorsque j'ai reconnu *Ken* dans une vitrine de magasin.

— Quoi ? Tu en es certaine ? Tu as prévenu la police ?

— Laisse-moi finir, et tu le sauras…

— Pardon.

— Ce fils de pute tentait de dissimuler son visage derrière des lunettes énormes, mais je l'avais déjà repéré plusieurs fois rôdant autour de mon agence ces derniers jours, et il ne m'a pas bernée. Au fait, tu veux boire quelque chose ?

— Après ! Continue ton histoire, ou tu vas me rendre dingue.

— J'ai donc décidé de tendre un piège à mon tortionnaire, et je l'ai attiré dans une ruelle sombre que je connaissais bien.

Jennifer dut se faire violence pour ne pas gifler son amie. Comment avait-elle pu se montrer aussi stupide ? Qui attirait un tueur en série dans une allée déserte au lieu d'appeler les flics ?

Mais en formulant la question ainsi, Jennifer réalisa qu'il s'agissait précisément du genre de choses dont elle était elle-même capable. Les deux amies n'étaient pas si différentes, après tout. Peut-être était-ce pour cela qu'elles s'entendaient si bien.

En cet instant, Jennifer vit Melody sous un angle nouveau. Pour la première fois, elle considéra la possibilité d'entretenir une relation de nature différente avec elle.

— Et quand il est passé devant ma cachette, continua Melody, je lui ai vidé ma lacrymo au visage avant de lui éclater la rotule avec ma matraque télescopique. C'est alors que le FBI a surgi dans l'allée et m'a stoppée net.

— Le FBI ? Ils l'avaient repéré ?

— Pas exactement… répondit Melody.

Jennifer peinait à interpréter la moue sur les traits de la mannequin.

— Ils te suivaient toi, alors ?

— Oui…

— Et tu étais au courant ?

— Non ! Et c'est bien ça, le problème…

— Pourquoi est-ce un problème ?

Jennifer ne voyait absolument pas où son amie voulait en venir.

— Parce que si je l'avais su, je n'aurais pas envoyé l'un de leurs agents à l'hôpital avec le genou brisé…

Jennifer regarda son amie, les yeux écarquillés un instant avant de finalement sourire.

— Tu veux dire que le type qui rôdait autour de toi depuis plusieurs jours était un flic ?

— Tu as tout compris.

— Et il ressemblait à Ken, au moins ?

— De près ? Même pas un petit peu… Mais l'agent responsable de l'affaire, le pote d'Ethan…

— Theo ?

— Oui ! Theo dit que ce n'est pas anormal pour une victime

de voir son agresseur partout. C'est une forme de stress post-traumatique connue, apparemment.

— Et tu ne vas pas avoir d'ennuis pour ton agression sur un agent du FBI qui ne t'avait rien fait ?

— Non. Vu mon historique, ils se sont montrés très compréhensifs. Ils m'ont juste confisqué ma matraque et ma lacrymo. Parce qu'ils n'avaient pas le choix.

— J'imagine que tu les as déjà remplacées ?

— Dès le lendemain matin.

# Chapitre 62

Assis confortablement dans un fauteuil de son salon, Ethan écoutait Theo lui décrire comment le corps sans vie de Steven Henseworth avait été découvert dans une des chambres du Ritz-Carlton par l'une des femmes de ménage.

Son ami l'avait appelé plus tôt dans l'après-midi pour annoncer sa visite, mais en omettant de mentionner la mort d'Henseworth.

— Et tu es ici pour me dire que les flics m'ont à nouveau dans le collimateur ? demanda Ethan en ne plaisantant qu'à moitié.

Il avait passé la journée de la veille seul dans son bureau avant de rentrer chez lui et n'avait aucun alibi au cas où les enquêteurs retrouveraient quoi que ce soit lui appartenant sur le lieu du crime.

— Pas encore. Mais ton ami Clarkson est en ce moment en route pour San Francisco, alors ça pourrait changer, s'amusa Theo.

— Que vient-il foutre ici ? On est un peu loin de sa sphère d'influence, non ?

— On l'a dépêché à cause du lien entre le meurtre d'Henseworth et celui du mystérieux acteur. Meurtre avec lequel tu es intimement familier, je crois.

— Quel lien ?

Theo alluma l'ordinateur portable qu'il avait amené avec lui et le tourna vers Ethan.

— On a retrouvé ça sur le corps d'Henseworth. Ça te

rappelle quelque chose ?

À l'écran se trouvait la photo d'une carte représentant un trident. Le verso de la carte occupait l'autre moitié de l'écran. Celle-ci était en tout point identique aux cartes que la police bahamienne avait retrouvées dans les effets personnels de Percival Blackwood.

— Intéressant… Et comment as-tu eu accès à cette photo ?

— Parce que j'ai été chargé de l'enquête…

Ethan regarda son ami d'un air confus.

— Je ne comprends pas. N'est-ce pas la police de San Francisco qui devrait être sur l'affaire ?

— Il semblerait que nous ayons affaire à un tueur en série, et comme certains crimes ont été commis en dehors du pays, c'est bien au FBI d'enquêter.

— Et c'est une coïncidence que l'affaire t'ait été attribuée ?

— À ton avis ?

— C'est ton patron qui te *remercie* d'avoir tenté de faire pression sur la police bahamienne, quand ils refusaient d'envoyer quelqu'un sur l'île alors que nous avions déjà deux cadavres sur les bras ?

— On ne le saura jamais, mais je dirais que la probabilité est non négligeable.

Ethan acquiesça en souriant.

— Et tu vas donc collaborer avec ce cher Clarkson…

— Tout juste. Mais n'aie pas l'air aussi joyeux. Tu vas nous aider !

— Je pensais que ton patron ne voulait plus que je bosse pour vous depuis l'histoire avec Olympia.

— En l'espace de trois mois, tu as été accusé de viol et tu as porté le chapeau pour les homicides de deux types que tu ne connais ni d'Ève ni d'Adam. Ça n'a pas été trop difficile de convaincre ma hiérarchie que tu étais victime d'un coup monté. Cela dit, ta participation à l'enquête n'est pas officielle. C'est pourquoi je suis venu à toi au lieu de te demander de passer au bureau.

— Et le FBI compte-t-il me payer pour mes services officieux ?

— On verra ça plus tard, dit Theo en ponctuant sa réponse d'un geste évasif.

Il sortit d'un dossier une série de photos prises par l'équipe de la scientifique qui continuait de traiter la scène du crime.

— Nos gars en ont encore pour quelques jours dans la chambre, mais une chose est certaine, Henseworth connaissait son assassin. Nous n'avons trouvé aucun signe d'effraction, aucune indication de lutte. Il l'a laissé entrer et s'est fait attaquer par surprise.

— De quoi est-il mort ? demanda Ethan qui ne voyait ni sang ni trace de coup sur les clichés de la victime.

— L'analyse toxicologique le confirmera, mais il a certainement été empoisonné. On a trouvé une marque cohérente avec l'utilisation d'une aiguille hypodermique sur son cou. Si ce n'était pour la carte que le tueur a employée pour signer son œuvre, on aurait sûrement cru à une crise cardiaque.

— Et sait-on ce qu'il faisait dans cette chambre ?

— Sa femme n'en a pas la moindre idée. Mais elle n'a pas l'air particulièrement attristée par la mort subite de son mari.

Ethan avait rencontré Lory Henseworth sur l'île. Une beauté qui aurait facilement pu être la fille du type qu'elle avait épousé. Il doutait qu'elle eût beaucoup de mal à se recaser.

— Vous la soupçonnez ?

— Pas sérieusement. Elle n'hérite apparemment que d'un seul petit million. Le reste de la fortune du mari va aux gosses qu'il a eus avec sa première épouse. Le train de vie de Lory Henseworth va se voir fortement impacté. Alors, si elle l'a tué, ce n'était pas pour l'argent.

— Je doute qu'elle y soit pour quoi que ce soit. On donne rarement rencard à sa femme dans un hôtel, et il faudrait lui trouver un motif pour les meurtres de Welch et de l'acteur.

— On est d'accord… Donc, dis-moi, c'est quoi ta théorie ?

Qui a intérêt à se débarrasser des trois victimes ? Et pourquoi le tueur n'a pas laissé sa carte de visite sur le corps de Welch ?

Ethan réfléchit un moment avant de répondre. Il ne voulait pas impliquer Jennifer, mais Theo avait besoin de connaître la vérité.

— Il en a laissé une, mais peu sont dans le secret.

Theo le regarda avec des yeux ronds.

— De quoi tu parles ?

— Jennifer a vu la carte quand elle a découvert le corps. Mais elle a ensuite disparu.

— Qui est au courant ?

— Jennifer n'en a parlé qu'à moi. Je dirais donc le tueur, la personne qui a fait disparaître la carte, toi, moi et Jennifer elle-même.

— Et que représentait cette carte ?

— Un genre de fourche à deux dents. J'ai fait quelques recherches, et le dieu romain Pluton est souvent représenté avec un sceptre semblable. Les Grecs l'appelaient Hadès, le dieu du royaume des morts et frère de Zeus et de Poséidon. Et je te laisse deviner à quoi ressemble le sceptre de Poséidon…

— Pas besoin de deviner, tout le monde sait que c'est un trident.

— Bingo !

— Et la carte laissée sur le cadavre de l'acteur ? Elle a un rapport avec Zeus ?

— Aucun, à ma connaissance. C'est une image de Janus, un dieu romain qui n'a pas son pendant chez les Grecs. Il était dieu d'une pléthore de trucs, mais en gros, il symbolise la dualité.

— Qu'est-ce que ça veut dire ? demanda Theo.

— Pas la moindre idée. En revanche, les hommes de Clarkson ont bien retrouvé une carte avec un éclair dans les affaires de Blackwood. Et la foudre est un excellent symbole pour Zeus…

La pizza qu'ils avaient commandée une demi-heure plus tôt

arriva, et ils continuèrent la discussion en mangeant. La scientifique n'avait pour l'instant rien découvert d'utile à l'identification de l'assassin, et Ethan soupçonnait que cela ne changerait pas. Ils avaient affaire à un meurtrier à la fois minutieux et organisé. Un de plus…

— À propos, avez-vous fait des progrès avec le tueur de mannequins ? demanda Ethan.

— Tu veux dire Ken ? ironisa Theo. Aucun. Nos profileurs sont complètement perdus. Son comportement paraît aléatoire. Il change de *modus operandi* avec chaque victime, et ils ne parviennent pas à établir un profil qui tienne la route.

— Pas de nouvelles de ses trois dernières victimes ?

— Non, et je doute que l'on en ait un jour. On a juste eu du bol, la dernière fois. Si ce connard ne s'était pas pris la tête avec son voisin, on n'aurait jamais retrouvé ta copine Melody vivante, ou le corps de la malheureuse qui partageait sa cellule… On a aucune idée de ce qu'il a fait des dépouilles de ses premières victimes.

— Je me demande comment il a réussi à kidnapper trois femmes en aussi peu de temps.

— Et seulement une dizaine de jours après notre descente dans son repère…

— J'imagine qu'il y travaillait depuis des semaines. Ce qui veut dire qu'il songeait déjà à ses prochaines victimes et mettait au point un plan pour les enlever alors qu'il s'amusait encore avec Melody et Eva. Je n'ai jamais entendu parler d'un tueur en série faisant ça, et définitivement pas à cette échelle. L'organisation nécessaire pour kidnapper séparément trois femmes sur l'espace de quelques heures et réussir l'opération sans qu'il y ait le moindre témoin est tout simplement impensable, dit Ethan.

— Je ne te le fais pas dire. On n'a pas fini d'en baver avec lui.

— Et les vidéos que vous avez récupérées pendant le raid ? Elles ne donnent aucun indice sur sa personnalité ?

— Rien de consistant d'après nos profileurs. On croirait

presque que l'on a affaire à plusieurs types… Sauf qu'il n'y en a qu'un… Un géant facilement identifiable malgré son masque.

— Tu devrais m'envoyer les vidéos pour que j'y jette un œil. Puisque je suis à nouveau digne de travailler pour le Bureau, autant me rentabiliser…

— *Officieusement digne,* seulement, je te rappelle. Et je ne suis toujours pas certain que ce genre de film soit bon pour toi.

— Ne t'inquiète pas pour moi. Ces vidéos ne peuvent pas être pires que ce que j'ai déjà enduré. Et si cela peut aider à choper cette ordure, ce n'est pas cher payé.

— Puisque tu y tiens… Je t'envoie de ce pas un lien sécurisé pour que tu puisses y accéder depuis ton ordinateur. Mais je te préviens, c'est pas beau à voir.

# Chapitre 63

Olympia habitait une somptueuse maison de trois étages avec vue sur le Jardin botanique de San Francisco. Jennifer y avait passé beaucoup de temps à une époque, mais sa visite d'aujourd'hui ne lui était en rien agréable.

Elle avait choisi de ne pas prévenir la Vénézuélienne de sa venue dans l'espoir d'obtenir des réponses plus spontanées de sa part, mais elle doutait que cette stratégie ait beaucoup d'effet. Son ex fréquentait depuis trop longtemps le monde de la mode et du show-business, où mensonges et faux-semblants faisaient office d'art de vivre.

Mais, en dépit de la caméra de surveillance incorporée à la sonnette, qui permettait au propriétaire de jeter un œil à ses visiteurs avant de répondre, la surprise ne s'était pas entièrement estompée des traits de la mannequin quand elle ouvrit la porte. Elle avait l'air fatiguée et semblait s'être habillée à la hâte. Venait-elle de se réveiller ?

Les deux femmes se dévisagèrent un long moment jusqu'à ce que Jennifer brise le silence pesant.

— Je peux entrer ?

Olympia s'effaça pour la laisser passer, puis la mena jusqu'au salon situé au premier étage, où elle s'empressa d'éteindre la télévision avant même que Jennifer n'atteigne le palier. Elle arborait un air légèrement coupable qui suggérait qu'elle était en train de regarder l'un de ses soap-opéras mexicains. Son péché mignon.

— Tu veux boire quelque chose ?

Jennifer déclina l'offre, et les deux femmes s'assirent chacune à une extrémité du sofa trois places faisant face au gigantesque écran.

— Que fais-tu ici ? demanda Olympia, timidement.

Ce n'était pas la première fois que Jennifer voyait des cernes sous les yeux de la Vénézuélienne, qui se couchait souvent aux aurores, mais celles d'aujourd'hui lui paraissaient particulièrement marquées. Son ex ne devait pas s'ennuyer… Heureusement pour elle, la modèle était passée experte dans l'art de faire disparaître les traces de fatigue sous le maquillage.

— Je suis venue te poser une question.

— Je t'écoute.

— Pourquoi es-tu allée raconter qu'Ethan t'avait violée ? Pourquoi ne peux-tu pas assumer ton erreur et simplement reconnaître que tu te l'es tapé ? demanda Jennifer en regardant son ex droit dans les yeux.

— Parce que ce n'est pas ce qui s'est passé, répondit la mannequin en écrasant une larme qui lui coulait sur la joue. Je te jure que je n'ai jamais consenti à ce rapport. Pourquoi te mentirais-je ? Tu m'as déjà plaquée, qu'aurais-je à y gagner ?

— C'est ce que j'essaie de comprendre.

— C'est ça ton problème, Jennifer. Tu réfléchis trop. Tu essaies toujours de *comprendre*… J'ai été violée, c'est tout. Il n'y a rien d'autre à savoir.

La déclaration de la mannequin prit Jennifer de cours. Elle semblait absolument sincère, ce qui était tout simplement impossible. Ethan n'aurait jamais pu faire une chose pareille. Les mots de Melody lui revinrent alors à l'esprit, « Elle est cent pour cent lesbienne. Elle ne se le serait jamais tapé volontairement… », mais Jennifer s'efforça de les chasser. Melody se trompait. Point barre !

— Depuis ton *viol*, Ethan a eu un certain nombre de problèmes. Le savais-tu ?

— Comment veux-tu que je le sache ? Nous ne sommes pas

particulièrement proches…

— Je trouve juste la coïncidence étrange… Pas toi ?

Olympia ne répondit rien, mais son silence en disait long.

— Je n'ai aucun moyen de te convaincre, mais ça n'a aucune importance. Le simple fait que tu ne me croies pas sur parole prouve que nous n'avions rien à faire ensemble.

— Sur ce point-là, tu as raison, rétorqua Jennifer en se levant. Tu diras au revoir à ta sœur de ma part. Je doute la revoir un jour…

Olympia aussi se leva et fit un pas vers elle avant de se raviser. Les larmes coulaient désormais librement sur ses joues, mais sa performance n'attendrit pas Jennifer.

Elle était à présent convaincue que son ex ne mentait pas qu'à propos du viol. Olympia lui cachait quelque chose de plus sérieux encore, et Jennifer aurait payé cher pour savoir de quoi il s'agissait.

# Chapitre 64

Ethan prit une petite bouteille d'eau dans le réfrigérateur et alla se caler dans son sofa avec son portable. Il avait passé l'après-midi à se pencher sur les meurtres d'Henseworth, de Welch et du mystérieux acteur en compagnie de Theo et de Clarkson sans progresser d'un pouce. Des tas de cheveux et d'empreintes avaient été prélevés dans la chambre d'hôtel d'Henseworth, mais ils attendaient toujours le rapport du labo. Les empreintes ne prendraient que quelques heures à analyser, mais l'ADN des cheveux nécessiterait plusieurs jours. Ethan doutait de toute façon fortement qu'un seul de ces cheveux appartienne à l'assassin. Une chambre d'hôtel voyait du passage, et les femmes de ménage auscultaient rarement la moquette à la loupe, même dans un cinq étoiles.

En attendant, il n'avait toujours pas la moindre idée de l'identité de celui qui l'avait attiré sur l'île pour le piéger, et cela commençait à lui taper sérieusement sur les nerfs.

Il alluma son ordinateur et consulta sa messagerie. Le temps était venu de passer à autre chose. Il trouva le lien que Theo lui avait envoyé et cliqua dessus. Il se retrouva aussitôt face à un écran requérant ses identifiants. Il se demanda un instant si son retour officieux sur l'affaire lui permettrait quand même d'accéder au dossier, mais ses doutes s'envolèrent quand le système accepta son mot de passe.

Le fichier intitulé « Vidéos » contenait plusieurs dizaines de films que les experts du FBI avaient simplement nommés en utilisant la date et l'heure de chaque enregistrement.

Ethan inspira profondément et commença à visionner le premier clip. Celui-ci avait été enregistré huit heures avant que la police ne soit informée de la disparition d'Eva Hovorka, et presque dix heures avant le kidnapping de Melody. L'enregistrement ne durait que quelques minutes. On y assistait à l'arrivée d'Eva dans la cellule dont elle ne devait jamais ressortir. La jeune femme était inconsciente. Un géant masqué la déshabillait sans ménagement sur un matelas d'apparence neuve, puis lui mettait des fers aux pieds et l'enchaînait à une large colonne de béton.

Sur la seconde vidéo, enregistrée quatre heures plus tard alors que la malheureuse avait repris connaissance, on voyait ce qu'Ethan imaginait être le premier d'une longue série de viols. La jeune femme hurlait et se débattait, mais ne pouvait rien face au colosse qui la martyrisait.

Ethan sentait déjà le sang lui bouillir dans les veines. S'il mettait un jour la main sur ce salopard, sa carrure impressionnante ne pourrait pas le sauver. Il respira profondément trois fois de suite et se força à regarder le troisième clip. L'arrivée de Melody dans le cachot était en tout point similaire à celle d'Eva. On voyait d'ailleurs cette dernière en arrière-plan, les poignets liés derrière le dos et bâillonnée à l'aide d'une balle de latex rouge qui assourdissait ses cris. Ce salopard semblait n'aimer ses hurlements que lorsqu'il s'affairait sur elle.

Le quatrième clip représentait le premier viol de Melody. Ethan se sentait au bord de la nausée, mais il fut heureux de constater qu'elle avait donné du fil à retordre à son tortionnaire. Elle s'était débattue comme une tigresse et l'avait griffé jusqu'au sang à plusieurs reprises. Elle avait même tenté de le mordre, mais le fils de pute lui avait serré la gorge jusqu'à ce qu'elle devienne plus coopérative. La caméra était centrée sur l'action, et Eva n'apparaissait jamais à l'écran.

Le visionnage de la quatrième vidéo terminé, Ethan ressentit le besoin de passer ses nerfs sur quelque chose et se dirigea vers la chambre qu'il avait aménagée en salle d'exercice. Il enfila une paire de gants et s'approcha du sac de frappe qui pendait du plafond au milieu de la pièce.

Il passa les dix minutes suivantes à marteler le sac de ses poings, pieds, tibias, genoux et coudes. Quand il s'arrêta enfin, il ruisselait de sueur, mais se sentait légèrement soulagé. Il se sécha à l'aide d'une serviette éponge et repartit vers le salon où de nombreuses vidéos l'attendaient encore.

Après quatre heures d'agonie et deux séances de *relaxation* supplémentaires en tête à tête avec son sac de frappe, il vint finalement à bout du dernier clip.

Tout en visionnant l'œuvre cinématographique de ce salopard de Ken, Ethan avait couché sur le papier un tas de notes résumant ses observations. Et bien qu'il fût passé minuit, il se força à les relire pendant que les images demeuraient fraîches dans sa mémoire. Il avait remarqué plusieurs choses intéressantes, mais n'était toujours pas certain de ce que cela signifiait à propos du tueur.

Tout d'abord, Ken semblait avoir une préférence prononcée pour Eva, qu'il avait violée deux à trois fois plus fréquemment que sa compagne de cellule, ce qui en faisait la star tragique de la plupart de ses films. Mais il ne paraissait pas beaucoup apprécier les propos de la jeune femme que l'on voyait systématiquement bâillonnée sur tous les clips à partir du troisième, et ce qu'il s'en prenne à elle ou à sa co-détenue. Melody, quant à elle, ne portait pratiquement jamais de bâillon, malgré les insultes qu'elle proférait souvent à l'encontre de leur tortionnaire.

L'angle de la caméra était aussi intéressant. Dans la plupart des cas, le trépied était positionné de manière que l'objectif soit fixé sur l'unique victime qu'il était en train d'assaillir, mais à une ou deux reprises, il avait disposé la caméra à la tête du matelas d'Eva, et Melody était visible sur sa propre paillasse en arrière-plan. Cela avait été notamment le cas le jour où cette dernière avait tenté d'étrangler le salopard à l'aide de sa chaîne alors qu'il violait à nouveau Eva.

Ethan avait senti son cœur s'emballer en découvrant le monstre en difficulté. Mais il avait hurlé de colère et de déception lorsque l'enfoiré avait assommé la brave guerrière en lui claquant la tête contre une colonne.

Il soupçonnait d'ailleurs Melody de s'être vengée hors caméra. Trois ou quatre vidéos plus tard, dans l'ordre chronologique, on voyait le salopard boiter de manière prononcée, tandis que Melody arborait un coquard tout frais. Quoi qu'elle lui ait fait, elle ne l'avait pas raté. Ken avait claudiqué durant presque un mois. Ethan aurait bien voulu poser la question à l'ancienne modèle, mais celle-ci ne lui adressait plus la parole depuis qu'elle avait appris pour Olympia. Peut-être devrait-il demander à Theo de l'interroger à ce sujet…

Les vidéos ne documentaient qu'une fraction du temps que les deux femmes avaient passé aux mains de ce dégénéré, mais Ethan imaginait qu'il s'agissait des heures les plus horribles de leur captivité. À l'exception évidemment de l'exécution d'Eva qui n'avait pas été filmée…

Ethan aurait donné cher pour connaître la raison de cette omission. Ken aurait-il pu réellement oublier d'allumer la caméra dans l'excitation de ce qu'il s'apprêtait à faire à la malheureuse ? Une mauvaise manipulation était plus probable. Il avait cru filmer alors que l'enregistrement n'avait pas démarré. Tout vidéaste amateur avait un jour ou l'autre commis cette erreur ô combien frustrante.

L'exécution de la mannequin avait attiré l'attention d'Ethan pour une autre raison également : sa violence démesurée par rapport au reste de la captivité de la jeune femme. Ken avait cogné à plusieurs reprises sur ses victimes, mais sans trop les amocher. L'immense majorité de ses agressions étaient d'ordre sexuel. Mais la dépouille d'Eva indiquait qu'elle avait été longuement torturée au cours de ses dernières heures, comme s'il avait cherché à lui arracher sa beauté avant qu'elle ne périsse. Et sur ce point, le salopard avait parfaitement atteint son but.

Ethan soupçonnait qu'il s'agissait là d'un élément important de la psyché du tueur. Pourquoi choisissait-il des femmes admirées pour leur physique exceptionnel, simplement pour les défigurer avant de les assassiner ?

Son portable vibra sur la table basse, interrompant le fil de ses pensées.

— Qu'est-ce que tu fous encore debout ? Tu sais quelle heure il est ? demanda-t-il à Theo.

— Je n'arrivais pas à dormir, alors je me suis relevé pour bosser un peu. En vérifiant ma messagerie, j'ai trouvé un mail de l'un de mes collègues. Nous avons fini par identifier notre mystérieux acteur, et tu ne devineras jamais qui il était.

— Un véritable majordome se faisant passer pour un acteur ?

— Presque… Son nom était Christopher Prescott, agent retraité du MI6. Tu sais, les services secrets britanniques…

Un espion… Ethan ne l'avait pas vu venir, celle-là…

— Oui, je connais. J'ai vu quelques *James Bond* en mon temps. Comme tout le monde… Et que faisait un espion britannique à la retraite sur l'île des Blackwood ?

— Nous l'ignorons encore, mais maintenant que nous avons son adresse, nous comptons bien aller fouiller dans ses placards pour obtenir quelques réponses. On trouvera un juge pour signer une commission rogatoire à la première heure demain matin. Sur ce, je retourne me coucher. Bonne nuit ! lança Theo avant de raccrocher.

Ethan passa un moment à réfléchir à cette nouvelle information, mais sa signification lui échappait complètement. Il abandonna finalement, et ses yeux tombèrent sur la liste qu'il avait encore sur les genoux.

Il s'était forcé à regarder ces horreurs dans l'espoir d'établir le profil psychologique du monstre, mais il fixait maintenant sa liste pour une raison bien différente. Tous ces détails en apparence disparate lui susurraient quelque chose. Une certaine logique semblait les relier les uns aux autres sans qu'il puisse dire exactement comment. Son cerveau était simplement trop fatigué pour entendre les chuchotements de son subconscient.

Frustré, il finit par aller se coucher. Le radio-réveil indiquait 1 h 47 quand il éteignit enfin la lumière, mais le sommeil ne vint pas rapidement. Peut-être parce qu'il savait que les atrocités que Ken avait infligées à ses victimes lui donneraient des cauchemars pendant des semaines.

Il passa une heure à se retourner en tous sens dans son lit, avant de finalement se relever pour aller s'asseoir sur le rebord intérieur de la fenêtre de sa chambre. Une niche dont la base située à une cinquantaine de centimètres du sol était suffisamment large pour qu'il y tienne tout entier. Jambes repliées sous le menton, il regardait pensivement la rue, déserte à cette heure tardive. Soudain, le plafonnier s'alluma à l'intérieur d'une voiture garée un peu plus bas dans la rue. Les portières ne s'ouvrirent cependant pas, et la lumière s'éteignit trente secondes plus tard.

Ethan passa de longues minutes les yeux rivés sur le véhicule, sans jamais voir personne en sortir.

# Chapitre 65

Artémis bâilla en regardant sa montre. Presque trois heures du matin, pas étonnant qu'elle se sente fatiguée... Elle avait été tirée du lit par une visite intempestive après une nuit bien chargée et avait à peine dormi quatre heures. Mais le manque de sommeil n'était rien en comparaison de la nouvelle qu'elle avait reçue. Ethan Archer avait recouvré la liberté. Ces incapables de flics bahamiens l'avaient relâché. Ils ne s'étaient apparemment pas laissés berner pas les preuves préfabriquées que Janus avait disséminées dans sa chambre.

Artémis blâmait Blackwood. Son assassin *professionnel* ne leur avait causé que des problèmes jusqu'à présent. Non seulement cet incompétent avait bâclé le travail avec Archer, mais maintenant il tuait à sa guise, en semant ses cartes de visite pour attirer l'attention. Comment avait-il appris les pseudonymes de ses trois meilleurs clients ? Elle n'en avait pas la moindre idée, mais Blackwood devenait de plus en plus paranoïaque, et ses allusions à l'égard d'Artémis et de ses hommes de moins en moins voilées. Il avait embauché deux gardes du corps et n'allait plus nulle part sans eux.

Maintenant que Poséidon avait lui aussi rejoint le royaume des morts – dont Hadès était ironiquement le souverain –, Zeus était désormais le seul survivant du trio qui l'avait enrichie en un temps record, et elle ne pouvait pas se permettre de le perdre. Du moins, elle ne le voulait pas.

La libération d'Archer posait quant à elle un problème d'ordre différent, qui n'avait rien à voir avec les affaires. Les motivations d’Artémis étaient de nature beaucoup plus personnelle en ce qui le concernait. Mais jusqu’à présent, ses tentatives pour le mettre à l’écart avaient toutes échoué. Même Anton et Kyle s’étaient révélés incapables de le neutraliser. Archer avait joué de chance, évidemment, puisque ses voisins étaient intervenus alors qu’il s’était trouvé à la merci de Kyle. Mais cela ne changeait rien au problème, elle ne pouvait pas lui renvoyer ses hommes maintenant… Leur premier essai aurait dû ressembler à une agression ayant mal tourné, mais une seconde tentative aussi rapprochée paraîtrait beaucoup trop louche. Elle voulait se débarrasser de lui de manière subtile, pas attirer l’attention des flics.

Le téléphone sonna. Il était l’heure pour Chad de lui faire son rapport quotidien.

— Je t’écoute, dit-elle en décrochant.

— Rien à signaler.

Il n’y avait jamais rien à signaler, mais Artémis tenait tout de même à demeurer informée de la situation.

— J’envoie la photo ?

— Non. Nous sommes dimanche. Tu sais ce que ça veut dire.

— Très bien, répondit-il, et elle raccrocha.

Il posait la même question tous les jours… Était-ce vraiment si difficile de compter jusqu’à sept ?

Les pensées d’Artémis revinrent bientôt vers Archer et son incapacité à demeurer au tapis. Mais il lui restait encore quelques tours dans son sac, et elle doutait qu’il se remette de la prochaine surprise qu’elle lui préparait.

Elle avait déjà placé son appartement sous surveillance. Maintenant, elle avait juste besoin qu’il ne bouge pas de chez lui et qu’il ne reçoive pas de visiteurs durant toute une nuit.

# Chapitre 66

Jennifer alluma la cafetière et se dirigea vers le salon à la recherche de son téléphone. Elle le trouva sur la table basse, à côté du cahier de Richard Johnson. Elle n'aurait su dire pourquoi elle avait emporté la boîte à chaussures pleine de lettres et le cahier du gamin en quittant l'île, mais l'idée de les abandonner à nouveau dans cette bicoque poussiéreuse lui avait déplu.

Elle s'empara du cahier et le feuilleta machinalement en souriant. Lorsqu'elle atteignit la double page sur laquelle une carte au trésor avait été tracée d'une main enfantine, Jennifer réalisa immédiatement son erreur. Ce qu'elle avait pris quelques jours plus tôt pour un labyrinthe issu de l'imagination d'un gosse de six ou sept ans était en fait une carte du passage secret qu'elle avait découvert dans le château. À la différence près que le croquis du gamin représentait un réseau beaucoup plus vaste que celui qu'elle avait visité. Ce n'était pas évident à voir de la manière dont il l'avait dessiné, mais les couloirs secrets semblaient s'étendre du rez-de-chaussée au deuxième étage. Alors que Jennifer n'avait découvert qu'une partie du réseau desservant les pièces du premier étage.

Le petit Richard connaissait donc l'existence du réseau secret… En avait-il parlé à son amie Suzy ? À moins bien sûr que ce ne fût elle qui le lui ait fait découvrir…

Qui parmi les Blackwood était au fait de l'existence de ces galeries ? Bien que le château ait toujours appartenu à la famille, Jennifer doutait fortement qu'ils fussent tous dans la confidence. L'assassin n'aurait jamais pris le risque d'installer son poste de surveillance au cœur du labyrinthe s'il pouvait à tout moment se faire repérer par n'importe quel membre de la famille. Non, il était beaucoup plus probable que le réseau constitue un secret bien gardé même au sein du clan Blackwood. À moins bien entendu que Suzanne et ses parents fussent tous dans le coup…

Comment déterminer lequel des trois connaissait l'existence du réseau ? Jennifer se voyait mal frapper à leur porte pour leur poser la question. « Excusez-moi de vous déranger, mais savez-vous que votre joli château est bourré de passages secrets, d'où le tueur a pu mater tout le monde grâce à des caméras planquées dans toutes les piaules ? »

Non seulement elle aurait eu beaucoup de difficultés à expliquer comment elle-même avait eu connaissance de ces faits, mais surtout elle ne savait pas en qui elle pouvait avoir confiance. Il y avait de grandes chances pour que l'un des trois soit le meurtrier. Qui était mieux placé que les proprios pour connaître l'existence du réseau ?

Non… Elle ne pouvait pas confronter directement les Blackwood à cette question, mais elle pouvait la poser à Richard Johnson. Le petit Ricky devait avoir dans les vingt-cinq ans aujourd'hui et se montrerait probablement sensible aux charmes de Jennifer. Mais comment allait-elle retrouver sa trace ?

Elle s'installa devant son ordinateur et tapa « Richard Johnson ». Comme elle s'y attendait, le moteur de recherche régurgita trois millions de possibilités. Avec un nom aussi commun, elle ne risquait pas de le dénicher rapidement. Shannon Johnson et Jody Dickinson ne retournèrent chacune que quelques milliers de réponses. Légèrement mieux, mais toujours ingérable.

Elle lança alors une recherche en associant les trois noms entre guillemets et fut soulagée quand seulement quatre liens apparurent à l'écran. Trois faits divers dans des journaux à petit tirage et une rubrique nécrologique. Tous traitaient cependant du même sujet : le suicide de Shannon Johnson, survenu en septembre 2006. Une fin plutôt violente puisqu'elle s'était jetée sous les rails d'un tramway à l'heure de pointe.

Jennifer passa une heure supplémentaire en quête d'une adresse pour Richard, mais sa recherche se révéla vaine. Elle commençait à se démoraliser lorsqu'elle se souvint des lettres empilées dans la boîte à chaussures.

Elle renversa le contenu de la boîte sur la table de la salle à manger, en quête d'une adresse.

La majorité des missives provenaient de Jody Dickinson, la mère de Shannon et grand-mère du petit Richard. La correspondance couvrait une dizaine d'années et s'était interrompue brusquement en 2006. Les cachets de poste révélèrent que les lettres, envoyées à Shannon en poste restante sur l'île habitée la plus proche de celle des Blackwood, arrivaient toujours de manière saisonnière entre les mois de juin et d'août.

Jennifer en conclut que Shannon et Ricky ne résidaient sur l'île que trois mois par an. Une période qui coïncidait avec les vacances d'été du gamin. À cette époque déjà, les mails avaient supplanté la poste pour les communications privées. Pour échanger avec quelqu'un séjournant sur une île dépourvue de connexion internet, cependant, la poste demeurait la seule option.

Jennifer trouva deux adresses différentes pour Jody Dickinson sur les enveloppes envoyées à sa fille, mais la plus récente remontait déjà à une quinzaine d'années. La grand-mère de Richard avait-elle à nouveau déménagé depuis ? À moins que l'appartement en question ne lui appartienne, cela semblait fort probable. Il n'y avait de toute façon qu'une seule manière de le savoir…

Jennifer se mit en route pour la dernière adresse connue de Jody Dickinson vingt minutes plus tard. Elle ne se faisait cependant pas beaucoup d'illusions quant à l'issue de sa quête.

Que ferait-elle si elle ne pouvait pas retrouver la trace de Richard Johnson ? Au fond d'elle, Jennifer connaissait déjà la réponse à cette question, mais pour l'instant, elle préférait prétendre le contraire.

# Chapitre 67

L'agence paraissait bien vide sans Jennifer, mais Ethan avait fini par s'y habituer. Il ne s'habituait cependant pas au café immonde qu'il préparait quotidiennement. Il devrait bientôt se résoudre à acheter une Nespresso, comme il l'avait fait pour son appartement.

Deux jours s'étaient écoulés depuis son visionnage des pornos amateurs répugnants de Ken, mais les images le hantaient encore. Il était également obsédé par le sentiment d'avoir manqué quelque chose, comme si son subconscient avait remarqué un détail que la partie consciente de son cerveau avait ignoré. Mais Ethan ne pouvait se résoudre à regarder à nouveau les clips. Du moins, pas dans l'immédiat. Mais les vies de trois jeunes femmes en dépendaient peut-être, et il savait qu'il devrait s'y résigner tôt ou tard.

L'autre enquête dirigée par Theo ne progressait pas beaucoup plus vite. Ils attendaient toujours les rapports d'analyse du labo et les résultats de la perquisition conduite au domicile de Christopher Prescott. Ethan aurait payé cher pour comprendre ce qui avait poussé l'ancien agent secret britannique à se rendre sur l'île des Blackwood pour jouer les majordomes avant de s'y faire tuer.

La porte de l'agence s'ouvrit et Ethan faillit tomber de son siège en voyant Jennifer entrer.

— Respire. On dirait que tu as croisé un fantôme, dit-elle en refermant le battant.

— On n'en est pas loin… Que me vaut l'honneur de ta

venue ?

— J'ai besoin d'un conseil, répondit Jennifer en s'installant sur l'une des chaises faisant face au bureau d'Ethan.

— D'accord… Et pour… Olympia ? avança-t-il avec réticence.

Jennifer inspira profondément en le fixant dans les yeux.

— Je suis allée lui rendre visite. Comme tu le voulais…

— Et ? demanda-t-il, impatient.

— Elle n'a pas avoué avoir abusé de toi. Désolée ! Je suis en revanche convaincue qu'elle me cache quelque chose. Et que ça n'a rien à voir avec ce qui s'est passé entre vous. Elle n'est pas claire.

Ethan ne put retenir un soupir de soulagement, ce qui lui valut un sourire en coin de la part de son ancienne partenaire.

— Je suis heureux de l'entendre. Alors, comment puis-je t'être utile ?

— Je cherche à localiser un dénommé Richard Johnson depuis deux jours, mais je tourne en rond.

— Qui est ce Richard ?

Jennifer lui expliqua la façon dont elle était tombée par hasard sur le passage secret partant de la maison du gardien, dont elle avait découvert le carton contenant les lettres et les cahiers du jeune Richard, et tout ce qui lui était arrivé depuis. Son récit dura presque une demi-heure et ne fut pas interrompu une seule fois par Ethan qui l'écoutait, captivé.

— Fascinant, dit-il quand elle se tut finalement. As-tu une idée de la raison pour laquelle le tueur t'a épargnée dans le tunnel alors que tu étais à sa merci ? Il aurait pu t'assassiner et abandonner ton corps sans que personne ne sache jamais ce qui t'était arrivé.

— J'ai passé pas mal de temps à y songer, mais je n'ai trouvé aucune réponse satisfaisante. Il aurait été plus logique qu'il m'élimine. Qu'il se débarrasse d'un témoin gênant.

— Sauf que je suis la première personne avec qui tu en parles, non ? J'imagine que tu n'as pas informé les flics de ta découverte ?

— Non, mais le meurtrier ne pouvait pas le savoir. Il semblerait qu'il ne voulait tout simplement pas me tuer.

— Étrange, certes, mais pas vraiment étonnant. La mauvaise graine ne périt pas…

— Mais quel humour ! Et d'une originalité…

— Merci. Puisque tu veux discuter de choses sérieuses, pourrais-tu m'expliquer pourquoi tu n'as pas informé les autorités bahamiennes de ta découverte alors que je croupissais en prison, accusé de meurtre ?

— Je l'aurais fait tôt ou tard, répondit-elle en ponctuant sa phrase d'un geste évasif.

— Mais tu voulais mettre toi-même la main sur le tueur afin de l'interroger à propos de Silas…

Jennifer ne chercha même pas à se défendre et se contenta de hausser les épaules. Ethan savait de quoi elle était capable. Si elle était parvenue à mettre la main sur l'assassin, il ne doutait pas qu'elle l'aurait fait parler plus rapidement que n'importe quel flic. La police se devait d'agir dans les limites de la loi, mais Jennifer n'avait cure de ces considérations.

— En d'autres circonstances, cela m'aurait certainement foutu en rogne, mais je te comprends, lâcha-t-il au bout d'un moment.

— Très bien ! Alors comment fait-on pour retrouver Richard ? dit-elle en ouvrant le petit sac à dos qu'elle avait posé au pied de sa chaise.

Elle en tira un cahier et un nombre impressionnant d'enveloppes qu'elle déversa sur le bureau d'Ethan. Il la regarda faire, mi-irrité, mi-amusé.

— Vas-y, fais ton machin habituel et trouve-moi sa nouvelle adresse.

— Je suis profileur criminel, pas voyant, répondit-il en observant les dizaines de lettres éparpillées devant lui. Comment as-tu dit qu'il s'appelait ?

— Richard Johnson, mais beaucoup de lettres sont adressées à Ricky, son diminutif.

— Et la grand-mère se nomme Jody Dickinson ? demanda-t-il en se penchant sur l'adresse de l'envoyeur inscrit au dos d'une enveloppe.

— On ne peut rien te cacher.

Ethan contempla l'enveloppe un instant en silence. La coïncidence paraissait surprenante, mais statistiquement plausible. Johnson était après tout l'un des noms de famille les plus répandus aux États-Unis.

— Qu'as-tu en tête ? s'enquit Jennifer qui avait remarqué son changement d'attitude.

— Le nom de famille de Martin est Johnson, et son associée s'appelle Jody, mais je ne connais pas son patronyme. En supposant qu'elle fasse un peu plus jeune que son âge, elle pourrait très bien être sa grand-mère…

— Tu crois que Martin, le type que Virginia a embauché pour organiser sa soirée mystère, est en fait le gamin à qui ce cahier appartenait ? l'interrogea Jennifer, incrédule.

— J'en doute, mais ce serait très intéressant si c'était le cas.

— Comment s'appelle leur entreprise ? demanda-t-elle en allumant l'ordinateur posé sur le bureau qui était encore le sien trois mois plus tôt.

— Petits Meurtres Entre Amis.

Jennifer se rendit sur le site du secrétaire d'État et chercha le nom de la SARL dans le registre. En Californie, les noms des principaux dirigeants d'une entreprise étaient accessibles au public, et elle trouva ceux enregistrés pour Petits Meurtres Entre Amis en seulement quelques clics. Le président de la SARL s'appelait Richard Martin Johnson, et son vice-président n'était autre que Jody Faith Dickinson.

Elle tourna son écran vers Ethan qui lui adressa un large sourire.

— Et voilà pourquoi tu ne devrais jamais trop t'éloigner de moi…

Elle leva les yeux au ciel en soupirant bruyamment.

— Alors, Martin est notre tueur ? demanda-t-elle.

— Ça ne prouve rien. Je ne saisis pas bien pourquoi il aurait cherché à me faire porter le chapeau. Je ne l'avais jamais rencontré avant ces quinze derniers jours… Mais le fait qu'il se soit à nouveau trouvé sur cette île est des plus intéressant. Il m'a dit que c'est Virginia qui l'avait embauché.

— C'est vrai. J'étais dans la pièce quand elle a vu sa publicité sur Facebook. Elle s'est rendue elle-même dans son agence pour signer le contrat.

— Si l'idée de la soirée mystère vient de Virginia, ce pourrait être une coïncidence. Je doute que Martin ait créé son entreprise il y a des années dans le seul espoir d'être un jour invité sur l'île de son enfance pour pouvoir y assouvir ses pulsions meurtrières. Il est également possible que Virginia ait reconnu son nom… Peut-être s'est-elle souvenue du gamin de la gardienne et aura voulu lui donner une chance.

— La publicité que j'ai vue ne faisait mention d'aucun Richard Johnson. Je m'en souviendrai.

Ethan n'en doutait pas.

Ils réfléchirent à la question dix minutes supplémentaires, mais ne trouvèrent aucune explication logique à la présence de Martin sur l'île.

— Peut-être s'agit-il réellement d'une coïncidence, dit finalement Jennifer.

— Possible… répondit Ethan, peu convaincu.

— En tout cas, il devrait au moins pouvoir nous dire qui parmi les Blackwood connaît l'existence des passages secrets.

— Si Suzanne et lui jouaient ensemble étant gamins, il y a fort à parier qu'elle soit au courant.

— C'est probable, mais elle n'a pas pu tuer l'acteur. Elle était sur le palier avec nous seulement quelques secondes après que les coups de feu furent tirés. Elle a l'air sportive, d'accord, mais elle n'aurait jamais pu grimper jusqu'au deuxième étage par les couloirs dérobés en aussi peu de temps.

Jennifer avait raison. Une telle prouesse était physiquement impossible. Mais il y avait au moins deux personnes qui n'étaient pas sorties immédiatement de leur chambre cette nuit-là. Il doutait fortement que Sarah, la bonne des Blackwood, connaisse l'existence des galeries secrètes, mais il était fort probable que Martin en ait informé sa grand-mère…

— Et Jody ? demanda-t-il.

— Peut-être… répondit Jennifer pensivement, mais Jody n'avait pas davantage la possibilité de se faire inviter sur l'île que son petit-fils… Si on présume qu'il était là par hasard, cela vaut aussi pour elle.

— Alors il ne nous reste que Virginia et Percival Blackwood.

— En supposant qu'ils connaissent l'existence du passage secret…

Leur discussion fut interrompue par la sonnerie du téléphone.

— C'est Theo, dit Ethan en saisissant son portable. Allô ?

— On a décroché le gros lot avec la perquisition chez Prescott, annonça Theo en guise de salutation.

— Raconte.

— Il semblerait que notre ancien espion se soit reconverti en tueur à gages. On ne sait pas de quand date sa reconversion, mais nous avons de bonnes raisons de penser que ses premiers contrats remontent à plusieurs décennies, à l'époque où il était encore au *service secret de Sa Majesté*… Un genre de deuxième boulot pour arrondir ses fins de mois, je suppose.

— Sait-on ce qu'il fichait dans le château des Blackwood ? Ne me dis pas qu'il était comédien amateur à ses heures perdues.

— Oui, nous le savons également. Son ordinateur était encrypté avec toutes sortes de logiciels, mais ceux-ci n'étaient pas de dernière génération. Nos experts ont déjà décodé une bonne partie de son disque dur et récupéré un tas de mails qu'il pensait avoir effacés… fanfaronna Theo. Et devine avec qui il correspondait…

— Accouche, Theo ! Je ne suis pas d'humeur pour les devinettes.

— Percival Blackwood. Nous avons retrouvé une demi-douzaine de mails envoyés par l'intermédiaire d'une messagerie anonyme, mais nous avons pu tracer les communications. Elles viennent de l'adresse IP de Blackwood. Et leur contenu était des plus instructifs. Dans son premier message, Blackwood recrute Prescott pour assassiner Welch. Quelques jours plus tard, un autre mail informe Prescott qu'il doit s'arranger pour qu'un certain *Ethan Archer* porte le chapeau pour le crime. C'est Blackwood qui a fait parvenir ton poing américain au tueur afin qu'il s'en serve pour exécuter Welch. Leur correspondance n'explique pas comment Blackwood se l'est procuré, mais je doute qu'il soit venu te cambrioler lui-même.

— J'en doute également. Cet enfoiré ne perd rien pour attendre… Mais comment pouvez-vous être certain que les mails sont de Percival ? Quiconque vivant sous son toit aura la même adresse IP. Les messages pourraient provenir de sa femme, ou même de leur bonne…

— C'est vrai, mais je ne t'ai pas tout dit. Les analyses ADN des échantillons prélevés dans la chambre d'hôtel où Henseworth s'est fait assassiner ont révélé que deux des cheveux appartiennent à Percival Blackwood.

— Et je suppose que vous pensez que Blackwood a aussi descendu Prescott ?

— Qui d'autre ? L'imbécile a même utilisé son arme. Il est d'une arrogance…

— Vous allez le coffrer ?

— Un juge doit être un train de signer son mandat d'arrêt à l'heure qu'il est.

— Sait-on pourquoi Blackwood voulait se débarrasser de

Welch et d'Henseworth ? Ils avaient l'air plutôt proches, d'après ce que j'ai pu constater.

— Nous n'en savons rien. Nous trouverons peut-être un mobile en perquisitionnant chez les Blackwood, mais honnêtement, nous n'en avons pas besoin. Nous avons suffisamment de preuves pour qu'il écope de perpète, avec ou sans motif.

Ethan se demandait bien pourquoi Blackwood avait cherché à lui faire porter le chapeau pour le meurtre de Welch, alors qu'il n'avait même jamais rencontré l'homme avant son séjour sur l'île. Quel était le lien avec la disparition du frère de Jennifer ? Et comment Blackwood avait-il su que la simple mention de Silas suffirait à convaincre Ethan d'accepter l'invitation ?

— J'allais presque oublier, reprit Theo. Prescott signait tous ses mails d'un pseudonyme. Tu veux essayer de deviner ce que c'était ?

— Pas vraiment non.

— Tu es sûr ? Un type brillant comme toi devrait pouvoir trouver.

À ces mots, Ethan comprit où son ami désirait en venir.

— Ne me dis pas que son nom de code était *Janus*.

— En plein dans le mille.

# Chapitre 68

Ethan et Jennifer trouvèrent Martin Johnson seul dans son minuscule bureau quand ils passèrent la porte des locaux de Petits Meurtres Entre Amis.

— Bonjour, Martin, dit Ethan.

Martin demeura un instant à les regarder, interloqué, comme s'il faisait face à des revenants.

— Monsieur Archer, je suis heureux de vous savoir en liberté, dit-il finalement. J'avais entendu dire que la police vous avait arrêté…

— Un malentendu regrettable. Mais tout s'est arrangé, je vous rassure.

— Vous m'en voyez ravi, dit-il en forçant un sourire avant de se tourner vers Jennifer. Bonjour, Stephany. Que me vaut l'honneur de votre visite ?

— Stephany a renoncé à sa position d'intendante chez les Blackwood. Elle travaille pour moi maintenant et m'assiste dans mes enquêtes.

— Ça n'a rien de définitif, s'empressa de préciser Jennifer. Un genre de période d'essai pour voir si le boulot me plaît, et si M. Archer peut se permettre de me garder.

— Oui, une période d'essai… à l'issue de laquelle j'évaluerai les performances de Stephany et prendrai une décision quant à son avenir dans mon agence, surenchérit Ethan en souriant à sa partenaire.

Le regard que celle-ci lui renvoya suggérait qu'il jouait à un jeu dangereux.

— Félicitations, dit Martin à Jennifer d'un ton hésitant.

— Merci. Votre grand-mère a pris un jour de congé ? demanda-t-elle en se tournant vers le bureau vide de Jody.

La question le déstabilisa clairement.

— Elle est chez le dentiste. Mais comment savez-vous que Jody est ma grand-mère ? Nous n'en avons jamais parlé. Il ne s'agit pas d'une information que nous tenons à rendre publique.

Jennifer adopta un air surpris.

— Ah bon ? J'imagine que j'ai dû le lire quelque part, alors…

— En parlant de lecture, montre un peu à notre ami ce que tu as trouvé dans son ancienne maison.

Jennifer sortit le cahier du petit sac à dos qui lui faisait office de sac à main et le posa sur le bureau en face de Martin.

— Je parie que ça vous rappelle des souvenirs, dit Ethan d'un ton enjoué. Les étés sur l'île… Les parties de cache-cache dans le passage secret du château des Blackwood…

— Où avez-vous trouvé ce cahier ?

Jennifer lui expliqua les circonstances dans lesquelles elle avait découvert le carton oublié sous un lit ainsi que tout ce qu'il contenait.

— Vous avez gagné. Ce cahier était bien à moi, dit Martin d'une voix qui avait perdu toute bonne humeur. Mais si vous êtes venus me faire chanter, vous allez être déçus. Je n'ai pas un sou, et absolument rien à me reprocher.

— Vous aviez donc informé le superintendant Clarkson que vous et votre mère résidiez sur l'île trois mois par an lorsque vous étiez gamin ? demanda Jennifer en prenant un air faussement étonné.

— Ce n'est pas un crime…

— Personne n'a dit que ça l'était, intervint Ethan. Et nous ne sommes de toute façon pas ici pour vous faire chanter, rassurez-vous. Nous voulons simplement vous poser quelques questions.

Ethan prit place sur l'une des chaises destinées aux visiteurs vis-à-vis de Martin, pendant que Jennifer s'asseyait sur le bureau vacant de Jody.

— Virginia Blackwood sait-elle qui vous êtes ? demanda Ethan.

— Si elle m'a reconnu, elle n'en a rien laissé paraître.

— Et comment expliquez-vous qu'elle se soit adressée à vous pour organiser ce week-end ?

— Nous sommes la seule entreprise de toute la Californie à proposer des scénarii entièrement customisés. Nous n'avons aucun concurrent offrant le même service…

— Et comment ciblez-vous votre audience pour vos publicités en ligne ? demanda Jennifer

— Nous ne faisons pas de publicité.

— Vous en faites sur Facebook, je l'ai vu de mes propres yeux.

Martin fixa Jennifer d'un air perplexe.

— C'est aussi ce que m'a dit Virginia, mais j'ai cru qu'elle se trompait. Vous êtes tout à fait certaine que cette publicité était réellement pour nos services ?

— Aucun doute.

— Je ne comprends pas… Nous n'avons rien à voir avec cette campagne publicitaire. J'ai vérifié auprès de Jody, et elle ne sait pas non plus d'où elle pourrait venir.

L'homme semblait sincère, ce qui ne résolvait pas du tout la question. Ethan décida de passer à autre chose.

— Et ces tunnels secrets, comment y pénètre-t-on ? demanda Ethan en ouvrant le cahier à la page sur laquelle Martin les avait dessinés des années plus tôt.

— Il ne s'agit que d'un dessin. Il ne représente rien de réel. J'ai tout inventé.

Ethan se tourna vers Jennifer qui secouait la tête de gauche à droite avec une expression déçue.

— Et dire que je commençais à vous croire… L'une des entrées du labyrinthe se situe à l'intérieur de la cheminée, dans votre ancienne maison de vacances. Je le sais parce que je suis tombée dessus par accident et que j'ai visité une bonne partie du réseau.

— Je suppose que vous avez senti le courant d'air, dit Martin, admettant sa défaite.

— Exact. C'est Suzy qui vous a montré comment y accéder ? demanda Jennifer.

— Absolument pas. Je l'ai découvert tout seul. Comme vous… J'ai passé des heures à l'explorer, à la lumière de ma lampe de poche, pour tenter de le cartographier. Cette peste de Suzanne ne savait même pas qu'il existait. Aucun des Blackwood n'est au courant de son existence à ma connaissance, sauf en ce qui concerne le petit passage du premier étage. Celui qui part d'un cagibi et ne dessert que trois chambres. Virginia me l'avait montré quand j'étais gamin.

— Et vous n'avez jamais partagé votre secret avec Suzanne ? Votre camarade de jeu…

— On ne jouait jamais ensemble. Et puis, elle ne restait que trois ou quatre semaines par an sur l'île alors que ma mère et moi demeurions là trois longs mois.

— Vous aviez pourtant l'air de bien l'aimer, votre peste, dit Ethan en tournant les pages du cahier jusqu'à ce qu'il tombe sur la déclaration d'amour que le petit Ricky avait rédigée à l'intention de sa chère Suzy.

Ce dernier sourit en relisant les lignes vieilles de plus de quinze ans.

— Disons qu'elle n'a jamais ressenti la même chose, et que cela a fini par me vexer.

— Vous persistez donc à prétendre que la propre fille des Blackwood ne sait rien du réseau de couloirs dissimulé dans les murs du château de ses ancêtres.

— Je persiste. Et Suzy n'est pas leur fille, c'est leur nièce. Ils l'ont adoptée quand elle était encore bébé. Je ne sais même pas si elle est au courant. À l'époque, elle ne le savait pas, en tout cas.

Ethan et Jennifer se consultèrent brièvement du regard. Voilà une piste qui méritait d'être explorée.

— Comment le savez-vous ?

— Jody me l'a dit il y a quelques années.

— Jody connaissait également les Blackwood ?

— Pas personnellement. Elle ne les avait jamais rencontrés avant l'anniversaire de Virginia. Elle n'avait jamais mis les pieds sur l'île auparavant non plus. Mais ma mère était au courant et elle l'a confié à ma grand-mère. Ma mère connaissait les véritables parents de Suzanne. Le frère de Percival et sa femme avaient aussi l'habitude de passer quelques semaines par an au château, avant la tragédie.

— Que leur est-il arrivé ? demanda Jennifer.

— Ils ont été assassinés chez eux. Un cambriolage qui a mal tourné. Percival était le parrain de Suzy et Virginia sa marraine, alors naturellement ils l'ont adoptée après la mort de ses parents.

— Quel âge avait Suzanne ?

— Je ne sais pas exactement, mais elle était encore bébé. Quelques mois tout au plus.

Une triste histoire… Mais qui avait peu de chance de les aider dans leur enquête.

— Si les Blackwood ne se rendaient sur l'île que pour quelques semaines, pourquoi y passiez-vous trois mois par an avec votre mère ? demanda Ethan.

— La famille venait généralement tout le mois de juillet, mais maman et moi arrivions début juin pour nettoyer. Maman avait neuf mois de poussière à effacer, et vous avez vu la taille du château… Un mois n'était pas de trop. D'autant plus qu'il n'y avait pas que le ménage à faire. Elle devait aussi organiser les livraisons de victuailles pour les repas, faire remplir la citerne de diesel pour le générateur, et embaucher des jardiniers. La flore tropicale tentait toujours d'accaparer le jardin et la terrasse durant les neuf mois où l'île était inhabitée.

— Et Percival Blackwood venait tout le mois de juillet en compagnie du reste de la famille ? demanda Jennifer.

— Il passait de temps en temps, mais ne restait jamais une semaine complète. Souvent, il amenait des amis avec lui. Je me souviens très bien des visites de M. Welch et de M. Henseworth. Mais ils arrivaient la plupart du temps quand les autres n'étaient pas au château, en juin et en août, je crois.

— Et que venaient-ils faire ?

— Juste passer le week-end, je suppose. Chasser…

— Chasser ? L'île n'a pas l'air suffisamment grande pour abriter du gibier digne de ce nom, fit remarquer Ethan.

— Ils ne chassaient pas sur l'île. Ils prenaient un bateau et partaient souvent toute la journée.

— Êtes-vous-sûr qu'ils n'allaient pas plutôt pêcher ?

— Peut-être… mais je sais qu'ils aimaient chasser. On restait des heures entières planqués dans les passages secrets à épier les adultes à leur insu, et ces trois-là parlaient toujours de chasse.

Ils interrogèrent Martin pendant encore une demi-heure, mais n'en apprirent pas davantage. Il niait savoir quoi que ce soit à propos des meurtres de Welch et de Prescott, et ignorait qui l'avait contacté en se faisant passer pour Percival afin d'ajouter Ethan à la liste des invités.

Sur ce dernier point, Ethan n'éprouvait aucune difficulté à le croire. Il était convaincu que Blackwood mentait et avait lui-même passé l'appel en question. Et les informations que Theo lui avait communiquées la veille ne faisaient que confirmer ses soupçons.

Ethan et Jennifer étaient debout et s'apprêtaient à prendre congé lorsqu'Ethan s'arrêta à un mètre de la sortie et se retourna vers Martin.

— Quand avez-vous commencé à vous faire appeler par votre deuxième prénom ?

— En entrant à l'université. Après trois ans de collège et quatre ans de lycée à entendre des blagues débiles à propos de Ricky Martin, j'ai décidé de prendre un nouveau départ.

De retour dans la voiture d'Ethan, Jennifer demanda :

— Tu as relevé son lapsus ?

— Évidemment. « *On* passait des heures entières planqués dans les passages secrets à épier les adultes… »

— Et qu'en conclus-tu ?

— La même chose que toi. Suzanne Blackwood a passé pas mal de temps dans ces souterrains étant gamine.

# Chapitre 69

De retour à l'agence, Ethan et Jennifer prirent place derrière leurs bureaux respectifs pendant que le café commençait à couler. Un café buvable, cette fois, puisque Jennifer l'avait préparé…

— Mis à part le fait que Suzanne connaissait certainement l'existence du passage secret, tu penses que Martin nous a dit la vérité sur le reste ? demanda-t-elle.

— S'il a menti sur d'autres points, cela n'avait rien d'évident. En tout cas, ce n'est pas lui qui t'a assommée.

— Effectivement. Il n'aurait pas essayé de nous faire avaler que sa carte était le fruit de son imagination s'il savait que j'avais découvert l'entrée du tunnel. Mais tu crois vraiment que Percival Blackwood a tué Prescott ?

— C'est ce que le FBI et Clarkson semblent penser, et c'est ce que les prélèvements de la scientifique indiquent.

— Ce n'est pas ce que je te demande. Qu'en penses-tu, toi ?

— J'en pense que je préférerais connaître son motif pour les éliminer.

— Et l'histoire du tueur à gages, ça te paraît logique ?

— Que Blackwood fasse appel à un professionnel pour se débarrasser de quelqu'un, je trouve cela tout à fait plausible. Là où sa logique m'échappe, c'est quand il descend lui-même l'assassin au lendemain de l'exécution de son contrat. Welch était mort, les pièces à conviction étaient planquées dans mes affaires pour que la police tombe dessus. Tout était pour le mieux dans le meilleur des mondes…

— Alors pourquoi Percival ruinerait-il toute la mise en scène en descendant Prescott avec son propre flingue ?

— Exactement. Ça n'a aucun sens. Comme les cartes abandonnées sur les corps des victimes. Janus était le nom de code utilisé par Prescott pour communiquer avec ses employeurs. Pourquoi Blackwood ressentirait-il le besoin de révéler cette information aux flics ?

— Et les bident et trident retrouvés sur Welch et Henseworth, que veulent-ils dire ?

— Je n'en ai pas la moindre idée.

Le café était prêt, et Jennifer déposa un mug fumant sur le bureau d'Ethan avant de s'installer à nouveau derrière son ordinateur, où elle entreprit de taper furieusement.

— Que fais-tu ?

— J'essaie d'en apprendre un peu plus à propos de Suzanne Blackwood avant d'aller lui rendre visite.

Ethan approuva l'initiative et se mit lui-même en quête d'information sur l'orpheline.

Ils comparèrent leurs notes une heure plus tard. La mort de Lancelot et Meredith Blackwood avait fait les gros titres des journaux de l'époque. Le double homicide d'un couple fortuné aurait certainement suffi à susciter l'intérêt des journalistes, mais c'était la nature atroce du crime qui avait garanti la popularité de l'affaire dans les médias.

Non seulement le couple avait été assassiné en pleine nuit à son domicile par un cambrioleur sans scrupule – qui avait préalablement violé l'épouse –, mais l'immonde salopard s'en était également pris à leur progéniture. Des faux jumeaux de cinq mois. Des bébés sans défense. Le cambrioleur avait tué le garçon de sang-froid, et Suzanne aurait subi le même sort si son père n'avait pas abattu l'intrus dans un sursaut d'énergie, avant de succomber à ses blessures. On avait retrouvé Lancelot dans le couloir devant la porte de sa chambre, son revolver encore dans la main. Une large traînée de sang suggérait qu'il avait rampé depuis la chambre parentale, où le criminel l'avait laissé pour mort, et descendu le salopard juste à temps pour sauver sa fille.

Un miracle pur et simple d'après le légiste. Le père avait perdu tellement de sang qu'il n'aurait jamais dû avoir la force de gagner le couloir. Selon au moins un journaliste, la gamine avait été sauvée par la grâce de dieux. Mais Ethan avait un avis différent sur la question.

# Chapitre 70

Artémis se préparait à sortir pour le déjeuner lorsque le nom « Zeus » s'afficha sur l'écran de son portable. Elle décrocha aussitôt.

— Allô ?

— Je viens de recevoir un appel d'un ami m'informant que le FBI s'apprête à m'arrêter.

— Où es-tu ?

— Je doute que cette ligne soit surveillée, mais je préfère ne pas prendre de risques.

— Que comptes-tu faire ?

— D'après mon informateur, les fédéraux ont encore quelques obstacles bureaucratiques à franchir avant d'obtenir le mandat d'arrêt. Je compte en profiter pour voyager un peu. Dis à tes hommes d'aller au rendez-vous habituel et de te prévenir s'ils y trouvent quoi que ce soit d'anormal. Si les flics ne m'y attendent pas, je les y rejoindrai et nous partirons à la chasse ensemble.

— Et tes gardes du corps ?

— Ils restent à San Francisco. Je ne les connais pas suffisamment pour me permettre de leur faire confiance avec ce genre de choses…

Cela allait sans dire, mais Artémis avait tout de même souhaité l'entendre de la bouche de Zeus.

— Tu es certain que c'est une bonne idée ? Tu ne ferais pas mieux de disparaître quelque temps jusqu'à ce que cette affaire se tasse ? demanda-t-elle.

— Je compte bien disparaître, mais avant je désire profiter de mon investissement de cinq millions. Si tu veux te joindre à moi, il y en aura pour tout le monde, maintenant que Welch et Hensworth ne sont plus…

— Merci pour ton offre, mais je ne peux pas m'absenter pour l'instant. J'ai quelques problèmes de personnel et il faut que je reste ici pour superviser les choses, répondit Artémis.

Même si elle avait pu faire le déplacement, elle n'avait en réalité aucun désir de mettre les pieds aux Bahamas en ce moment. Blackwood avait les flics aux trousses, et elle n'avait aucune intention de s'associer à lui d'une manière ou d'une autre. Elle envisageait sérieusement d'éliminer sa poule aux œufs d'or.

La police ne pourrait jamais remonter à elle en fouillant le disque dur du milliardaire, elle avait pris ses précautions, mais Blackwood représentait un danger. Il savait comment la trouver, et il pouvait très bien la vendre aux flics en échange d'une peine plus clémente. Avec le fric qu'il avait, il pouvait même acheter le procureur et le juge, et lui faire porter le chapeau pour tout…

Artémis avait fait son choix. Zeus ne reviendrait pas vivant de cette ultime partie de chasse.

# Chapitre 71

Ethan et Jennifer remercièrent Suzanne Blackwood pour la limonade et en burent chacun une gorgée. Localiser le domicile de la jeune femme ne s'était pas révélé facile, et Jennifer avait dû faire appel à l'un de ses amis dont les prouesses informatiques s'avéraient aussi impressionnantes qu'illégales.

Ethan estimait la valeur de la maison de Suzanne à environ trois millions. Pas mal pour quelqu'un qui était encore étudiante deux ou trois ans plus tôt. Le premier appartement qu'Ethan avait loué après son doctorat lui avait coûté huit cents dollars par mois pour un deux-pièces de quarante mètres carrés, avec vue sur le parking d'un HLM. Le panorama depuis la baie vitrée du salon de Suzanne donnait, lui, sur l'océan Pacifique. Ethan et Suzanne avaient fréquenté la même université – à dix ans d'intervalle –, mais ils n'avaient pas grandi dans le même milieu.

Il avait découvert pendant ses recherches que les parents de Suzanne lui avaient laissé cinquante pour cent des parts du groupe hospitalier désormais contrôlé par Percival. Une véritable fortune estimée à plus de trois cents millions à l'époque, et qui avait sans aucun doute fructifié aux mains des conseillers financiers de son père adoptif.

— Je suis heureuse de savoir que vous ne travaillez plus pour mes parents, Stephany. Je vous trouvais un peu surqualifiée pour une place d'intendante, dit Suzanne en souriant. Connaissiez-vous M. Archer auparavant ou l'avez-vous rencontré sur l'île ?

— Nous nous sommes rencontrés sur l'île, mentit Jennifer.

— Nous avons discuté hier avec Martin Johnson, le gérant

de l'entreprise qui a organisé l'anniversaire de Virginia.

— Je vois très bien de qui vous parlez, même si pour moi, il restera toujours Ricky.

La remarque les prit au dépourvu.

— Vous l'aviez donc reconnu ? demanda Ethan.

— Facilement. Mais je savais que Virginia avait fait appel à ses services, donc je m'attendais à le voir…

— Virginia savait qui elle embauchait, alors ? Que Martin était le fils de l'ancienne gardienne de l'île ?

— Non. Elle ne le savait pas. Elle ne le sait toujours pas d'ailleurs. Mais moi si…

Ethan jeta un regard confus à Jennifer qui le lui rendit. Elle ne voyait visiblement pas non plus où la jeune femme voulait en venir.

— Virginia est adorable, mais elle est aussi facilement influençable. Il n'était pas difficile de lui suggérer qu'un week-end mystère serait une idée géniale pour son anniversaire. Il ne m'a fallu que quelques semaines pour la convaincre que l'idée venait d'elle. J'ai ensuite bombardé son compte Facebook de publicité pour l'agence de Ricky. Saviez-vous que l'on pouvait envoyer des publicités ciblées à un compte Facebook spécifique en connaissant simplement l'adresse mail de la personne à laquelle la campagne est destinée ? Ma campagne ne visait que Virginia, elle n'était visible sur la page Facebook de personne d'autre.

Suzanne semblait très satisfaite de sa petite supercherie.

— Pourquoi vouliez-vous que Martin se charge de l'organisation du week-end ? demanda Jennifer, sans parvenir à cacher complètement ses suspicions.

— Je cherchais juste à lui faire gagner un peu d'argent. J'ai souvent pensé à lui après le renvoi de sa mère. Et il y a quelques années, j'ai essayé de le retrouver. Je souhaitais savoir ce qu'il était devenu. J'ai découvert qu'il avait créé sa propre entreprise, et je me suis décidé à aller lui rendre visite. Mais arrivée devant la porte de ses locaux, je me suis dégonflée et j'ai tourné les talons.

— Pourquoi ? demanda Jennifer intriguée. Il s'agissait juste d'une visite à un vieil ami, non ?

— Je ne m'étais pas toujours montrée tendre envers lui quand nous étions gosses. J'étais la fille du patron de sa mère, et je ne me privais pas pour le lui rappeler. Mais les gamines sont souvent des poisons, et ce n'est pas la raison pour laquelle j'ai changé d'avis.

Elle avait baissé la voix en prononçant ces derniers mots et Ethan l'encouragea du regard.

— J'avais peur qu'il ne m'en veuille pour sa mère. Qu'il ne m'en veuille par association, même si c'est Percival qui est à blâmer.

— C'est Percival qui a renvoyé Shannon ? relança Ethan qui se demandait où elle voulait en venir.

— Évidemment… Virginia a trop de cœur pour faire une chose pareille.

— Et vous craigniez que Martin vous en tienne rigueur ? Alors que vous n'étiez qu'une gamine à l'époque et n'aviez rien à voir avec la décision ? s'enquit Jennifer, incrédule. Des milliers de personnes perdent leur boulot tous les jours…

— Mais peu d'entre elles se suicident le lendemain, rétorqua Suzanne.

La réponse cloua le bec de Jennifer, et c'est Ethan qui posa la question qui s'imposait.

— Vous croyez donc que le suicide de Shannon Johnson a un rapport avec son renvoi ?

— Cela me paraît évident. Shannon était une femme gaie. Je ne l'ai jamais vue déprimée une seule fois. Elle travaillait pour mes parents depuis plus de dix ans. Juste trois mois par an, certes, mais cela suffisait à les faire vivre elle et son fils pour le reste de l'année.

— Pourquoi votre onc… enfin, votre père…

— Je suis au courant que Percival et Virginia ne sont pas mes véritables parents, monsieur Archer. Et apparemment, vous l'êtes aussi… Ils me l'ont appris quelques jours après mon dix-huitième anniversaire. Quand Percival m'a annoncé que cinquante pour cent de son entreprise m'appartenait en réalité.

— Je le supposais… Et savez-vous pourquoi Percival a renvoyé la mère de Martin après toutes ces années de loyaux services ?

— Non. Je connais l'excuse qu'il a donnée à Virginia, mais pas la véritable raison.

— Quelle était cette excuse ? demanda Jennifer.

— Virginia ne me l'a confié que récemment, mais Shannon aurait soi-disant fait des avances voilées à Percy pendant des années. Elle serait même passée à une approche plus directe peu de temps avant qu'il ne la congédie à la fin de l'été.

— Et Virginia l'a cru ?

— Je pense qu'elle s'est convaincue qu'il s'agissait de la vérité.

— Et pourquoi doutez-vous de la véracité de cette histoire ?

— Parce que je connais mon père adoptif. Si une femme comme Shannon lui avait fait des avances, il se serait empressé d'y répondre avec entrain…

Ethan n'avait aucune incertitude à ce sujet. Il avait remarqué la manière à peine dissimulée dont Blackwood avait reluqué Jennifer et Lory Henseworth sur l'île. Le type avait clairement du mal à maintenir sa braguette remontée en présence d'une jolie femme. Et Shannon Johnson avait été une très jolie femme. Ethan avait vu des photos.

— Mais pourquoi avez-vous manipulé Virginia au lieu de lui dire la vérité à propos de Martin ? Pensez-vous réellement qu'elle lui aurait tenu rigueur du prétendu comportement de sa mère quinze ans plus tôt ?

— Non, mais elle aurait été incapable de tenir sa langue. Elle en aurait parlé à son mari qui se serait empressé d'interdire que Ricky soit embauché.

— Vous semblez convaincue, fit remarquer Ethan.

— Suffisamment pour ne pas vouloir prendre le risque. Ma manipulation était inoffensive pour tout le monde et a renfloué les poches de Ricky.

— Comment saviez-vous qu'elles avaient besoin d'être renflouées ? demanda Ethan.

— Avez-vous vu les locaux de son agence ? répondit-elle d'une voix ferme. Et je vous garantis que quelques dizaines de milliers de dollars en moins ne feront aucune différence pour mon oncle.

— Martin nous a appris que Percival et ses amis aimaient chasser.

Suzanne dévisagea Ethan un long moment.

— Pas à ma connaissance, assura-t-elle finalement.

— Martin nous a pourtant affirmé se souvenir que lors des visites de votre oncle au château, il prenait souvent une vedette pour quitter l'île et aller à la chasse en compagnie de ses amis.

— Cela ne me dit rien… mais peut-être se rendait-il sur l'autre île.

— L'autre île ? demanda Jennifer d'une voix qui trahissait son enthousiasme.

— Oui. Nous possédons une deuxième île à une dizaine de milles de celle où se trouve le château. Mais elle est complètement sauvage. Je n'y suis allée qu'une seule fois pour camper avec Percival et Ricky. Il y a presque vingt ans de cela… Les moustiques nous ont harcelés tout le week-end et nous n'y sommes jamais retournés.

— Et vous sauriez localiser cette île sur une carte ? demanda Jennifer qui éprouvait de visibles difficultés à se contenir.

— Non. Je n'ai pas la moindre idée d'où elle se trouve.

# Chapitre 72

Jennifer appela Ethan pour la quatrième fois, mais tomba à nouveau sur sa boîte vocale. Que fichait-il ? L'embarquement était censé commencer dans moins de cinq minutes et l'avion attendait déjà sur le tarmac, prêt à accueillir les passagers.

Ils seraient à Nassau d'ici quelques heures et de là loueraient un bateau pour se rendre sur la propriété des Blackwood. Enfin, si Ethan se décidait à arriver un jour…

L'idée du GPS venait de lui. Au dire de Martin, Blackwood prenait la vedette amarrée au ponton de l'île au château pour aller à la *chasse*. Et Suzanne avait suggéré que le terrain de chasse en question pouvait se situer sur une seconde île appartenant à la famille Blackwood. Une île sauvage dépourvue d'habitations.

En supposant que Martin et Suzanne aient raison, il y avait fort à parier que Blackwood utilise un GPS marin pour naviguer d'une île à l'autre ; l'immense majorité des bateaux dignes de ce nom en était aujourd'hui équipée. Et comme tout GPS, les modèles employés pour les traversées en mer possédaient une mémoire stockant les dernières routes empruntées. Si Blackwood s'était rendu récemment sur cette île mystérieuse, les coordonnées de celle-ci figureraient dans le GPS de sa vedette.

L'embarquement démarra et Jennifer maudit intérieurement Ethan pour son retard. Ne savait-il pas à quel point ceci comptait à ses yeux ? Elle l'appela à nouveau, sans plus de succès que les fois précédentes.

Durant son séjour prolongé sur l'île des Blackwood, Jennifer avait fouillé les lieux de fond en comble sans y découvrir le moindre indice à propos de Silas. Mais lorsque Suzanne leur avait révélé l'existence d'une seconde île le matin même, Jennifer en avait immédiatement conclu qu'il s'agissait de celle mentionnée dans les notes qu'elle avait trouvées dans la sauvegarde des fichiers de Tabatha.

Quinze minutes s'écoulèrent au cours desquelles les passagers montèrent à bord du Boeing en partance pour Nassau, et Jennifer se retrouva bientôt seule devant la porte d'embarquement en compagnie du personnel au sol, qui se servait désormais d'un micro pour inviter Ethan Archer à embarquer sans plus attendre.

Sa décision fut vite prise. Elle n'avait pas besoin d'Ethan pour un voyage en avion. Il pouvait toujours la rejoindre plus tard si le cœur l'en disait. Elle donna son billet à la jeune femme au micro et franchit la porte d'embarquement.

# Chapitre 73

Ethan referma sa valise et vérifia l'heure sur le radio-réveil posé sur sa table de chevet. Son avion décollait dans deux heures, mais en semaine et à cette heure-ci, il aurait besoin de trois quarts d'heure pour se rendre à l'aéroport. Le temps qu'il gare sa voiture et marche jusqu'au terminal, il aurait une heure pour franchir la sécurité et gagner la porte d'embarquement. Jouable si tout se passait bien, mais tout de même un peu juste. Il aurait mieux fait de commander un taxi qui l'aurait déposé directement devant le terminal, mais il aurait fallu y songer plus tôt… S'il en appelait un maintenant, il perdrait dix minutes à l'attendre, alors que sa voiture était stationnée en face de son appartement.

Il attrapa la valise et se dirigeait vers le salon pour récupérer son passeport dans le tiroir du secrétaire quand la sonnerie de la porte d'entrée retentit. Il sentit l'irritation le gagner instantanément. Il n'avait pas de temps à perdre avec une visite surprise.

Il empocha ses clefs et alla répondre, valise à la main, prêt à partir immédiatement après avoir congédié son visiteur inopportun.

Il fut désagréablement étonné de trouver les inspecteurs Donovan et Sprat sur le pas de sa porte quand il l'ouvrit.

Avant qu'Ethan n'ait pu dire un mot, Donovan le saisit par le bras, s'apprêtant à lui passer les menottes tandis qu'Ethan le repoussait instinctivement du plat de la main. Le flic lui décocha alors un coup de poing monumental dans l'estomac, qu'Ethan n'amortit que partiellement en contractant les abdominaux.

— Ethan Archer, vous êtes en état d'arrestation, commença Sprat d'une voix autoritaire, pendant que son collègue menottait Ethan. Vous avez le droit de garder le silence. Tout ce que vous direz pourra et sera utilisé contre vous au tribunal. Vous avez le droit à un avocat. Si vous ne pouvez pas vous payer un avocat, le tribunal vous en procurera un. Est-ce que vous comprenez vos droits ?

Ethan fit signe que oui pendant que les deux flics le poussaient vers la sortie.

Leur véhicule était garé en double file juste devant sa porte, et ils le firent monter à l'arrière où ils ne se soucièrent pas d'attacher sa ceinture. Sprat s'assit derrière le volant pendant que Donovan prenait place aux côtés d'Ethan. Le flic le dévisageait avec un air de dégoût non dissimulé.

— Cette fois, tu es dans une belle merde, Archer.

— Pourriez-vous me dire de quoi on m'accuse ?

— Comme si tu l'savais pas, lança Sprat en le regardant dans le rétroviseur.

— Cette raclure ne sait peut-être pas de quelle victime il s'agit, railla Donovan.

— Je vous écoute. Que suis-je censé avoir fait, cette fois ?

— Jessica Spencer, ça te dit quelque chose ? répondit Donovan. Cette fois, tu ne pourras pas dire qu'elle était consentante.

— Et en plus du viol, on va ajouter *résistance pendant l'arrestation* aux chefs d'accusation. Tu vas prendre dix piges minimum, dit Sprat en négociant un virage.

— D'autant plus que le procureur n'aura plus aucune hésitation à te faire plonger aussi pour le viol d'Olympia Torres, renchérit Donovan.

Mais Ethan ne les écoutait plus. Il cherchait à replacer le nom de Jessica Spencer. L'image d'une jolie blonde lui vint finalement à l'esprit. Il connaissait effectivement une Jessica Spencer, mais il ne pouvait pas s'agir d'elle…

Il avait rencontré la jeune femme en question alors qu'il

donnait un cours sur les pervers narcissiques. Elle s'était assise au premier rang de la classe et l'avait invité à déjeuner après sa présentation pour discuter psychologie. Elle l'avait ouvertement dragué au cours du repas, et l'espace d'un instant, il s'était même laissé tenter. Mais en fin de compte, rien ne s'était passé entre eux.

— De quelle Jessica Spencer parlez-vous ? demanda lentement Ethan.

— Tu sais parfaitement de qui on parle… Détective Jessica Spencer, de la police de San Francisco.

# Chapitre 74

La location de la vedette avait coûté une véritable fortune à Jennifer, mais le bateau s'avérait aussi facile à piloter que son propriétaire le lui avait affirmé. Elle n'avait pas essayé de négocier le prix. D'une part, le hors-bord appartenait à un particulier et n'était en principe pas à louer, et d'autre part, elle ne s'était pas sentie d'humeur à marchander. Elle aurait pu faire appel à l'un de ces bateaux qui faisaient le taxi entre les îles, ou même louer un navire à l'une des nombreuses concessions se spécialisant dans ce type de commerce, mais Jennifer avait souhaité se faire la plus discrète possible. Elle ignorait si les Blackwood avaient beaucoup d'amis à Nassau, mais avec son argent, Percival pouvait s'offrir une armée d'informateurs, et Jennifer ne désirait pas que l'on sache où elle comptait se rendre.

Le GPS du bateau était moins intuitif que ceux des téléphones portables, mais elle avait un quotient intellectuel de 150 et n'avait pas mis longtemps à saisir son fonctionnement. Après avoir entré les coordonnées de l'île où se trouvait le château des Blackwood, l'ordinateur de bord avait tracé la route la plus directe en évitant bancs de sable et autres écueils. Suivre le chemin indiqué sur le GPS se révélait assez facile puisqu'il était, à quelques exceptions près, rectiligne.

Le soleil était couché depuis plus d'une heure quand Jennifer s'approcha finalement des côtes de l'île. Elle ralentit considérablement l'allure et alluma le projecteur situé à l'avant de la vedette. Le puissant faisceau accrocha le rivage perdu dans la nuit d'encre une minute plus tard, mais elle ne distingua aucun ponton.

Elle longea la côte par la droite à la recherche du débarcadère durant dix minutes, avant de faire demi-tour et de la suivre par la gauche. Elle tomba enfin sur le ponton vingt minutes plus tard. Le bateau des Blackwood y était toujours amarré, et Jennifer avait hâte de fouiller la mémoire de son système de navigation.

Elle s'approcha du ponton à vitesse réduite. Quand elle fut suffisamment à proximité, elle sauta à quai, munie d'une amarre qu'elle s'empressa d'attacher à un poteau. Elle remonta à bord chercher la deuxième corde et la noua de manière que le navire se trouve retenu parallèlement à la structure de bois.

Le château et les dépendances étaient plongés dans l'obscurité, mais cela ne la perturbait pas particulièrement. Elle avait déjà passé plusieurs nuits seule en ces lieux, et la perspective d'y demeurer quelques heures supplémentaires ne lui faisait pas peur.

Elle monta à bord du bateau des Blackwood et en alluma le système de navigation. Il s'agissait d'un modèle différent de celui équipant son embarcation de location, mais il ne lui fallut pas longtemps pour trouver sa mémoire. Celle-ci contenait un certain nombre de routes, qui conduisaient toutes à des îles habitées de l'archipel. Toutes, sauf une… Cet itinéraire-là menait à une île ne portant aucun nom sur la carte. Jennifer s'empressa d'en transférer les coordonnées dans le GPS de son propre hors-bord.

Elle sentit un regain d'espoir l'envahir, qu'elle tempéra aussitôt d'une dose de réalisme. En supposant que Silas ait un jour mis les pieds sur cette seconde île, les chances pour qu'il s'y trouve encore en vie dépassaient à peine le zéro absolu.

Elle prit ensuite le chemin menant à la maison des gardiens pour quelques heures de sommeil bien méritées. La fatigue commençait à la gagner et mieux valait attendre l'aurore pour se rendre sur l'autre île. Avec un peu de veine, Ethan l'aurait rejointe d'ici là.

Elle ne parvenait toujours pas à croire qu'il ait raté l'avion. Elle avait essayé de le recontacter depuis l'aéroport de Nassau, mais il n'avait pas répondu. Peut-être parce qu'il avait trouvé un autre vol et faisait en ce moment même route vers les Bahamas… Elle l'espérait de tout cœur.

Elle avait fait environ deux cents mètres lorsqu'elle remarqua un détail qui lui glaça le sang. L'obscurité l'avait jusqu'à présent dissimulé, mais cela ne faisait plus aucun doute, il y avait bien un hélicoptère posé sur la plateforme de l'héliport.

Jennifer tourna aussitôt les talons et, prenant soin de faire le moins de bruit possible, repartit vers le ponton.

— Attrapez-la !

La voix surgie des ténèbres appartenait à Percival Blackwood et fut sur-le-champ suivie par les sons d'une cavalcade.

Jennifer se mit à courir à toutes jambes, mais les faisceaux des torches de ses poursuivants la localisèrent bientôt. Elle accéléra de plus belle. Une sprinteuse dans la dernière ligne droite. Elle ne savait que trop bien ce qu'elle risquait si ces types lui mettaient la main dessus.

Leurs pas se faisaient de plus en plus proches. Ils étaient plus rapides qu'elle, mais elle possédait une belle avance et rejoignit l'embarcadère la première.

Elle largua les amarres en un temps record et s'installa derrière le volant. Le moteur de son bateau vrombit à l'instant où l'un de ses poursuivants atteignait le ponton.

Elle enfonça l'accélérateur sans se soucier d'éventuels récifs et parvint à s'éloigner du quai avant que l'individu n'ait le temps de sauter à bord. Elle partit comme une flèche, lumière de positionnement éteinte, laissant l'île loin derrière elle.

Elle entendit un moteur démarrer au loin un instant plus tard, mais ne fut pas surprise. Pourquoi Blackwood renoncerait-il à la poursuite ? Un mandat d'arrêt international avait été lancé à son nom, et Jennifer savait désormais où il se terrait.

Elle se retourna et vit le projecteur de la vedette des Blackwood trois cents mètres derrière elle, mais son faisceau ne pouvait l'atteindre. Elle vira de bord pour adopter un cap à quatre-vingt-dix degrés avec la direction du pinceau lumineux. Avec ses deux moteurs, le bateau des Blackwood était certainement plus rapide que le sien, et sa seule chance de survie consistait à demeurer cachée.

Pendant un long moment, la distance entre les deux hors-bord sembla rester constante, mais elle finit par se creuser au bout de quelques minutes. Jennifer se permit alors un soupir de soulagement. Peut-être parviendrait-elle à leur échapper, après tout…

Que devait-elle faire ? Mettre le cap sur l'autre île avant que Pervical n'ait une occasion de s'y rendre et d'effacer toute preuve de ce qui s'y tramait ? En supposant qu'il s'y tramait bien quelque chose…

Elle renonça vite à l'idée. Si ses poursuivants l'avaient épiée depuis son arrivée sur l'île, ils l'avaient vu allumer le système de navigation de leur vedette et retourner à son bateau pour entrer de nouvelles coordonnées dans le sien. Blackwood était tout sauf stupide, et il ne manquerait pas d'en déduire les conclusions qui s'imposaient. S'ils la perdaient sur l'eau, ils risquaient de se rendre directement sur l'autre île pour voir si elle s'y était réfugiée. Non, il valait mieux qu'elle maintienne son cap, en espérant qu'elle n'aille pas s'échouer sur un banc de sable ou s'écraser contre des rochers.

Elle envisagea un instant d'allumer son système de navigation, mais craignit que la luminosité de l'écran ne trahisse sa position.

C'est alors qu'elle entendit le son tant redouté. Les pales d'un hélicoptère brassant l'air nocturne. Elle le repéra facilement grâce à ses feux de position. Le puissant projecteur de l'hélico s'alluma une seconde plus tard et projeta un halo de dix mètres de diamètre sur la surface noire de l'océan.

Il se trouvait encore proche de l'île, mais s'en éloignait rapidement. Le projecteur balayait les flots à une vitesse vertigineuse, et le changement de cap de Jennifer signifiait qu'elle se situait beaucoup moins loin de l'île qu'elle n'aurait pu l'être…

Elle vira à nouveau de bord et partit cette fois dans une direction parallèle à celle de l'autre navire, désormais à environ quatre cents mètres du sien. L'hélicoptère se déplaçait à une centaine de mètres au-dessus des vagues, maximisant ainsi le rayon de son projecteur qui ratissait frénétiquement la surface.

Jennifer estimait avoir une chance sur deux de leur échapper. L'hélicoptère leur permettait de couvrir de grandes distances en un temps record, mais l'océan demeurait gigantesque, et son embarcation minuscule en comparaison.

Mais les déplacements aléatoires de l'hélico s'altérèrent subitement, et l'engin fondit sur elle à une vitesse que sa vedette ne pouvait égaler. Ses ennemis avaient trouvé les sillons laissés pas son moteur et les remontaient jusqu'à leur origine. Certainement alertée par radio, l'autre vedette avait aussi changé de cap et se rapprochait dangereusement d'elle.

Le projecteur de l'hélico accrocha l'embarcation de Jennifer quelques minutes plus tard, et le staccato d'un fusil d'assaut retentit, alors qu'une pluie de balles s'abattait tout autour d'elle. Plusieurs projectiles atteignirent son moteur et ce dernier émit un grincement sinistre avant de finalement rendre l'âme. Elle dériva sur sa lancée un moment, jusqu'à ce que les frottements de l'eau sur la coque immobilisent complètement son navire.

Les tirs cessèrent aussitôt et l'hélicoptère vint se positionner directement au-dessus d'elle, l'éblouissant de son projecteur. La vedette de ses ennemis se rapprochait à grande vitesse et la rejoindrait bientôt.

Ses poursuivants auraient très bien pu la canarder depuis les airs et en finir une bonne fois pour toutes avec elle, mais ils avaient visiblement d'autres projets la concernant. À cette pensée, Jennifer ne put s'empêcher de frissonner.

# Chapitre 75

La pièce semblait étrangement familière à Ethan, et pour cause… Sprat et Donovan l'y avaient déjà interrogé trois mois et demi plus tôt. Tout comme la première fois, Jimmy Wilde était présent pour l'interrogatoire, et en bon avocat, lui interdisait de répondre à la vaste majorité des questions. Pour la plus grande frustration des deux inspecteurs.

— Vous ne niez donc pas connaître la victime ? demanda Donovan.

— Non. Comme je vous l'ai déjà dit, elle a assisté à un séminaire de psychologie criminelle que j'ai donné au commissariat central il y a environ un an.

— Et elle vous a tapé dans l'œil, on dirait.

— Ne réponds pas, Ethan, intervint Jimmy.

— En tout cas, suffisamment pour vous rappeler d'elle un an plus tard… poursuivit Donovan. Vous vous souvenez de tous les participants à vos séminaires ?

— Pas besoin de répondre non plus, dit l'avocat, mais Ethan ignora le conseil.

— Pas de tous, non. Mais je me rappelle parfaitement que l'inspecteur Sprat était également présent à ce séminaire, et il ne m'avait définitivement pas tapé dans l'œil.

L'avocat ne put réprimer un sourire, mais la remarque n'amusa pas du tout Donovan qui poursuivit son offensive.

— Mais vous n'avez pas invité l'inspecteur Sprat à déjeuner à la fin du séminaire, si ?

— Je n'ai pas invité la détective Spencer non plus.

— Vous niez avoir déjeuné avec elle après votre cours ?

— Ne réponds pas, répéta Jimmy comme un disque rayé.

— J'ai bien déjeuné avec elle ce jour-là, mais c'est elle qui m'a invité.

— Je suis certain que le jury appréciera la nuance, ironisa Donovan.

— La victime a-t-elle identifié mon client de manière certaine ? demanda l'avocat.

— Pourquoi ? Votre client compte se souvenir tardivement d'un alibi pour la nuit du 3 au 4 juillet ?

Presque une semaine s'était écoulée, mais Ethan se remémorait parfaitement ce qu'il avait fait cette nuit-là. Il n'était pas près d'oublier les vidéos amateur de Ken.

— À quelle heure a-t-elle été attaquée ? demanda Ethan.

Il avait parlé avec Theo au téléphone aux alentours de 1 h 30 du matin, et si Jessica avait été agressée vers cette heure-là, la triangulation des antennes ayant relié le signal de l'appel pourrait l'innocenter. À condition bien sûr que Jessica n'habite pas trop près de chez lui… Ce qu'il ignorait complètement.

— Je pense que vous connaissez parfaitement la réponse à cette question, monsieur Archer, intervint Sprat avant que son collègue ne perde son sang-froid.

— Ce que vous pensez n'a pas vraiment d'importance, inspecteur, dit l'avocat. C'est ce que vous pouvez prouver qui en a. La détective Spencer a-t-elle positivement reconnu mon client lors de son agression ?

Les inspecteurs avaient déjà laissé échapper que l'attaque s'était produite en pleine nuit au domicile de la victime. L'agresseur avait pénétré par effraction avant de la rejoindre dans son lit, où il s'était jeté sur elle. La femme s'était débattue, et l'intrus l'avait rouée de coups jusqu'à ce qu'elle perde connaissance. Elle s'était réveillée deux heures plus tard et s'était rendue directement à l'hôpital, où un médecin avait constaté le viol et effectué des prélèvements.

— Non, maître Wilde, elle n'a pu identifier son attaquant de manière certaine puisque celui-ci portait une cagoule.

— Elle a donc reconnu mon client en dépit du masque ? ironisa l'avocat.

— La victime ne l'a pas reconnu du tout, avoua Donovan.

— Alors que fait-il ici ?

— Il se trouve que votre client avait déjà été accusé de viol par Olympia Torres il y a quelques mois, et que son ADN est dans nos bases de données.

— Vous avez retrouvé l'un de ses cheveux chez la victime ? demanda Wilde d'une voix neutre.

Il n'y avait rien de plus facile que de planter les cheveux d'un individu à un endroit où il n'avait jamais mis les pieds afin de le faire accuser. Et il n'y avait rien de plus difficile que de convaincre un jury de la supercherie.

— Nous n'y avons trouvé aucun cheveu, répondit Donovan qui arborait un rictus en coin. Et l'agresseur a pris soin d'utiliser un préservatif afin de ne pas laisser de traces – du spermicide a été retrouvé dans le vagin de la victime. Mais votre client aurait dû se montrer plus prudent en l'enlevant…

Le sourire du flic était maintenant aussi large que menaçant, et Ethan se prépara au pire.

— Une goutte de son sperme a été retrouvée sur la cuisse de la victime. Du sperme appartenant à votre client.

# Chapitre 76

Le soleil était levé depuis moins d'une heure quand les hommes de main de Blackwood traînèrent Jennifer jusqu'à leur vedette et la firent monter à bord. Kyle, le plus petit des deux, la poussa à l'intérieur de la cabine et l'assit à une table plus luxueuse que celle qu'elle avait dans sa propre cuisine. Blackwood les rejoignit quelques minutes plus tard et le navire prit le large.

Jennifer avait passé la nuit sous bonne garde, ficelée sur un canapé dans le salon principal du château. Ses poignets et chevilles, meurtris par les câbles électriques dont ses geôliers s'étaient servis pour la ligoter, la faisaient encore souffrir.

Contre toute attente, elle s'assoupit et estima à son réveil avoir somnolé entre deux et trois heures. Mais même endormie, ses méninges n'avaient cessé de chercher une issue à sa situation précaire. Après des heures de réflexion, elle avait fini par admettre qu'elle n'avait pas la moindre possibilité de se sortir seule du mauvais pas où elle s'était fourrée. Ses espoirs résidaient désormais exclusivement dans une intervention miraculeuse d'Ethan. Mais s'il n'avait pas été fichu de trouver l'aéroport, quelle chance avait-il de la localiser au beau milieu de l'Atlantique ?

Elle s'était bel et bien jetée dans la gueule du loup, mais comment aurait-elle pu s'imaginer que Blackwood serait sur l'île, et non en prison à attendre son jugement ?

Les deux sbires vêtus de treillis militaires qui l'accompagnaient avaient l'air de mercenaires endurcis. Le moins impressionnant des deux, qui la fixait depuis l'embrasure de la porte, faisait déjà une tête de plus qu'elle et environ deux fois son poids. Quant à son compagnon, une montagne dépassant allègrement les deux mètres, il semblait tout droit sorti d'un film de James Bond.

Les trois hommes ne l'avaient pour l'instant pas touchée, mais elle doutait que sa chance dure encore longtemps.

Elle entendit des pas dans l'escalier, et Blackwood fit bientôt son apparition dans la cabine. Il prit place sur la banquette de l'autre côté de la table tout en la dévisageant, un sourire aux lèvres.

— Eh bien, tu vas enfin la voir, cette île qui t'intéresse tant, lui dit-il d'un ton léger. J'imagine que tu espérais y trouver ton frère, Jennifer ?

La remarque lui fit l'effet d'une gifle. Comment Blackwood connaissait-il son nom ?

— Jennifer MacKay… continua-t-il. Et moi qui pensais que tu t'appelais Stephany. Petite cachottière…

— Depuis quand savez-vous ?

— Pas très longtemps. Je dois reconnaître que tu m'as bien berné. Mais maintenant que je sais qui tu es et ce que tu fiches ici, je vais exaucer ton vœu. Cela fait six mois que tu cherches à découvrir ce qui est arrivé à ton frère… Eh bien, c'est ton jour de chance ! Dans quelques minutes, tu fouleras le sol de l'île où il a passé ses dernières heures, et d'ici ce soir, tu iras le rejoindre au fond de l'océan.

À ces mots, Jennifer recula dans son siège. Comme si le coup avait été physique. Elle retint cependant ses larmes. Elle ne donnerait pas cette joie à ce salopard. Il ne la verrait pas pleurer.

Au fond d'elle-même, elle savait depuis longtemps que Silas n'était plus, qu'il ne pouvait en être autrement. Mais en confirmant son pire cauchemar, Blackwood venait de pulvériser les derniers espoirs auxquels elle se raccrochait encore. Silas était bel et bien mort, et elle subirait bientôt le même sort.

— Mais avant que tu ailles nourrir les poissons, toi et moi allons bien nous amuser. Enfin, surtout moi, ajouta le milliardaire en la regardant d'un œil lubrique.

Jennifer se sentit gagnée par une soudaine nausée, mais n'ayant rien avalé depuis près de vingt heures, elle n'avait rien à régurgiter.

Blackwood sortit un téléphone satellite de sa poche et composa un numéro préenregistré.

— Artémis ? Nous serons sur l'île d'ici quelques minutes. Quelles sont les positions de nos amies ?

Jennifer ne pouvait entendre qu'une moitié de la conversation, mais Blackwood semblait satisfait par la réponse de la dénommée Artémis – une autre célébrité du panthéon grec…

Il raccrocha bientôt et se tourna vers Kyle qui se tenait toujours debout dans un coin de la cabine.

— Deux des filles sont en train de cueillir des baies dans le secteur C2. Environ trois cents mètres à l'intérieur du périmètre électrifié. La troisième se trouvait dans le secteur C1 il y a quelques minutes, mais Artémis l'a perdue de vue. Je te rappelle qu'elles se sont débarrassées de leurs colliers, alors elle pourrait très bien se balader à l'extérieur du périmètre sécurisé à l'heure qu'il est. Va passer l'infirmation à Anton.

L'homme sortit de la cabine, laissant Jennifer seule avec Blackwood. Elle se savait capable de neutraliser le sexagénaire, mais elle ne voyait rien autour d'elle qui puisse lui servir d'arme contre les mercenaires, et ces deux-là, elle ne pouvait les terrasser à mains nues. Elle voyait bien la manière dont Kyle la reluquait et n'avait aucune envie de tenter le diable en retirant Blackwood de l'équation sur ce bateau où elle n'avait nulle part où se réfugier. Elle devait prendre son mal en patience et espérer qu'une occasion se présenterait une fois sur l'île.

— Nous sommes arrivés, annonça Blackwood joyeusement en pointant le doigt vers le hublot de la cabine.

Ils débarquèrent un instant plus tard.

Alors que les treillis des deux mercenaires leur conféraient une allure militaire, celui de Blackwood lui donnait un air de fasciste du dimanche jouant au petit soldat. Tous trois portaient un couteau à la ceinture, mais tandis que les deux mercenaires étaient armés de fusils d'assaut de type M-16, le milliardaire n'arborait qu'un Glock 9 millimètres.

À l'exception de deux bâtiments préfabriqués situés immédiatement après la plage de sable fin, à deux cents mètres du ponton où ils avaient débarqué, l'île paraissait complètement vierge et couverte d'une végétation dense. Les arbres demeuraient cependant suffisamment espacés pour permettre d'y évoluer sans avoir recours à une machette.

Le téléphone de Blackwood sonna et il décrocha. Il échangea quelques mots avec son interlocuteur, puis replaça le portable dans sa poche après l'avoir mis en mode vibration.

— Toutes les caméras sont hors ligne, dit Blackwood à ses compagnons. Cela pourrait être un problème électrique, mais la coïncidence est troublante. Je pense que ces demoiselles veulent jouer avec nous. Allons jeter un œil aux batteries et aux panneaux solaires pour voir de quoi il s'agit.

Il s'adressa ensuite à Jennifer.

— Je te laisse dix minutes d'avance. Je te conseille d'en profiter pour trouver une bonne cachette…

Il tourna les talons et rejoignit les deux autres qui se dirigeaient vers les préfabriqués.

Jennifer ne se le fit pas dire deux fois. Elle détala vers l'orée du bois et venait de l'atteindre lorsqu'elle perçut une odeur de brûlé. Elle tourna la tête pour constater que l'un des deux préfabriqués était la proie des flammes.

Une épaisse fumée noire s'élevait du brasier qui s'emparait déjà de toute la structure, pendant que les trois hommes contemplaient, impuissants, l'œuvre dévastatrice des flammes.

Jennifer ignorait qui étaient les mystérieuses demoiselles que Blackwood avait mentionnées, mais elles n'étaient visiblement pas sans défense. Elle n'avait maintenant plus qu'à les trouver…

# Chapitre 77

Ethan fut surpris de constater que le parloir de la prison du comté de San Francisco n'était pas équipé de téléphones. Ici, les tables autour desquelles détenus et visiteurs se retrouvaient n'étaient surplombées que d'une paroi de plexiglas d'une quarantaine de centimètres de haut. Il aurait même pu serrer la main de Theo par-dessus s'il l'avait souhaité, mais une telle insolence n'aurait évidemment pas manqué de lui attirer les foudres des matons.

— Tu tiens le coup ? demanda son ami.

— Ça pourrait être pire. Il n'y a que trois heures qu'ils m'ont transféré…

Moins de vingt-quatre heures après son arrestation, Ethan avait déjà été mis en examen. Par rapport à Clarkson qui avait maintenu Ethan en garde à vue des jours durant, Donovan et Sprat n'avaient vraiment pas chômé.

Il fallait reconnaître que les preuves contre lui étaient cette fois aussi accablantes qu'irréfutables. Il serait tout simplement impossible à Jimmy Wilde de convaincre ne serait-ce qu'un juré de son innocence. Pas avec son sperme collé aux cuisses de la victime. Une victime des plus crédibles, puisqu'il s'agissait d'une détective de la police de San Francisco.

Il s'était longuement interrogé sur l'origine de cette goutte de sperme, et il possédait désormais une bonne idée de la façon dont elle était arrivée là.

— Mais putain, Ethan, qu'est ce qui se passe, bordel ? Tu n'as pas pu faire ça ?

Ethan contempla son ami un instant avant de répondre

— Tu croyais en mon innocence, quand je n'en étais pas convaincu moi-même, Theo. Cette fois, je te le dis : je suis absolument certain de n'avoir jamais touché cette femme. Jessica s'est fait agresser dans la nuit du 3 au 4. Tu te souviendras peut-être que tu m'as appelé à 1 h 30 cette nuit-là. Tu penses vraiment que je serais allé violer cette malheureuse une heure après ton coup de téléphone, alors que je venais de m'envoyer les vidéos amateur de Ken ?

— Qui s'acharne à te faire porter le chapeau pour tous ces crimes ? Et comment ont-ils eu accès à ton sperme ?

— Je ne vois qu'une seule explication possible. Olympia a dû me prélever un *échantillon* le soir où je l'ai soi-disant violée. Je suis certain d'avoir été drogué cette nuit-là, c'est pourquoi je ne me souviens de rien.

— Et elle l'aura conservé dans son congélateur pendant trois mois, simplement pour te faire accuser d'un autre viol ? demanda Theo, visiblement peu convaincu par cette explication.

— Je sais que c'est difficile à croire, mais c'est la seule hypothèse valable.

— Mais Jessica Spencer a bel et bien été violée, et je doute qu'Olympia ait fait le coup.

— Elle aura passé mon sperme à un complice pour qu'il le dépose sur la victime. Tu te souviens des deux affreux qui m'ont agressé en face de mon appartement, il y a quelque temps ? Déjà à l'époque, je m'étais demandé s'il ne s'agissait pas d'amis d'Olympia. Mais à présent, je suis pratiquement convaincu que ces deux-là trempent dans cette histoire. D'une manière ou d'une autre.

— Et pourquoi Olympia s'acharnerait-elle comme ça sur toi ? Qu'est-ce que tu lui as fait ?

— J'ai ma petite idée sur la question…

— Dis-moi.

— Pas maintenant. Je dois encore y réfléchir. Mais en

attendant, j'ai fait des progrès en ce qui concerne Ken.

— Tu risques de croupir dix ans en tôle, mais tu bosses sur une affaire qui n'a rien à voir avec tes ennuis ?

— Il faut bien passer le temps, répondit Ethan, mais il n'était pas tout à fait honnête avec son ami.

— Et qu'as-tu trouvé ?

— Que Ken s'est subitement mis à boiter fin mars.

— Sans vouloir t'offenser, c'est pas vraiment une révélation. On l'avait aussi remarqué…

— Mais savez-vous ce qui lui est arrivé ?

— Comment veux-tu qu'on le sache ?

— Eh bien, moi, je crois le savoir…

Ethan exposa sa théorie à Theo qui l'écouta, captivé.

— Si tu as raison, cela va complètement changer l'enquête…

— C'est le moins que l'on puisse dire…

Theo demeura pensif un instant.

— Moi aussi, j'ai des nouvelles. De quoi t'occuper l'esprit en attendant ta comparution… lâcha-t-il finalement.

Il contemplait Ethan d'un air satisfait, visiblement décidé à prendre tout son temps.

— Tu accouches quand tu veux…

— L'ordinateur que nous avons saisi chez Blackwood est une véritable mine d'informations. Figure-toi que Percival Blackwood a un fils illégitime, et que Welch essayait de le faire chanter.

— D'accord… Cela explique au moins pourquoi Blackwood voulait l'éliminer.

— Mais tu ne devineras jamais qui est le fils en question.

— Martin Johnson ? demanda innocemment Ethan.

— Comment sais-tu ça ? Nous n'avons reçu les analyses ADN des échantillons que Clarkson a fait prélever sur l'île que ce matin.

— À ton enthousiasme, il paraissait évident qu'il s'agissait de quelqu'un lié à l'affaire. Et Martin est le suspect le plus logique.

— Le plus logique ? Qu'est-ce que ça a de logique ?

— Eh bien, cela explique enfin sa présence sur l'île…

Theo affichait un air mi-perplexe, mi-irrité.

— Je n'ai vraiment pas le temps de t'expliquer maintenant, dit Ethan alors que l'un des gardiens s'approchait de leur table pour annoncer la fin de l'entretien. Passe cette information à Jennifer, elle saura quoi en faire.

— Jennifer ? demanda Theo interloqué. Mais je n'ai toujours pas réussi à la joindre depuis hier.

# Chapitre 78

Jennifer s'était depuis longtemps fondue dans les bois quand le trio de tueurs avait finalement admis sa défaite face aux flammes et était parti en quête des quatre femmes. Le feu s'était rapidement propagé au second préfabriqué et avait ravagé les deux structures en un temps record, sans qu'ils puissent y faire quoi que ce soit.

Les chasseurs traquaient leurs proies depuis deux heures, mais n'en avaient pour l'instant abattu aucune. Ils connaissaient cependant la position précise de chacune d'entre elles et guettaient le moment propice pour frapper. Leur approche consistait à séparer le troupeau et à attendre que les proies soient isolées avant de passer à l'acte. Pour ce faire, ils communiquaient entre eux à l'aide de cris d'oiseaux endémiques, perfectionnés par des heures d'entraînement. Leurs victimes n'avaient ainsi jamais la moindre idée d'où ils se trouvaient.

Leur patience s'avérait payante puisqu'ils commençaient à constater un certain relâchement chez leurs futures proies, dont la vigilance s'effritait peu à peu. Le camouflage des chasseurs leur permettait de se fondre au sein de la végétation, et il aurait fallu un œil expert pour repérer la forme de leurs corps parmi les buissons, les arbres ou contre le sol accidenté de la forêt tropicale. Un œil qu'aucune de leurs victimes ne possédait.

Anton s'approcha sans un bruit de la femme plaquée contre un tronc. Il l'avait trouvée magnifique deux semaines plus tôt, quand il l'avait déposée sur l'île en compagnie de ses deux compagnes. Il ne demeurait cependant que de rares vestiges de cette beauté sur son corps amaigri par une captivité prolongée. Les trois mannequins n'auraient dû rester que quatre ou cinq jours sur cette île, et leur caisse de vivres s'était depuis longtemps épuisée. Le fait qu'elles aient toutes trois survécu relevait pratiquement du miracle. Un miracle qui touchait à sa fin…

Davantage que la maigreur de la jeune femme, c'était sa saleté qui repoussait le géant. Une couche de boue séchée recouvrait l'intégralité de son corps nu… Sans doute une pathétique tentative de camouflage. Non, il ne la désirait décidément pas.

Son couteau n'émit pas le moindre son lorsqu'il le tira du fourreau en cuir qu'il avait préalablement graissé. Prenant garde où il posait les pieds, Anton fit un autre pas en direction de la mannequin qui, trop occupée à scruter la direction opposée, n'avait toujours pas détecté son approche.

Il ne se tenait plus qu'à un mètre d'elle lorsqu'elle perçut sa présence et fit volte-face. En le voyant si près, elle se mit à hurler de terreur et tomba à genoux. Anton sentit l'adrénaline se répandre dans ses veines en se penchant sur elle pour lui porter le coup de grâce.

La lame affûtée du chasseur sectionna les carotides et la jugulaire de sa proie un instant plus tard. Cette dernière tenta de crier, mais la main plaquée contre sa bouche étouffa sa voix et elle mourut en silence, alors que le sol spongieux de la forêt absorbait déjà le liquide carmin qui se déversait de sa gorge tranchée.

# Chapitre 79

Ethan trouva Jimmy Wilde assis seul à la table de la défense quand deux shérifs adjoints le firent entrer, menottes aux poignets, dans la salle d'audience de l'honorable Ashley Lee. L'audience préliminaire d'Ethan était la première de l'après-midi et la juge n'était pas encore arrivée.

De l'autre côté de l'allée centrale, installée à environ cinq mètres de Jimmy, se tenait une femme d'une trentaine d'années. L'homme à sa droite avait sensiblement le même âge. Les deux substituts du procureur avaient le nez fourré dans leurs papiers. Des révisions de dernière minute qui ne présageaient rien de bon pour la liberté d'Ethan.

Les adjoints du shérif le firent asseoir près de son avocat et lui retirèrent les menottes avant de s'éclipser discrètement. Ils n'iraient de toute façon pas bien loin et surgiraient des coulisses de ce triste théâtre en un instant si Ethan tentait de profiter de cette audience pour s'évader.

Il portait un costume noir que Jimmy lui avait fait livrer fraîchement repassé deux heures plus tôt, et qui lui allait beaucoup mieux que la combinaison orange qu'on lui avait remise le matin même, lors de son arrivée à la prison du comté de San Francisco.

Il serra la main que Jimmy lui tendait et se servit un verre d'eau pour soulager sa gorge, aussi sèche qu'un désert.

— Je connais bien cette juge, dit l'avocat à voix basse. Elle n'est pas commode, mais elle est juste. Quoi que dise l'équipe du procureur, ne réagis pas. Laisse-moi faire mon boulot, et Lee accordera peut-être ta libération sous caution.

Ethan se contenta d'acquiescer de la tête alors que l'huissier de justice invitait la salle à se lever pour l'entrée de l'honorable juge Lee.

La juge marcha d'un pas rapide vers son pupitre où elle s'installa avant de faire asseoir son audience. Elle devait approcher la soixantaine, mais d'elle émanait une aura dynamique, accentuée par des yeux vifs légèrement bridés qui brillaient derrière ses lunettes en demi-lunes.

— Bonjour, mesdames et messieurs. Dans le dossier opposant l'État de Californie à Ethan Archer, les deux parties sont-elles prêtes ?

— L'État de Californie est prêt, Votre Honneur, répondit la substitute du procureur, debout derrière sa table.

— La défense est également prête, dit Jimmy Wilde en se levant.

— Très bien. Monsieur Archer, vous êtes accusé de viol sur la personne de Jessica Spencer.

La juge expliqua ensuite en détail ses droits à Ethan, qui les connaissait déjà, avant de lui demander ce qu'il souhaitait plaider.

— Non coupable, Votre Honneur, répondit Ethan après s'être levé par respect pour la juge qui le sondait de ses yeux perçants.

— Votre réponse a été enregistrée par cette cour, monsieur Archer. Y a-t-il d'autres sujets que les avocats souhaiteraient aborder ?

Ce fut au tour de Jimmy Wilde de se lever.

— Mon client renonce à son droit à se faire juger par un jury et demande que le procès ait lieu le plus vite possible, afin d'en terminer avec ces accusations ridicules et de restaurer sa réputation entachée.

— Qu'en pense l'État de Californie ? s'enquit la juge.

— Pas d'objection, Votre Honneur.

Les avocats et la juge consultèrent leur calendrier respectif, et la date du procès fut fixée une semaine plus tard. Un record absolu pour le système judiciaire californien, mais Ethan ne voulait pas attendre, et les procureurs étaient d'ores et déjà certains d'obtenir sa condamnation.

— Y a-t-il autre chose ? interrogea la juge.

— Nous souhaiterions également demander la libération sous caution de M. Archer, répondit Jimmy Wilde. Étant donné qu'il ne présente aucun risque de fuite, une caution de cinquante mille dollars suffirait largement à garantir la présence de mon client à son procès.

La substitute du procureur était debout avant que Jimmy n'ait eu le temps de finir sa phrase.

— L'État s'oppose fortement à cette requête. Les preuves à l'encontre de l'accusé sont accablantes et il s'agit de la seconde victime connue de M. Archer en seulement quelques mois. Le risque de récidive représente un danger réel, et l'État requiert que la libération sous caution du prévenu soit rejetée.

— Qu'avez-vous à répondre, monsieur Wilde ? demanda la juge en se tournant vers l'avocat.

— Simplement que mon client n'a même pas été mis en examen pour l'agression de sa supposée première victime, et qu'il est par conséquent ridicule pour Madame la substitute de l'utiliser comme circonstance aggravante. Mme Spencer n'a de plus pas identifié mon client comme étant son agresseur. M. Archer est un citoyen modèle qui depuis des années assiste les forces de l'ordre locale et fédérale à appréhender les pires rebuts de la société. Il fait depuis quelques mois l'objet d'une campagne visant à salir sa réputation, et l'agression de Mme Spencer, aussi tragique soit-elle, n'est que la dernière tentative en date de ceux qui cherchent à ternir son image par tous les moyens.

— Et ces mystérieuses personnes ont accès au sperme de votre client ? lança la substitute du procureur, sans attendre que la juge lui donne la parole.

L'intervention énergique de cette dernière calma les esprits des avocats des deux parties avant qu'ils n'aient une chance de s'échauffer davantage.

— J'ai pris ma décision, annonça la juge après quelques secondes d'un silence oppressant. Le crime dont le prévenu est accusé est des plus sérieux, et je suis d'accord avec l'État quant à la nature accablante des preuves à charge.

Un soupir de dépit s'échappa des lèvres d'Ethan sans qu'il puisse le retenir, alors qu'un sourire satisfait apparaissait sur le visage de la substitute.

— Cependant, poursuivit la juge, je suis également d'accord avec l'avocat de la défense concernant le risque de fuite de M. Archer. Par conséquent, j'accorde la libération sous caution du prévenu et fixe le montant à quatre cent mille dollars.

— Mais Votre Honneur, objecta Jimmy Wilde, une telle caution n'a jamais été vue pour un viol en Californie…

— Il y a une première fois pour tout, monsieur Wilde, répondit l'honorable juge Lee.

La joie qu'Ethan avait ressentie en entendant la juge lui accorder sa liberté ne dura qu'une fraction de seconde. Quatre cent mille dollars ? En raclant jusqu'au dernier de ses pennies, il n'amasserait pas un quart d'une telle somme…

# Chapitre 80

Bien que physiquement moins impressionnant qu'Anton, Kyle demeurait un adversaire redoutable. Un mercenaire aguerri, qui avait passé dix ans en Afrique dans divers conflits avant d'entrer au service d'Artémis. Ce nouveau boulot était mieux payé et présentait moins de danger pour sa personne que ses missions paramilitaires, mais il pouvait en revanche lui attirer beaucoup plus d'ennuis avec la justice. Il ne se souciait cependant pas de la police bahamienne.

Il ne s'inquiétait pas non plus des quatre femmes qu'ils étaient venus chasser. Il avait déjà eu affaire aux trois mannequins lors de leur kidnapping et savait ne rien avoir à craindre de ces précieuses. La dénommée Jennifer paraissait un peu plus coriace, mais que pouvait-elle contre lui ?

Malgré la situation précaire de la jeune femme, il avait lu du défi dans ses yeux. Et il devait bien admettre que le cran et l'audace de la belle rousse l'excitaient. Il aurait bien aimé la prendre de force contre un arbre, histoire de la remettre à sa place, mais Blackwood se l'était réservée.

Kyle ne comprenait pas pourquoi le milliardaire avait tenu à amener la fille sur l'île intacte, alors qu'il aurait pu passer la nuit à se la taper au château. La passion du sexagénaire pour la chasse à l'homme frisait l'obsession. Une obsession que Kyle ne partageait pas. Contrairement à Blackwood et à ses acolytes défunts, Kyle ne tuait pas pour le plaisir, mais seulement contre paiement. Cela ne signifiait cependant pas qu'il ne pouvait mêler l'utile à l'agréable. Et s'envoyer la rouquine lui aurait été très agréable…

Mais les désirs de Blackwood devaient être respectés, et ce, bien que ses heures fussent comptées. Les instructions d'Artémis à ce sujet étaient des plus claires. Blackwood ne devait être éliminé qu'une fois les corps des femmes au fond de l'océan. En attendant, il devait continuer de croire qu'il donnait les ordres. Ce qui signifiait que Jennifer MacKay lui appartenait.

Le plus rageant dans toute cette histoire était qu'Anton et Kyle n'avaient vraiment pas besoin de Blackwood pour régler le compte des quatre filles ni pour faire le ménage. Ils auraient très bien pu descendre le milliardaire et le balancer à la flotte à l'aller plutôt qu'au retour. Mais les ordres d'Artémis ne se discutaient pas, et Kyle n'aurait jamais pris le risque de lui désobéir.

Son employeur était l'incarnation de la femme fatale. Dans tous les sens du terme… Et la dévotion qu'Anton lui témoignait ne la rendait que plus dangereuse. La montagne de muscles était prête à n'importe quoi pour plaire à sa maîtresse.

Kyle ne comptait cependant pas rentrer à San Francisco les couilles pleines. Il devrait juste se contenter de l'une des top-modèles… Et celle qui se trouvait accroupie derrière un rocher à une dizaine de mètres devant lui ferait très bien l'affaire.

La fille l'aperçut une seconde plus tard et se mit à courir, mais elle ne fit que quelques pas avant de buter contre une racine et de s'affaler de tout son long. Kyle la rejoignit alors qu'elle commençait tout juste à se relever.

Malgré la fine couche de boue recouvrant la femme, Kyle sentit un profond désir lui envahir le bas-ventre. Il posa son M-16 contre un arbre et se jeta sur la malheureuse dont les yeux écarquillés criaient la terreur.

# Chapitre 81

Ethan célébrait sa liberté retrouvée en savourant un cappuccino à la terrasse d'un café situé à cinq minutes de marche de son appartement. Il avait été libéré deux heures plus tôt après avoir réuni les fonds pour payer sa caution. Il ne possédait pas quatre cent mille dollars, et il avait dû recourir à un prêteur sur gages qui s'était fait une joie de lui avancer l'argent pour une commission équivalente à dix pour cent du montant. Quarante mille dollars qu'Ethan ne récupérerait évidemment jamais, et ce même s'il était reconnu non coupable à l'issue de son procès.

Il ne comprenait toujours pas comment il en était arrivé là. Qui s'acharnait à vouloir le faire plonger pour des crimes qu'il n'avait pas commis et qui allaient du viol au double homicide ? Olympia avait sans aucun doute une petite idée sur cette question, mais elle ne semblait pas décidée à changer son histoire. Ethan avait songé à aller la voir pour tirer les choses au clair, mais y avait finalement renoncé. Les chances pour que sa visite lui attire davantage d'ennuis dépassaient de beaucoup l'infime possibilité qu'elle se révèle bénéfique. Le tribunal avait émis une ordonnance restrictive, et Ethan ne pouvait pas approcher Olympia à moins de cent mètres sans enfreindre la loi.

Olympia pouvait-elle de toute façon réellement se trouver derrière cette machination ? Pour quelle raison lui en voudrait-elle à ce point ? Avait-elle appris pour le baiser qu'il avait échangé avec Jennifer quelques mois plus tôt ? Un baiser que Jennifer lui avait rendu dans un moment de désarroi. Un baiser qui ne signifiait rien, et que seule Melody avait surpris… Cette dernière les avait assurés qu'elle n'en dirait rien à Olympia, mais avait-elle tenu parole ? Les deux mannequins se connaissaient depuis des années et étaient très proches, après tout.

Mais en supposant qu'Olympia ait eu vent du baiser en question, et qu'elle cherchât à se venger de lui, comment s'y seraitelle prise pour convaincre Blackwood de lui faire porter le chapeau pour le meurtre de Welch ? Cela n'avait aucun sens. Il n'y avait aucun lien entre l'ancienne top-modèle et le milliardaire.

Mais s'il ne s'agissait pas d'Olympia, qui donc tentait de se venger d'Ethan ? Même si le mystérieux salopard ne parvenait pas à le faire enfermer pour de bon, il lui avait au moins assené un coup fatal en l'empêchant de rejoindre Jennifer aux Bahamas. Sa relation avec son assistante ne s'en remettrait jamais. Pas dans l'état où elle se trouvait avant qu'Ethan ne lui fasse faux bond. Et cela l'enrageait encore davantage que les accusations fallacieuses. Jennifer avait tout juste commencé à revenir vers lui. À lui faire de nouveau confiance. Et maintenant, tout était fichu !

Il avait bien sûr tenté de l'appeler pour s'expliquer dès sa sortie de prison, mais il atterrissait chaque fois directement sur sa messagerie. Son portable semblait éteint. Ce qui n'avait rien de surprenant si elle se trouvait sur une île perdue au beau milieu de l'océan. Il n'avait même pas le numéro de son téléphone satellite. Pourquoi l'aurait-il ? Elle n'avait jamais été censée partir sans lui…

Une jeune femme vint s'asseoir à une table près de la sienne et un instant, Ethan crut qu'il s'agissait de Jessica Spencer, sa dernière *victime* en date. Il n'en était rien, mais la ressemblance raviva le souvenir de la détective dans l'esprit d'Ethan. Elle avait posé de nombreuses questions pertinentes durant le séminaire qu'il avait donné sur les pervers narcissiques. Des personnalités dangereuses, pas toujours évidentes à identifier puisqu'elles se comportaient fréquemment de manière différente envers leurs victimes et le reste de leur entourage. Les pervers narcissiques possédaient souvent un ego démesuré, mais il ne s'agissait pas d'une condition *sine qua non.*

Rien d'autre ne comptait pour le pervers narcissique que ses propres désirs, quel qu'en fût le coût pour ses victimes, qui étaient la plupart du temps des proches. Peu de pervers narcissiques en venaient au meurtre pour parvenir à leurs fins, cependant. En revanche, une majorité de psychopathes et de sociopathes présentait de nombreux traits de caractère identiques à ceux des pervers narcissiques.

Mais pourquoi songeait-il donc à cela ? La réponse lui apparut soudain évidente. Comment avait-il pu être aussi aveugle ? Dans cette farce grotesque, Ethan n'avait jamais été une victime… Il n'était qu'un pion.

# Chapitre 82

Le chasseur avait les yeux sur la dernière proie encore en vie, mais il attendait que ses acolytes l'aient rejoint avant de se montrer. Il aurait aisément pu en venir à bout seul, mais préférait s'en tenir au plan. Ils l'avaient jusqu'à présent exécuté sans accrocs, et il n'y avait aucune raison d'en dévier. Il n'aurait de toute façon pas à patienter longtemps. Les chants d'oiseaux se rapprochaient de plus en plus, et il continuait d'y répondre sans que la victime réalise ce qu'ils signifiaient.

Du coin de l'œil, il remarqua un bruissement incongru de feuilles sur sa droite, pendant qu'un visage familier émergeait de derrière un arbre sur sa gauche. Encerclée, la proie n'avait plus nulle part où aller. Le temps était venu d'en finir avec elle.

Blackwood s'avança vers Jennifer en arborant un sourire satisfait. La haine qui brûlait au fond des yeux de la jeune femme ne faisait qu'attiser son désir. Elle ne montrait aucun signe de vouloir prendre la fuite, mais se tenait campée sur ses jambes à le regarder d'un air étrange. Enfin une proie digne de lui.

Il progressait lentement vers elle en tapotant le manche du couteau pendant à sa ceinture. Il ne cherchait cependant qu'à l'intimider. Il n'avait aucunement l'intention de se servir de la lame avant d'avoir ravagé la salope de sa queue déjà gonflée de désir. Quand elle ramperait à ses pieds, brisée et nue comme au jour de sa naissance, alors il serait temps de sortir son poignard et de s'amuser une dernière fois avec la jolie rousse.

Il continua de se rapprocher d'elle sans qu'elle esquisse le moindre geste. Il ne se trouvait plus qu'à un mètre de sa victime lorsqu'elle lui fit un clin d'œil. Déstabilisé par la réaction inattendue de la jeune femme, Blackwood sentit un doute le gagner. Avait-il sous-estimé sa proie ?

Par précaution, il referma les doigts sur le manche de son couteau, mais il était déjà trop tard. Il tenta de dégainer son arme, mais une poigne d'acier lui encercla aussitôt le poignet, bloquant la lame dans son fourreau.

Jennifer fondit sur lui avant qu'il n'ait le temps de réagir. Il vit la main de la jeune femme descendre vers son bas-ventre dans un flash, et un liquide chaud lui coula le long de la jambe. Était-il en train de se pisser dessus ?

Quand ses jambes se dérobèrent sous lui un instant plus tard, il comprit qu'il ne s'agissait pas d'urine. La salope venait de lui trancher l'artère fémorale. La botte préférée d'Artémis… L'ironie de la situation ne lui échappa pas.

Le sang de Blackwood gouttait de la lame en silex dans la main de Jennifer, mais celle-ci n'y prêtait aucune attention. Ses yeux étaient rivés sur Silas dont les doigts encerclaient encore le poignet du milliardaire, au cas où celui-ci tenterait de dégainer son arme dans un sursaut de combativité. Une précaution inutile, la dernière de leurs proies avait déjà rejoint les deux mercenaires en enfer.

Les trois femmes aux corps couverts de boue, dont Jennifer ignorait toujours les noms, vinrent les retrouver autour du cadavre de Blackwood un instant plus tard. L'une d'elles fit un pas en avant pour se rapprocher de la dépouille.

— Ce qui me chagrine le plus, c'est qu'aucune de ces trois ordures n'aura réalisé que les rôles ont été inversés avant de crever. Qu'ils n'étaient désormais plus les chasseurs, mais bien les proies, dit-elle, se penchant pour cracher sur le corps exsangue de Blackwood.

# Chapitre 83

Ethan resservit une tasse de café à Jennifer et alla se rasseoir dans son fauteuil, où il étendit les jambes afin de poser les pieds sur la table basse du salon.

— Et Blackwood n'avait pas la moindre idée que Silas se trouvait sur l'île ? demanda-t-il en saisissant son mug encore fumant.

— Pas la moindre. Il était persuadé qu'il s'était noyé en essayant de fuir. Ce qui serait sans aucun doute arrivé si mon frère avait tenté sa chance avec l'océan, mais Silas n'est pas idiot. Il a vite repéré les caméras parsemant l'île. Il savait exactement comment passer d'une zone d'ombre à une autre et rester invisible, si bien que lorsque Blackwood et ses amis ont débarqué sur l'île pour le chasser, ils n'ont pas dû être surpris outre mesure de ne pas l'y trouver. Cela faisait déjà plusieurs jours qu'il s'était évanoui de leurs écrans de surveillance…

— Et il a survécu tout ce temps…

— L'île est loin d'être hostile, et c'est de Silas dont nous parlons. Notre père nous a entraînés à survivre à bien pire. Sans cesse éviter les caméras était mentalement épuisant, mais l'épreuve la plus rude pour lui a été l'arrivée du couple. Il a passé des journées entières à guetter une occasion de les approcher pour leur venir en aide, mais ils ne sont jamais sortis du champ des caméras et de leurs satanés micros. Silas n'a jamais pu se montrer. En fin de compte, il n'a rien pu faire quand les quatre chasseurs ont débarqué pour en finir avec eux.

— Quatre ? Saurait-il les décrire ?

— Il n'a jamais approché les trois hommes et la femme d'assez près pour pouvoir les identifier, mais il y a fort à parier que Blackwood faisait partie du lot. Et la femme pourrait être la dénommée Artémis.

— Celle que Blackwood a appelée depuis le hors-bord…

— Elle-même. Quant aux autres, il ne s'agissait en tout cas pas des deux mercenaires. Vu leur taille, Silas les aurait reconnus, même de loin.

— Henseworth et Welch ?

— C'est aussi à eux que j'ai songé, mais il sera difficile de le prouver.

Ethan acquiesça pensivement.

— Comment Silas a-t-il réussi à entrer en contact avec les trois top-modèles ?

— L'une d'elles s'est aventurée dans les bois, à un endroit non couvert par les caméras. C'est comme ça qu'il a pu les approcher. Il leur a appris à se déplacer sur l'île en utilisant les zones d'ombre. Et à trouver de l'eau fraîche et de quoi manger. Mais surtout, il les a formées à l'art du camouflage et au maniement des couteaux en silex qu'il avait façonnés. Il tenait à ce qu'ensemble, ils puissent faire face aux chasseurs, la prochaine fois qu'ils débarqueraient sur l'île.

— Comment Silas et les mannequins ont-ils été prévenus de votre arrivée ? Le bruit du hors-bord ?

— En partie, mais surtout celui de l'hélicoptère. L'île au château n'est pas si loin et Blackwood s'y rend toujours en hélicoptère. Silas avait remarqué que les chasseurs accostaient généralement l'île moins de vingt-quatre heures après qu'il eut entendu le bruit caractéristique de l'atterrissage de l'hélico.

— Heureusement que, contrairement aux trois mannequins, tu n'avais pas besoin d'entraînement pour votre petite partie de chasse…

Jennifer lui retourna un sourire entendu.

— Et comment va Silas ? Le connaissant, l'idée de tuer un

autre être humain a dû lui poser de gros problèmes.

— Je ne pense pas qu'il voyait ces pourritures comme des êtres humains. Pas après ce dont il avait déjà été témoin depuis son arrivée sur l'île.

Ils passèrent encore une demi-heure à discuter des aventures insulaires de Jennifer avant d'épuiser le sujet. Un souci majeur demeurait cependant. Artémis était toujours en vie et nul ne savait où la trouver. Silas ne l'avait aperçue que de loin, mais la couleur de cheveux de la chasseresse collait avec la théorie d'Ethan. Théorie dont il fit part à Jennifer.

Elle l'écouta attentivement. D'abord dubitative, elle finit par admettre que ses arguments tenaient la route.

— Et tant qu'elle sera en liberté, aucun de nous ne sera à l'abri, conclut Ethan.

— Je suis d'accord. Et je pense avoir une idée pour la faire sortir de son trou.

— Je t'écoute.

Jennifer exposa son plan et ce fut au tour d'Ethan d'écouter avec attention.

— Tu comptes la confronter ? Et tu crois réellement qu'elle te dira tout ? Ça me semble peu probable…

— Dit comme ça, évidemment… Mais il y a confrontation et *confrontation*…

Ethan la regarda en silence, l'air perdu.

— Je compte la piéger pour la faire avouer ! expliqua Jennifer d'une voix agacée.

— Tu pouvais pas commencer par-là ?

Elle leva les yeux au ciel et but une gorgée de café.

— Maintenant que Blackwood est décédé, crois-tu que le FBI et Clarkson classeront l'affaire ?

— J'en suis certain. Theo me l'a déjà confirmé.

— Et tu penses qu'ils tenaient le bon coupable ?

— Oui et non. Blackwood a bien fait assassiner Welch, mais il n'a rien à voir avec la mort de Prescott ou même celle d’Henseworth.

— Tu sembles bien sûr de toi… Qu’est-ce qui te fait dire ça ?

— Le silencieux que tu as trouvé dans le passage secret.

# Chapitre 84

La porte de la maison s'ouvrit, et Olympia accueillit Silas avec un sourire avant de tourner un visage plus froid vers Jennifer. Quatre jours s'étaient écoulés depuis qu'Ethan et Jennifer avaient établi leur plan d'attaque, mais Olympia s'était trouvée en déplacement pour une séance photo à New York, et ils avaient dû attendre son retour pour le mettre à exécution. Beaucoup trop tard au goût de Jennifer, puisque le procès d'Ethan commençait aujourd'hui.

— Entrez, leur dit-elle en tenant la porte ouverte.

Rien n'avait changé dans le salon d'Olympia depuis sa dernière visite, et Jennifer eut soudain un sentiment de déjà-vu. Mais cette fois, elle comptait bien obtenir des réponses de la part de son ex.

— Je suis contente de te savoir sain et sauf, Silas. Melody m'avait prévenue que tu étais de retour, mais je ne pensais pas te revoir.

Silas la remercia et répondit aux questions d'Olympia à propos de ce qui lui était arrivé.

— Je ne parviens pas à y croire, dit-elle quand il eut achevé son récit. Que vous ayez pu venir à bout de ces tueurs armés jusqu'aux dents avec de simples pierres taillées…

— Nous avons eu énormément de chance. Je pense que les dieux étaient avec nous, déclara Silas en souriant.

— En tout cas, je suis heureuse que tu t'en sois sorti sain et sauf. Que *vous* vous en soyez sortis, dit Olympia en se tournant vers Jennifer.

— Merci, répondit Jennifer. Et je voulais aussi te présenter mes excuses, Olympia. Je n'aurais jamais dû douter de toi. Je ne pouvais tout simplement pas croire Ethan capable d'une chose pareille, mais je m'étais lourdement trompée à son sujet. J'imagine que tu as entendu à propos de sa deuxième victime ?

— Melody m'a raconté, oui. Je suis désolée également, Jennifer. Ethan cachait bien son jeu.

Le téléphone de Jennifer sonna et Silas s'excusa pour aller aux toilettes.

— Désolée, mais il faut que je réponde, dit Jennifer en se levant de son siège, l'oreille collée au portable.

Elle était toujours au téléphone lorsque Silas revint deux minutes plus tard.

— Je pense qu'il y a un problème avec le robinet du lavabo, annonça-t-il à Olympia d'un air penaud. Je n'arrive pas à le fermer et ça commence à déborder.

La mannequin suivit Silas vers les toilettes et Jennifer les regarda sortir de la pièce. Sitôt seule, elle se jeta sur le mobile qu'Olympia avait abandonné sur la table basse et entra le mot de passe qui n'avait pas changé depuis leur rupture.

Elle se rendit dans la messagerie de la jeune femme, mais ne trouva aucun mail compromettant. Une revue rapide de ses textos ne révéla rien non plus. Elle n'avait malheureusement pas le temps d'écouter les messages stockés dans la boîte vocale, Olympia pouvait revenir d'une seconde à l'autre. Elle entendait déjà les talons de son ex résonner sur le carrelage et s'apprêtait à reposer le téléphone où elle l'avait pris quand elle eut l'idée d'ouvrir l'application WhatsApp. Ce qu'elle y découvrit confirma aussitôt ses soupçons, et Jennifer ressentit un mélange de haine et de tristesse à la vue des messages.

Elle tenait encore le téléphone lorsqu'Olympia et Silas revinrent dans la pièce.

— Qu'est-ce que tu fais avec ça ? demanda la modèle d'une voix qui aurait pu geler un lac.

— Je cherchais la confirmation de ce que je soupçonnais déjà, répondit Jennifer en tournant l'écran du portable vers son ex. Et maintenant, je l'ai…

Jennifer et Silas étaient repartis, et Olympia se retrouva à nouveau seule dans sa vaste demeure. Confrontée aux preuves accablantes renfermées dans son téléphone, elle n'avait pu nier les faits. Elle avait envisagé un instant de neutraliser ses visiteurs, mais aucune arme ne s'était trouvée à portée de sa main. Et ces deux-là étaient déjà venus à bout d'un trio de tueurs aguerris…

Elle les observa monter dans leur voiture par l'une des fenêtres du premier étage et composa le numéro de téléphone qui lui avait envoyé les messages que Jennifer avait découverts. Une voix masculine lui répondit à l'autre bout de la ligne.

— Jennifer MacKay sort de chez moi. Elle sait tout. Elle me donne vingt-quatre heures pour aller me confesser auprès de la police. Après quoi, elle ira elle-même leur dire ce qu'elle a appris…

Olympia laissa à son interlocuteur le temps d'accuser le coup et de tirer les conclusions qui s'imposaient avant d'ajouter :

— Inutile de préciser que je n'ai aucunement l'intention d'aller voir les flics.

# Chapitre 85

L'homme dévissa l'ampoule de la lampe murale éclairant le palier et constata qu'aucune lueur ne filtrait sous la porte de l'appartement 8. Celui de Jennifer MacKay.

Il surveillait l'entrée de l'immeuble depuis 16 h, planqué dans une voiture garée à une quinzaine de mètres de là, et avait vu la jolie rousse rentrer chez elle aux alentours de 19 h. Le frangin était sorti vers 20 h et n'était pas encore revenu lorsque la lumière s'était éteinte à l'intérieur du logement trois heures plus tard. L'homme avait attendu le retour du dénommé Silas jusqu'à 2 h du matin avant de perdre patience et de s'infiltrer dans l'immeuble. Il pourrait toujours régler le compte du frère quand il rentrerait.

Il inséra deux minuscules outils dans la serrure et parvint à la crocheter en moins de deux minutes. Il se glissa à l'intérieur sans un bruit et tira le Glock équipé d'un silencieux de l'étui qu'il portait dans le dos. Il ne commettrait pas l'erreur de sous-estimer sa cible. Après tout, MacKay était en vie alors que Kyle et Anton, ses deux acolytes, ne l'étaient plus…

Il entreprit de vérifier toutes les pièces une par une afin de s'assurer que sa victime se trouvait bien seule. Il ne voulait pas que le frangin lui tombe dessus si la gonzesse couinait un peu avant de passer l'arme à gauche.

Il constata avec soulagement que le reste de l'appartement était bien désert et se dirigea vers la chambre de Jennifer. Il avait mémorisé le plan des lieux qu'Artémis lui avait donné et savait précisément de laquelle il s'agissait. La porte fermée au bout du couloir.

La clinche pivota sans un bruit et il se trouva bientôt dans une chambre d'une vingtaine de mètres carrés. De sa cible, il ne percevait qu'un fouillis de cheveux roux sur l'oreiller, mais la bosse longiligne sous les couvertures ne laissait aucun doute quant à sa position.

Il se rapprocha encore de quelques pas, arme tendue en direction du corps immobile, et s'apprêtait à presser la détente lorsqu'il fut paralysé par une décharge électrique. Ses jambes se dérobèrent sous lui et il s'effondra.

Il sentit une présence au-dessus de lui, et son Glock lui fut arraché des mains. La lumière se fit dans la pièce un instant plus tard, et il vit les visages de Jennifer MacKay, Ethan Archer et Silas flotter autour de lui comme des oiseaux de mauvais augure. La femme arborait un sourire qui lui glaça le sang.

Jennifer stationna la voiture dans le garage de la maison qu'elle avait louée quelques jours plus tôt sous une fausse identité – elle avait retenu une chose ou deux des leçons que son cousin lui avait inculquées à ses dépens. Elle alla ensuite ouvrir le coffre du Ford Explorer où se trouvait la malle renfermant l'individu qu'Olympia avait eu la gentillesse de lui envoyer.

À en croire le permis de conduire du sbire d'Artémis, il se prénommait Chad et mesurait un mètre quatre-vingt-huit. Il paraissait cependant plus petit, ainsi plié en quatre dans sa malle, ficelé et bâillonné.

Jennifer et Silas sortirent la malle du coffre au prix de douloureux efforts et la tirèrent jusqu'au salon. Les muscles d'Ethan auraient été les bienvenus, mais Jennifer l'avait renvoyé chez lui aussitôt l'assassin neutralisé. Il avait suffisamment d'ennui avec la justice comme ça et ne pouvait prendre le risque de se faire arrêter par la police de la route avec un type dans le coffre de sa voiture.

Le salon était carrelé de grandes dalles d'un blanc brillant, mais Jennifer et Silas avaient tout de même recouvert le sol d'épaisses feuilles de polyéthylène au centre desquelles ils avaient placé une chaise métallique.

Ils ouvrirent la malle et le dénommé Chad les fusilla aussitôt du regard. Il n'était cependant pas en position d'intimider qui que ce soit. Il se débattit quand ils tentèrent de le sortir, et Silas eut à nouveau recours au Taser pour le rendre plus coopératif.

Ils attachèrent chacune de ses jambes à un pied de la chaise à l'aide de ruban adhésif de déménagement et lui menottèrent les mains dans le dos.

L'homme recouvrait tout juste le contrôle de ses muscles paralysés par la décharge électrique quand Jennifer sortit un étau de bijoutier de sa poche. L'outil en fonte ne pesait pas plus de cinq cents grammes et le tueur le contempla avec davantage d'amusement que de peur.

Jennifer lui fit un clin d'œil pervers avant de s'accroupir derrière lui et de placer le petit doigt de sa main droite dans les mâchoires de l'étau. Elle les serra ensuite doucement jusqu'à ce que le métal morde légèrement dans la chair de celui qui avait été envoyé pour la faire disparaître.

— Tu sais déjà pourquoi tu es là, alors économise-toi des souffrances inutiles et donne nous l'adresse.

L'homme marmonna quelque chose que son bâillon rendit parfaitement inintelligible. Silas le desserra, et Chad prit une profonde inspiration.

— Je disais : « Va te faire mettre, salope ! »

Jennifer fit signe à son frère de replacer le bâillon et Silas obtempéra aussitôt. Elle actionna la manivelle de l'étau jusqu'à ce qu'elle ressente une résistance, et elle vit les mâchoires de l'homme se contracter de douleur. Elle donna un tour de manivelle supplémentaire et l'articulation éclata sous la pression du métal. Le bâillon ne put absorber complètement le hurlement de l'assassin.

Jennifer desserra ensuite l'étau et l'appliqua à un autre doigt de la même main. Au troisième doigt réduit en bouillie, le tueur leur dit tout ce qu'ils souhaitaient entendre, et bien plus encore. De sa main intacte, il dessina même un plan des lieux. Et tout ça sans une seule goutte de sang versé.

Puis elle lui plaça une note qu'elle avait rédigée elle-même devant les yeux et la lui fit lire à voix haute pendant que Silas enregistrait la confession à l'aide d'un magnétophone digital.

— Eh bien, tu vois quand tu veux… Était-ce si difficile ? demanda-t-elle, alors que Silas réappliquait le bâillon du prisonnier. Ne t'inquiète pas, Chad. Ta confession est entre de bonnes mains. Nous la transmettrons à la police de manière anonyme dès que nous aurons regagné la ville.

— Et maintenant ? s'enquit Silas.

— Maintenant, il n'y a plus qu'à faire le ménage, répondit Jennifer en saisissant un club de golf qu'elle abattit de toutes ses forces sur la nuque du prisonnier.

Son cou se brisa à la quatrième tentative.

*Et toujours pas une goutte de sang*, se félicita-t-elle.

# Chapitre 86

Janus enfila un peignoir en sortant de sa douche et alla se coiffer devant le miroir de la salle de bain. Elle avait appris la mort de Percival Blackwood quelques jours plus tôt, mais elle n'avait pas ressenti le soulagement auquel elle s'était attendue. Le milliardaire sociopathe avait été pris à son propre jeu. Exécuté sur son île privée par quatre femmes qu'il avait espéré ajouter à sa collection de trophées.

Janus ignorait d'où les trois mannequins avaient tiré leur instinct de chasseuses, ou encore comment elles avaient appris à tailler des silex, mais leurs armes improvisées s'étaient révélées dévastatrices contre Blackwood et les deux mercenaires qui l'accompagnaient.

Contrairement à ce qu'en disait la version officielle des faits, Janus soupçonnait fortement Jennifer d'avoir joué un rôle clef sur l'île. Celle qui avait été l'intendante des Blackwood deux mois durant avait plus d'un secret… Elle ne pouvait cependant pas avoir eu le temps de tailler les couteaux en pierre dont les femmes s'étaient servies contre leurs adversaires. Les trois mannequins avaient dû accomplir cet exploit elles-mêmes.

Les ennemis de Janus avaient été éliminés jusqu'au dernier, et les sombres secrets de Blackwood exposés à la vue de tous. Alors, pourquoi ne ressentait-elle aucun soulagement, maintenant que son travail était terminé ? Serait-ce parce que Percival Blackwood n'avait pas péri de sa main ? Elle en doutait. Elle avait toujours été mal à l'aise à l'idée de presser la détente dans son cas. C'est pourquoi elle avait essayé de lui faire porter le chapeau pour les meurtres de Prescott et d'Henseworth. Afin que la police fasse le boulot à sa place.

Elle s'habilla et alla se préparer une tasse de thé avant de s'installer devant ses moniteurs. Elle vérifia d'abord son mail personnel, puis s'intéressa aux messageries dont elle avait piraté l'accès. Leurs propriétaires étant tous morts, elle ne s'attendait pas à y trouver grand-chose de passionnant, mais continuait d'y jeter un coup d'œil par habitude.

Les messageries de Blackwood, Henseworth et Welch – ou Zeus, Poséidon et Hadès, comme les trois salopards aimaient se faire appeler – ne révélèrent rien d'inattendu, mais un mail dans celle de Prescott attira l'attention de la hackeuse. Celui-ci était intitulé « Contrat-Jennifer MacKay ».

Elle s'empressa de lire le contenu du mail adressé au tueur à gages connu sous le nom de Janus. Le même pseudonyme que celui qu'elle s'était choisi des années plus tôt lorsqu'elle avait démarré sa carrière de hackeuse. Elle et lui ne portaient pas le même nom de code par accident, mais cela, elle ne l'avait compris que très récemment. Et cela l'avait décidée à se débarrasser non seulement de Prescott, mais aussi des trois dieux de l'Olympe.

Comme son titre le suggérait, le mail contenait un contrat pour l'exécution de Jennifer MacKay. Il précisait même où elle se trouverait deux jours plus tard et offrait un bonus de cent mille dollars si le tueur remplissait le contrat ce jour-là. Le lieu en question ne semblait pas idéal pour un assassinat, mais le bonus à la clef aurait certainement convaincu Prescott de prendre le risque. S'il avait été encore en vie…

Le commanditaire du meurtre avait signé sa requête, mais avait pris soin de dissimuler son identité derrière un pseudonyme, que Janus reconnut immédiatement : Artémis.

Janus n'avait jamais découvert la véritable identité de la mystérieuse Artémis, la mystérieuse complice des trois dieux de l'Olympe, mais la chasseuse était parvenue à effacer toutes traces de son existence de l'ordinateur de Blackwood une semaine plus tôt. Une prouesse informatique impressionnante que la hackeuse admirait à sa juste valeur.

Artémis était sans aucun doute aussi intelligente que redoutable, mais Janus ne s'était jusqu'à présent pas inquiétée d'elle. La chasseuse n'avait jamais fait partie de sa liste de personnes à éliminer.

Janus n'aimait cependant pas qu'elle veuille maintenant s'en prendre à Jennifer MacKay. Qu'avait fait cette dernière pour s'attirer les foudres de la déesse de la chasse ? Heureusement pour Jennifer, Prescott n'était plus en mesure d'accepter ce contrat.

La hackeuse termina sa tasse de thé en consultant un site d'informations en continu et alla se préparer des toasts à la marmelade d'orange. Son petit déjeuner avalé, elle se remit au travail. Elle tentait depuis un certain temps d'accéder aux serveurs d'une multinationale soupçonnée d'employer de la main-d'œuvre issue de l'esclavagisme moderne dans plusieurs de ses filiales asiatiques. Elle réfléchissait à la meilleure façon d'aborder le problème, lorsqu'un mail auquel elle ne s'attendait vraiment pas arriva dans l'une de ses boîtes de réception.

Le message, qui avait été envoyé depuis la messagerie du défunt Prescott, était adressé à Artémis et accusait réception du contrat visant Jennifer MacKay.

Prescott avait-il eu un associé ? En règle générale, les tueurs à gages travaillaient pourtant seuls… À moins qu'il ne s'agisse d'un apprenti que l'assassin aurait formé pour prendre sa suite ? Quoiqu'il en fût, la malheureuse Jennifer avait un sérieux problème.

# Chapitre 87

Depuis le banc des accusés, Ethan regardait droit devant lui et tentait de maintenir son calme. Jessica Spencer venait de décrire son agression en détail, et il ne pouvait tout simplement pas croire qu'on l'inculpe d'un crime aussi odieux.

Afin d'établir qu'Ethan n'en était pas à sa première victime et convaincre la juge que sa place se trouvait dans un pénitencier d'État, Olympia avait témoigné de son propre viol plus tôt dans la matinée.

Quand la substitute du procureur partit se rasseoir, l'avocat d'Ethan se leva à son tour et se dirigea vers l'estrade, où la victime attendait ses questions d'un air résigné.

En réponse à la première, Jessica confirma qu'elle n'avait jamais vu le visage de son agresseur et n'avait par conséquent pas pu l'identifier. La seconde et dernière question de Jimmy Wilde servit à démontrer que la victime avait bien été inconsciente durant son viol.

Ethan avait renoncé à son droit à être jugé par un jury et avait remis son sort aux mains du juge. Il avait pris cette décision inhabituelle contre l'avis de son avocat et espérait ne pas avoir à le regretter dans un futur proche.

En l'absence de jury, les avocats des deux bords adoptaient des airs moins théâtraux et avaient réduit de manière significative le nombre de témoins. À cette allure, le procès risquait de finir aujourd'hui même.

La juge remercia la victime, et la substitute du procureur

appela le témoin suivant à la barre. Un expert de la police scientifique qui expliqua que la probabilité pour que le sperme retrouvé sur la cuisse de Jessica ne soit pas celui d'Ethan était inférieure à une chance sur un milliard.

Durant le contre-interrogatoire, l'expert concéda à Jimmy Wilde qu'il ne savait pas comment le sperme était arrivé là, et qu'il était concevable – bien que fort improbable – qu'il y ait été placé par quelqu'un ayant accès à un échantillon appartenant à Ethan alors que la victime était toujours inconsciente.

Quand l'expert quitta l'estrade, le procureur annonça qu'il n'avait plus de témoin à présenter, mais se réserva le droit d'en appeler un autre une fois que la défense aurait fini de plaider sa cause.

Jimmy se leva et appela son premier témoin : Theo Hansen. L'huissier fit entrer Theo, qui jura sous serment de dire la vérité.

L'avocat invita d'abord l'agent spécial à exposer ses qualifications avant de lui demander depuis combien de temps il connaissait Ethan. Il fut établi que les deux amis se fréquentaient depuis l'université, qu'Ethan accomplissait des missions régulières de consultant pour le FBI, et qu'il avait joué un rôle primordial dans l'arrestation de nombreux violeurs et tueurs en série.

Ethan n'avait pas d'alibi pour le viol de la policière, et Theo était principalement un témoin de moralité. Son rôle consistait à présenter son ami sous son meilleur jour, afin de convaincre la juge qu'il n'aurait jamais pu se rendre coupable du crime dont il était accusé. Une tâche impossible étant donné la nature des preuves à charge et le témoignage accablant d'Olympia.

— À votre avis, agent spécial Hansen, Ethan Archer aurait-il pu commettre le crime dont il est accusé aujourd'hui ?

— Absolument pas. C'est impensable. Ethan est tout simplement incapable d'agresser sexuellement une femme, quelles que soient les circonstances.

L'avocat gribouilla quelque chose sur son bloc-notes,

probablement afin de laisser la réponse résonner un instant, avant de se tourner à nouveau vers le témoin.

— Avez-vous parlé avec Ethan Archer durant la nuit du 3 au 4 juillet dernier ?

— Oui, je l'ai appelé à 1 h 33 précisément, et nous sommes restés au téléphone durant neuf minutes.

La compagnie de téléphone avait déjà établi qu'Ethan s'était trouvé à son domicile, et non dans le voisinage de l'appartement de Jessica Spencer à l'heure du coup de fil, mais cela n'aidait son cas que de manière marginale. La détective s'était fait agresser plus d'une heure après la fin de l'appel. Bien plus de temps qu'il n'en aurait fallu à Ethan pour se rendre chez elle à cette heure de la nuit. Un point sur lequel la substitute du procureur se fit une joie d'appuyer durant son contre-interrogatoire.

Theo alla s'asseoir dans le public, et Jimmy Wilde convoqua son deuxième témoin. Il avait essayé de convaincre Jennifer de témoigner également de la moralité d'Ethan, mais elle avait refusé. Ethan comprenait sa position et ne lui en voulait pas.

Jennifer assistait cependant au procès depuis les rangs réservés au public, où elle était assise en compagnie de Melody. Ethan soupçonnait cette dernière d'avoir effectué le déplacement davantage pour soutenir Olympia que parce qu'elle se souciait du sort de l'accusé, mais il ne pouvait pas lui en tenir rigueur. Il ne pouvait en être autrement.

Le témoin suivant était un officier de police, qui était intervenu trois ans plus tôt alors qu'Ethan massacrait un pervers ayant drogué une fille dans un bar afin d'abuser d'elle.

À l'époque, la chasse au pervers constituait le hobby préféré d'Ethan. Il passait la plupart de ses soirées dans des bars ou des boîtes, à débusquer les prédateurs sexuels afin de leur faire oublier le goût de leur perversion à grands coups de poing. Certains de ses exploits avaient attiré l'attention des autorités, mais il n'avait jamais été poursuivi en justice pour ses excès de zèle à l'encontre de ces déviants sexuels.

L'objectif du témoignage était clair. Quelqu'un qui occupait son temps libre à la traque aux violeurs ne pouvait lui-même en être un. Un type qui plongeait dans une fureur quasi meurtrière à la simple idée qu'une femme puisse se faire abuser ne pouvait être un pervers.

Jimmy Wilde en finit avec son dernier témoin peu avant 14 h. Les deux parties présentèrent alors leurs conclusions, à l'issue desquelles la juge se retira pour délibérer. Ethan fut reconduit dans la cellule du tribunal en attendant que la juge prenne une décision à son encontre. Il doutait que les délibérations durent bien longtemps…

Deux adjoints du shérif vinrent le chercher une demi-heure plus tard. La juge était prête à rendre son verdict.

— Monsieur Archer, commença-t-elle. Ce tribunal vous reconnaît coupable de viol sur la personne de Jessica Spencer. J'ignore comment vous êtes passé de justicier vengeur à violeur d'officier de police, mais les preuves à charge sont sans appel. Je vais m'autoriser quinze jours pour méditer à un juste châtiment pour votre crime. Vous attendrez votre sentence dans la prison du comté. Que vous connaissez déjà, je pense…

# Chapitre 88

Le groupe d'intervention de la police de San Francisco avait pris position autour de l'immeuble une demi-heure plus tôt et attendait patiemment le signal pour donner l'assaut. Spécialisés dans la libération d'otages, les hommes de cette brigade d'élite pouvaient rester des heures, pratiquement immobiles, à guetter une occasion favorable pour agir. Ce soir-là, leur veille se ferait cependant beaucoup plus courte. Cette fois, les policiers savaient précisément où ils mettaient les pieds. Cerise sur le gâteau, les kidnappeurs ne s'attendaient pas du tout à leur intervention.

L'informateur avait fourni un plan détaillé de l'endroit, qui s'alignait parfaitement avec les documents du cadastre, et chacun des membres du groupe savait exactement où se trouvait la victime et le genre de résistance à laquelle se préparer.

Le feu vert arriva peu après 5 h 30, alors que la plupart des clients avaient déserté le bordel et que les prostituées commençaient à rentrer chez elles. Les portes avant et arrière de l'hôtel particulier volèrent en éclats au même instant, et deux groupes composés chacun de six hommes investirent les lieux.

La crosse de leur fusil d'assaut calée contre l'épaule, ils avançaient méthodiquement, le doigt sur la gâchette. Pendant que l'équipe alpha vérifiait une à une les pièces du rez-de-chaussée, les hommes de l'équipe bravo gravissaient l'escalier en direction du troisième étage, où la fille se trouvait enfermée.

Un costaud en costume sombre vint aux nouvelles sur le palier du premier, mais il fut vite neutralisé et les policiers continuèrent leur progression vers les étages supérieurs.

Ils se retrouvèrent bientôt devant la porte d'une chambre équipée de deux verrous extérieurs qui n'offrirent que peu de résistance aux assauts de leur bélier – un cylindre de métal d'une quinzaine de centimètres de diamètre, spécialement conçu pour cette fonction.

Dépourvue de fenêtre, la pièce ressemblait à une cellule capitonnée telle que l'on en trouvait dans les asiles d'aliénés. Des toilettes occupaient un coin de la chambre qui n'avait qu'un lit pour tout ameublement. C'est sur ce lit qu'ils découvrirent celle qu'ils étaient venus libérer.

La jeune femme les regardait d'un air à la fois hagard et terrifié. Malgré les uniformes facilement reconnaissables du groupe d'intervention, son cerveau traumatisé par des mois de captivité ne parvenait pas à comprendre qu'ils étaient là pour l'aider. Que son cauchemar était enfin terminé.

L'un des hommes parla dans sa radio, et deux infirmiers pénétrèrent dans la chambre un instant plus tard pour l'ausculter.

Quand la jeune femme sortit de l'immeuble qui avait été sa prison durant plus de trois mois, la police avait déjà arrêté les quelques clients et prostituées encore sur place. Les deux loustics qui avaient assuré le service d'ordre de l'établissement avaient les mains menottées dans le dos et attendaient sous bonne garde qu'on les fasse monter à l'arrière d'un fourgon. La jeune femme ne les reconnut cependant pas. Ils n'appartenaient pas au trio de salopards qui l'avait kidnappée et lui avaient apporté ses repas au cours de sa captivité. Elle identifia en revanche immédiatement la femme qui la dévisageait depuis la banquette arrière d'une des voitures de police, et qui n'était autre qu'Olympia.

# Chapitre 89

Jennifer aimait beaucoup Stow Lake, une étendue d'eau artificielle nichée au cœur du Golden Gate Park à San Francisco. Plusieurs ponts de bois pittoresques, en parfait accord avec la végétation dense de l'endroit, permettaient d'accéder à l'île artificielle située au centre du lac. Jennifer approchait de la célèbre cascade, qui portait le même nom que le parc, lorsqu'elle reconnut un visage familier.

La jeune femme en train de s'étirer sur un banc arborait une casquette et des lunettes de soleil, mais Jennifer n'avait aucun doute quant à l'identité de la joggeuse en legging noir et haut assorti.

— Suzanne ? demanda-t-elle en s'avançant vers la fille adoptive des Blackwood.

Cette dernière leva la tête vers elle.

— Stephany ? Que faites-vous ici ? Vous courez également ? s'enquit-elle en jetant un œil dubitatif à la robe d'été et aux sandales de Jennifer.

— Pas du tout. Je devais retrouver une amie devant la chute d'eau, mais il semblerait qu'elle m'ait fait faux bond. Vous permettez que je m'asseye ?

Suzanne se décala légèrement pour faire de la place à Jennifer, et celle-ci s'installa à ses côtés.

— Je tenais à vous remercier pour le renseignement que vous nous avez fourni l'autre jour.

— Lequel ? demanda la jeune femme, intriguée.

Tout en conversant, Suzanne scrutait constamment les

alentours de leur banc.

— À propos de la deuxième île appartenant à votre famille.

La jeune femme se rembrunit soudainement.

— J'imagine que vous n'ignorez pas ce qui s'y est déroulé la semaine dernière ? dit-elle solennellement.

— J'étais même aux premières loges…

Suzanne lui retourna un regard confus.

— J'ai une confession à vous faire. Je m'appelle en réalité Jennifer, pas Stephany. Jennifer MacKay, et j'étais l'une des quatre femmes que votre oncle et ses deux acolytes avaient l'intention de chasser. Je suis celle qui l'a tué, pour être parfaitement honnête. Mais ça, la police ne le sait pas.

Suzanne contempla Jennifer un long moment en silence.

— Je suis consciente que mes excuses ne valent rien, mais sachez que je suis vraiment, vraiment désolée de ce qui vous est arrivé. Le fait de porter le même nom que mon dégénéré de père adoptif m'est devenu tellement insupportable que j'envisage sérieusement d'en changer.

— Vous étiez au courant, pour son *hobby* ? demanda Jennifer, surprise.

— Absolument pas ! Je n'ai commencé à découvrir le monstre qu'il était que lorsque le FBI a perquisitionné au domicile de mes parents adoptifs. Ma pauvre mère ne s'en remettra jamais. J'ai tellement honte, Jennifer… De ce qu'il vous a fait subir, à vous et aux autres…

— Vous n'y êtes absolument pour rien, Suzanne. Et je ne regrette rien de ce qui m'est arrivé. La police ignore cela également, mais j'ai retrouvé mon frère en vie sur cette île. Il avait disparu depuis plus de six mois.

Suzanne la regardait, abasourdie.

— Votre frère se trouvait sur l'île ? En vie ?

— En parfaite santé. Et c'est grâce à vous que j'ai pu le localiser. Alors, si vous tenez absolument à vous excuser, demandez-moi plutôt pardon de m'avoir assommée dans le passage secret du château…

— Je ne vous suis plus, répondit Suzanne, en se reculant légèrement sur le banc. De quoi parlez-vous ?

— Pourrions-nous sauter l'étape où vous niez tout en bloc pour en venir à la partie intéressante ?

— Je ne comprends pas un mot de ce que vous racontez.

La jeune femme était sur la défensive, mais n'affichait aucune volonté de fuir. Elle tenait visiblement à entendre ce que Jennifer avait à dire.

— Très bien. Nous n'y échapperons pas… Que faites-vous dans ce parc avec ces lunettes qui vous couvrent la moitié du visage alors que le soleil ne s'est pas montré depuis trois jours ? Et pourquoi regardez-vous sans cesse autour de nous comme si vous vous attendiez à voir surgir quelqu'un ?

— Je ne regarde pas…

— Inutile de nier, Suzanne. Je sais ce que vous cherchez… Allez-vous aussi prétendre que c'est une coïncidence si Martin Johnson patrouille en ce moment aux alentours du lac dans un accoutrement similaire au vôtre ? À l'heure qu'il est, mon frère l'a déjà abordé, et ils sont eux aussi en train d'avoir une petite discussion.

Cette fois Suzanne resta bouche bée.

— Si vous êtes dans ce parc aujourd'hui, c'est parce que je vous y ai fait venir. Vous êtes très douée en informatique, mais moi aussi, j'ai des amis qui passent leur vie dans les ordinateurs des autres. C'est avec leur aide que j'ai envoyé le contrat pour ma propre exécution à l'adresse mail de Prescott. Je l'ai juste signé Artémis au cas où vous seriez familière avec le nom de code de l'associée de votre oncle. Vous vous étiriez à côté de la chute d'eau, parce que c'est là que le message d'*Artémis* disait que je me trouverais… J'imagine que vous avez dû être surprise en voyant une réponse arriver de la part du défunt Janus ? Quoi qu'il en soit, je vous sais gré de vous être déplacée pour tenter de me protéger. Et d'avoir enrôlé Martin qui plus est. Je n'en demandais pas tant…

Suzanne la regardait, incrédule. La jeune femme semblait complètement abasourdie.

— Ne craignez rien, reprit Jennifer. Je n'ai aucunement l'intention de vous dénoncer à la police. Je cherche juste à comprendre vos motivations. Pour tout vous dire, nous ne sommes pas tellement différentes, vous et moi.

— Cela vous dérangerait si nous allions poursuivre cette conversation chez moi autour d'une tasse de thé ? demanda finalement Suzanne. Nous pourrions proposer à Martin et à votre frère de se joindre à nous.

Assis côte à côte sur un canapé, Suzanne et Martin observaient Jennifer et Silas qui avaient pris place sur un sofa de l'autre côté de la table basse, où quatre mugs de thé fumaient sur un plateau.

— Comment avez-vous découvert que je surveillais les communications de Prescott ? demanda Suzanne en se penchant pour saisir sa tasse.

— L'assassinat de Prescott n'était pas un meurtre opportuniste. Il avait été longuement prémédité et organisé pour faire accuser votre oncle. Son tueur savait par conséquent que Prescott se trouverait sur l'île pour les festivités. Il ne pouvait s'agir de votre oncle, qui n'avait aucun intérêt à attirer l'attention de la police sur lui-même en se servant de sa propre arme pour abattre Prescott. Votre oncle avait certainement mis Henseworth dans la confidence, mais la carte de visite laissée par l'assassin sur son cadavre l'innocentait lui aussi du meurtre de Prescott. Et comme il était fort peu probable que Percival eût fait part à sa femme, ou à vous, de son intention d'inviter un tueur à gages aux festivités, cela signifiait que le meurtrier de Prescott n'avait pas appris que ce dernier se trouverait sur l'île de la bouche de votre oncle.

— Et vous pensez que je l'ai appris en piratant sa messagerie ? demanda Suzanne.

— Cette option semblait la plus logique, puisque d'après

l'enquête du FBI, Prescott et Blackwood ne communiquaient que par mails.

— Ça n'explique toujours pas pourquoi vous en êtes venus à me soupçonner.

— En grande partie parce que l'idée du week-end mystère sur l'île venait de vous… Et que contrairement à ce que vous prétendez, vous n'avez pas amené Martin au château simplement pour qu'il gagne un peu d'argent. Vous l'y avez fait venir afin qu'il en gagne beaucoup ! Vous saviez qu'il était le fils illégitime de Percival. Tout comme vous saviez que la police prélèverait son ADN en même temps que celui des autres suspects, dont son père faisait partie. En plaçant Martin sur le lieu du crime, vous vous assuriez que son ADN soit comparé à celui de son père pour que les autorités apprennent sa parenté avec Blackwood. Et en l'absence de testament disant le contraire, cela signifiait que Martin hériterait par défaut d'une bonne partie de la fortune de son salaud de père. Une fois que celui-ci serait allé manger les pissenlits par les racines, bien évidemment.

— Ce ne sont que des conjectures… répondit Suzanne.

— Mais elles sont confortées par de nombreux indices. Y compris ceux que vous aviez abandonnés dans l'antichambre secrète : le Glock 9 millimètres, les deux douilles, le silencieux et surtout les gants, trop petits pour appartenir à un homme. Et grâce au lapsus de Martin, nous savions aussi que vous connaissiez l'existence du réseau secret du château.

Suzanne jeta un regard mi-amusé, mi-courroucé à Martin qui arborait quant à lui un air curieux.

— Quand Ethan et moi sommes venus vous rendre visite, vous nous aviez confié avoir passé pas mal de temps dans le labyrinthe durant votre enfance, dit Jennifer en se tournant vers Martin, mais la manière dont vous l'avez formulé était des plus intéressantes. Je pense que vos mots exacts étaient : « *On* passait des heures entières planqués dans les passages secrets à épier les adultes… ».

— Je n'm'en étais même pas rendu compte, dit Martin en secouant lentement la tête.

— Et le reste de vos « preuves » comment sont-elles censées m'incriminer ?

— C'est Ethan qui a réalisé le premier le rôle du silencieux. Un silencieux adaptable à différents calibres, et qui pouvait par conséquent se visser au Colt Anaconda de votre oncle. L'arme dont vous vous êtes servie pour assassiner Prescott le soir en question. Le silencieux a atténué les détonations de manière qu'elles ne soient pas perçues depuis l'intérieur du château. Vous êtes ensuite allée tranquillement remettre l'arme à sa place dans le bureau de Percival avant de regagner vos quartiers en employant le passage secret. Une fois dans votre chambre, vous avez ouvert la fenêtre, et vous avez utilisé votre Glock pour tirer trois fois dans la nuit. Les trois détonations que nous avons tous entendues… Il ne vous restait plus qu'à vous précipiter sur le palier pour vous donner un alibi.

— J'avais choisi une chambre à votre étage afin que le célèbre Ethan Archer m'en voie sortir de ses propres yeux… Je n'avais juste pas prévu que vous tomberiez sur le silencieux… confessa Suzanne.

— Ou que l'une des douilles éjectées par le Glock sauterait par la fenêtre… ou que la police la trouverait dans le jardin…

— Effectivement…

— Les gants d'homme abandonnés dans la cheminée pour détourner les soupçons étaient pourtant une bonne idée, reconnut Jennifer. Tout comme dissimuler le Glock et les autres pièces à conviction dans le souterrain.

— Jusqu'à ce que vous veniez y fourrer votre nez… Mais je suis vraiment désolée pour la bosse. Je me suis retrouvée piégée, et je n'ai eu d'autre choix que de vous assommer…

— Je vous pardonne à condition que vous nous expliquiez vos motivations pour éliminer Prescott et Henseworth et votre tentative de faire accuser votre oncle pour leurs meurtres.

— Je crains qu'il ne nous faille plus de thé. C'est une longue histoire, dit Suzanne en se levant.

— Je m'en charge, répondit Martin en se dirigeant vers la cuisine avec le plateau.

Suzanne disparut dans une pièce adjacente et en ressortit bientôt munie d'un dictaphone à cassette issu d'une autre époque.

— J'ai retrouvé ça dans mon ancienne chambre chez Virginia et Percival il y a quelques mois de cela. Et c'est en écoutant l'enregistrement qu'il contient que j'ai juré de me venger de mon oncle et de ses associés.

— De quoi s'agit-il ? demanda Silas.

— Comme Martin vous l'a déjà dit, nous passions beaucoup de temps à espionner les adultes depuis le labyrinthe quand nous étions gamins. Cet enregistrement a été fait quelques jours après le départ définitif de Martin et de sa mère, pour cause de renvoi de cette dernière. Je m'ennuyais dans le château et j'avais décidé de jouer seule aux espions. Un jeu que Martin avait inventé et qui consistait à enregistrer les discussions des adultes à leur insu afin de vendre leurs secrets à l'ennemi.

Elle posa le dictaphone au centre de la table.

— Les voix sont celles de Percival, Welch et Henseworth, ajouta-t-elle à l'attention de Silas, en enfonçant la touche *play*.

Capturées depuis le passage secret adjacent au bureau de Blackwood, les voix possédaient un léger écho, mais demeuraient remarquablement claires.

Suzanne pressa la touche *avance rapide* plusieurs fois, jusqu'à ce qu'elle trouve la section qu'elle recherchait.

— Et pour Shannon ? demanda la voix de Welch.

— C'est réglé, répondit Blackwood.

— Le même type que pour ton frère et ta belle-sœur ? s'enquit Henseworth.

— Le même. Janus fait toujours du très bon boulot. La malheureuse Shannon s'est *suicidée.*

— C'est moche… plaisanta Welch. Son joli petit cul ne va pas te manquer ?

— J'avais fini par m'en lasser.

— Elle n'avait rien dit à Virginia ?

— Elle n'en a pas eu le temps…

— Tu crois qu'il est vraiment de toi ? demanda Henseworth.

— On ne le saura jamais. Et lui non plus… rétorqua Blackwood.

Les rires des trois hommes retentirent, et Suzanne arrêta l'enregistrement.

— Shannon était la mère de Martin, expliqua Jennifer à Silas. Et Janus était le nom de code de Prescott.

— Ainsi que le pseudonyme que j'ai adopté en devenant hackeuse, ajouta Suzanne. Ce n'est qu'en retrouvant cet enregistrement que j'ai réalisé d'où l'idée m'était venue… J'avais sept ans à l'époque, et je n'avais absolument pas saisi le sens de cet échange. Pas compris que mon cher oncle venait d'avouer avoir commandité non seulement le *suicide* de Shannon, mais aussi les meurtres de mes parents et de mon frère jumeau. Le prétendu cambrioleur, le salopard que mon père aurait soi-disant descendu dans un sursaut de vie à la porte de notre nursery, a en réalité été exécuté par Prescott, qui l'avait certainement enrôlé pour le sale boulot afin de lui faire porter le chapeau. Les médecins ne comprenaient pas comment mon père avait pu se traîner jusque dans le couloir après avoir perdu autant de sang, pour la simple raison que c'est Prescott qui l'y a tiré alors qu'il était déjà mort…

— Savez-vous pourquoi Percival a fait exécuter vos parents et votre frère, mais vous a épargnée ?

— Il m'a fallu un certain temps pour le découvrir, mais j'y suis finalement parvenu en fouillant dans les finances de l'entreprise de mon oncle. J'ai retrouvé une dépense de près de dix millions datant d'environ trois semaines avant le décès de mes parents. La commande concernait du matériel de sécurité et avait été facturée par l'entreprise de Welch – beaucoup de caméras, de micros et de quoi les installer. Mais le matériel n'était attribué à aucun hôpital en particulier, et la quantité commandée aurait été plus apte à équiper un pénitencier de haute sécurité qu'un centre hospitalier. Je soupçonne la commande d'être fausse. Percival devait détourner des fonds de l'entreprise et mon père, qui à l'époque était le directeur des finances du groupe, aura découvert ses agissements frauduleux. C'est certainement pourquoi il l'a fait assassiner.

— Il ne s'agissait pas de détournement de fonds, dit Jennifer. À mon avis, la commande était réelle et a servi à équiper l'île où les trois ordures pratiquaient leurs chasses à l'homme.

— Je n'y avais pas songé…

— Si votre père avait découvert son secret, Percival avait un bon motif pour vouloir se débarrasser de lui, et à la limite de votre mère – à qui votre père aurait pu se confier –, mais pourquoi s'en est-il pris à votre frère qui n'était qu'un bébé ?

— C'est en consultant le testament de mes parents que j'ai trouvé la réponse à cette question. Il a éliminé mon frère pour la même raison qu'il m'a épargnée. Si quoi que ce soit devait arriver à mes parents, mon frère et moi aurions hérité de tous leurs biens, comme on pouvait s'y attendre. En revanche, si nous devions tous les quatre périr dans cette tragédie, l'intégralité de leur fortune aurait été distribuée à des œuvres de charité. Cela incluait les cinquante pour cent de parts du groupe hospitalier que Percival dirige aujourd'hui.

— En vous épargnant, Percival faisait de vous la seule héritière des parts de votre père… Et en vous adoptant, il s'en assurait le contrôle jusqu'à votre majorité.

— Et comme Virginia était ma marraine et qu'il était mon parrain, personne n'aurait songé à s'opposer à l'adoption.

Martin revint avec son plateau et quatre mugs fumants qu'il posa sur la table. Comme la première fois, Jennifer et Silas en choisirent un au hasard et le déposèrent devant eux sans y toucher. Ils n'y goûteraient qu'une fois que leur hôte aurait bu une bonne partie du sien. Jennifer doutait qu'on cherchât à les empoisonner, mais pourquoi prendre le risque ?

— J'imagine que c'est vous qui vous êtes arrangée pour que Prescott se trouve également sur l'île ? Welch n'a en réalité jamais tenté de faire chanter votre oncle ?

— Correct. Après avoir redécouvert l'enregistrement, j'ai passé des heures à réfléchir à la meilleure manière de venger mes parents et mon jumeau. Je voulais que mon oncle et Prescott paient pour leurs crimes, bien sûr, mais aussi Henseworth et Welch qui étaient dans le secret et n'en avaient jamais rien dit à la police. J'aurais pu éliminer Henseworth et mon oncle n'importe où, mais Welch ne s'aventurait jamais à l'extérieur sans ses gardes du corps. Quant à Prescott, personne ne connaissait sa véritable identité. Il fallait donc trouver un moyen de faire sortir le tueur de son trou…

— C'est pourquoi vous avez envoyé cette lettre anonyme accusant Blackwood d'avoir un fils illégitime, conclut Jennifer.

— Exactement. Je me suis arrangée pour qu'elle ait l'air de provenir de l'adresse IP de Welch, sachant pertinemment comment mon oncle réagirait. Et cela n'a pas manqué. J'interceptais toutes ses communications électroniques et j'étais donc précisément informée de ce qu'il planifiait. L'île était l'endroit idéal pour mon piège. Je connaissais le château comme ma poche et Janus serait obligé de se rendre sur place.

— Mais comment saviez-vous que votre oncle chercherait à faire assassiner Welch sur l'île ?

— Je lui ai forcé la main. Une simple question de timing… L'anniversaire de Virginia avait déjà été planifié et Martin embauché. Je n'avais plus qu'à envoyer ma lettre de menace au bon moment, avec un ultimatum à l'échéance très courte. Au lendemain de l'anniversaire de ma tante par exemple… Percival devait lui aussi se soucier des gardes du corps de Welch, et il savait pertinemment que ce dernier ne se faisait jamais escorter quand il se rendait sur notre île aux Bahamas. Percival s'est donc dit que les festivités en l'honneur de sa femme représentaient l'occasion idéale de se débarrasser de son maître chanteur. Exactement comme je l'avais prévu…

— Et une fois sur l'île, vous avez identifié Prescott grâce aux caméras de surveillance dissimulées dans tout le château, intervint Jennifer. Vous l'avez filmé en train d'assassiner Welch, je suppose ?

— On ne peut rien vous cacher. J'avais tenté de l'identifier quelques jours plus tôt, après avoir intercepté une communication entre Percival et Artémis, mais cela n'a pas fonctionné. Maintenant que j'y pense, c'était certainement le poing américain de votre ami Ethan qui était dans cette boîte…

Son audience ne voyant pas du tout où elle voulait en venir, Suzanne relata sa surveillance du kiosque à journaux et l'échange dont elle avait été témoin un mois plus tôt.

— J'ai filé la gamine jusqu'à un bureau de poste, mais elle a posté le paquet sans que je puisse découvrir ce qu'il y avait dedans, conclut-elle.

— Et toutes les caméras dans le château ? Qui les a installées ? demanda Jennifer.

— Moi, bien sûr. Je suis arrivée quelques jours avant les festivités, et j'y travaillais encore quand Sarah et vous avez débarqué. Ce qui ne m'a pas facilité la tâche… J'ai terminé le boulot si tard qu'il m'a fallu employer le passage secret pour sortir du château et récupérer ma vedette amarrée au ponton situé de l'autre côté de l'île. J'ai ensuite effectué un large demi-cercle avec le bateau pour avoir l'air de venir de Nassau.

— Et quel était le but des cartes que vous avez abandonnées sur les cadavres ? Surtout celui de Welch que vous n'aviez même pas tué…

— Vous êtes au courant pour cette carte ? Je pensais que Percival l'avait fait disparaître…

— Je suis au courant, répondit Jennifer évasivement.

— Les cartes avaient une double fonction. Faire accuser mon oncle, et faire transpirer les chasseurs. Zeus, Hadès et Poséidon étaient les pseudonymes qu'ils utilisaient sur leurs messageries anonymes. Celles réservées aux communications traitant de leurs activités illégales. C'est par l'intermédiaire de ces mails qu'ils échangeaient également avec la mystérieuse Artémis. Ces cartes étaient ma façon de faire savoir à mon oncle et à Henseworth que le tueur était au courant de leurs vilains petits secrets.

Jennifer hocha la tête en signe d'approbation. Suzanne et elle avaient effectivement beaucoup en commun.

— Et comment vous êtes-vous procuré l'ADN de votre oncle pour le test de paternité ? demanda Silas.

— La conversation capturée par le dictaphone suggérait que Percival pouvait être le père de Martin. Je n'ignorais pas que mon oncle avait fait analyser son ADN dans une de ses cliniques, à la recherche de certains marqueurs annonciateurs de problèmes de santé. Je savais par conséquent où chercher pour obtenir une copie de son génome. Et pour celui de Martin, j'ai simplement eu de la chance.

— Je n'ai jamais connu mon père, et je m'étais inscrit sur Ancestry.com afin d'essayer de retrouver sa trace, expliqua Martin. C'est dans la base de données du site que Suzanne est allée repêcher mon génome pour le comparer à celui de Blackwood. Et bingo ! Cette enflure était bien mon père.

— Je tiens à préciser que Martin ne connaissait rien de mes intentions et n'a jamais rien fait d'illégal, intervint Suzanne.

— Et pourtant, il était dans le parc ce matin, répondit Jennifer en se tournant vers lui.

— J'étais au courant des agissements de Suzanne, admit-il, mais je n'ai découvert ses intentions qu'après la mort de Prescott, lorsque je suis allé lui rendre visite dans notre vieux repère. J'avais réellement trouvé le réseau de passages secrets par hasard étant gosse, mais contrairement à ce que je vous ai raconté, j'avais bien informé Suzanne de ma découverte. Nul autre ne connaissait cependant l'existence de l'antichambre, et je me suis dit que ça ne coûterait rien d'aller y jeter un œil, au cas où… C'est là que j'ai déniché Suzanne devant ses quatre moniteurs.

— Et que je lui ai tout avoué… continua-t-elle.

— Je n'arrivais tout d'abord pas à croire que la petite Suzanne ait pu tuer un homme, et je ne savais que faire de l'information. Mais quand elle m'a dit que l'acteur était en réalité le meurtrier de ma mère… Que Blackwood lui-même l'avait fait assassiner pour la faire taire à propos de mes origines… Mes réticences se sont vite envolées.

— Mais Martin n'a tué personne. Il n'était même pas en ville lorsque je suis allée régler son compte à Henseworth.

— Comment vous y êtes-vous prise avec lui ? demanda Silas.

— Je lui ai fait croire que j'en pinçais pour lui et je lui ai donné rendez-vous dans un hôtel… Il était tellement excité à la perspective de me sauter qu'il n'a jamais pensé à un piège. Un jeu d'enfant.

Ils finirent leur thé en silence. Jennifer avait obtenu les réponses qu'elle était venue chercher et ressentait une certaine admiration pour Suzanne Blackwood.

— Je suis désolée pour votre amie Tabatha, dit Suzanne en reposant son mug sur le plateau. Je n'ai rien pu faire. Je ne savais même pas que ces salopards l'avaient dans leur ligne de mire avant de voir le mail d'Artémis dans la messagerie de Perceval. Et à ce moment-là, il était déjà trop tard.

Jennifer avait depuis longtemps compris qu'Artémis était derrière *l'accident* qui avait coûté la vie à Tabatha, mais elle ne put empêcher son cœur d'accélérer en y songeant.

— Merci, Suzanne, mais comment savez-vous que Tabatha était mon amie ? demanda-t-elle.

Suzanne la regarda d'un air perplexe.

— Je l'ignorais… Je parlais à Silas. Tabatha se trouvait sur une photo de lui, envoyée à Percival par Artémis, peu après le kidnapping de votre frère. Mon oncle voulait savoir à quoi Silas ressemblait avant de le chasser.

Jennifer soupçonnait Artémis d'avoir informé Blackwood des particularités physiques de Silas, ce qui avait éveillé la curiosité du milliardaire. Elle voyait aussi parfaitement de quelle photo il s'agissait. Elle faisait partie d'une série qu'Olympia avait prise un samedi après-midi alors que leur groupe sortait d'un restaurant.

— C'est cette photo qui m'a donné l'idée de contacter Andrew Wilde, conclut Suzanne

— Vous étiez la source anonyme du collègue de Tabatha ? s'enquit Jennifer en écarquillant les yeux.

Suzanne fit oui de la tête, visiblement surprise par la réaction suscitée par cette révélation.

— Il était évident, d'après les communications d'Artémis, que Silas n'était pas un sans-abri. Je ne voulais pas que sa famille et ses amis passent le reste de leur vie à se demander ce qui lui était arrivé. Alors, j'ai utilisé un logiciel de reconnaissance faciale sur la photo pour identifier Tabatha. J'ai vite réalisé qu'elle était journaliste au *Chronicle*. Les personnes disparues n'étaient pas vraiment son rayon, mais c'était parfait pour un journaliste d'investigation comme Andrew Wilde. C'est donc à lui que j'ai envoyé des informations pour le mettre sur la piste des chasseurs, et par conséquent de Silas. Et je pense que ses recherches auraient abouti s'il n'avait pas lui aussi été la victime d'Artémis. Bien qu'elle ne m'ait jamais rien fait personnellement, je commence à me dire que j'aurais dû l'ajouter à mon propre tableau de chasse… Mais je ne connais toujours pas sa véritable identité… Elle ne laisse jamais aucune trace derrière elle.

— Ne vous inquiétez pas pour Artémis, elle ne fera plus jamais de mal à personne. Plus maintenant, répondit Jennifer.

— Vous savez qui elle est ? Vous la connaissez ? demanda Suzanne, interloquée.

— Intimement…

# Épilogue

Après des jours de grisaille à San Francisco, Jennifer était heureuse d'avoir le ciel bleu du Montana au-dessus de sa tête. Cela faisait trop longtemps qu'elle n'avait pas visité cette région qu'elle affectionnait particulièrement.

— C'est encore loin ? Tu es sûre de savoir où tu vas ? demanda Melody, appuyée contre un arbre.

L'ancienne mannequin était en excellente forme physique, mais n'avait pas l'habitude des pentes abruptes des sentiers de montagne. À cette altitude, l'air se faisait aussi plus rare.

— Je sais précisément où nous sommes, n'aie crainte. Nous devrions arriver d'ici une vingtaine de minutes.

— En tout cas, tu ne m'avais pas menti. Pour être calme, c'est calme ! On n'a croisé personne depuis plus d'une heure, dit Melody en replaçant son sac à dos sur ses épaules.

Les deux femmes s'étaient beaucoup rapprochées au cours des dernières semaines. Leur relation restait pour l'instant principalement platonique, mais plusieurs baisers avaient été échangés, et Jennifer laissait parfois Melody la tenir par la main, quand personne ne les regardait.

Il était évident que Melody souhaitait passer à la vitesse supérieure, mais avec tout ce qui lui était arrivé récemment, Jennifer avait besoin de temps, et son amie respectait son désir de ne pas brusquer les choses.

Le fait que l'ancienne mannequin ait accepté la proposition de Jennifer d'aller faire du camping itinérant dans le Montana pour le week-end en disait long sur ses sentiments à son égard.

Melody était une fille de la ville qui évaluait la qualité d'un quartier au nombre de Starbucks que l'on pouvait y trouver.

— Tu as déjà amené quelqu'un ici ? demanda Melody alors qu'elles se remettaient en route.

— Je suis venu avec Ethan, une fois. Mais je préfère ta compagnie…

Melody reçut le compliment avec un sourire.

— À propos d'Ethan, ce n'est pas demain qu'il saura de combien il écope ?

— Si. Mais je ne me fais pas d'illusions, il va prendre le maximum. La juge a avalé toutes les conneries d'Olympia.

— Je ne comprends pas pourquoi elle ne s'est pas rétractée après la libération de sa sœur. Si cette Artémis la manipulait en retenant Andrea captive, pourquoi n'est-elle pas allée trouver le juge pour faire relâcher Ethan, maintenant que le FBI a libéré sa sœur ?

— Et avouer qu'Ethan était drogué ce soir-là et qu'elle se l'est tapé pour pouvoir lui prélever son sperme ? Sperme qu'elle a congelé pour pouvoir faire accuser Ethan du viol d'une flic des mois plus tard ? J'ai une bonne idée de la raison pour laquelle elle n'est pas allée voir les flics…

— Tu crois qu'elle a reçu d'autres menaces de la part d'Artémis ?

Jennifer jeta un regard appuyé à sa compagne avant de finalement répondre :

— Olympia *est* Artémis. Pourquoi donc se serait-elle volatilisée aussitôt sa sœur libérée ? Pourquoi est-elle injoignable ? Même Andrea ne sait pas où elle est. Elle l'a vue pour la dernière fois alors qu'Olympia l'attendait à l'arrière d'une voiture de police. Mais quand Andrea est ressortie de l'ambulance où un médecin l'examinait, sa sœur avait disparu.

— Je n'arrive pas à y croire. Ça ne lui ressemble tellement pas.

— Je pense juste que nous ne connaissions pas la véritable

Olympia. Quand j'ai trouvé les photos de sa sœur sur son téléphone, j'ai d'abord imaginé que les kidnappeurs lui envoyaient un portrait d'Andrea tous les jours pour lui montrer qu'elle était toujours en vie et lui rappeler ce qui lui arriverait si elle allait chez les flics, mais je m'étais trompée. C'était juste un alibi au cas où elle se ferait un jour prendre… Si j'avais su, je ne lui aurais jamais donné vingt-quatre heures pour aller raconter son histoire à la police… Tout ce que cela m'a valu, c'est une visite nocturne de la part de l'un de ses hommes. Visite productive, certes, puisque c'est lui qui a balancé aux flics l'adresse du bordel où Andrea était séquestrée, mais tout de même.

— Qu'est-il arrivé au type ?

— J'imagine qu'il est en taule en attendant son jugement…

Jennifer n'avait pas révélé à Melody que le dénommé Chad n'avait jamais vu l'intérieur d'un commissariat, ou que son corps ne serait certainement jamais retrouvé. Elle doutait que son amie soit prête à entendre ce genre de confessions.

— Même son prénom l'accuse, reprit Jennifer.

Tout en grimpant la pente, Melody coula un regard interrogateur vers son amie.

— Zeus, Poséidon, Hadès et Artémis sont connus comme les Olympiens, expliqua Jennifer. Parce qu'ils résidaient soi-disant sur le mont Olympe. Et Olympia est évidemment la version espagnole d'Olympe…

— Je n'avais jamais fait le rapprochement, dit Melody, pensive. Mais si tu as raison, ça veut dire qu'Olympia a commandité mon enlèvement et ma séquestration, ajouta-t-elle, outrée. Pourquoi m'aurait-elle fait une chose pareille ?

— Va savoir. J'imagine que tu as dû la contrarier d'une manière ou d'une autre… Ethan a toujours trouvé l'histoire de Ken difficile à avaler. Le type ne se comportait absolument pas comme un tueur en série classique. D'abord, il vous kidnappe, Eva et toi, à deux jours d'intervalle. Quelques mois plus tard, trois mannequins disparaissent en l'espace de quelques heures…

Aucun tueur en série n'est aussi prolifique. Olympia a juste inventé Ken pour couvrir les enlèvements des mannequins qu'elle vendait aux autres chasseurs. C'est pourquoi ton kidnapping a été public. Il lui fallait des témoins pour pouvoir créer le mythe d'un tueur en série ciblant des modèles. Et elle n'est pas allée bien loin pour dégotter son meurtrier. Ken n'était autre qu'Anton. L'un de ses hommes de main. L'un des deux mercenaires que Blackwood a amenés avec lui sur l'île pour en finir avec les trois top-modèles. Les mêmes mercenaires qui ont agressé Ethan devant son appartement peu après le supposé viol d'Olympia.

Elles arrivèrent enfin à un petit lac de montagne aux abords déserts, bordé par une forêt dense. Le paysage bucolique plut beaucoup à Melody qui le voyait pour la première fois.

— Pourquoi ont-ils agressé Ethan ? demanda-t-elle, absorbée par le panorama.

— Excellente question. Malheureusement, ils ne sont plus en état d'y répondre... Mais Theo a montré leurs photos à Ethan, et il est sûr que ce sont eux. Il soupçonnait de toute façon le plus grand des deux d'être Ken depuis un certain temps. Sur les vidéos que ce salopard a faites de vous, Ken se met subitement à boiter au lendemain de l'agression d'Ethan. Tout simplement parce qu'Ethan avait éclaté la rotule de son adversaire à l'aide de son poing américain. C'est d'ailleurs comme ça qu'Artémis a appris l'existence de cette arme et a eu l'idée de la lui dérober pour le faire accuser du meurtre de Welch.

— Je ne comprends pas son acharnement sur le pauvre Ethan. Que lui a-t-il fait ?

— Encore une fois, c'est une bonne question... répondit Jennifer en posant son sac à dos.

L'air songeur, elle fit quelques étirements pour se délier les muscles.

— À quoi es-tu en train de penser ? demanda Melody.

— Que tu as tout juste ! Olympia n'avait aucune raison d'en

vouloir à Ethan. Pas plus qu'elle n'avait de raisons de s'en prendre à toi, et encore moins à Silas… Et plus j'y réfléchis, plus je me dis que je me suis plantée. Olympia ne peut pas être Artémis. Ça n'a aucun sens…

Melody regardait Jennifer d'un air vaguement amusé, mais ses yeux trahissaient un sentiment différent.

— En revanche, si je répète tout ce que je viens de dire en insérant ton nom à la place du sien, dit Jennifer en adoptant un air de réflexion affecté, cela devient tout de suite beaucoup plus logique. Comme c'est curieux…

Le sourire de Melody se fit soudain sardonique.

— Et c'est pour m'annoncer ça que tu m'as fait venir ? Pour m'accuser d'être Artémis ?

— Ce n'est en tout cas pas pour m'envoyer en l'air avec la salope qui a tenté d'assassiner mon frère… Désolée…

— En supposant un instant que je sois Artémis, penses-tu vraiment que venir ici seule avec moi était une bonne idée ? Si je te tuais dans ce trou pommé, il ne resterait plus qu'un tas d'os d'ici à ce que quelqu'un découvre ton corps.

— C'est bien pour ça que j'ai choisi cet endroit. Crois-tu réellement que les top-modèles sont venues à bout de Blackwood et de tes hommes sans un coup de main ? Et ne va pas t'imaginer qu'Anton était ma première victime.

Artémis jaugea Jennifer d'un regard nouveau et se baissa pour ramasser une pierre de la taille de son poing. Elle fit ensuite un pas vers elle alors qu'un grognement s'élevait des bois environnants. Melody fit un autre pas et cette fois, Ethan émergea de la forêt. Les rayons du soleil se reflétaient sur sa main gauche qui arborait un poing américain flambant neuf.

— Hello, Melody, lança-t-il sur un ton léger.

— Je te croyais en prison… dit-elle d'une voix neutre.

— Il ne faut pas croire tout ce que Jennifer raconte. Olympia n'a pas non plus disparu. Elle et sa sœur sont juste parties en voyage pour quelques jours.

— Je les ai déposées à l'aéroport en sortant de chez la juge, dit Jennifer. Cette dernière était tellement fascinée par l'histoire d'Olympia qu'elle ne lui a pas tenu rigueur de son parjure au procès. Olympia s'est en revanche montrée beaucoup moins compréhensive à ton égard. Quand elle a appris que c'est toi qui avais fait enlever et séquestrer sa sœur, que c'est toi qui l'avais forcée à coucher avec Ethan et à mentir à son procès… Je ne répéterai pas ce qu'elle a dit, mais à ta place, j'éviterais de traverser la rue devant sa voiture si elle se trouve derrière le volant.

Melody lui lança un regard dédaigneux, mais ne répondit rien.

— Lâche ta pierre et je t'expliquerai précisément ce qui t'a trahie, dit Ethan.

Celle qui se prenait pour la déesse de la chasse contempla un instant le poing américain de son adversaire, avant de finalement laisser tomber son arme improvisée.

— À la bonne heure ! Maintenant, on peut avoir une discussion civilisée, dit-il en replaçant le poing américain dans sa poche. Comme Jennifer te l'a déjà expliqué, j'avais compris depuis un moment que Ken n'était qu'un homme de paille inventé par Artémis pour masquer les disparitions de mannequins, mais pas que l'idée venait de toi… Il demeurait cependant un certain nombre de détails à propos de ta séquestration qui me chiffonnaient et que je ne pouvais m'expliquer. Je pensais à la malheureuse détective Spencer quand la solution m'est apparue, limpide. Tu n'ignores probablement pas que j'avais rencontré Jessica Spencer lors d'un séminaire de criminologie que j'ai donné au commissariat central l'année dernière.

— Pourquoi crois-tu que je l'aie choisie ? Il n'a pas non plus été difficile de convaincre Kyle de lui rendre une petite visite et de laisser quelques gouttes de ton sperme sur elle en partant. Il a toujours eu un truc pour les filles en uniforme.

— Ce que tu ignores en revanche, c'est que le cours que j'ai donné ce jour-là portait sur les pervers narcissiques. Ces charmantes personnes sont en grande majorité des hommes, mais on compte aussi quelques femmes dans leurs rangs. Des femmes prêtes à tout pour obtenir ce qu'elles désirent sans se soucier du mal qu'elles font autour d'elles. Des femmes d'apparence souvent inoffensive en public, qui se transforment en véritables despotes en privé. Mais le plus fascinant chez elles est la façon dont elles isolent leurs victimes, rompent un à un les liens les unissant à leurs amis, et même leur famille, afin qu'elles se retrouvent seules avec leur bourreau pour satisfaire sa psychose. Généralement, les pervers narcissiques accomplissent cela par le mensonge et l'exagération, mais quand ces malades souffrent aussi de sociopathie, le meurtre n'est pas à exclure si cela peut leur permettre de parvenir à leurs fins.

— Je ne vois pas où tu veux en venir.

— Le contraire m'aurait étonné… J'avais depuis longtemps remarqué ton côté narcissique, mais ta perversion ne m'est apparue clairement que lorsque j'ai compris que Jennifer était la véritable cible d'Artémis. Tous ces efforts pour m'éliminer servaient le but unique d'isoler Jennifer. Artémis s'était déjà débarrassée de son frère, de son ex et de sa petite amie, et il ne restait que moi dans son cercle de proches.

— Je comptais faire d'une pierre deux coups en forçant Olympia à coucher avec toi… Je n'avais jamais envisagé que Jennifer puisse te pardonner…

— J'imagine que c'est Rachel qui a drogué mon verre ? C'est pour cela que tu l'as amenée à l'anniversaire de Tabatha ?

— Tu as tout compris. Rachel est une de mes déesses. Du moins, elle l'était. Je doute que mes affaires reprennent dans un futur proche, grâce à vous deux…

— J'en doute également, répondit Jennifer d'un ton détaché, qui lui attira un regard en coin de la part de son ancienne amie.

— En me retirant de l'équation, tu devenais par défaut l'amie la plus proche de Jennifer, reprit Ethan. La femme que tu convoitais depuis presque un an. Celle qui avait rejeté tes avances au profit de la moins exubérante Olympia… Une fois que j'ai compris cela, toutes les pièces du puzzle se sont mises en place. Jennifer t'avait informée que j'aidais le FBI à propos des disparitions de mannequins, et tu as inventé Ken pour les lancer sur une fausse piste. Tu as organisé ton propre kidnapping pour te donner un alibi. C'est pourquoi ton enlèvement devait être aussi visible. Et avec toi comme victime, il ne pouvait que bien se dérouler…

— Disons que j'avais soigneusement choisi l'heure et l'endroit, confessa Melody, le sourire aux lèvres.

— Le malheureux Ricardo t'avait-il offensée d'une quelconque manière ? Ou son exécution n'avait-elle pour objectif que d'augmenter la crédibilité de ton kidnapping ? s'enquit Jennifer.

— Il avait une petite bite et ne savait pas s'en servir… Mais continue, Ethan, c'est passionnant. Quelles autres erreurs avons-nous commises ?

— Puisque tu me le demandes, l'engueulade de Ken avec son voisin, qui a amené ce dernier à relever ses plaques d'immatriculation et à appeler les flics, paraissait un peu louche. Un tueur avec deux victimes dans sa cave ne cherche pas à attirer l'attention. Et il prend soin également de se débarrasser des plaques volées dont il s'est servi pour l'enlèvement public d'une des victimes. Le fait que l'on t'ait retrouvée vivante et la malheureuse Eva en charpie me semblait aussi étrange, mais pas autant que les vidéos que l'on a découvertes sur le caméscope de ton pote.

— Vous permettez ? demanda Melody en s'asseyant en tailleur. J'ai l'impression qu'on en a encore pour un moment et mes jambes fatiguent.

— Pas de problème. Repose-toi. Tu vas en avoir besoin, dit Jennifer. Tu en étais aux vidéos, Ethan, je pense.

— Merci, Jennifer. Comme je le disais, vos pornos amateur m'ont fourni une mine de détails corroborant ma théorie. Pourquoi Ken porte-t-il toujours un masque et des gants dans le donjon ? Parce qu'il savait pertinemment que les flics viendraient te secourir, récupéreraient le caméscope et passeraient la cellule au peigne fin pour toute empreinte ou matériel génétique que le tueur aurait laissé dans la pièce… Pourquoi Eva est-elle toujours bâillonnée, y compris pendant qu'il la viole, alors que la pièce est insonorisée ? Pour éviter qu'elle ne t'insulte devant la caméra… Cela a dû être un véritable cauchemar pour elle de te voir jouer la comédie et t'envoyer en l'air avec Anton quand elle subissait réellement ses assauts répétés…

— Une torture pour elle, oui, mais tellement drôle pour nous…

— Je n'en doute pas, répondit Ethan, écœuré. Mais là où tu as vraiment dû prendre ton pied, c'est quand tu as torturé la malheureuse avant son exécution. C'est bien toi qui lui as pelé le visage, non ? C'est pour cela que la scène n'a pas été filmée ? Aucun tueur en série n'aurait oublié d'allumer la caméra à un moment aussi crucial.

— On ne peut rien te cacher, Ethan. Je pensais pourtant berner le FBI avec ma grande scène. Celle où j'attaque Anton avec ma chaîne. Cet abruti a juste réagi un peu trop brusquement… Il m'a vraiment assommée contre cette foutue colonne, tu sais.

— La mise en scène était très convaincante, c'est l'emplacement de la caméra qui clochait. À chaque fois qu'il violait Eva, la caméra était disposée de manière que l'on ne voie que son matelas – certainement parce que tu n'étais même pas présente dans la cellule la majorité du temps – mais pour cette scène, le caméscope était situé à la tête du lit d'Eva, pour que l'on puisse admirer ta performance.

— Rien ne t'échappe. Mais n'allez pas vous imaginer que je n'ai pas souffert de ma captivité. La dizaine d'heures que j'ai passée dans cette cellule a été la plus longue de ma vie. À l'exception des moments où Anton me sautait, évidemment. Il savait se servir de sa queue, lui ! Paix à son âme, pauvre chou…

— Haïssais-tu Eva tout particulièrement pour la torturer comme ça durant deux longs mois ? demanda Jennifer.

— Haïr est un peu fort… mais la salope m'a battue dans trois castings au cours de sa carrière miteuse, alors elle ne l'a pas volé !

— Effectivement ! dit Ethan. Et les mannequins que vous chassiez ?

— Elles m'avaient toutes piqué au moins un *photo shoot* qui me revenait de droit, dit-elle, comme citant une évidence. Mais tu t'es quand même planté sur un point, Ethan. Je n'ai pas fait tuer Tabatha exclusivement pour isoler Jennifer.

— Bien sûr que non ! intervint Jennifer. Tu l'as exécutée parce qu'elle enquêtait sur les enlèvements de sans-abri que vous utilisiez pour vos chasses à plus petits budgets…

— Et comment aurais-je pu apprendre cela ? Tabatha ne s'est jamais confiée à moi…

— Kyle nous a entendus en discuter chez Alfonso. Tu as entendu Tabatha dire qu'elle avait à me parler le soir de son anniversaire, et tu as envoyé ton Néandertalien nous espionner au restaurant le lendemain, afin de savoir de quoi il s'agissait. J'ai reconnu Kyle dès que je l'ai vu sur l'île des Blackwood.

Melody lui décocha un sourire sans joie.

— Très impressionnant…

— Il y a tout de même un point sur lequel tu pourrais nous éclairer, dit Jennifer. Pourquoi as-tu agressé l'agent du FBI qui te filait ? Pourquoi ce cinéma alors que tu savais pertinemment ne rien avoir à craindre de Ken ?

— Parce que ces abrutis me suivaient partout depuis des jours, et que je me sentais prisonnière dans ma propre maison. Il était hors de question de rejoindre mon hôtel particulier avec les flics à mes trousses… J'ai donc cherché un moyen de m'en débarrasser. Et cela a fonctionné à merveille. Je ne les ai pas vus rôder dans les parages une seule fois depuis que j'ai envoyé l'un des leurs à l'hôpital.

— Tu n'as rien à envier à Moriarti, lâcha Ethan sur un ton flatteur, en référence à la Némésis de Sherlock Holmes.

— Souhaitez-vous savoir autre chose ? demanda Melody.

Ethan et Jennifer se consultèrent du regard en affectant un air débonnaire.

— Non, je crois que c'est à peu près tout, répondit Ethan.

— Eh bien, permettez-moi de vous féliciter, dit Melody en se relevant et en brossant la terre qui collait à son pantalon de randonnée. Vous faites vraiment une paire redoutable. Et maintenant, quel est le programme ? J'imagine que vous ne m'avez pas attirée ici pour faire intervenir la police.

— On ne peut rien te cacher, répondit Jennifer. Puisque tu aimes tant la chasse, nous nous étions dit que nous allions t'en offrir une petite dernière.

— *Vous* ? Vous allez me chasser *moi* ? Et avec quelles armes ? demanda-t-elle, amusée.

Jennifer gesticula vers la forêt, et des grognements sourds s'en élevèrent pendant que Silas apparaissait à son tour.

— Ils n'attendent que ton signal, dit-il à sa sœur, alors que les grognements redoublaient d'intensité.

Melody avait perdu sa belle arrogance et était soudain devenue très pâle.

— Avec Ethan, on voulait un truc un peu original. Quelque chose qu'une chasseuse expérimentée comme toi n'aurait encore jamais essayé… Connais-tu la chasse à courre ?

**Fin**

# Un extrait de
# DANS LES BOIS

# Jeudi

Les lumières se rallumèrent à l'instant où les acteurs quittaient la scène du petit théâtre situé sur le campus de l'université. Ben et Steve se levèrent de leurs sièges et suivirent le reste des spectateurs vers la sortie – une trentaine de personnes en tout, pas si mal pour un jeudi soir.

— Tennessee Williams doit se retourner dans sa tombe, dit Steve en secouant lentement la tête, le dédain clairement visible dans ses grands yeux bruns.

Ils sortirent du bâtiment et se dirigèrent vers le parc faisant face au théâtre, à la recherche d'un banc libre. Steve n'y connaissait absolument rien en matière de théâtre, mais son ami eut la générosité de ne pas le lui faire remarquer.

À vingt-deux heures passées, le soleil avait disparu derrière les montagnes depuis un moment déjà, mais juin dans le Colorado s'accompagnait d'une douce chaleur préestivale et les deux étudiants portaient des shorts et tee-shirts adaptés à la saison.

— Je te conseille d'éviter ce genre de remarque devant Clara, dit Ben en s'asseyant à l'extrémité d'un banc.

— Sans blague ! C'était la pire de tous… Cette fille serait incapable de jouer la comédie même si sa vie en dépendait !

Steve s'assit au côté de son ami avant de se laisser glisser de manière à ce que sa tête repose sur le dossier. Il scruta le ciel, bras et jambes écartés façon étoile de mer, couvrant presque tout le banc de sa carrure imposante.

— Elle a vraiment de la chance de t'avoir. Peu de filles ont la chance d'avoir un mec qui les soutient autant…

— Ça, tu peux le dire, répondit Steve, ignorant le sarcasme. Tiens, en parlant de gonzesse, comment va Candice ?

— Bonne question… Je pense qu'elle va bien, mais je n'en dirais pas autant de notre couple.

— Traduction ?

— Je pense qu'elle se tape quelqu'un d'autre, répondit Ben, ses yeux verts regardant au loin.

— Vous vivez pratiquement ensemble. Quand est-ce qu'elle aurait le temps de voir un autre mec ?

Ben haussa les épaules.

— Ce soir, par exemple. Ils pourraient être en train de baiser en ce moment même. Vivre sous le même toit n'a jamais empêché personne d'aller voir ailleurs.

— J'la vois pas te tromper. T'as trouvé des trucs compromettants ?

— Pas encore. C'est juste un pressentiment.

— Et voilà la star, lança Steve, alors qu'une jolie brune s'approchait de leur banc.

Il la trouvait légèrement trop petite, mais ses courbes se trouvaient toutes au bon endroit. Un détail difficile à oublier quand ses hanches chaviraient de droite à gauche à chacun de ses pas. Clara n'avait pas l'étoffe d'une comédienne, mais elle avait un cul et des seins spectaculaires.

Son compliment la fit sourire et elle s'assit sur ses genoux, mais même dans cette position, elle devait lever la tête pour le regarder dans les yeux. Il mesurait un mètre quatre-vingt-cinq, d'accord, mais tout de même…

— Comment avez-vous trouvé la pièce ?

— C'était vachement bien, dit Ben avec sincérité. Je n'avais jamais vu *Un tramway nommé désir* avant, mais je trouve que tu faisais une Blanche Dubois très convaincante.

— Merci Ben, dit-elle, les yeux brillant de reconnaissance. Et toi, darling ?

— Je t'ai trouvée géniale, mais les autres acteurs un peu moins… Pareil pour la mise en scène. Ça faisait un peu… lourd.

Clara soupira de manière presque imperceptible en jetant un regard à Ben.

— Ne l'écoute pas. Il serait incapable de reconnaître une bonne production même si elle l'amenait au bord des larmes, dit Ben.

Et il ajouta, avec un clin d'œil :

— Littéralement…

Elle se remit debout en souriant et entama une série d'étirements de la nuque et du dos.

— Candice et toi venez toujours bien camper avec nous, demain ?

— Comment feriez-vous sans nous ? Je suis l'homme à la boussole…

— Et tu as intérêt à savoir t'en servir. Je n'ai aucune envie de passer la semaine à chercher le chemin du retour ! lança Steve.

— Je sais m'en servir, n'aie crainte. On vous rejoindra sur le parking au départ du sentier à neuf heures.

Deux hommes vêtus de tee-shirts noirs à manches longues et de jeans de la même couleur observaient la scène depuis un banc situé à l'autre bout du parc. Leur tenue vestimentaire n'était pas le fait du hasard. Le noir de leurs vêtements ne les rendait pas invisibles, mais il n'attirait pas non plus l'attention, surtout de loin.

— C'est la fille, dit l'homme avec une cicatrice sur la joue, un signe distinctif qui lui avait valu le surnom de Scarface au lycée.

— Elle est bonne, répondit son compagnon dont la bouche semblait perdue au beau milieu d'une barbe indomptée.

— J'te l'avais dit. Et l'abruti sur les genoux duquel elle est assise est son mec. Enfin, pour le moment…

— T'es sûr que c'est une bonne idée ? demanda le barbu, en se plaçant une pincée de tabac entre la lèvre et la gencive.

— Je suis sûr. On va bien se marrer avec eux. Fais-moi confiance.

Quand Ben rentra à l'appartement qu'il partageait avec Candice peu après vingt-trois heures, il la trouva en pyjama devant la télé. Elle avait rassemblé ses longs cheveux en un chignon décoiffé, et les taches de rousseur qu'elle dissimulait généralement sous le fond de teint trônaient fièrement sur son nez légèrement retroussé. Candice parvenait à être attirante sans le moindre effort et, en l'occurrence, elle n'en avait vraiment fait aucun. Il ne se souvenait plus de la dernière fois où elle s'était faite belle juste pour lui. Techniquement, l'appart était loué à son nom et Candice avait toujours sa chambre dans les dortoirs sur le campus, mais elle n'y dormait pas plus d'une fois par mois, quoique, dernièrement, sa moyenne se trouvât plutôt aux alentours d'une ou deux fois par semaine, ce qui n'avait pas manqué d'éveiller les soupçons de Ben.

Comme tout le monde vivant à l'ère numérique, il avait tenté de fouiller dans son téléphone et ses emails à la recherche d'indices confirmant ses craintes, mais Candice verrouillait toujours son téléphone et n'oubliait jamais de se déconnecter de sa messagerie après l'avoir utilisée. Une habitude que Ben trouvait particulièrement suspecte.

— Tu n'es pas sortie ? demanda-t-il en venant s'asseoir près d'elle.

Il retira ses chaussures et s'enfonça dans le divan, les pieds posés sur la table basse qu'ils avaient achetée ensemble dans une braderie. La mieux qu'ils puissent s'offrir avec son salaire de pion et les pourboires que Candice gagnait dans le café où elle bossait quelques heures par semaine. L'argent dont il avait hérité aurait suffi à acheter son propre appartement et à le meubler, mais il n'aimait pas dépenser ce qu'il n'avait pas lui-même gagné et touchait rarement à son pactole. La dernière fois remontait à l'anniversaire de Candice. Il avait alors puisé dans sa cagnotte pour lui acheter un collier de perles. Une extravagance qu'il n'aurait jamais pu se permettre avec son salaire.

— Non, je me sentais d'humeur glandeuse. J'ai passé la soirée devant des émissions de télé-réalité, puisque tu ne supportes pas ce genre de programmes quand tu es là.

— Ton sac à dos est prêt pour demain ?

— Presque. Il faudra juste que j'ajoute ma trousse de toilette demain matin. Tu as dit à Steve et Clara de nous rejoindre là-bas à neuf heures ?

— Ouais. Apparemment, Clara a invité deux de ces amis.

— Tu les connais ?

Le visage jusque-là inexpressif de Candice se transforma en une expression de dégoût voilé, comme si on venait de lui proposer un toast au foie gras avarié.

— Non. Je pense que l'un d'eux étudie aussi le théâtre. Je suppose que c'est comme ça que Clara les a rencontrés.

— J'aurais préféré que ce soit juste nous quatre.

— Moi aussi. Mais on se marrera quand même bien, t'inquiète pas. Je vais me doucher, dit-il en se levant.

Il ne reçut aucune réponse de Candice, à nouveau absorbée par son émission.

Il la trouva au lit lorsqu'il sortit de la salle de bain vingt minutes plus tard. Elle ne bougeait absolument pas, mais ne dormait pas non plus, elle faisait juste semblant.

Il s'allongea contre elle et tenta de la prendre dans ses bras, mais elle le repoussa.

— J'suis fatiguée Ben. On se lève tôt demain matin. Tu devrais dormir.

Sa réponse ne le surprit pas. Au moins, il avait essayé…

# Vendredi

Quand Ben et Candice atteignirent le parking presque désert d'où partait le chemin de randonnée à neuf heures précises le lendemain matin, Clara et Steve les attendaient déjà. Ben gara sa Jeep à côté de l'Xterra de Steve, et tous deux sortirent de la voiture.

— B'jour. Pas chaud pour un mois de juin, hein ? dit Clara en descendant du SUV.

Les nuages de condensation qui se formaient autour de chacun de ses mots confirmaient cette opinion.

— Ouais, ça caille. Quelqu'un a regardé la météo ? demanda Candice.

— Il est censé faire beau. Du soleil, et la température doit atteindre les vingt-trois degrés cet après-midi, répondit Ben, en ouvrant le coffre pour prendre leurs sacs à dos. Tes amis ne viennent pas ?

— Ils arrivent. Maria vient de m'envoyer un SMS.

Clara venait de finir sa phrase quand un pick-up des plus vétustes arriva sur le parking.

— Quand on parle du loup…

— Bonjour ! dit une jeune femme d'une vingtaine d'années en sautant du camion. Heureusement que tu m'as envoyé les coordonnées GPS, Clara, ce coin n'est pas évident à trouver.

— Les gars, je vous présente Maria et Tonio, dit Clara.

— Tu étais Stella dans la pièce d'hier, non ? demanda Ben.

— En effet. Merci de m'avoir reconnue.

Maria n'était pas un canon à proprement parler, mais avec ses longues jambes, ses cheveux noir corbeau lui tombant sur les épaules et son teint hâlé, la plupart des hommes l'auraient trouvée attirante. Steve appartenait à cette catégorie.

— Tonio est le fiancé de Maria. Il étudie la médecine, dit Clara, qui ne semblait pas remarquer la façon dont Steve reluquait la nouvelle venue.

— Salut la compagnie, dit Tonio en réponse aux salutations des autres.

Son accent, bien que léger, ne passait pas inaperçu. L'espagnol constituait visiblement sa langue natale. Ses cheveux courts avaient la même couleur que ceux de sa fiancée, mais sa peau semblait au moins deux tons plus sombres.

— Où allons-nous ? demanda-t-il.

« Un petit lac de montagne. Je ne sais même pas s'il a un nom, » répondit Ben, leur guide pour le weekend. « On va commencer par suivre le sentier sur environ huit kilomètres et après, ça devient intéressant. On devra crapahuter à travers bois sur environ quinze bornes jusqu'au lac.

— J'espère que quelqu'un a apporté des petits cailloux pour qu'on puisse retrouver le parking, plaisanta Steve.

Tonio récupéra un grand sac à dos dans la benne de son pick-up et s'apprêtait à se le mettre sur les épaules quand Ben l'arrêta.

— Avant de te mettre ça sur le dos, quelqu'un doit-il aller aux toilettes avant le départ ?

— Moi ! J'reviens dans une minute, annonça Candice, qui courait déjà en direction du bâtiment abritant les sanitaires, situés de l'autre côté du parking.

— Si quelqu'un d'autre a besoin d'y aller, c'est maintenant ou jamais, encouragea Ben, mais personne ne se manifesta.

Candice venait de sortir des toilettes et tournait à l'angle du bâtiment quand elle faillit percuter un type portant un treillis camouflage de l'armée. Avec son mètre soixante-quinze, Candice ne se considérait pas petite, mais le type en face d'elle mesurait bien quinze centimètres de plus qu'elle.

— Je suis désolée, dit-elle en souriant, mais elle ne reçut pas de réponse.

Le regard inquisiteur de l'homme et la balafre sur sa joue droite la mirent vite mal à l'aise. Le fait que le bâtiment la dissimulât à la vue de ses copains restés près des voitures ne fit rien pour soulager son inconfort. Elle fit un pas sur le côté pour contourner le géant et s'éloigna d'un pas rapide. Dès qu'elle rétablit le contact visuel avec le groupe, elle se sentit instantanément mieux. Une minute plus tard, elle empoignait le sac à dos que Ben lui tendait et se l'attachait sur le dos.

Ils se dirigèrent tous vers l'entrée du chemin de randonnée, mais Candice, qui ne se sentait pas complètement remise de ses émotions, tourna la tête vers les toilettes. Ce qu'elle découvrit ne la rassura pas particulièrement. Un deuxième type portant le même accoutrement militaire se tenait au côté du géant en face d'un énorme pick-up. Ils se tenaient juste là, immobiles et silencieux, et regardaient dans leur direction. Ils la regardaient *elle*, Candice en était certaine.

— Je pense que c'est ici qu'on quitte le chemin, annonça Ben, une carte topographique étalée sur le sol à ses pieds.

Il observait le distant sommet d'une montagne à travers la fente de visée de sa boussole. Les autres, assis à même le sol et affalés sur leurs sacs à dos, goûtaient à une pause bien méritée après les cinq cents mètres de dénivelé et les huit kilomètres parcourus en moins de deux heures et demie.

— T'es sûr de savoir te servir de c'machin ? demanda Steve, indiquant la boussole d'un signe de tête.

— Non. Je n'sais absolument pas comment ça marche. J'espérais juste qu'en passant suffisamment de temps à la regarder, vous finiriez par me prendre pour un navigateur chevronné…

Le visage de Ben ne donna aucune indication qu'il s'agissait d'une plaisanterie, mais Steve était accoutumé à l'humour de son ami.

— Très bon plan ! Tu m'avais déjà convaincue, lança Maria, en ouvrant une barre de céréales qu'elle proposa ensuite au reste du groupe.

— Faisons quand même gaffe de ne pas nous paumer. Appeler des secours pourrait s'avérer difficile. Je n'ai pas vu une barre de réseau sur mon téléphone depuis pratiquement deux heures, dit Tonio.

— Ça ne me surprend pas. Ces montagnes bloquent tous les signaux. C'est la même chose à chaque fois qu'on fait une randonnée dans le coin, dit Clara. De temps en temps, on trouve un endroit avec une ou deux barres de réseau, mais ces oasis sont rares.

— OK, les gars, la pause est terminée. On a encore du chemin à faire, et ce serait bien d'atteindre le lac avant la tombée de la nuit, annonça Ben en repliant la carte qu'il glissa ensuite dans la poche latérale de son pantalon de randonnée.

Ils se remirent debout et s'alignèrent en file indienne derrière leur guide. Une minute plus tard, ils soufflaient et faisaient de leur mieux pour respirer en gravissant une pente à trente-cinq degrés.

— Tu sais, Ben, j'pense qu'il faut être honnête. Si c'est comme ça tout du long, il y a quand même de grandes chances pour qu'on te balance dans un ravin avant d'arriver.

Steve peinait à parler et respire en même temps.

— Et moi qui te prenais pour un athlète… Ce sera bientôt plus facile, ne t'inquiète pas.

— Je suis un athlète, mais ma spécialité, c'est la descente, préférablement avec de la neige sous mes skis… Cette foutue pente est hallucinante.

— Je suis d'accord avec Steve, dit Candice.

Son teint, rougi par l'effort, faisait ressortir ses yeux gris et leur conférait une lueur verdâtre.

— Moi de même, ajouta Maria.

— Très bien. Nous ferons une autre pause lorsque nous atteindrons ces rochers là-bas, capitula Ben en indiquant une petite formation rocheuse située à une centaine de mètres.

Cinq minutes et beaucoup de sueur plus tard, ils étaient adossés auxdits rochers et tentaient bruyamment de reprendre leur souffle.

— Les derniers vingt mètres m'ont semblé plus faciles, dit Tonio.

— D'après la carte, les trois prochains kilomètres devraient être beaucoup plus plats, confirma Ben, à la grande joie de ses compagnons.

— Je vais aller pisser pour célébrer ça, annonça Steve qui se dirigeait déjà vers un épais bosquet de chênes blancs.

Il disparut bientôt derrière les arbres, et la discussion se porta à nouveau sur le chemin qui leur restait à parcourir et sur leur destination.

— Il vaudrait mieux pour toi que tu n'aies pas exagéré la beauté de notre destination si tu ne veux pas te faire courser par cinq campeurs furax, menaça Candice qui ne plaisantait qu'à moitié.

— Tu n'y es jamais allé, Candice ?

Maria semblait surprise.

— Non. C'est le coin secret de Ben. Il n'y a jamais emmené qui que ce soit. Du moins, c'est ce qu'il me dit…

Elle ponctua sa dernière phrase d'un regard appuyé à son petit copain.

— C'est exact. Je me faisais une petite rando en solitaire quand je suis tombé sur ce lac il y a environ deux ans. Je n'y suis retourné qu'une seule fois depuis, à nouveau seul.

— Steve prend son temps, remarqua Candice en se massant les chevilles.

— Il a sans doute décidé de faire plus que pipi… suggéra Ben.

— Merci Ben ! C'était vraiment pas une image dont j'avais

besoin, dit Candice en faisant la grimace.

Son expression déclencha les rires de son public. Un quart d'heure plus tard, leur bonne humeur avait disparu ; Steve manquait toujours à l'appel.

Ils se mirent à crier son nom, mais ne reçurent aucune réponse.

— Vous avez entendu ça ?

La question venait de Maria.

— Entendu quoi ?

— Un craquement. Comme une branche morte. Ça venait de par là.

Maria pointait du doigt dans la direction ascendante.

Candice n'avait rien entendu, mais les deux hommes en treillis militaires lui revinrent soudain à l'esprit et un frisson la parcourut.

— Je vais aller le chercher, dit Ben. Tu viens avec moi, Tonio ?

— Allons-y.

— Je viens avec vous.

Candice commençait à flipper légèrement.

Incertain, Ben se tourna vers Clara, mais la copine de Steve lui répondit d'un sourire assuré.

— Maria et moi nous en sortirons très bien toutes seules. On surveille les sacs.

Ben acquiesça et les trois s'apprêtaient à se lancer à la recherche de Steve lorsque ce dernier émergea de derrière un large conifère.

— Inutile de chercher plus loin. L'enfant prodigue est de retour.

— Tu étais planqué derrière ce tronc pendant tout ce temps ? demanda Ben, légèrement irrité.

— Ouaip ! Je voulais voir au bout de combien de temps je commencerais à vous manquer, répondit-il avec un large sourire.

— Y a des fois où t'es quand même un sacré emmerdeur, dit

Clara.

— Je sais… Et je sais également que sans Candice, personne ne se serait aperçu de ma disparition… Pas même toi, chérie.

Le commentaire fit légèrement rougir Candice, mais personne ne sembla le remarquer.

— Nous avons perdu suffisamment de temps, on ferait mieux d'y aller.

Ben ponctua sa déclaration en bouclant la ceinture de son sac à dos autour de sa taille.

Un instant plus tard, ils arpentaient une pente infiniment plus douce que la précédente.

Lorsqu'ils atteignirent finalement le lac peu après dix-sept heures, Candice ne fut pas particulièrement impressionnée par ce qu'elle vit. Pour commencer, appeler cet étang un lac semblait légèrement exagéré. L'étendue d'eau aurait à peine couvert un terrain de football. La petite cascade qui se jetait dans le lac et les sommets enneigés environnants méritaient bien quelques photos, mais elle avait vu des endroits plus sympas qui ne nécessitaient pas vingt-trois bornes de marche pour y accéder. Elle garda ses commentaires pour elle-même et aida Ben à monter la tente.

— Ça commence à ressembler à un véritable camp, dit Tonio, debout au centre du triangle formé par les tentes des trois couples.

— Et dans une petite heure, un grand feu de camp crépitera exactement là où tu te trouves, déclara Ben, avant d'extirper une petite canne à pêche télescopique de son sac à dos. Et maintenant, je vais essayer d'attraper notre dîner. Au fait, on aura besoin de bois si on veut cuire quelque chose…

— Je vais d'abord goûter l'eau pendant qu'il reste encore un peu de soleil, dit Tonio qui se déshabillait déjà.

Maria l'imita aussitôt.

— Je vous préviens, elle est fraîche !

Ben les regardait d'un air sceptique.

— Clara, je vais aller chercher du bois pendant que tu fais le lit, annonça Steve en se dirigeant vers la lisière de la clairière qui abritait le lac.

— D'accord, répondit Clara depuis l'intérieur de la tente.

— Je vais avec Steve, dit Candice. On aura besoin de beaucoup de bois si on ne veut pas geler cette nuit.

Elle ne reçut pas de réponse de Ben qui lançait déjà sa ligne à l'eau.

Les brindilles et autres petites branches se trouvaient facilement, et les deux en avaient déjà ramené un tas respectable au camp, mais les bûches dignes de ce nom se révélèrent plus difficiles à localiser. À chaque voyage, ils devaient s'aventurer un peu plus loin du camp pour en trouver.

Malgré la présence rassurante de Steve, Candice ne pouvait se débarrasser complètement du sentiment de malaise qui la suivait depuis qu'elle avait surpris les deux lascars en tenue de camouflage en train de l'observer sur le parking. Sa peur n'avait rien de rationnel, puisque les deux types se trouvaient à des kilomètres de là, mais elle ne pouvait s'en débarrasser.

— Regarde un peu ça !

Steve indiquait un arbre couché. Ses branches faisaient une bonne dizaine de centimètres de diamètre. Une taille idéale pour des bûches.

— Et il est complètement mort. On a juste à ramener quelques branches et on pourra facilement les débiter au camp.

Candice acquiesça machinalement.

— Mais d'abord, on a autre chose à faire, dit-il, l'attrapant par la taille et l'attirant vers lui.

Ses yeux brillaient de malice, mais ils n'eurent aucun effet sur l'appréhension de Candice.

— Pas ici, Steve. Si quelqu'un nous voyait… Je crois que Ben soupçonne déjà quelque chose.

— Il pense que tu te tapes quelqu'un derrière son dos ; il s'est confié à moi hier. Mais il ne sait pas que c'est moi.

Steve l'embrassait dans le cou. Ses mains pelotaient déjà ses seins à travers le fin tissu de son soutien-gorge.

— C'est trop risqué.

Elle le repoussa avec douceur, mais fermeté.

— C'est bien pour ça que c'est excitant !

— Pas pour moi. J'ai l'impression qu'on nous observe.

Steve soupira bruyamment, mais reçut le message.

Ben avait déjà attrapé trois truites lorsque Candice et Steve revinrent au camp, chacun tirant une grosse branche derrière lui. Utilisant la hachette qu'il avait apportée, Tonio les débita en bûches en un tour de main.

— L'eau était bonne ? demanda Candice.

— Glacée ! Nous n'y sommes restés qu'une minute.

Maria semblait déçue.

— Les lacs de montagnes ne sont pas célèbres pour leurs températures tropicales, fit remarquer Ben. Mais d'un autre côté, on peut sûrement boire son eau directement sans tomber malade.

— Probablement… mais juste au cas où, je compte quand même utiliser mon kit de purification, annonça Clara.

Les autres approuvèrent.

Les truites furent vidées, embrochées sur des branches vertes débarrassées de leur écorce, et rapidement placées à griller au-dessus du feu, accompagnées d'une casserole d'eau destinée à faire bouillir des nouilles chinoises.

Le soleil s'était depuis longtemps couché lorsqu'ils finirent leur dîner et commencèrent à faire griller des chamallows en se racontant des histoires pour se faire peur. Une couverture nuageuse s'était faufilée entre les pics montagneux, et l'on ne distinguait plus ni la lune ni les étoiles.

— Qui reprend un verre ? demanda Tonio, une bouteille de whisky à la main.

Il avait surpris tout le monde en brandissant la bouteille, une heure plus tôt. Il ne s'agissait pas du genre d'objet dont les randonneurs s'encombraient habituellement pour un trek de plus de vingt kilomètres. Pourtant, personne n'avait émis d'objection à une tournée générale.

Mais maintenant, la bouteille était pratiquement vide, et Tonio en avait bu la plus grande partie. Son accent se faisait beaucoup plus prononcé, et il devenait de plus en plus difficile de comprendre ses bredouillements alcoolisés.

Un bruissement de feuilles s'éleva dans les bois, tout proche, mais personne n'y prêta attention. Les bestioles de toutes sortes qui habitaient la forêt se montraient beaucoup moins timides une fois la nuit tombée.

Trente minutes s'écoulèrent encore avant que Clara n'annonce qu'elle allait se coucher. La journée avait été longue et tous suivirent son exemple. Tous, sauf Tonio qui dormait déjà comme une masse à même le sol.

— Quelqu'un pourrait-il m'aider à le rentrer dans la tente ? Je n'arriverai pas à le réveiller… dit Maria.

Steve et Ben attrapèrent chacun un bras et une jambe et le portèrent à l'intérieur.

Maria les remercia, et ils gagnèrent leurs tentes respectives pour la nuit.

Avez-vous lu DANS LES BOIS ?

Cette histoire est disponible ici :

# Remerciements

Je voudrais tout d'abord remercier Caroline, qui a lu le manuscrit de ce livre la première. Ses précieuses remarques ont grandement contribué à améliorer la qualité de ce roman.
Je remercie également ma correctrice, Émilie, pour ses nombreuses retouches, sans lesquelles ce livre serait beaucoup moins lisible.
Les dernières coquilles ont été repérées par Laura, et je l'en remercie infiniment.
Finalement, je suis, comme toujours, reconnaissant à mon épouse, Jasmin, de la patience dont elle fait preuve à mon égard et de l'inspiration qu'elle m'apporte au quotidien.

Illustration de couverture : Ivan Zanchetta (bookcoversart.com)

# Marc Daniel

Après avoir vécu dans l'Ohio, en France et au Montana, Marc vit actuellement au Texas avec sa femme et ses trois chiens.

www.marcdaniel-books.com
www.facebook.com/groups/MarcDanielReaders
@MarcDanielBooks

.

Printed by Amazon Italia Logistica S.r.l.
Torrazza Piemonte (TO), Italy

44788137R00264